Deux héritiers pour un milliardaire

Un mari temporaire

REESE RYAN

Deux héritiers pour un milliardaire

Traduction française de
PATRICIA RADISSON

Passions

HARLEQUIN

Collection : PASSIONS

Titre original :
THE BILLIONAIRE'S LEGACY

HARPERCOLLINS FRANCE
83-85, boulevard Vincent-Auriol, 75646 PARIS CEDEX 13
Service Lectrices — Tél. : 01 45 82 47 47

www.harlequin.fr

ISBN 978-2-2804-1634-4 — ISSN 1950-2761

Prologue

— Mais… C'est toi, Benji ?

L'attention de Benjamin Bennett se tourna vers la voix féminine qu'il connaissait si bien.

— Sloane ! s'exclama-t-il. Je ne savais pas si tu viendrais au mariage.

Sans l'avoir vue une seule fois en presque dix ans, il la reconnaissait sans l'ombre d'un doute. Les années écoulées l'avaient gâtée, elle lui parut encore plus belle que dans son souvenir.

Enchantée, Sloane le prit dans ses bras et le serra contre elle. Un frisson électrique parcourut l'échine de Benjamin si bien qu'il se détacha d'elle à regret.

— J'ai décidé de venir il y a deux jours, Délia n'est même pas au courant, expliqua-t-elle en lissant la longue jupe de sa robe bleu cobalt, qui moulait ses formes sensuelles et exaltait le hâle de sa peau.

Voilà pourquoi sa sœur ne lui en avait pas parlé, comprit Benjamin.

— Je suis heureux de te voir, Sloane. Tu es… incroyable, bégaya-t-il, le visage légèrement empourpré.

Le temps passé ne faisait rien à l'affaire, elle produisait sur lui le même effet qu'autrefois. En sa présence, il redevenait maladroit, presque aussi muet qu'à quinze ans.

Il était tombé amoureux d'elle à l'âge de cinq ans. À l'époque, elle en avait dix.

Sloane lui adressa un sourire rayonnant.

— Merci, répliqua-t-elle. Toi aussi, tu es magnifique.

— Blake doit être content de te revoir, dit Benjamin en desserrant le nœud de sa cravate, qui soudain le gênait.

— Ça fait plaisir de le voir si heureux de se marier, répliqua-t-elle, le regard tout à coup voilé de tristesse. Savannah semble vraiment charmante, et leur petit Davis est adorable.

Benjamin fourra ses mains dans ses poches et dansa d'un pied sur l'autre.

— C'est un petit gars très chouette, dit-il. Quant à Savannah, je suis certain qu'elle te plaira.

Se retrouver au pied de l'autel n'avait pas été chose aisée pour son cousin et Savannah. Quand ils s'étaient rencontrés, la jeune femme avait reçu pour mission de s'infiltrer dans l'entreprise fondée par le grand-père de Blake. Il s'agissait de démontrer que la moitié de la distillerie King's Finest revenait à sa propre famille. Il y avait eu des étincelles mais, au bout du compte, ils avaient surmonté les écueils, la peine et la méfiance, pour atteindre l'amour et le bonheur.

Le regard de Sloane croisa celui d'une personne à l'autre bout de la pièce, à qui elle adressa un signe de tête.

— Je dois y aller, déclara-t-elle. Mais nous nous retrouverons tout à l'heure.

— Tu peux y compter, assura-t-il en la suivant du regard.

Sloane Sutton.

Durant son enfance et son adolescence, il l'avait adorée. Elle et sa sœur Délia étaient de vraies complices d'une main. Il avait passé un nombre incalculable de nuits éveillé, à les écouter glousser, l'oreille collée à la mince cloison qui séparait sa chambre de celle de sa sœur. Sloane était tout pour lui, alors qu'à cause de la différence d'âge elle le considérait comme un petit frère d'adoption.

Lorsqu'elle était adolescente, il la trouvait belle. Entre-temps, elle était devenue éblouissante. Autrefois elle avait le corps hâlé et solide des filles qui travaillent au ranch. Aujourd'hui, son corps athlétique et souple avait laissé la place à des formes plus sensuelles, à des courbes plus pleines. Ses cheveux, tressés en une épaisse natte à l'époque, étaient plus courts et ondulés à présent.

Un petit diamant très discret ornait sa narine gauche. Au moment où elle s'était éloignée, il avait remarqué quelques étoiles tatouées sur sa nuque. Tatouage qui disparaissait presque sous l'étoffe de son vêtement.

Parker Abbott, le meilleur ami et cousin de Benji, s'approcha de lui et lui lança d'un ton anodin :

— Ferme la bouche et arrête de baver, sans quoi tout le monde verra que tu as toujours un penchant pour Sloane Sutton.

— Je n'ai jamais eu de penchant pour elle, protesta Benjamin.

Il espéra ne pas être puni pour le mensonge éhonté qu'il venait de prononcer. Bien entendu, il avait eu un sacré faible pour elle !

Lui était un adolescent bouillant et elle… Eh bien, elle était Sloane Sutton. Pleine d'assurance, belle, drôle, légèrement irrévérencieuse.

Jamais elle ne l'avait jugé étrange parce qu'il préférait *Star Trek* et les livres de science-fiction aux jeux de plein air. Elle n'avait jamais tourné en ridicule sa fascination pour les programmes informatiques, l'astronomie, Internet. Au contraire, elle l'encourageait, louait son intelligence créative, affirmait qu'un jour il changerait le monde. Elle le lui disait avec une telle conviction qu'il avait fini par y croire.

Comment n'aurait-il pas eu un penchant pour elle ?

— Je ne suis sans doute pas très psychologue mais, si ton regard n'exprimait pas un fort attrait pour Sloane, alors je m'avoue vaincu et j'épouse Kayleigh Jemison, ironisa Parker en désignant du menton la jeune femme qu'il avait escortée durant la cérémonie.

Parker et Kayleigh étaient à couteaux tirés depuis aussi longtemps que Benjamin les connaissait. Mais, protocole oblige, Kayleigh étant amie proche de la nouvelle belle-sœur de Parker, les organisateurs les avaient placés ensemble.

— À propos de penchant, blagua Benji.

— Moi, un penchant pour cette fille ? protesta son cousin en rougissant. Tu es tombé sur la tête ?

Le photographe du mariage leur fit un signe de la main, les conviant à se joindre aux autres convives pour les photos de groupe.

Benji se réjouit de cette diversion. Il ne put cependant pas s'empêcher de sonder la foule du regard, à la recherche de Sloane.

Observant Benji de l'autre bout de la pièce, Sloane se mordait la lèvre inférieure. Elle le vit boire une gorgée de bière et rire d'une remarque de Parker.

Comment croire que cet homme si sexy, dont la carrure dans son beau smoking sombre lui donnait des frissons, ne faisait qu'un avec le jeune garçon timide et doux d'autrefois ?

Leurs regards se croisèrent d'un bout à l'autre de la pièce, une chaleur inusitée apparut dans son bas-ventre, lui coupant le souffle.

— Ça va ? lui demanda sa meilleure amie, Délia. Si je ne te connaissais pas comme ma poche, je jurerais que tu contemplais quelqu'un au bar.

Délia voulut regarder par-dessus son épaule pour vérifier qui s'y trouvait. Elle en fut empêchée par son père qui arrivait vers elle, tenant sa fille dans les bras. La petite de deux ans était aussi jolie que sa mère et en général aussi douce. À cet instant cependant, elle pleurait toutes les larmes de son corps, exigeant sa maman.

— Evie, qu'est-ce qui ne va pas, ma chérie ? demanda-t-elle.

— Ta mère trouve qu'elle est chaude, dit Richard

Bennett. Nous voulions la ramener à la maison, mais elle insiste pour voir sa maman.

— Merci papa, répondit Délia en embrassant le front de sa fille, qui se calma aussitôt.

Elle déposa un baiser sur la joue de Sloane et dit :

— Excuse-moi, nous reprendrons cette conversation à un autre moment. Combien de temps restes-tu en ville ?

— Je retourne sans doute à Nashville demain mais, ne t'inquiète pas, nous nous parlerons plus tard dans la soirée, occupe-toi bien de ta fille.

Sloane suivit Délia et M. Bennett qui se frayaient un passage dans la foule du regard. Puis elle soupira, les yeux fixés sur son verre de bourbon à moitié vide.

Délia partie, elle se sentait seule, même au milieu d'une foule de gens qu'elle connaissait depuis l'enfance. Sa famille et les Abbott ne fréquentaient pas les mêmes cercles. Elle était devenue amie avec Blake Abbott et sa cousine Délia à la fin des études secondaires. Mais là… Blake semblait occupé, et Délia rentrait chez elle avec Evie.

Elle n'avait aucune raison de s'attarder.

Après avoir avalé son reste de bourbon, elle rapporta son verre au buffet. En se retournant, elle heurta un solide bloc de muscles.

Benji.

Il la prit à la taille pour l'empêcher de vaciller.

— Excuse-moi, dit-elle, je ne t'avais pas vu.

Elle recula d'un pas, hors de portée de Benji, mais suffisamment proche pour apprécier son odeur entêtante.

— C'est ma faute, répliqua-t-il en se passant une main dans les cheveux.

Il arborait un sourire timide, réplique de celui qui le caractérisait enfant.

Sloane ne put s'empêcher de sourire elle aussi au souvenir du charmant adolescent qu'il avait été.

— Ça m'a fait plaisir de te revoir, Benji, confia-t-elle en se détournant pour partir.

Benjamin l'en empêcha en posant une main ferme sur son avant-bras.

— Tu pars déjà ? Ça fait un moment que j'attends patiemment de pouvoir te parler. Ma sœur t'a monopolisée toute la soirée.

— Tu sais comment nous sommes quand nous sommes ensemble, répliqua-t-elle avec un air malicieux. Nous continuons à nous comporter comme deux gamines !

— Au contraire, je dirais que beaucoup de choses ont changé, corrigea Benjamin.

Il laissa son regard intense caresser les formes voluptueuses de Sloane, avant de la regarder au fond des yeux.

— Tu as sans doute raison, admit-elle en se raclant la gorge.

Pour sûr, certaines choses avaient bel et bien changé.

Benji avait toujours été amoureux d'elle. Rien d'inhabituel à ce qu'un petit garçon s'amourache de la meilleure amie de sa sœur aînée. À l'époque, elle trouvait ça adorable. Mais Benji Bennett n'avait plus rien d'un petit garçon. Il était devenu un magnifique adulte.

Ce qu'elle lisait en cet instant dans ses yeux d'un noir intense n'avait rien à voir avec l'admiration mal contrôlée d'un enfant. Il s'agissait au contraire d'un désir incandescent. Du même ordre que la brûlure qu'elle sentait courir le long de sa propre colonne vertébrale et qui faisait battre son cœur.

Le demi-sourire assuré de Benji en disait long : il percevait parfaitement l'envie qu'elle avait de lui.

Il avait étudié à l'université de Seattle, ville où il demeurait toujours. En première année, il avait monté sa propre entreprise high-tech, qu'il venait de vendre pour deux milliards de dollars, aux dires de sa sœur Délia.

Même en dehors de son compte en banque pléthorique, Benjamin Bennett était un parti des plus enviables. Mais il demeurait le petit frère de sa meilleure amie. En plus, aussi adulte soit-il devenu, il n'en était pas moins plus jeune qu'elle de cinq ans.

Flirter avec Benji ferait jaser tout Magnolia Lake, les langues se délieraient. Elle se moquait pas mal de ce que les gens pensaient d'elle, mais sa mère et son grand-père vivaient encore ici. Délia aussi, une grande partie de l'année. Si la ville bruissait de mille rumeurs, les gens qu'elle aimait en souffriraient.

Elle détacha son regard de celui de Benjamin et lança un regard circulaire autour d'elle.

— Je ferais mieux de partir, affirma-t-elle.

— Accorde-moi une seule danse, demanda-t-il.

Joignant le geste à la parole, il leva l'index, son regard caressant la suppliait, son sourire était à la fois séduisant et doux. Il lui tendit la main, cette même main qu'elle avait tenue pour aider le petit garçon à traverser la rue pour se rendre à l'école, quand il avait cinq ans.

Le cœur battant, Sloane le regardait en se mordant de nouveau la lèvre inférieure. Personne ne leur accordait la moindre attention. Tous les autres invités étaient plongés dans des conversations animées, ils appréciaient de toute évidence les largesses de la famille Abbott, propriétaires de la distillerie King's Finest.

— Je suppose qu'une danse ne peut pas nous faire de mal, murmura-t-elle en plaçant sa main dans celle de Benji pour se laisser guider.

Il se planta au milieu de la piste, prit Sloane dans ses bras et se balança au rythme de *Love Ballad*.

— Tes parents adoraient cet air et l'écoutaient tout le temps, dit-elle, si bien que Délia et moi finissions par le détester ! À tort, d'ailleurs, c'est une très jolie chanson.

— Je suis de ton avis. Tu travailles toujours pour la maison de disques à Nashville ?

— Toujours. J'aime ce que je fais, mais j'ai un poste plus important en vue au sein de la boîte.

— Tu es la fille la plus déterminée que je connaisse ! remarqua-t-il en souriant. Si tu veux ce poste, c'est comme si tu l'avais déjà !

— Est-ce ta façon de me dire que je suis têtue comme le faisaient les gens en ville, autrefois ?

— Pas du tout, protesta-t-il. Je détestais que les gens disent ça de toi. Moi, ta détermination me plaisait beaucoup. Tu voulais aller à Nashville et travailler dans le monde de la musique, et tu l'as fait. Ta persévérance est récompensée !

Le cœur de Sloane se gonfla d'aise. Bien que devenu très riche et bel homme, Benji demeurait au fond de lui le garçon attentif et gentil qu'elle connaissait depuis toujours. Il possédait encore le don de la faire sourire.

— Merci, Benji, dit-elle, un peu troublée par l'intensité du regard de son cavalier.

Pour enrayer son trouble, elle détourna la conversation :

— Au fait, je ne t'ai pas encore félicité pour ta réussite spectaculaire. C'est la première fois que je parle avec un milliardaire ! Je devrais te demander un autographe !

Les muscles du dos de Benjamin se tendirent sous les doigts de Sloane, ses yeux s'assombrirent.

— Je suis le même qu'avant cette vente spectaculaire. Celui que j'ai toujours été.

Elle avait voulu le taquiner, mais elle venait en fait de toucher en lui une corde sensible.

— Pardon, s'excusa-t-elle, je ne voulais rien dire de spécial…

— Je le sais, soupira-t-il. J'en ai simplement assez que les gens se mettent à me traiter différemment. Tu n'imagines pas combien d'obscurs projets on m'a proposés ce soir.

Il existait donc un revers à la réussite ? s'étonna Sloane. De toute façon, à ses yeux, ne plus avoir à se préoccuper de rembourser les emprunts de son appartement et du ranch familial compenserait largement les inconvénients du succès.

— Désolée que tu subisses ce genre de préjudice.

— Ne t'excuse pas… Mais sache que tu es la seule

femme célibataire de cette pièce à ne pas me considérer comme un ticket gagnant à la loterie.

Il souligna son propos d'un regard en biais à quelques jeunes femmes groupées dans un coin de la salle de réception, occupées à se murmurer des choses dans le creux de l'oreille tout en le regardant avec insistance.

— Aucune d'entre elles n'aurait parié sur moi il y a quelques années. À leurs yeux, je n'étais alors que le moyen d'entrer en contact avec l'un ou l'autre de mes fortunés cousins. Maintenant, tout est différent, elles m'ont collé toute la soirée. Alors que toi… J'ai dû te supplier pour t'extorquer une danse.

L'estomac de Sloane se noua. Elle avait un bon travail et un charmant petit appartement dans une résidence d'un beau quartier de Nashville, qu'elle aménageait peu à peu. Mais elle était couverte de dettes jusqu'au cou. Non qu'elle vive au-dessus de ses moyens, mais elle investissait chaque centime dans le sauvetage de la ferme de sa mère. Cerise sur le gâteau, son grand-père avait subi une chirurgie cardiaque dont les factures s'accumulaient à présent sur son bureau.

Son budget venait d'exploser avec l'achat de la belle robe longue qu'elle portait ce soir, pourtant sagement achetée en solde dans la boutique d'un styliste.

Son grand-père Atticus Ames lui avait au moins enseigné la fierté. En conséquence, elle mènerait trois emplois de front plutôt que de demander de l'aide à Benji ou à qui que ce soit.

— Je t'avais bien prédit qu'un jour ils regretteraient tous de t'avoir sous-estimé, rappela-t-elle avec un large sourire.

Le beau visage de Benji s'éclaira.

— C'est vrai… J'étais un gamin maladroit qui essayait de trouver sa place dans le monde. Toi, tu me convainquais toujours qu'il suffisait que je sois moi-même. Tu disais que les autres étaient beaucoup trop lents pour me comprendre. Qu'un jour, ils finiraient par découvrir qui j'étais. Grâce à toi, j'y ai cru !

Émue, elle sentit son cœur gonfler dans sa poitrine.

— Tu étais un gars très particulier, destiné à de grandes choses, je l'ai toujours su. Et tu as dépassé mes prédictions les plus folles !

Il sourit de nouveau, à la fois intimidé et incroyablement beau. Le cœur de Sloane battit un peu plus vite. Il fallait changer de sujet…

— Evie a beaucoup grandi, lança-t-elle hors de propos. Elle ressemble à Délia comme deux gouttes d'eau. Je suis surprise que tes parents ne te poussent pas à te marier et à leur donner d'autres petits-enfants.

— Tu les connais bien, répondit-il. Ma mère y fait allusion chaque fois que possible. Mais ne t'y trompe pas… Evie est certes adorable, mais les réveils à 3 heures du matin pour le biberon, et les couches à changer, ce n'est pas ma tasse de thé.

Elle le comprenait. Son ex-mari avait demandé le divorce essentiellement parce qu'il se sentait prêt pour la vie de famille et pas elle. Mais, pour être honnête, l'échec de leur mariage avait eu bien d'autres causes.

— Et toi ? la taquina-t-il. Davis et Evie te donnent envie de pouponner ?

— Moi ? répondit-elle avec un rire forcé. Entre l'aménagement de mon appartement et ma vie professionnelle, j'ai à peine le temps de me nourrir moi-même.

C'était vrai. Pourtant, tenir le petit Davis tout potelé dans ses bras lui avait donné une bouffée de désir maternel. Elle chassa de son esprit cette pensée importune.

La chanson arrivait à son terme.

Tout en le remerciant pour la danse, elle se dégagea aussitôt des bras de Benji, malgré l'envie malvenue de jouir encore un peu de la chaleur de ce corps si masculin.

Benjamin abaissa leurs deux mains jointes, mais ne la laissa pas partir. Au contraire, il pencha la tête, ses lèvres effleurèrent l'oreille de Sloane, la barbe naissante de ses joues érafla doucement le cou de la jeune femme.

— Sortons d'ici, murmura-t-il.

Très mauvaise idée, songea-t-elle.

Les joues empourprées, elle protesta :

— Mais c'est le mariage de ton cousin !

Il hocha la tête en direction de Blake, qui dansait avec Savannah, leur bébé endormi sur son épaule. Il semblait savourer le plus parfait des bonheurs.

— Je doute qu'il remarque notre départ, dit-il. En plus, si tu acceptes, tu me sauves la vie, ça m'évitera d'entendre Jeb Dawson me parler pour la énième fois de sa dernière invention…

— Dans ce cas, d'accord, rétorqua Sloane avec un petit rire. Mais nous ne pouvons pas nous échapper ensemble, les journaux en parleraient demain matin !

— Je t'accorde le point ! dit-il en riant. Rendez-vous dans mon chalet, alors.

— Le chalet sur le lac ?

Elle y avait tant de merveilleux souvenirs de week-ends avec Délia et sa famille…

— Depuis qu'ils ont acheté leur maison secondaire en Floride, mes parents n'y allaient presque plus, expliqua Benjamin. Je la leur ai rachetée il y a quelques années, et Cole l'a métamorphosée. J'aimerais beaucoup que tu la voies.

Juste deux vieux amis qui se racontent leur vie après une longue absence. Aucun danger à cela.

Elle se répéta trois fois cet argument, comme un mantra. Pourtant, un moment auparavant, il n'y avait rien d'amical dans les frissons qui couraient le long de son épine dorsale tandis qu'ils dansaient serrés l'un contre l'autre.

— D'accord, dit-elle. On se racontera tout en buvant une tasse de thé ou autre.

— Ou autre, approuva-t-il, les lèvres retroussées en un sourire sensuel.

Quel goût avaient ses lèvres ? se demanda-t-elle avec un frisson vite réprimé.

— On se retrouve là-bas dans une demi-heure, annonça-t-il en plongeant dans la foule des convives.

Un sentiment de solitude s'empara aussitôt d'elle. La chaleur du corps de Benji lui manquait déjà.

Benji prépara deux nouvelles tasses de café et les installa devant Sloane.

Elle le remercia et tendit la main vers sa tasse. Ce faisant, elle remarqua l'heure à son poignet.

— Mais… Je n'ai pas vu le temps passer ! s'exclama-t-elle. Il est tard, tu dois être épuisé.

— N'imagine pas que je veuille que tu partes, répondit-il en posant une main sur les siennes. Les deux heures qui viennent de s'écouler sont de loin les meilleures que j'aie passées depuis mon retour en ville.

— Même chose pour moi, dit-elle avec un sourire.

Un vrai sourire venu du cœur. Mais, tout de suite après, elle fronça les sourcils, retira sa main et se leva d'un bond en lissant sa jupe sur ses hanches.

— C'est pourquoi je devrais partir, maintenant, ajouta-t-elle.

Benji se leva aussi. Ses yeux cherchèrent ceux de la jeune femme. Pour la première fois de sa vie, Sloane Sutton ne le traitait pas comme un petit garçon amoureux. Ce soir, elle voyait l'homme en lui. Un homme qu'elle désirait.

Il lisait l'intensité dans ses grands yeux marron, percevait la passion qui était montée en eux tout au long de la soirée.

À dix ans, il était amoureux d'elle, il la trouvait plus gentille, plus belle, plus intelligente que les autres.

Les dix années écoulées n'avaient pas altéré ce jugement. Au contraire, alors qu'il se tenait debout tout contre elle, noyé dans son parfum captivant, sa conviction se renforçait.

Il voulait être avec cette femme, la tenir entre ses bras, attiser chaque parcelle de son corps magnifique. Lui faire l'amour.

En dix ans, ils ne s'étaient pas vus une seule fois. Et, dans trois jours, il s'envolait pour le Japon pour six mois, afin d'honorer un engagement pris quand il avait vendu son entreprise. À la suite de ça, il retournerait à Seattle, et Sloane aurait rejoint Nashville. Dieu seul savait quand ils se reverraient…

Exprime-toi maintenant, Benji, ou alors tais-toi pour toujours.

Ses yeux rivés à ceux de Sloane, il se rapprocha encore d'elle. Elle inspira bruyamment, son corps se tendit tout entier quand, penché vers elle, il prit son visage entre ses mains. La respiration haletante de sa compagne, les battements précipités de son propre cœur, bourdonnaient à ses oreilles.

Le geste intime de Benji ne la rebuta pas. Ses pupilles se dilatèrent, sa poitrine se souleva. Quand il franchit le dernier pas qui les séparait, elle se blottit contre lui et ferma les yeux.

Il l'embrassa, doucement d'abord, se régalant de la soie de ses lèvres, de la façon dont elle nichait son corps contre sien. Elle entrouvrit les lèvres dans un soupir, il y glissa sa langue. Sa bouche avait un goût exquis.

Le baiser de Benji s'approfondit, Sloane y répondit avec une égale intensité.

Désir. Faim. Exigence.

Le cœur de Benji tempêtait sous son buste, son envie s'exacerbait. Sentant son sexe s'ériger entre eux, il gronda de convoitise.

Faisant glisser ses mains dans le dos de son partenaire, Sloane tira sa chemise hors de son pantalon. En chemin, ses ongles lui éraflèrent doucement la peau.

Benji grognait, son sexe durcissait, mi-souffrance,

mi-plaisir. Un sentiment euphorique l'exaltait, sa peau vibrait, tout son être exigeait de lui faire l'amour. La soulevant, il la déposa contre la table, se cala entre ses cuisses.

Il étouffa presque Sloane d'un baiser encore plus profond, se perdit dans l'entremêlement de leurs lèvres, le ballet de leurs langues, la sensation exquise de leurs corps se mouvant l'un contre l'autre, le désir forcené de davantage de contact que ce que leur permettaient leurs vêtements.

Le parfum de la peau de Sloane l'enivrait, il adorait sentir la plénitude de ses seins contre son torse, ses mamelons durs comme de l'acier.

Elle fit courir ses mains le long du ventre de Benji, défit le ceinturon qui retenait son pantalon.

— Tu ne sais pas depuis combien de temps j'attends ce moment, lui souffla-t-il à l'oreille.

Les mains de Sloane se figèrent. Elle ouvrit les yeux, leur expression passant du désir le plus intense au regret.

— Ma belle, dit Benji en lui caressant la joue, j'ai dit quelque chose qui t'a déplu ?

— Je n'aurais pas dû venir ici, répondit-elle les yeux baissés. Nous ne devrions pas faire ça.

Benjamin se maudit. À quelques secondes de réaliser le rêve de sa vie, il avait trop parlé et tout gâché.

— Pourquoi pas ? demanda-t-il de son ton le plus calme, pour ne pas la braquer. Nous sommes deux adultes consentants.

— Considère un peu notre situation. Je te connais depuis que tu as cinq ans, tu es le petit frère de ma meilleure amie. D'ailleurs au mariage, je t'ai présenté comme mon frère.

Évitant toujours son regard, elle secoua la tête d'un air incrédule et poursuivit :

— Tout cela n'est pas convenable. Que dirait Délia ? Que penseraient tes parents ?

— Ma mère ne trouvera jamais aucune femme assez

bien pour moi ! Quant à Délia, elle t'adore, assura-t-il en déposant un doux baiser sur ses lèvres.

— Parce que je suis son amie. Elle a confiance en moi et n'imagine pas une seconde qu'à peine arrivée en ville je m'envoie en l'air avec son petit frère.

Elle ponctua sa phrase d'un petit coup de poing dans le ventre de Benji. Mais en même temps, sans la moindre logique, elle entrouvrit ses lèvres sous son baiser.

— Tu es trop jeune pour moi, Benji, murmura-t-elle contre sa bouche tandis qu'il faisait glisser la soie de sa robe le long de ses épaules.

Lui picorant le lobe de l'oreille de baisers, il argumenta :

— À l'époque, cinq ans, ça comptait. Plus maintenant.

— Je ne suis pas à la recherche d'une relation amoureuse, dit-elle, les mains posées sur le buste de Benji, les yeux maintenant plantés dans les siens.

Nonobstant ces déclarations raisonnables, elle n'avait pas bougé d'un pouce, ses jambes encadraient toujours les siennes.

— Moi non plus, dit-il au bout d'un moment. Ça ne veut pas dire que nous ne pouvons pas être ensemble. Je te veux, Sloane. Je sais que, toi aussi, tu me désires.

Joignant le geste à la parole, il fit lentement glisser la fermeture Éclair de sa robe. L'étoffe bleu cobalt glissa le long du corps de Sloane. Il éparpilla de petits baisers brûlants le long de son cou, vers ses seins enchâssés dans un soutien-gorge rose sans bretelles.

— Juste cette nuit, souffla-t-il.

Sentant sa robe glisser le long de sa taille, elle poussa un profond soupir. Puis de ses doigts fébriles elle fit glisser le pantalon de Benji. Le bruit résonna étrangement dans le silence de la nuit. Vaincue, elle s'abandonna contre lui et l'embrassa.

— Juste cette nuit, murmura-t-elle contre sa bouche.

*
* *

D'ordinaire très matinal, Benji refusait de quitter la chaleur du corps de Sloane, dont le derrière nu se nichait contre son ventre. De nouveau, il mourait d'envie d'elle, de reprendre ce qu'ils avaient arrêté aux petites heures du jour, épuisés de volupté.

Il déposa de petits baisers sur sa nuque et ses étoiles tatouées. Le temps qu'il atteigne la peau entre ses omoplates, elle se réveilla à moitié.

— Mm, gazouilla-t-elle. Quelle agréable façon de réveiller une femme.

Benji la fit rouler sur le côté pour lui faire face. La pointe de ses seins trahissait son excitation.

— J'ai en tête une bien meilleure façon de te réveiller, assura-t-il.

— D'abord la salle de bains, bredouilla-t-elle.

— Tu trouveras tout ce dont tu as besoin… Mais dépêche-toi, je t'en prie.

Au retour de Sloane, il était adossé à la tête de lit en cuir capitonné. Le sourire un peu intimidé de la jeune femme fit soudain place à un air déterminé. Les yeux plantés dans ceux de son partenaire, elle le chevaucha, puis les mains appuyées à ses épaules, elle se pencha vers lui et l'embrassa.

Refrénant son désir de reprendre le dessus, il lui laissa l'initiative, imprimer son rythme, faire monter la tension érotique entre eux. Elle lui prit la tête entre ses mains, emmêla leurs langues, frotta le centre de son intimité contre son sexe dressé sous elle. Emportée par le désir, elle adopta un rythme plus soutenu. Elle balançait ses hanches, ondulait au-dessus de lui.

Abandonnant toute velléité de contrôle, Benji grognait de plaisir, les doigts plantés dans la tendre chair des hanches de Sloane. De ses mains solides il amplifia les mouvements du corps de la jeune femme, d'avant en arrière. Tous deux frôlaient l'apothéose. Lui n'y tenait plus, tout son être exigeait de plonger de nouveau en elle. Reprenant l'initiative, il fit basculer leurs deux corps, et se retrouva sur elle. Il tendit à l'aveugle une main vers la table de chevet pour y saisir un préservatif qu'il enfila avec fébrilité.

Il aspirait à jouir de la femme qui hantait ses rêves depuis la puberté. La seule femme qu'il ait vraiment désirée.

Sloane lui enserra la taille de ses cuisses et il la pénétra d'un long coup profond. Sous la force de l'assaut, elle enfonça ses ongles dans les épaules de Benji, comme si elle se noyait. Puis, le corps tendu comme un arc, elle murmura son nom, au moment où une vague de volupté les submergeait tous les deux.

Le souffle court, la peau moirée de sueur, Benji s'affala sur le matelas, attira Sloane contre lui et déposa un long baiser sur son front moite.

— Viens au Japon avec moi, dit-il.

Il fut le premier surpris des mots qu'il venait de murmurer impulsivement à l'oreille de sa compagne. Il avait conscience de rompre un accord. Ils s'étaient laissé une nuit ensemble, pas six mois.

Calme-toi, Benji.

Sa raison lui dicta de faire machine arrière sur-le-champ. Mais son corps lui chantait une tout autre chanson, il espérait de toutes ses forces qu'elle accepte.

— Ce serait du tonnerre ! rétorqua Sloane sur le ton de la plaisanterie. On mangerait des sushis tous les jours, on chanterait tous les soirs dans les karaokés. En plus, je rêve de voir les cerisiers en fleurs. Laisse-moi juste quelques heures pour boucler ma valise.

— Tu viens avec moi ?

Terreur abjecte et plaisir extrême faisaient rage dans le cœur de Benji. Exactement comme dans les montagnes russes au moment de la plongée vers le sol.

Sloane releva la tête et cligna des yeux, la tête penchée sur le côté.

— Attends un peu, dit-elle. Tu n'es pas sérieux, quand même ?

Les épaules soudain crispées, il répondit :

— Tout ce qu'il y a de plus sérieux.

— Mais Benji… Je ne peux pas. Je croyais que tu comprenais que tout ceci n'était qu'un…

— Un jeu ?

— Quelque chose de… Une parenthèse. Deux personnes qui se conduisent mal l'espace d'un week-end.

Soudain consciente de sa nudité, Sloane s'entoura du drap et se redressa dans le lit.

— C'est impossible, poursuivit-elle. Je pensais que tu l'avais compris.

— J'ai très bien compris. Mais c'est tellement agréable de se réveiller avec quelqu'un qui vous donne envie de rester au lit toute la journée. Ça ne m'était encore jamais arrivé.

— Moi non plus, mais…

— Dans ce cas, pourquoi ne pas poursuivre au Japon ?

Elle enfonça ses doigts dans sa chevelure en bataille et soupira.

— Et pendant que tu travailleras toute la journée, que serai-je censée faire ? demanda-t-elle. Me prélasser en attendant le retour de mon amant ? Non merci, Benji. Je n'ai aucune envie de devenir la maîtresse désœuvrée d'un homme, fût-il milliardaire.

Le drap toujours serré autour d'elle, elle sortit du lit et récupéra son soutien-gorge et sa culotte tombés par terre.

— En plus, poursuivit-elle, j'ai un travail et des responsabilités, et pour couronner le tout je n'ai pas de passeport.

Remontant sa couverture jusqu'à sa taille, Benji répondit :

— Je ne pensais pas à cet arrangement en ces termes. Nous serions juste deux amis partis ensemble.

— Des amis qui font l'amour, rétorqua-t-elle du tac au tac en le regardant bien en face. Et vivent de ton argent. En plus, tu parles toi-même d'un « arrangement ». Donc excuse-moi mais, si quelque chose ressemble à un canard et si ça caquette comme un canard, ça s'appelle…

Elle n'acheva pas sa démonstration.

Elle avait raison. Benji se racla la gorge. Était-il vraiment devenu ce genre de gars qui croit qu'il peut tout acheter, même la femme qu'il révère ?

— Tu gagnes ce point, reconnut-il. Mais je n'avais pas de mauvaise intention.

— Je le sais, et je suis flattée que tu m'aies demandé de te suivre, dit-elle d'un ton radouci.

Sa robe bleue serrée contre sa poitrine, elle déposa un tendre baiser sur les lèvres de Benji.

— Si la situation était différente…

Sloane s'interdit d'achever sa pensée. Tout était bien comme ça. À quoi servirait de rêver d'un autre univers, dans lequel elle accepterait cette proposition ?

Benji fit la seule chose qu'il lui restait à faire. Il l'attira à lui. Sa robe tomba au sol, bientôt rejointe par ses sous-vêtements.

- 1 -

Six mois plus tard

Aux abords de l'immeuble de Sloane, Benjamin plongea son visage dans la brassée de roses, de lys et de gueules-de-loup qui encombrait ses bras.

Un fin sourire lui retroussait les lèvres. Sloane avait toujours adoré l'odeur des gueules-de-loup dont sa mère ornait leur jardin.

Immobile devant la porte d'entrée peinte en rouge, il inspira à pleins poumons.

Deux amis qui vont prendre un café ensemble. Rien d'extraordinaire à cela.

Tel était en tout cas la première étape de son vaste plan. Il l'inviterait à prendre un café dans un endroit neutre. Après quelques banalités, il lui proposerait de reprendre les choses là où elles s'étaient arrêtées au moment de son départ pour le Japon.

Pendant son séjour à Tokyo, il s'était renseigné auprès de Délia au sujet de Sloane. À sa surprise, sa sœur s'était montrée inhabituellement circonspecte à propos de son amie. Désireux de ne pas éveiller ses soupçons, il n'avait pas insisté.

Il s'était contenté de lui demander l'adresse de Sloane, sous prétexte d'échanger des vœux de Noël. Pas vraiment un mensonge, mais pas non plus la stricte vérité.

Au Japon, il avait eu mille fois envie de prendre son

téléphone pour l'appeler. Mais, avant son départ, elle semblait si convaincue que leur séparation s'imposait… Jamais un appel longue distance ne serait parvenu à ébranler sa détermination. C'était perdu d'avance.

En désespoir de cause, il avait plongé tête baissée dans le travail. Mais, au moment de retenir son billet de retour, il s'était rendu compte qu'il reviendrait aux États-Unis le jour de la Saint-Valentin.

Il avait pris cette coïncidence comme un signe du destin.

En un clin d'œil, il avait pris sa décision. Au lieu de retenir un vol direct pour Seattle, il avait acheté un billet pour Nashville. Il voulait parler à Sloane en tête à tête.

Était-il déraisonnable d'imaginer que quelque chose pouvait se développer entre eux ? Peut-être. En tout cas, il préférait de loin essuyer un refus, plutôt que de vivre avec le regret éternel de ne pas avoir tenté sa chance.

Son bouquet coincé au creux d'un bras, il appuya sur l'Interphone.

— Vous cherchez Sloane ? demanda une femme au balcon de son appartement. Elle est partie il y a deux heures mais, si vous avez quelque chose à lui remettre, je peux signer le reçu.

Dissimulant sa déception, Benji répondit :

— Merci beaucoup, mais je suis un vieil ami et j'aimerais lui remettre ces fleurs en personne.

— Vous avez de la chance, s'exclama la femme en désignant un pick-up qui s'engageait dans l'allée. La voici !

Soulagé, il contourna l'immeuble. Elle s'était garée sur le parking de la résidence et vidait le coffre de son véhicule.

Il s'approcha en silence, répétant dans sa tête les mots qu'il avait préparés. Son bouquet coincé au creux de son bras gauche, il fourra sa main droite dans sa poche.

— Salut, Sloane.

L'air tendu, elle regarda par-dessus son épaule.

— Benji ? Qu'est-ce que tu fais là ?

Pas exactement le genre d'accueil qu'il avait imaginé. Il se força quand même à sourire.

— Je voulais te faire une surprise pour la Saint-Valentin, expliqua-t-il. Si tu n'as pas d'autre projet, nous pourrions peut-être faire quelque chose ensemble.

Comme elle ne se retournait toujours pas vers lui, il se racla la gorge et poursuivit :

— J'ai pris un vol direct du Japon pour Nashville. J'avais vraiment besoin de te voir.

— Tu n'aurais pas dû venir, dit-elle en déchargeant ses courses. Ce n'est pas ce que nous avions décidé.

— Je sais, mais…

— Pars, maintenant, s'il te plaît, demanda-t-elle, le dos tourné.

— Tu ne veux même pas me parler un peu ?

Il détestait s'exprimer comme un enfant qui négocie l'heure de son coucher avec la baby-sitter. Il était adulte, que diable ! Un entrepreneur. Un *self-made man* milliardaire dont les conseils se payaient à prix d'or.

Alors pourquoi rétrogradait-il au stade de gamin transi chaque fois qu'il se trouvait en présence de cette femme ?

— Non ! dit-elle.

Se redressant d'un coup, elle heurta violemment le capot de sa voiture et chancela, le corps soudain languide.

— Sloane ! s'écria-t-il.

Lâchant les fleurs, il se précipita pour l'empêcher de s'écrouler.

— Ça va, je te tiens, dit-il en la soutenant dans ses bras.

Elle pesait beaucoup plus lourd que le soir où il l'avait portée jusqu'à sa chambre, six mois plus tôt.

Était-ce pour cette raison qu'elle ne voulait pas le voir ? Avait-elle honte de sa prise de poids ? Comme si un détail aussi trivial comptait pour lui.

Le cœur battant, il la questionna :

— Ma chérie, tu vas bien ?

Elle respirait mais ne réagissait pas.

Affolé, Benjamin l'installa sur le siège du passager

de son pick-up pour la conduire à l'hôpital. Au moment d'attacher pour elle sa ceinture de sécurité, il remarqua son ventre gonflé.

— Sloane, tu es… Je veux dire… Es-tu…

— Enceinte ? gémit Sloane, les yeux entrouverts. Oui.

— Enceinte comment ?

— Très ! répondit-elle avec un petit rire nerveux.

Comme il ne réagissait pas, elle se racla la gorge, le visage de nouveau sérieux.

— Six mois, murmura-t-elle.

— C'est… Je veux dire… Je suis…

Benjamin suffoquait, aucun mot ne parvenait à sortir de sa bouche. Avalant sa salive avec difficulté, il essaya une nouvelle fois :

— Le bébé… est de moi ?

— Depuis mon divorce, à part toi, je n'ai approché aucun homme. Il est donc de toi. Je ne suis pas l'Immaculée Conception.

Il la scruta. Comment pouvait-elle plaisanter ? Il s'apprêtait à devenir père dans quelques mois, et elle n'avait même pas eu la décence de l'en avertir.

— Tu me l'aurais dit un jour ? s'enquit-il.

— Euh… Je ne sais pas.

Le ton sarcastique qu'elle utilisait jusque-là comme un bouclier lui fit soudain défaut, ses yeux s'humidifièrent. Elle poursuivit sans le regarder en face :

— Le week-end de notre… escapade, tu as été très clair au sujet des enfants. Devenir papa, ce n'était pas ta tasse de thé, ce sont les mots que tu as utilisés.

— Pardon ?

Aussitôt, leur conversation au sujet de sa nièce Evie lui revint d'un bloc.

« Evie est certes adorable, mais les réveils à 3 heures du matin pour le biberon, et les couches à changer, ce n'est pas ma tasse de thé. »

— Je parlais dans le vide, protesta-t-il. Je n'avais pas le projet immédiat d'avoir un enfant, c'est tout ! Mais loin de moi la pensée de refuser de reconnaître mon propre enfant ! Je ne suis pas un salaud !

— Tes propres enfants, rectifia Sloane en se frottant la tête à l'endroit où elle avait heurté le capot.

— Des jumeaux ? s'exclama Benjamin d'une voix soudain haut perchée. Nous allons avoir des jumeaux ?

Son regard se posa sur le ventre de la jeune femme. L'espace d'un instant, il se sentit faible, tout tournoyait autour d'eux.

— *Je* vais avoir des jumeaux, corrigea-t-elle en se tenant le ventre. Pas tout de suite, j'espère, ce serait beaucoup trop tôt. D'ailleurs je m'inquiète, à mon avis, quelque chose ne tourne pas rond.

Benjamin effleura la bosse sur la tête de Sloane. Il s'apprêtait aussi à lui toucher le ventre, mais il retira sa main in extremis. Six mois plus tôt, ils avaient été très intimes mais, aujourd'hui, le simple fait de lui toucher le ventre devenait indiscret, trop personnel.

— Allons voir un médecin, décida-t-il.

Bouclant la ceinture de sécurité, il tendit la main vers elle, exigeant sans un mot les clés du pick-up.

Elle le contempla d'abord comme si elle voulait l'envoyer au diable. Puis se ravisant, elle fouilla dans sa poche et lui tendit son trousseau sans un mot.

Benjamin ramassa les fleurs tombées à terre et s'installa au volant.

— Elles sont pour moi ? demanda-t-elle d'une voix radoucie.

— C'est ça, dit-il en lui tendant le bouquet malmené. Bonne Saint-Valentin, acheva-t-il avec une pointe d'amertume.

— Des gueules-de-loup, murmura-t-elle en inhalant le parfum des fleurs.

Soudain des larmes roulèrent sur ses joues.

— Tu souffres ? demanda Benji en lui saisissant le bras.

— Oui, répondit-elle en reniflant. Mais, si je pleure, c'est à cause de ces stupides hormones de grossesse qui me rendent sentimentale. Et en plus… tu t'es souvenu que j'adore les gueules-de-loup !

Malgré la colère qui l'étreignait encore, Benjamin soupira et lui adressa un regard peiné.

— Je me souviens de tout de toi, dit-il. Même si j'ai tout fait pour t'oublier.

Les paroles de Benji firent mal à Sloane, encore plus que le jumeau qui lui appuyait sur la vessie, encore plus que son ventre qui semblait pris dans un étau.

Il avait tout fait pour l'oublier, avait-il dit. Alors que, pendant ces six mois, elle n'avait pensé qu'à lui, même avant de se savoir enceinte, et enceinte de jumeaux.

Parce que, quand elle faisait l'amour, elle ne faisait pas les choses à moitié.

Pendant les deux mois qui avaient suivi leur unique nuit de plaisir, elle avait regretté de ne pas avoir accepté de le rejoindre au Japon. Elle avait passé beaucoup de temps à rêver de lui, à le désirer. Absorbée par son travail et par ses pensées amoureuses, elle avait occulté l'absence de ses règles. Jusqu'au moment où les nausées matinales avaient soudain remis les pendules à l'heure.

— Je suis désolée que tu aies appris la nouvelle de cette manière, dit-elle.

Elle ne regardait pas Benji, de peur de lire dans ses yeux la haine et la déception.

— Pourquoi ne m'as-tu rien dit ? demanda-t-il.

Sa voix vibrait de chagrin et de colère.

— J'aurais dû, mais…

Elle se tourna vers lui, la gorge et les lèvres sèches.

— Tu comprends… Nous étions d'accord pour une nuit de plaisir, pas pour dix-huit ans d'engagement en tant que parents. Tu avais dit si clairement que les enfants ne t'intéressaient pas…

— J'exprimais des généralités, répéta-t-il, les mains crispées sur le volant.

— Tu as dit textuellement…

— Je sais ce que j'ai dit, je me souviens de tout ce qui s'est passé entre nous cette nuit-là.

Suivant les directives de son GPS, il tourna à gauche.

— Mais comment as-tu pu croire que je négligerais ma chair et mon sang ? Que je ne souhaiterais pas savoir si j'avais un fils ou une fille quelque part dans le monde ?

— C'est une fille et un garçon…

Une main posée sur son ventre, elle grimaça, mais fit de son mieux pour rester calme malgré la douleur.

Benji lui lança un rapide coup d'œil.

— Tu as souvent mal comme ça ? demanda-t-il.

— Pas aussi fort, répondit-elle, les larmes aux yeux.

Il était trop tôt pour que les jumeaux naissent. Elle se força néanmoins à sourire.

— En général, c'est juste un peu d'inconfort à cause de ton fils qui me donne des coups de tête dans la vessie, ou de ta fille qui fait de la gymnastique rythmique. Celle-ci, ça va être une gymnaste, c'est certain.

Malgré la colère qui couvait encore dans sa voix, Benji lui prit la main et la rassura :

— Tout va bien se passer. D'abord, on s'assure que les enfants vont bien. Ensuite…

— Je te dirai tout ce que tu veux savoir, assura-t-elle quand ils parvinrent en vue de l'hôpital. C'est promis.

Depuis l'admission de Sloane à l'hôpital, Benjamin n'avait pas cessé de faire les cent pas.

Il s'apprêtait à devenir père de deux bébés ! Comment était-ce possible ? Il s'était pourtant montré responsable, avait utilisé un préservatif chaque fois qu'ils avaient fait l'amour.

Alors ? Que c'était-il passé ?

Son téléphone vibra dans sa poche. L'écran afficha le visage de sa mère. Elle désirait sans doute savoir si son voyage de retour s'était bien déroulé. Mais il avait en tête des choses bien plus urgentes. Il ne lui répondrait pas avant de savoir pourquoi Sloane ne l'avait pas prévenu de sa future paternité. La raison qu'elle lui avait servie ne tenait pas la route.

Il respectait l'ordre naturel des choses, Sloane portait les bébés dans son ventre, ils lui appartenaient, c'était une évidence. Mais ils étaient aussi à lui. À ce titre, n'avait-il pas le droit d'être informé ? N'était-il pas légitime qu'il partage la vie de ses enfants ? Le père de Sloane avait quitté le foyer familial quand elle avait dix ans. Elle se trouvait donc bien placée pour comprendre la souffrance de grandir sans père. Alors pourquoi infligerait-elle intentionnellement à ses enfants le même traumatisme ? C'était incompréhensible.

La porte s'ouvrit, faisant place à la doctoresse. Celle-ci l'invita à rejoindre la chambre où Sloane se trouvait perfusée. La jeune femme lui adressa un sourire d'excuse, avant de baisser les yeux vers son ventre, sur lequel reposaient ses deux mains.

— Sloane va bien ? demanda-t-il au Dr Carroll. Et les jumeaux ?

Le médecin posa une main douce sur son bras.

— Elle va aller très bien, affirma-t-elle. Elle a eu des contractions douloureuses, c'est l'utérus qui s'exerce à pratiquer le travail de l'accouchement. En général, ce n'est pas douloureux mais, Sloane étant déshydratée, ça a contribué à ces contractions intenses.

Les mains tremblantes, l'esprit vide, Benji secoua la tête. Rien de tout cela ne paraissait réel.

— Vous devriez vous asseoir, dit le Dr Carroll en désignant un canapé. Inspirez profondément. Tout vous dépasse en cet instant, mais la situation ne présente aucun danger grave, je vous l'assure.

— Désolé, dit-il. Tout cela est tellement inattendu…

— Je sais, dit-elle d'un ton grave. Sloane m'a expliqué la situation. J'imagine le choc que vous avez éprouvé. Mais envisagez le bon côté des choses : vous serez présent à la naissance des bébés. En plus, elle et vous disposez encore de temps pour éclaircir votre situation. Les jumeaux comptent sur vous deux pour cela.

— Elle va sortir ce soir ? demanda-t-il.

Il ne se sentait pas encore prêt à faire la paix avec elle. Pas avant d'avoir obtenu des réponses claires.

— Je la garde encore une heure en observation, répondit la doctoresse. Ensuite, si tout va bien, elle pourra rentrer chez elle. Elle devra se ménager…

Elle adressa à Sloane un regard sévère, avant de poursuivre à l'adresse de Benjamin :

— Assurez-vous qu'elle observe mes recommandations, elle ne doit rien faire de physique, ne pas porter de poids etc. Si elle ne s'y conforme pas, je la mettrai au repos forcé, au lit.

— Je comprends, assura Sloane d'un air contrit. Je ne mettrais jamais sciemment la vie des petits en danger.

— Je le sais bien. Mais vous menez trop de choses de front, c'est un peu dangereux.

La doctoresse nota quelque chose sur sa tablette et vérifia le matériel de la perfusion.

— Y a-t-il quelque chose de spécifique qu'elle ne doive pas faire ? demanda Benjamin.

— Aucun effort physique. Ne rien soulever. En revanche, le yoga, la marche, la natation, sont conseillés, mais avec modération. Aucune douleur, aucun inconfort particulier.

Puis se tournant vers Benji, elle ajouta avec un sourire amical :

— Aucune restriction sexuelle, dans la limite du raisonnable, si c'est ce que vous vouliez savoir.

Les joues de Benji se colorèrent.

— Ce n'était pas le sens de ma question, bafouilla-t-il.

Sloane et le médecin éclatèrent de rire.

— Je n'ai pas la moindre intention de te sauter dessus en arrivant chez moi, dit Sloane.

Benji la regarda sans aménité et se tourna vers le Dr Carroll.

— Je parlais du coup qu'elle a pris sur la tête, dit-il. Elle s'est évanouie quelques instants, ça peut avoir un impact sur les jumeaux ?

— Détendez-vous… Elle a une petite bosse, que nous avons traitée avec de la glace. Continuez à le faire à la maison. S'il y a le moindre signe de désorientation ou de malaise, ramenez-la à l'hôpital sur-le-champ.

— Je vais encore avoir de ces contractions si intenses ? s'enquit Sloane d'une voix tendue.

Devant son inquiétude palpable, Benji se rapprocha d'elle et lui prit la main, ce qui eut pour effet de la rassurer. Quand il leva la tête vers le médecin, elle souriait, apparemment satisfaite de son besoin instinctif de réconforter sa compagne.

— Si vous vous hydratez, vous abstenez d'effort physique et réduisez votre niveau de stress, elles ne devraient plus être aussi intenses. Peut-être même n'en ressentirez-vous plus.

Le Dr Carroll se tourna vers Benjamin.

— Si les contractions deviennent intenses, donnez-lui à boire et faites-la marcher un peu. Cela devrait la soulager.

Elle lui tendit un petit dépliant en indiquant :

— Ce mémo vous aidera à distinguer ces contractions de celles qui précèdent le travail de l'accouchement. Étudiez-les, mémorisez-les, nous voulons que ces bébés restent dans le ventre de leur mère au moins jusqu'à la trente-septième semaine, si possible.

— Benji ne vit pas ici, intervint Sloane, il va retourner à Seattle.

— Pas du tout. Je ne te quitte plus avant la naissance des jumeaux.

Comme elle ouvrait la bouche pour protester, Benji assena d'un ton ferme :

— Ça ne se discute pas.

Sloane se tut et se frotta lentement le ventre.

— Très bien, approuva la doctoresse. Jusqu'à maintenant, elle a tout fait toute seule, je me faisais du souci pour elle.

Benjamin ne put réprimer une bouffée de culpabilité, même s'il n'était au courant de rien quelques heures plus tôt. Cette culpabilité vira très vite au ressentiment.

Il aurait dû être là, et il l'aurait été, si seulement Sloane lui avait fait la courtoisie d'un coup de fil ou même d'un simple texto pour l'informer.

— Bien, Sloane, annonça le Dr Carroll, je ne veux pas vous voir avant la prochaine consultation programmée, entendu ?

Puis la doctoresse se tourna vers Benjamin.

— Vous pouvez me consacrer un instant ? s'enquit-elle.

Il la suivit dans le couloir.

— Je sais que vous êtes en colère et avez beaucoup de questions à poser à Sloane, dit-elle. Je ne vous donne pas tort, mais il faut lui éviter tout stress inutile. Tenez-en compte dans votre démarche pour obtenir des réponses et décider ce que vous voulez faire, tous les deux.

— Bien sûr, répondit-il en fourrant ses mains dans ses poches.

Le visage de la doctoresse se radoucit, elle posa sa main sur le bras de Benji et poursuivit :

— Donnez-lui une chance de s'expliquer. Écoutez tout ce qu'elle a peur de dire. Elle est solide mais, au fond d'elle, elle est terrifiée à l'idée de vivre tout ça toute seule. Ne la laissez pas vous convaincre qu'elle n'a pas besoin de vous. Prenez soin l'un de l'autre, et des deux petits qui grandissent en elle, acheva-t-elle en lui tendant la main.

Benjamin soupira et hocha la tête.

— On va y arriver, dit-il.

Quand il retourna dans la chambre de Sloane, elle se raidit sur-le-champ et détourna le regard.

Inspirant profondément, il approcha une chaise du lit et s'y installa.

— Allez… Parlons, dit-il.

- 2 -

Le cœur de Sloane sombra. Elle avait le sentiment d'avoir du sable dans la gorge, ses mains tremblaient. Elle fit un effort surhumain pour soutenir le regard de Benji.

Il était blessé, en colère. Déçu par elle.

Si différent de celui qui, six mois plus tôt, la couvait de ses yeux amoureux.

Quand elle avait décidé de ne pas lui parler de sa grossesse, ses raisons lui paraissaient honorables. Elle se sacrifiait. Maintenant, alors qu'elle se trouvait confrontée au ressentiment de Benji, ses arguments lui semblaient peu courageux, seulement destinés à éviter le moment qu'ils étaient précisément en train de vivre.

— Je ne voulais pas te blesser, Benji. Je pensais honnêtement te faire une faveur en te tenant à l'écart du problème que j'ai créé.

— Ce n'est pas comme si tu avais créé ce problème toute seule, rétorqua-t-il en croisant les bras. J'ai le distinct souvenir d'avoir été présent dans cette affaire, figure-toi.

Une onde de chaleur parcourut Sloane, ses mamelons se dressèrent au souvenir brûlant de ce qui s'était passé entre eux au cours de ce lointain week-end.

— Alors pourquoi diable…

Il s'interrompit, prit une profonde inspiration et ferma les yeux. Elle aurait juré qu'il comptait jusqu'à dix dans sa tête.

Au bout de quelques secondes, il rouvrit les yeux et reprit d'un ton calme :

— Pourquoi diable as-tu cru que tu devais gérer cette situation toute seule ?

— Parce que je n'ai plus vingt ans, je suis responsable de mes actes. Jamais je n'aurais dû me rendre dans le chalet avec toi. Jamais je n'aurais dû permettre que tu m'embrasses.

Sloane secoua la tête. Des larmes coulaient le long de ses joues, elle les balaya d'une main rageuse. *Satanées hormones*, grinça-t-elle en son for intérieur.

— Je n'ai pas neuf ans, rétorqua Benji d'une voix radoucie mais toujours tendue. Je n'ai plus besoin que tu me protèges comme quand j'ai cassé le vase préféré de ma mère. Tu n'as pas à me défendre des conséquences de mes actes. Quant à l'argent, ce n'est pas un problème, je suis très capable de te prendre en charge ainsi que les jumeaux.

— C'est justement ça…

La douleur qui lui étreignait soudain le ventre n'avait rien à voir avec les contractions. Et tout à voir avec les rumeurs qui couraient à Magnolia Lake depuis son enfance.

— Tout le monde croira que je suis tombée enceinte exprès, dit-elle. Que j'avais un plan pour sauver ma famille en harponnant un milliardaire.

— Magnolia Lake réagit encore en petite ville archaïque. Mais, même les gens d'ici savent comment on fait les enfants, à mon avis. Ils savent qu'il faut être deux.

— Je ne plaisante pas, Benji, rétorqua-t-elle en se frottant le ventre. Tu ne comprends pas parce que… N'en parlons plus, acheva-t-elle en se laissant retomber contre son oreiller.

— Explique-moi plutôt, insista-t-il en se rapprochant un peu. Si je ne comprends pas, explique-moi comment des adultes rationnels ignoreraient mon rôle dans cette affaire, et ne blâmeraient que toi.

— Ils diront « telle mère, telle fille ».

Les larmes brûlaient les yeux de Sloane. Sa vie à Magnolia Lake appartenait au passé lointain et, pourtant, cette phrase prononcée à mi-voix par toutes sortes de gens la blessait encore.

Benji se tint coi, comme s'il se souvenait soudain de ce que disaient les gens en ville à propos de sa mère et d'elle. Il s'éclaircit la voix et dit :

— Tu n'es pas ta mère, Sloane. Quoi qu'ils disent…

— Ce qu'ils disent de ma mère est faux.

Sloane le regarda bien en face. Elle ne s'entendait pas toujours bien avec Abigail Sutton et n'avait toujours pas tout à fait surmonté la rancœur qu'elle éprouvait à son égard. Mais personne d'autre qu'elle n'avait le droit de la critiquer, surtout pour énoncer des mensonges.

Elle se redressa dans son lit.

— Ma mère n'a pas pris mon père au piège pour qu'il l'épouse. Elle était assez sotte pour croire qu'il l'aimait, voilà la vérité. Elle était bien trop naïve pour comprendre que jamais les Sutton n'approuveraient une fille d'un autre milieu que le leur.

— Écoute-moi. Je suis désolé si quelques imbéciles ont pu te donner le sentiment que tu étais inférieure. Mais, toi et moi, nous savons parfaitement que ce n'est pas le cas. Je ne l'ai jamais cru un instant et ma famille non plus.

Elle aurait voulu dire à Benji que sa mère ne l'avait jamais aimée. Cela se sentait à la froideur de sa voix et de ses yeux, en dépit du sourire faux qu'elle lui adressait en toute occasion. En fait, Constance Bennett ne faisait que la tolérer, préférant comme un moindre mal que Délia et elle passent leur temps chez elle, sous sa surveillance étroite.

Mais à quoi bon rouvrir de vieilles blessures, au moment où de fraîches occasions de souffrir éclataient ?

— Reconnais-le, ça va paraître bizarre que tu sois revenu à Magnolia Lake en milliardaire et que je me retrouve enceinte de toi. Et puis, il y a notre différence d'âge. Ta sœur va me tuer, acheva-t-elle en pressant ses mains sur ses tempes.

— Oublie les autres une minute ! Ce qui se passe, c'est entre toi et moi ! Et nos bébés, dit-il en posant son regard sur le ventre de Sloane.

Il avala sa salive avec difficulté et se pencha vers elle en bredouillant :

— Ça… Ça te dérange si…

Le cœur de Sloane se gonfla d'affection pour cet homme. L'air timide qu'il prenait pour demander s'il pouvait la toucher, après l'intimité qu'ils avaient partagée six mois plus tôt, lui sembla adorable.

— Donne-moi ta main, dit-elle en le guidant. Pose-la ici.

— Je ne sens aucune…

— Chut, dit-elle en fermant les yeux. Attends.

Les mains de Benji sur son ventre, ils attendirent. Le seul bruit dans la pièce provenait de la pompe de la perfusion.

Soudain un des bébés donna un coup de pied. Sloane ouvrit les yeux et sourit en découvrant l'air émerveillé de Benji.

— Je n'arrive pas à le croire, dit-il d'une voix qui se brisa. C'est mon… notre bébé.

La poitrine de Sloane se serra. Jusqu'à cet instant, elle avait pensé aux bébés comme les siens.

— Ça, c'était ton fils, annonça-t-elle. Je ne sais pas ce que mes côtes lui ont fait, mais il les attaque en règle.

Beaucoup moins intimidé à présent, Benji appuya sa main sur l'estomac de Sloane et sursauta. La peau de son ventre avait ondulé sous sa paume. Sa fille changeait de position !

— Tout va bien, le rassura-t-elle avec un grand sourire. La première fois que j'ai constaté ce mouvement, ça m'a fait peur aussi, on aurait dit de la science-fiction.

Benji se détendit un peu. Il étendit la main vers l'endroit où la peau de Sloane s'étirait et bougeait. Sous sa paume, il sentit furtivement une minuscule épaule.

Il se redressa, le visage empreint de respect et la regarda dans les yeux.

— Je n'étais pas près de ma sœur lors de sa grossesse, expliqua-t-il, et je n'ai rien vu de tout ça. C'est… magnifique.

— Si tu veux entendre les battements de cœur, appuie sur ce bouton du moniteur pour augmenter le son, dit-elle.

Benji s'exécuta, les yeux brillants.

— C'est un battement de cœur ? demanda-t-il en écoutant attentivement.

Puis après avoir encore augmenté le son :

— Non, ce sont deux battements de cœur, rectifia-t-il.

Il se passa une main dans les cheveux et s'assit au bord du lit. De nouveau son visage exprimait chagrin et déception.

— Comment as-tu pu ne pas me prévenir de tout ça ? demanda-t-il.

À cet instant le téléphone de Sloane retentit. Soulagée de la diversion, elle le prit sur la table de chevet et lut le nom inscrit sur l'écran.

Maman

Elle n'avait pas pensé à appeler sa mère. Mais pour rien au monde elle ne voulait lui fournir une bonne excuse pour venir la rejoindre à Nashville. Avec son gros ventre et toutes les affaires de bébé qu'elle achetait en double, son appartement semblait déjà trop petit.

Sans répondre, elle reposa le téléphone à l'envers. Elle rappellerait sa mère en rentrant chez elle. Inutile de l'inquiéter.

Il n'y avait rien à dire.

Sauf que l'homme auquel sa mère se référait comme « le petit Benji Bennett » était le père de ses enfants. Cet aveu, elle ne se sentait pas de taille à y faire face.

— Tout va bien ? s'enquit Benji d'un ton inquiet.

— Très bien… À propos de ce que tu as dit devant le Dr Carroll…

— Sur le fait que je ne retourne pas à Seattle ? acheva-t-il, le regard étréci.

— C'est ça, répondit-elle, à la fois terrifiée et pleine d'espoir. Ce n'est pas nécessaire, tu sais. Comme te l'a confirmé le médecin, je vais bien, et les bébés aussi.

— J'ai manqué les six premiers mois de ta grossesse, je ne veux pas rater une minute de plus.

Ce n'était ni une question ni une suggestion.

— Les deux premiers mois, je n'avais pas la moindre idée de mon état. Les quatre mois suivants, j'ai été nauséeuse tout le temps. Horrible. C'est juste en train de diminuer.

— Les nausées ont été si pénibles que ça ?

— Je n'ai rien pu garder de ce que j'avalais, et je n'ai pas pu travailler pendant quatre mois.

Le visage de Benjamin s'assombrit.

— Tu ne travailles plus ? Comment fais-tu pour faire face à tes dépenses ?

Les joues de Sloane s'empourprèrent. Elle ne souhaitait pas du tout s'entretenir de ses difficultés financières avec le *golden boy*. Elle s'était mise dans ce pétrin, c'était à elle de s'en sortir. En trente ans, elle avait au moins appris une chose : quand elle se trouvait en difficulté, personne ne se précipitait à son secours. Elle devait se tirer de là toute seule, comme elle l'avait toujours fait.

— Sloane ?

Sortant de la dérive de ses pensées, elle répondit en résistant à l'envie de se ronger les ongles :

— Je me débrouille.

Après un silence gêné, Benji reprit la parole :

— Quand tu remplissais les papiers d'admission à l'hôpital… je n'ai pas pu m'empêcher de voir les factures impayées dans ton sac.

Indignée, elle protesta :

— Tu as fouiné dans mes affaires ?

— Mon regard est simplement tombé sur les mots écrits en gros caractères rouges. Sloane, qu'es-tu en train d'essayer de prouver ? À quoi me sert mon argent si je ne peux pas aider les gens que j'aime ?

— Ce n'est pas ce que tu disais le soir du mariage, souligna-t-elle en croisant les bras. Ce jour-là tu m'as fait part de ton agacement devant tous les gens qui te traitaient différemment depuis que tu avais réussi. Tu en as assez d'être considéré comme un distributeur de billets de banque. Je ne supporterais pas que toi, Délia ou ta mère pensiez que je suis comme ces filles qui te couraient après au mariage. À l'affût de tes dollars, gourmande d'une part du gâteau de Benjamin Bennett.

— Mais… Personne ne pensera ça !

— Je me suis prise en charge dès l'âge de seize ans. En plus de mes tâches au ranch, j'avais un autre boulot. Je n'ai jamais eu à demander quoi que ce soit à quiconque.

Elle avait beau essuyer les larmes qui lui montaient aux yeux, il lui en venait de nouvelles.

— Je devrais être capable de pourvoir aux besoins des jumeaux, assura-t-elle. Sans aide extérieure. Mais ma vie tombe en miettes au moment où je voudrais jouir d'une maternité épanouie.

Se rapprochant de Sloane, Benji lui prit la main et y déposa un baiser.

— Tu n'as pas à supporter seule cette charge. Accepter de l'aide ne fait pas de toi un être faible. Il a fallu deux personnes pour créer ces jumeaux, il en faut deux pour s'en occuper.

Elle le regarda. L'argument de Benji se tenait. Il n'empêche, elle se sentait vulnérable et émotive.

— Ne te sens pas obligé de réagir ainsi, dit-elle. Si tu veux, tu peux franchir le seuil de cette porte et te retirer, personne n'en saura rien.

Il lui caressa la joue et répliqua d'une voix douce :

— Rien n'a autant d'importance pour moi que prendre soin de toi et des bébés. C'est clair ?

Elle acquiesça. Il déposa un tendre baiser sur sa joue. Puis il l'embrassa sur la bouche, les lèvres closes.

Quand leurs regards se croisèrent, Sloane lut dans celui de Benji le même ardent désir que six mois plus tôt, la nuit où ils avaient conçu les jumeaux.

Sauf que, six mois plus tôt, elle était belle. Maintenant elle se sentait comme une baleine échouée sur la plage.

Il se pencha de nouveau vers elle pour l'embrasser.

— Dois-je revenir plus tard ? demanda un infirmier qui s'encadrait dans la porte.

— Non, gronda Benji, le regard planté dans les yeux de Sloane. J'ai hâte de la ramener à la maison.

S'installant sur le canapé, il laissa l'infirmier procéder aux vérifications usuelles. Il en profita pour sortir son portable de sa poche et annonça :

— C'est le moment de prévenir mes parents qu'ils vont être grands-parents.

— Tu vas leur dire au téléphone ?

Le pouls de Sloane avait fait un bond. Rick Bennett serait surpris sans excès, mais Connie cracherait des flammes et s'évanouirait probablement de rage. Quand elle reviendrait à elle, elle blâmerait Sloane d'avoir piégé son fils.

Et Délia. Son amie serait très en colère. Bien entendu, elle l'avait informée de sa grossesse, mais elle ne lui avait pas dit toute la vérité. Par exemple, elle lui avait dissimulé que son petit frère était le père des jumeaux.

— Pourquoi ne le leur dirais-je pas maintenant ? s'étonna Benji.

— C'est le genre d'annonce qui se fait en tête à tête.

— Il faudra bien finir par leur dire, objecta-t-il d'un ton calme.

Le tensiomètre bipa, le chiffre était anormalement élevé. Sloane s'adressa à l'infirmier :

— Pouvez-vous reprendre ma tension dans quelques minutes ? Je suis juste un peu tendue, ça va passer.

— Je reviens dans un quart d'heure.

Soulagée, elle se tourna vers Benji :

— Je sais que nous devons leur dire, mais ne crois-tu

pas que nous devrions d'abord débroussailler la situation entre nous ?

— Débroussailler quoi au juste ?

— Tu dis que tu ne retourneras pas à Seattle, d'accord. Mais, dans mon petit appartement, il n'y a déjà pas la place pour moi et toutes les affaires des petits.

— Dans ce cas, nous le vendrons pour en acheter un plus grand.

— Je ne peux pas le vendre comme ça, il faut des aménagements avant que je puisse le mettre sur le marché, expliqua-t-elle en se mordant la lèvre inférieure.

Elle n'aimait pas parler argent avec Benji. Cela lui donnait le sentiment de mendier.

— Et ? l'aiguillonna-t-il.

— Et je croule sous les dettes, avoua-t-elle à voix basse. J'ai pris une seconde hypothèque sur l'appartement. Ne me regarde pas comme ça, je n'ai pas dépensé l'argent bêtement. Mais ça ne te regarde pas !

— Sloane ! dit-il en se maîtrisant, dis-moi pourquoi avais-tu besoin de cet argent ?

— Pour sauver le ranch. Ces dernières années, les récoltes n'ont pas été très bonnes. En plus, mon grand-père a subi une opération à cœur ouvert, et son assurance n'a pas couvert tous les frais.

Benjamin se mit à arpenter la pièce. Son esprit fonctionnait à plein régime.

— Délia m'avait parlé de l'opération de ton grand-père, dit-il. Tu as des hypothèques à la fois sur ton appartement et sur la ferme ?

— Oui, chuchota-t-elle. J'avais un plan. J'arrivais à payer les factures. Et j'étais sur le point d'obtenir ce travail de directrice de la compagnie de disque quand…

Elle s'interrompit, les dents plantées dans sa lèvre inférieure. Elle ne voulait pas avoir l'air de rendre Benji responsable des jumeaux.

— Quand tu n'as plus pu travailler à cause de ta

grossesse, acheva-t-il en se rasseyant près d'elle. Je commence à voir le tableau.

Tous les deux demeurèrent silencieux un moment. Puis il se pencha vers elle et lui prit la main.

— Écoute… Tu penses beaucoup de mal des gens de Magnolia Lake, mais je vais te prouver que tu as tort.

— De quoi parles-tu ?

— Laisse-moi mettre l'appartement en vente.

— Même en le vendant très bien, je ne pourrais me débarrasser de la seconde hypothèque.

Son grand-père l'avait suppliée de ne pas le faire, mais par orgueil elle avait tenu à lui prouver qu'elle avait réussi dans la vie, contrairement à ce qu'il lui avait prédit.

— En plus, si je vends mon appartement, où vais-je habiter ?

— Tu déménageras à Magnolia Lake avec moi.

Son visage conservait un air neutre, mais ses yeux brillaient.

— Je n'ai pas la moindre intention de vivre avec ma mère et mon grand-père, assura-t-elle en frémissant à cette idée. Je préférerais vivre sous une tente dans les bois.

— Parfait. Dans ce cas, tu viendras vivre dans le chalet avec moi.

Une lueur d'espoir se fraya dans le cœur de Sloane.

Benji lui demandait de déménager dans son chalet avec lui. Cela signifiait-il qu'il éprouvait des sentiments pour elle, aussi ?

Après leur week-end ensemble, elle n'était plus parvenue à s'ôter Benji de l'esprit. Une question l'avait taraudée : quelque chose était-il possible entre eux ? Il était le premier homme avec lequel elle avait accepté de sortir depuis son divorce. Mais elle lui était beaucoup trop attachée pour se servir de lui afin de rebondir. Quand elle avait découvert sa grossesse, elle s'était méfiée de ses sentiments pour lui, les attribuant aux fluctuations et dérèglements de ses hormones.

Les mêmes hormones qui lui enflammaient le corps

en ce moment précis où elle contemplait le physique sensuel de Benji. Pour tout dire, elle rêvait de sentir sur elle ses mains fortes et douces à la fois.

Elle se pinça le haut du nez en fermant les yeux, et chassa de son esprit l'attirante vision des muscles de Benji saillant sous sa peau hâlée. Mieux valait se concentrer sur les implications de ce qu'il venait de dire.

— Tu me proposes de venir vivre chez toi ? demanda-t-elle.

— Il faudrait d'abord que nous nous épousions, bien entendu. Pour le bien des jumeaux. Ce ne serait que temporaire, ajouta-t-il en sortant son portable de sa poche pour envoyer un message.

Temporaire ? Le cœur de Sloane se serra. Non qu'elle ait envie de se remarier. Mais il lui restait tout de même un peu de fierté. Il venait de le dire sans ambages : il se sentait obligé de l'épouser et, pour couronner le tout, il ne s'agissait que d'un arrangement temporaire !

— Le mariage serait temporaire ? s'enquit-elle.

Benji eut l'air dérouté, avant de comprendre.

— Mais non, pas le mariage ! Nous habiterions le chalet quelque temps seulement ! J'envoie à l'instant un message à mon cousin Cole. Nous vivrions dans le chalet jusqu'à ce que son entreprise nous construise une maison permanente, à notre goût.

— Attends ! Je ne suis pas du tout d'accord pour un mariage forcé.

— Tu ne veux pas te marier ?

Benji prit l'air stupéfait, celui de quelqu'un qui ne comprenait pas comment une fille célibataire et enceinte pouvait refuser la main tendue d'un homme beau et très riche qui acceptait de reconnaître ses enfants.

— Se marier pour de strictes raisons de grossesse inattendue a tellement bien réussi à mes parents et à ta sœur, ironisa-t-elle.

Dans son ventre, le petit garçon donna un furieux coup de tête dans la vessie de Sloane.

C'est ça ! Prends le parti de ton père, espèce de petit traître !

Pour calmer le fœtus, elle se caressa le ventre.

La mâchoire crispée, Benji rétorqua :

— Nous ne sommes ni tes parents ni ma sœur.

— En effet, répondit-elle. Leur relation durait depuis longtemps, et ils n'ont quand même pas réussi à faire fonctionner leur mariage arrangé. Alors nous ! Nous n'avons passé qu'une nuit ensemble, Benji. Une nuit extraordinaire, certes, mais…

— Dans ce cas, pourquoi ne pas continuer ? suggéra-t-il en se passant une main nerveuse dans les cheveux. Je ne parlais pas nécessairement de… sexe. Je voulais dire, pourquoi ne pas continuer à deux ? Notre nuit ensemble, ce n'était pas qu'une affaire de sexe… Pas pour moi, en tout cas.

— Pour moi non plus.

Elle souligna son propos d'un sourire aussi doux que le lui permettait le petit garçon qui cognait dans son ventre.

— Mais, poursuivit-elle, une nuit d'amour inoubliable et de précieux souvenirs du passé ne font pas forcément un bon mariage. Je t'aime beaucoup, Benji, trop pour gâcher notre belle amitié en la transformant en une relation contrainte et amère, qui nous rendra malheureux, ainsi que les jumeaux.

Elle soupira, le cœur serré à la vue du chagrin inscrit sur le visage de Benjamin.

Renonçant à envoyer son message à Cole, il glissa son téléphone dans sa poche et se passa une main sur le visage.

— Tu es sûre ? demanda-t-il.

— Certaine. Merci de ta proposition, Benji. Si je dois me remarier un jour, ce sera à une seule condition : que nous soyons deux à être fous amoureux l'un de l'autre.

- 3 -

Benji conduisait la voiture de Sloane dans un silence pesant. À l'hôpital, elle avait fait comme si tout allait au mieux, jusqu'à la réception de l'établissement.

Quand la personne derrière le guichet lui avait demandé comment elle comptait régler la note, elle avait soudain paru gênée. Après une hésitation, elle avait murmuré « envoyez-moi la facture ».

Profitant d'un arrêt aux toilettes, Benji était retourné à la réception et avait réglé le montant des frais. À son retour, il lui avait tendu le reçu. Elle l'avait remercié, le visage décomposé. Depuis, elle observait le silence, la tête tournée vers la fenêtre de la voiture.

— Tu es en colère parce que j'ai payé la note ? demanda-t-il au bout d'un moment, les mains crispées sur le volant tout en se faufilant dans la circulation.

La tension de Sloane était contagieuse.

— J'apprécie ton geste, répondit-elle. C'est contre moi que je suis en colère. Je me suis mise dans une position où tu te sens obligé de payer pour moi.

— J'aimerais que tu reconsidères l'offre que je t'ai faite.

— C'est gentil Benji, mais pas de mariage sous la contrainte. Je sais que vous, les milliardaires, n'êtes pas habitués à ce qu'on vous dise non. Mais m'épouser pour la simple raison que tu es père, non merci.

— Décidément, tu es têtue comme une mule ! dit-il en se garant sur le parking de l'appartement de Sloane.

Elle éclata de rire. La tension entre eux se dissipa un peu.

Benjamin rit aussi. Pourtant, elle se trompait à son sujet, songea-t-il. Il n'appartenait pas à cette race de milliardaires qui exigeaient une stricte obédience de la part de leur entourage. Quand il s'agissait d'affaires, il savait ce qu'il voulait et usait des moyens pour y parvenir. Développer une nouvelle application, acquérir une nouvelle compagnie, exiger le meilleur prix au moment de la vendre, tout ça, il maîtrisait parfaitement.

En affaires, il appuyait toujours sur les points fragiles de ses interlocuteurs, utilisait tous les leviers honnêtes possibles pour négocier les meilleurs accords, et ça marchait toujours. Même dans les cas difficiles comme avec les Japonais, qui avaient fini par lui acheter sa start-up. Ou dans le cas du groupe d'entreprises prometteuses qu'il venait d'acquérir.

Pourquoi ne réussirait-il pas de la même manière avec Sloane ?

Si elle lui en avait laissé l'occasion, il n'aurait pas employé cette tactique avec la mère de ses futurs enfants. Mais sous aucun prétexte il ne lui permettrait de lutter seule pour élever son fils et sa fille, dans un petit appartement à des centaines de kilomètres de chez lui. Il n'avait donc pas d'autre choix que de faire ce qu'il savait faire. Appuyer sur les points faibles de Sloane pour obtenir le résultat escompté.

Dans la boîte aux lettres s'entassaient plusieurs lettres estampillées « dernier avis ». Benji la conduisit jusqu'à l'appartement, l'installa sur le canapé, et rangea les courses.

— Ne te sens pas obligé de faire tout ça, dit-elle. Tu es l'invité ici, et mes contractions se sont calmées. Je vais très bien.

Un regard impérieux de Benji la retint de bouger. Pour une fois, elle n'émit pas d'objection. Elle se laissa aller, presque soulagée qu'il ne l'ait pas prise au mot.

Se détendrait-elle aussi concernant sa proposition de mariage ? se demanda Benjamin. Étant donné les circonstances, cette suggestion semblait parfaitement sensée. Sloane avait sa fierté et sa volonté propre. Elle ne voulait pas qu'il débarque comme le chevalier blanc pour la sauver. Ça, il le comprenait très bien. Entre autres choses, il avait toujours admiré sa détermination. Pour réussir, il convenait donc seulement de faire passer la pilule. Donner à Sloane le sentiment qu'elle gagnait la partie. Lui faire une offre impossible à refuser.

Pour s'assurer de sa bonne hydratation, il lui apporta un verre d'eau fraîche et s'assit en face d'elle. Pendant quelques instants, il laissa ses doigts pianoter sur ses genoux, à la recherche des mots justes à utiliser.

— Si tu as quelque chose à annoncer, fais-le, dit Sloane en s'asseyant en tailleur tout en se caressant le ventre.

Chaque fois qu'elle posait sa main là, Benji se souvenait des sensations ressenties quand les bébés avaient bougé sous la sienne. Dans quelques mois, il serait père ! Incroyable !

Il se pencha en avant dans son fauteuil et s'aventura :

— J'aimerais te faire une proposition.

— Je t'en prie, ne mets pas un genou en terre, protesta-t-elle. Ça nous gênera tous les deux. Ma réponse n'a pas changé. Pas de mariage sous la contrainte.

L'ego de Benjamin en prenait un coup. À un moment, il avait un peu craint que l'argent et les femmes qui lui couraient après ne lui montent à la tête. Mais avec Sloane, pas de danger, elle constituait l'antidote parfait !

— Je vais finir de restaurer ton appartement et te le vendrai au meilleur prix, dit-il.

Il se racla la gorge et étudia le visage de la jeune femme. Il vit ses yeux s'agrandir de surprise, puis s'étrécir, comme si elle n'aimait pas le tour que prenait la conversation.

— Le résultat de la vente te reviendra en totalité,

ajouta-t-il. Et je te rédigerai un chèque à sept chiffres pour compenser le…

— Le fait que j'attende mes propres enfants ? interrompit-elle d'un ton indigné. Je ne suis pas ta mère porteuse ! Ces jumeaux sont à moi.

Elle prit une longue inspiration et corrigea :

— À nous.

— Ce n'est pas ce que je voulais dire, Sloane. Je me rends simplement compte de la difficulté que tu as eue à prendre tout ça en charge toute seule. Je veux te venir en aide, c'est tout.

— Le prix de cette aide est de devenir Mme Benjamin Bennett ? La richesse t'a décidément métamorphosé !

Elle ponctua sa phrase d'un regard chargé de déception puis se leva.

À cet instant, son portable sonna. Sur l'écran, Benjamin vit s'afficher le même numéro qu'à l'hôpital. Encore une fois, elle s'agita et ne répondit pas.

Il la suivit dans la cuisine, où elle se mit à préparer des boules de glaces.

— L'argent ne m'a pas changé, Sloane. Je suis un homme d'affaires. C'est mon travail d'établir des accords et d'avoir des résultats, de façon équitable pour les deux parties concernées. C'est ce que j'essaie de faire avec toi. Arriver à quelque chose de positif pour tout le monde.

— Ne prétends pas débarquer dans ma vie après dix ans d'absence en sachant ce qui est bon pour moi, lui asséna-t-elle en ouvrant un petit paquet de chips au vinaigre.

L'estomac de Benjamin se serra. Une glace, des chips… Elle ne se nourrissait pas correctement. Elle avait besoin d'aide dans tous les domaines.

— Tu as peut-être raison, dit-il d'un ton calme. Mais en cet instant même, tu as besoin d'aide, c'est indéniable. Et je veux être là pour toi, non à cause des bébés, mais parce que je suis ton ami et que je tiens à toi.

Tout en avalant une cuillère de glace surmontée de quelques chips, elle le regarda, les yeux embués de larmes.

— Il y a un an, j'avais ma vie en main, rappela-t-elle en pointant dans sa direction un doigt accusateur. Ensuite, j'ai dû faire ces emprunts, j'étais juste financièrement, mais je me débrouillais. J'avais un projet, une belle promotion me tendait les bras.

D'une main rageuse elle essuya les larmes qui coulaient le long de ses joues et lança d'une voix pleine de colère :

— Je ne t'épouserai pas, Benji. Surtout pas pour de l'argent.

Les points faibles.

Il tenait à Sloane. Ce qu'il entreprenait, c'était pour son bien et celui des petits.

Il la regarda dans les yeux et suggéra :

— D'accord, tu refuses que nous nous mariions. Dans ce cas, reviens à Magnolia Lake avec moi, tu habiteras dans le chalet jusqu'à ce que les jumeaux aient un an. À la fin de cette année, si nous sommes toujours ensemble, nous ferons construire une maison à Magnolia Lake, ou à Nashville, ou ailleurs, comme il te plaira. En revanche, si après un an tu persistes à vouloir t'éloigner de moi, ce sera sans rancune de ma part. Dans les deux cas, je vais t'aider à vendre ton appartement, et je paierai toutes les dépenses tant que nous vivrons ensemble.

Sloane parut considérer la proposition sous toutes les coutures. Elle se mordait la lèvre inférieure et finit par hocher la tête.

Benji se rapprocha encore d'elle et ajouta :

— Je paierai pour le ranch aussi. Tu seras dégagée de tout.

— Pourquoi ferais-tu ça ? lui demanda-t-elle.

— Parce que je veux être avec toi et avec nos enfants. Et ça me laissera une année pour te prouver que ça peut fonctionner entre nous.

Sloane passa sa langue sur sa lèvre inférieure, les yeux fixés sur les enveloppes estampillées « dernier avis ».

— Et si dans un an je ne veux toujours pas me marier ? dit-elle.

Cette éventualité angoissait Benji. Il se força à sourire et répliqua :

— Dans ce cas, tu partiras avec le chèque à sept zéros et sans dette. Le ranch de ta famille sera désendetté, et tu pourras t'acheter une maison avec un jardin pour les petits. Bien entendu, je continuerai à prendre soin d'eux.

Sloane se rongeait les ongles.

— Et… Tu n'essayeras pas de me retirer les enfants ? demanda-t-elle.

— Jamais je ne ferais une chose pareille !

Elle prit un air contrit.

Très bien ! songea-t-il. S'il fallait jouer sur le remords qu'elle éprouvait de lui avoir caché sa grossesse, eh bien, il le ferait ! Tout, pourvu qu'elle accepte sa proposition.

— Tu paierais tout à la fin de l'année ? demanda-t-elle.

La tension se relâcha dans la poitrine de Benji. Elle y était presque !

— Non, dit-il.

Elle fronça les sourcils.

— Combien de temps faudrait-il que j'attende encore ?

— Tu n'as pas à attendre du tout, expliqua-t-il. Tu n'as qu'un mot à dire, et je passe un coup de fil sur-le-champ.

— Pourquoi n'attendrais-tu pas la fin de notre année commune pour finir de payer ?

— Parce que j'ai confiance en toi, Sloane, dit-il en lui adressant un sourire. Et parce que je ne veux pas que tu passes le reste de ta grossesse à te tourmenter à propos de ton appartement et du ranch.

Elle recula d'un pas, comme si elle avait besoin d'air et d'espace. La main sur l'estomac, elle le contempla un long moment. Puis ajouta :

— Si je fais ça, ce sera pour ma mère et pour mon grand-père. Et pour les jumeaux, bien entendu. Pour moi, je ne veux rien.

Benjamin avala sa salive avec difficulté et hocha la

tête. Au fond de lui, il espérait que tout serait différent. À la fin de leur année commune, il lui aurait prouvé qu'ils étaient une vraie famille.

— Encore une chose, dit-elle en se passant une main dans les cheveux. Si nous concluons cet arrangement, je tiens à ce que tu comprennes que nous ne formons pas un couple pour autant. Nous élevons simplement les jumeaux à deux. Ne compliquons pas les choses au-delà.

— D'accord, opina-t-il en dissimulant sa déception. Mais moi aussi je veux stipuler quelque chose.

— Quoi donc ?

— Ne dis rien de notre accord à quiconque.

— Ma mère et mon grand-père comprendront tout dès que les factures et les mises en demeure vont cesser d'arriver dans leur boîte aux lettres. Ils ne sont pas idiots.

— C'est vrai, concéda-t-il. Mais ils n'ont pas besoin de savoir que ça fait partie de notre accord. Et exige qu'ils ne disent à personne d'où provient l'argent.

— Et Délia ? soupira Sloane. Je déteste avoir des secrets pour elle. Ces derniers mois, sans pouvoir lui dire la vérité ont été une épreuve. Je ne sais pas si elle me le pardonnera. Cette cachotterie supplémentaire ne va rien arranger entre elle et moi.

— Pourtant ça ne t'a pas posé problème de me cacher des choses importantes à moi, remarqua-t-il.

Un sillon profond se creusa entre les sourcils de Sloane et elle hocha la tête.

— Je suis d'accord, dit-elle enfin. J'habiterai dans ton chalet avec toi jusqu'à ce que les jumeaux aient un an.

— Finis vite ta glace, répliqua Benji avec un clin d'œil. Nous avons du pain sur la planche.

— Tu es sûr qu'elle est enceinte ? Tu sais, je connais…

— Certain, interrompit Benjamin.

Pas question de laisser son cousin Parker faire étalage de son scepticisme à propos des femmes.

Il ajusta le son du Bluetooth de sa voiture de location tout en pénétrant dans le quartier de ses parents à Vero Beach, Floride. Avoir laissé Sloane toute seule lui déplaisait profondément, mais elle avait raison. Il devait avoir cette conversation de vive voix avec ses parents.

— Tu es sûr que les gosses sont de toi ? demanda Parker sur un ton carré mâtiné d'excuse.

— Oui, répondit-il sans conviction.

Il ne doutait pas d'être le père des jumeaux, mais il n'en possédait aucune preuve.

— Tu penses que Sloane est tombée enceinte volontairement ?

— Ce n'est pas son genre, tu le sais bien ! J'ai dû insister pour qu'elle m'autorise à m'occuper d'elle et des petits. Je lui ai proposé de m'épouser et elle m'a éconduit.

Parker s'étouffa presque.

— Quoi ? Tu l'as demandée en mariage ? Tu es cinglé ?

La réponse ne coulait pas de source non plus. La maison de ses parents approchait et il se défila :

— Écoute, je dois interrompre cette conversation. On s'appelle la semaine prochaine.

— Benji, tu n'as pas l'air d'avoir bien réfléchi à tout ça. Tu ne sembles pas prendre en compte tous les paramètres et…

— Au revoir, Parker.

Benji raccrocha et se gara dans l'allée de ses parents.

Délia et la petite Evie passaient l'hiver à Vero Beach. Le moment s'avérait donc parfait pour informer toute la famille en même temps. Sloane aurait voulu assister à la réunion, mais le simple fait de parler de la situation la stressait énormément. En conséquence, il avait décidé de venir voir sa famille tout seul. Mais, au moment de frapper à la porte de la maison, il se sentit lourd et incertain.

— Benji ? Que fais-tu ici ? Je ne te savais pas en Floride ! s'exclama son père, Rickie Bennett, en le serrant dans ses bras. Rentre ! Ta présence va enchanter ta mère et ta sœur.

En le voyant, le visage de Connie Bennett s'illumina en effet.

— C'est pour ça que tu ne répondais pas à mes coups de fil, dit-elle en l'embrassant. Tu voulais nous faire une surprise !

Fourrant ses mains dans ses poches, Benjamin répondit :

— J'ai bel et bien une surprise pour vous. Ça a été un choc pour moi aussi.

— Qu'est-ce que tu racontes, vieux frère ? demanda Délia en dévalant l'escalier pour l'accueillir. Et ne réveille pas ta nièce ! Je viens juste de la coucher pour sa sieste.

— C'est très bien comme ça, parce que je dois vous parler de quelque chose d'important.

— De quoi s'agit-il ? demanda sa mère. Tu me fais peur.

— Allons nous asseoir, suggéra Benji en guidant sa mère vers son fauteuil préféré sous la verrière.

— C'est une mauvaise nouvelle, n'est-ce pas ? s'enquit-elle.

— Détends-toi, Connie, conseilla son mari en s'asseyant près d'elle. Tout ira bien.

Délia regardait son frère de près et soudain elle laissa échapper un petit cri de compréhension.

— Quoi ? demanda sa mère sur un ton empreint de panique.

— Tu as mis une femme enceinte ? demanda Délia d'un ton triomphal.

— Comment tu le sais ? s'enquit Benjamin, rouge de confusion.

— Tu as le même air que moi quand j'ai dû annoncer à papa et maman que j'étais enceinte d'Evie ! Entre nausée et terreur !

Cela résumait assez bien ce que ressentait Benji. C'était ridicule pour une personne adulte qui bénéficiait d'un poids social et professionnel hors du commun. Il adressa un regard en biais à ses parents.

— C'est vrai ? demanda sa mère. Nous allons être grands-parents pour la seconde fois ?

— Pour la deuxième et troisième fois, répondit Benjamin.

— Toi aussi, tu vas avoir des jumeaux ? s'exclama Délia.

— Que veux-tu dire ? demanda son père. Tu n'es pas de nouveau enceinte, si ?

— Pas moi, non ! Mais une de mes amies.

— Benji, je ne savais pas que tu avais une petite amie, dit sa mère. Tu as rencontré une jeune femme au Japon ?

Puis elle tourna brusquement la tête vers Délia.

— Une de tes amies attend des jumeaux ? dit-elle. Comment se fait-il que je ne sois pas au courant ?

— J'avais bien trop à faire au Japon pour rencontrer quelqu'un, commenta Benjamin. Et, non, je n'ai pas à proprement parler de petite amie.

Au même moment, la réponse de Délia à sa mère fusa :

— Elle n'avait pas envie de l'annoncer parce qu'elle ne vit pas avec le père.

— Tu n'es donc pas vraiment engagé dans une relation avec cette femme, constata la mère. Que se passera-t-il si elle ne nous permet pas de voir les enfants ? Es-tu sûr qu'elle ne t'a pas piégé pour te soutirer de l'argent ?

— Pourquoi dans cette famille croit-on toujours que, si une femme est enceinte, ça fait partie d'un plan machiavélique ? s'agaça Benji en arpentant la pièce. Certaines choses arrivent, tout simplement.

Délia croisa les bras et regarda son frère bien en face.

— Quelle est la personne que tu as mise enceinte avant de partir au Japon ?

Elle avait compris avant que Benjamin ne prononce le nom :

— Sloane Sutton.

À ces mots, sa mère, son père, sa sœur se mirent à

parler en même temps. Sa mère donnait le sentiment de se trouver au bord de l'évanouissement. Son père exprimait un intérêt dénué de passion. Quant à sa sœur, elle semblait prête à exploser.

Connie Bennett s'exclama :

— Benji ! Comment as-tu pu coucher avec la fille Sutton ? Et au mariage de ton cousin, en plus !

Il préféra ne pas répondre.

— N'est-elle pas sensiblement plus âgée que toi ? demanda son père, une pointe d'admiration dans la voix.

— Ce soir-là, la moitié des filles de la ville te couraient après, s'indigna Délia. Et, toi, tu as préféré coucher avec ma meilleure amie ? Ensuite, vous avez tous les deux choisi de me mentir effrontément !

— Nous ne t'avons pas menti, rectifia Benjamin. Nous ne t'avons rien dit parce que ça ne te regardait pas.

— Quand j'ai demandé à Sloane qui était le père, elle m'a répondu que c'était le fruit d'un coup d'une nuit, une terrible erreur. Ça, c'était un mensonge ?

Sa sœur lui avait lancé ces mots au visage, sachant très bien le mal qu'ils lui feraient. Il grinça des dents, puis :

— Tout cela n'a plus aucune importance. Seul compte le fait que je vais être papa.

— Je n'ai jamais eu confiance en cette fille, lâcha sa mère d'une voix tremblante.

Tournée vers son mari, elle ajouta :

— Je t'avais bien dit que nous ne devions pas la recevoir chez nous ! Nous aurions dû interdire à Délia de la fréquenter.

— Tu vas vraiment me rendre responsable de tout ça ? demanda son mari en passant la main sur son crâne chauve. D'ailleurs tu as essayé de l'en empêcher, mais sans succès.

— Pourquoi dis-tu ça, maman ? demanda Benji. Sloane ne nous a jamais donné de raison de nous méfier d'elle !

— Telle mère, telle fille. Pendant que son grand-père était malade, on ne l'a jamais vu revenir en ville.

Puis elle vient au mariage de Blake et tout à coup elle s'accroche à toi ? Elle avait un plan depuis le début, c'est certain ! Elle tombe enceinte et ne travaille plus jamais de sa vie. Facile !

— Je n'arrive pas à croire que tu dises de pareilles choses sur Sloane, ni même que tu les penses. Elle avait raison, tu ne l'as jamais aimée.

— Elle est plus perspicace que je ne le croyais, dans ce cas !

Richard intervint :

— Connie, Délia, je sais que vous êtes bouleversées, mais vous êtes beaucoup trop dures envers Sloane. Quoi que vous pensiez de sa mère, c'est une jeune femme intelligente et indépendante. Elle a toujours travaillé dur. Ce n'est pas le genre à mettre le grappin sur un homme non averti. Encore moins sur Benji.

— Leur ranch est complètement dans le rouge. Et tout à coup, notre fils revient en ville riche, et elle tombe enceinte de lui ? C'est cousu de fil blanc ! Nous devons engager un détective pour connaître les agissements de cette femme depuis votre nuit ensemble. Et dès la naissance des enfants nous ferons faire un test de paternité.

— Maman, tout cela n'est pas de ton ressort, rétorqua Benji en essayant de rester correct envers sa mère. Je ne te demande pas ta permission, je te mets au courant de la situation, par pure courtoisie et par respect.

— Nous apprécions, fiston, intervint son père.

Connie l'interrompit :

— Quand il s'agit de cette Sloane Sutton, tu perds tout ton bon sens !

Benjamin laissa échapper un rire amer.

— Sloane avait prévu vos réactions, dit-il. Je ne l'ai pas crue mais, en fait, elle vous connaît mieux que moi !

Les yeux pleins de larmes, Délia lâcha :

— C'est peut-être nous qui la connaissons mieux que toi.

— Qu'est-ce que tu veux dire ?

— Demande à Sloane ce qu'elle pensait être la solution à ses problèmes financiers !

La peau hérissée de colère, Benji rétorqua :

— Pourquoi ne me le dis-tu pas toi-même, puisque tu en meurs d'envie ?

— Il y a un an, elle et moi disions en manière de plaisanterie que la solution à tous nos problèmes serait de trouver deux maris riches. Il faut croire qu'elle ne plaisantait pas, acheva-t-elle en essuyant une larme.

— Maman et Délia, arrêtez ! Que ça vous plaise ou non, Sloane Sutton sera la mère de ma fille et de mon fils. Et je l'ai conviée à venir vivre avec moi au chalet.

Comme la mère et la fille recommençaient à parler en même temps, Benjamin les fit taire d'un geste :

— Assez de vos fadaises ! Je ne prendrai pas un détective pour fouiller dans sa vie, je n'ai aucun besoin d'un test de paternité. Sloane va bel et bien venir vivre avec moi. Donc, si vous avez envie de connaître vos petits-enfants, neveu et nièce, je vous suggère de montrer du respect envers leur mère, et de commencer par lui demander pardon.

Puis il se tourna vers sa sœur et lui asséna :

— Peut-être que Sloane n'a pas géré la situation comme elle aurait dû, mais elle l'a fait pour des raisons qu'elle jugeait bonnes. Elle est ta meilleure amie, Délia, tu as toujours pu compter sur elle, dommage qu'elle ne puisse en dire autant de toi.

Sur ces mots, il se dirigea vers la porte d'entrée, qu'il claqua derrière lui.

- 4 -

— Encore merci, Benji, dit Sloane.

Elle ajusta la ceinture de sécurité de la voiture qui les conduisait de Nashville à Magnolia Lake. Comment ne serait-elle pas reconnaissante envers Benji de tout ce qu'il faisait pour elle et sa famille ?

Comme promis, il avait passé un simple coup de fil à son comptable et établi les arrangements nécessaires pour payer les deux propriétés. Ensuite il avait contacté son cousin Cole Abbott, pour qu'il envoie une petite équipe à Nashville afin de restaurer l'appartement.

Cette nuit, il l'avait aidée à faire ses bagages et avait employé des déménageurs pour stocker ses quelques possessions dans un garde-meuble.

En quarante-huit heures, une équipe avait commencé les travaux dans l'appartement. Pendant ce temps-là, Benji l'avait installée à l'hôtel, le temps de s'envoler vers Vero Beach pour rendre visite à ses parents.

Bien sûr, Sloane se sentait reconnaissante de ce qui advenait dans sa vie. Comment ne pas l'être ? En même temps, elle se détestait de permettre à Benji de faire ce qu'elle avait été incapable d'accomplir elle-même.

Les femmes de Magnolia Lake la qualifiaient d'indépendante, comme si c'était un défaut. Pour sa part, elle en tirait de l'orgueil, et se sentait aux antipodes de sa mère.

Toute sa vie, Abigail Sutton avait dépendu d'un homme ou d'un autre. Du père de Sloane, pour commencer. De différents petits amis, ensuite. De son grand-père, tout le temps.

Écœurée de cette vie sans boussole, Sloane s'était juré de ne jamais ressembler à sa mère. Elle l'aimait, bien sûr, mais avait du mal à la respecter depuis qu'en sortant de l'enfance elle avait compris la relation ambiguë qu'elle entretenait avec ses amants : du moment qu'ils réglaient les factures, elle acceptait sans rien dire leurs mauvais traitements.

Sloane ne marcherait jamais dans ses traces, cependant… À ses yeux, l'arrangement qu'elle avait conclu avec Benji l'en rapprochait dangereusement.

— Je suis heureux d'avoir pu t'aider, répondit-il.

La réponse la tira de la dérive de ses pensées. Il avait parlé avec gentillesse, pourtant, depuis son retour de Floride, il se montrait d'humeur sombre. Il refusait de parler de l'entretien avec ses parents, sauf pour dire qu'il s'était mal passé.

Il lui avait conseillé de ne pas téléphoner à sa sœur. Mais, Délia étant sa meilleure amie depuis l'âge de dix ans, elle avait quand même essayé de l'appeler. En vain, elle tombait toujours directement sur son répondeur.

De toute évidence, son amie lui en voulait. Par ailleurs, Benji était dorénavant en froid avec sa famille. Tout cela à cause d'elle.

Tenaillée par la culpabilité, elle tenta d'établir le dialogue :

— Je sais que tu ne souhaites pas parler de la façon dont les choses se sont passées avec tes parents, mais…

— Je ne veux pas, en effet, l'interrompit-il, les mâchoires serrées, les mains crispées sur le volant.

Devant son air buté, elle éprouva le désir irrépressible de le prendre dans ses bras, de lui murmurer à l'oreille que tout s'arrangerait. Un éclair de lucidité la retint : ils ne vivaient pas une relation amoureuse et ne pouvaient donc pas partager cette sorte d'intimité émotionnelle.

C'était aussi bien ainsi.

Cette sorte d'intimité rendait vulnérable. Et, depuis le début de sa grossesse, elle avait sa dose de vulnérabilité.

— Parlons plutôt des prénoms d'enfants, suggéra-t-il avec un petit sourire, le premier depuis son retour de Floride. Tu as des idées ?

— Pas vraiment, répondit-elle en haussant les épaules.

— Je croyais que les futures mamans passaient des heures à choisir des prénoms.

— Personne ne m'a jamais dit que j'étais une femme standard, répliqua-t-elle avec un rire amer. J'y pense un peu, mais dans l'abstrait.

— Quels prénoms as-tu envisagés ? insista-t-il.

— Pour la petite ? Scarlett, peut-être ? À cause de Scarlett Johansson.

— Pas mal… Quoi d'autre ?

— Vivian… En l'honneur du personnage de Julia Roberts dans *Pretty Woman*. Ou alors Bailey…

— Ah, j'aime beaucoup ce prénom-là, dit Benjamin. Retenons-le. Et pour le petit ?

— Philippe, Beau… Ou alors Benjamin.

Benji lui lança un regard en coin, et elle se sentit rougir.

— Ça me flatte, dit-il, mais je déteste qu'on mette la pression sur un garçon pour qu'il soit comme son père. Je voudrais que nos enfants se sentent libres de faire et de penser ce qu'ils veulent. Et je suis reconnaissant qu'ils aient les moyens de le faire.

— Moi aussi, répondit-elle.

Pour la première fois, elle se réjouit pleinement de sa nouvelle situation : ses enfants n'auraient pas à lutter dans la vie comme sa mère et elle-même avaient eu à le faire.

Il lui prit la main et la serra tendrement quelques secondes.

— J'aime bien Beau, dit-il. Ça s'accorde bien avec Bailey, tu ne trouves pas ?

Sloane posa sa main sur son ventre et s'adressa aux deux petits êtres qu'il abritait :

— Ça vous plaît, Beau et Bailey ? Réfléchissez bien,

vous aurez ces prénoms pour la vie entière ! À moins que vous ne deveniez acteur ou strip-teaseuse.

Devant l'air offusqué de Benjamin, elle éclata de rire.

— Je plaisante ! assura-t-elle.

— Drôle d'humour ! Si tu ne portais pas mes enfants, je t'abandonnerais au bord du chemin !

Les deux bébés bougèrent dans le ventre de leur mère.

Ses deux mains posées de chaque côté de son ventre, elle demanda :

— Voulez-vous dire que vous aimez ces prénoms ? leur demanda-t-elle.

Beau sembla s'étirer, et Bailey l'imita une seconde plus tard.

— C'est décidé, dit-elle, les yeux embués de larmes. Beau et Bailey. Disons plutôt Beaumont, Beau n'est qu'un diminutif.

Benjamin sourit de toutes ses dents.

— Ça me convient, assura-t-il.

— Pourvu que la copaternité soit toujours aussi aisée…

À ces mots, un malaise s'empara de Benji, et il changea le cours de la conversation :

— Au chalet, les petits pourraient partager la même chambre. Ça rendrait plus faciles les biberons et les changements de couches. Ça nous laisserait deux chambres, une pour les amis, et une pour la nounou.

— Une nounou ? s'exclama Sloane en riant. Ce n'est pas vraiment mon genre ! En plus, ne travaillant pas pour le moment, je peux gérer.

— J'installe mes bureaux en ville, mais j'essaierai d'être présent le plus possible, au début. À mon avis, tu sous-estimes le travail que donnent des jumeaux.

— Délia s'est bien débrouillée avec Evie.

À l'évocation de sa sœur, le visage de Benjamin se rembrunit.

— Elle n'avait à s'occuper que d'un seul bébé, fit-il remarquer. Et ma mère a vécu avec sa fille, son gendre et Evie pendant les deux premiers mois, pour les aider.

D'ailleurs, si tu veux mon avis, elle a contribué à l'échec de leur mariage.

Sloane s'abstint d'abonder dans son sens.

— Leur mariage n'a pas tenu parce qu'ils se sont mariés pour de mauvaises raisons, observa-t-elle.

Le mariage de Délia avait été contraint. Quand elle s'était retrouvée enceinte, Frank en avait toujours voulu à ses beaux-parents de faire pression sur lui pour qu'il l'épouse. De son côté, elle avait mal supporté le fossé qui séparait sa vie quotidienne terne du mariage uni dont elle avait rêvé.

— Exact, lâcha Benji.

D'un coup, il retombait dans l'humeur sombre et le monosyllabisme.

— Si tu ne veux pas me parler de ce qui s'est passé à Vero Beach, fais-le au moins pour les enfants, dit-elle. Ton silence à ce sujet me stresse, et c'est mauvais pour les jumeaux.

Benji poussa un long soupir et avoua :

— Puisque tu es décidée à en parler… Tu avais raison, ma mère a mal pris la nouvelle. En fait, elle met en doute que les jumeaux soient de moi.

Le cœur de Sloane se serra. Elle savait que Connie ne l'appréciait pas, mais de là à…

— Elle pense que je mens ? Comment peut-elle croire que je ferais une chose pareille ?

Benji haussa les épaules.

— Elle doute de tes motivations, ajouta-t-il. Et l'intervention de ma sœur n'a fait que renforcer ses soupçons.

Le cœur de Sloane battait à tout rompre.

— Qu'a-t-elle dit ? demanda-t-elle d'une voix tremblante.

— As-tu dit un jour que trouver un riche mari résoudrait tes problèmes financiers ?

Elle s'apprêtait à nier quand lui revint une conversation au cours d'une soirée un peu arrosée.

— Mais… Je plaisantais ! Nous plaisantions toutes les deux, Délia le sait très bien.

Le visage de Benji demeurait impassible.

— Maintenant, elle pense que tu ne plaisantais peut-être pas tant que ça, répondit-il.

Sloane encaissa le coup. Difficile de penser que sa meilleure amie la soupçonnait d'utiliser son frère et ses propres bébés à des fins financières.

— Et toi, Benji ? Qu'en penses-tu ? demanda-t-elle d'une voix douce en étudiant son profil.

— Je leur ai répondu que leurs soupçons ne correspondaient en rien à la femme indépendante que je connais depuis toujours. Et que, s'ils espéraient un jour faire la connaissance des jumeaux, il faudrait d'abord s'excuser de la manière dont ils t'ont traitée.

Le cœur de Sloane se gonfla d'abord de reconnaissance. Il avait pris sa défense, contre sa mère et sa sœur. Puis elle se rendit compte qu'à cause d'elle une barrière s'élevait désormais entre Benji et sa famille.

Depuis toujours, elle admirait la façon d'être unis et proches des Bennett. Rien ne les avait jamais divisés. Sauf elle.

Une sourde culpabilité lui pesa sur les épaules.

— Merci de me croire, Benji. J'apprécie que tu prennes mon parti, mais je ne veux pas devenir une source de contentieux entre ta famille et toi.

— Ce sont eux qui ont choisi, rétorqua-t-il sèchement. Et ils peuvent aussi décider de demander pardon quand ils seront prêts à le faire. Allez ! Cessons de parler de ça, soupira-t-il. Parlons plutôt des bébés. Qu'est-ce que ça fait de savoir que deux petits êtres humains poussent en toi ?

Un sourire radieux s'étala sur le visage de Sloane.

— C'est incroyable, répondit-elle en se massant le ventre. Pourtant, je n'ai jamais vraiment aspiré à devenir mère, c'est d'ailleurs ce qui a fait échouer mon mariage.

— Pourquoi ne désirais-tu pas avoir d'enfant ? s'enquit-il.

Il avait posé la question d'un ton hésitant, comme s'il ne voulait pas vraiment entendre la réponse.

— Être enceinte, ça ne colle pas bien avec une carrière professionnelle réussie, en tout cas dans le monde de la musique, répondit-elle. En plus, je n'ai pas le sens du sacrifice…

— Qu'est-ce qui t'a fait changer d'avis ?

— Depuis que je sais que je les porte en moi, ces bébés m'accaparent tout entière. Ils peuplent même mes rêves. Je ne serai sans doute pas une mère parfaite, mais j'y mettrai tout mon cœur. Ils le méritent.

Elle essuya d'un revers de main les larmes qui perlaient au coin de ses yeux.

— Tu seras une très bonne mère, répliqua Benji d'une voix apaisante.

— J'espère seulement qu'ils apprécieront à sa juste valeur le sacrifice que je fais de mes cinq tasses de café par jour, et de mes longs séjours dans ma baignoire, plaisanta-t-elle.

— Pour le café, je comprends. Mais pourquoi te priver de longs bains ?

— D'abord, il ne faut pas qu'ils soient trop chauds, ni trop longs. Mais surtout, une fois que je suis dans la baignoire, je n'arrive plus à en sortir. C'est un des inconvénients de vivre seule, ajouta-t-elle avec un rire un peu forcé.

Benji lui pressa la main.

— Vivre seule n'est plus une option, dit-il en souriant.

Les larmes de Sloane redoublèrent.

Benjamin installa Sloane dans le chalet et sortit faire des courses. Il lui avait proposé de venir avec lui, mais elle avait refusé. Elle ne se sentait pas encore prête à faire son entrée à Magnolia Lake avec son ventre proéminent. Il comprit, et profita de cet espace de liberté pour faire le point sur le tour que prenait sa vie depuis quelques jours.

Lui, l'homme d'action, voyait au quart de tour ce qui devait être fait, et agissait. C'est dans ces moments-là qu'il se sentait maître des situations, même avant de signer l'accord faramineux de la vente de sa compagnie. Il appartenait au type d'hommes qui savent débrouiller les situations, quel que soit l'obstacle. Il adorait qu'un concurrent ou un investisseur lui mette des bâtons dans les roues, juge ses projets irréalisables. Il employait alors tout son art à lui faire ravaler ses doutes.

Mais, ça, c'était le monde des affaires. En revanche, ce qui se passait entre Sloane et lui tenait du domaine profondément personnel, beaucoup plus délicat à appréhender.

Ses émotions, son instinct, tout était magnifié, uniquement parce qu'il s'agissait de Sloane Sutton, son amour de toujours. La revoir après dix longues années, danser avec elle, l'embrasser, faire l'amour… Tout cela avait provoqué des sentiments puissants, inconnus de lui jusqu'alors.

Il avait souffert quand elle avait refusé de le suivre au Japon.

Aussi quand Parker, sa mère et sa sœur avaient attaqué la jeune femme, son sang n'avait fait qu'un tour, il l'avait plus mal pris que si l'attaque avait été dirigée contre lui.

Il l'avait défendue avec fougue, utilisant des mots choisis avec précision. Il croyait en elle, la savait incapable de ce dont sa famille l'accusait.

Néanmoins, une fois au calme au volant de sa voiture, quelques doutes s'insinuèrent en lui. Avait-il été naïf ? Son charme n'avait-il pas opéré comme il l'avait cru ? Les soucis matériels de Sloane avaient-ils joué un rôle dans sa décision de passer la nuit avec lui ? Dans ce cas-là, leur défaut de précaution au moment de faire l'amour n'était pas du tout un accident.

Il se passa une main sur le visage et chassa ses pensées désagréables.

Au magasin général, Nanette Henderson, propriétaire du Magnolia General Store depuis des années, s'approcha de lui et lança :

— Benji ! Je ne savais pas que tu étais de retour en ville ! Tu es là pour combien de temps ?

Benjamin se pencha vers la vieille dame pour la serrer contre lui.

— Je reviens vivre ici, annonça-t-il. Pas dans la vieille maison, mais dans mon petit chalet, jusqu'à ce que je fasse construire en ville.

— Formidable ! s'exclama-t-elle. Viens déjeuner avec Ralph et moi un de ces jours, je te montrerai l'album que j'ai fait avec tous les articles et les photos de toi que j'ai vus dans les magazines.

C'est ce qui lui manquait à Seattle, des gens qui se réjouissaient vraiment de sa réussite, qui ne le considéraient pas comme une menace. Pourvu que Sloane se sente aussi à l'aise que lui en retrouvant ses racines, pour offrir à Beau et à Bailey une belle vie ici.

— C'est d'accord, dit-il en s'emparant d'un chariot.

— Dis-moi si tu as besoin d'un renseignement, dit-elle en s'éloignant pour accueillir un autre client.

Benji chargeait son chariot entre autres d'articles qu'il avait repérés dans la salle de bains de Sloane à Nashville, shampooing, adoucisseur, gel douche, crème pour le corps.

Ensuite il s'attarda au rayon bébés, un peu perdu au milieu des petits pots, des couches, des biberons et des sucettes.

Bien entendu, ils n'auraient pas besoin de tout ça dans l'immédiat, mais mieux valait préparer un petit minimum, décida-t-il en attrapant au passage deux paquets de couches et quelques biberons. Puis son regard fut attiré par un autre article, qui le fit sourire. Il l'ajouta à son Caddie.

*
* *

En l'absence de Benji, Sloane trouva étrange de se retrouver seule dans le chalet. Il fallait s'y faire, ce serait sa demeure pendant un an et trois mois. Benji avait eu beau l'inciter à faire comme chez elle, elle se sentait intruse.

Comme il l'avait invitée à choisir sa chambre, elle avait élu une des plus grandes chambres d'amis, très ensoleillée, avec une vue dégagée sur le lac. En plus, elle était contiguë à celle qui allait accueillir les jumeaux.

— Beau et Bailey, dit-elle à mi-voix en contemplant le lac.

Le crissement des pneus sur le gravier, une portière qui claqua, lui indiquèrent le retour de Benjamin. Elle enfila son manteau pour sortir l'aider.

— Tu vas attraper froid, la gronda-t-il. Et souviens-toi de ce qu'a dit le Dr Carroll, tu ne dois plus porter de paquets.

— Je porterai les plus légers.

Elle rêvait d'un paquet de chips au vinaigre.

— Non, répliqua fermement Benjamin. Si tu veux aider, reste à l'intérieur et range les choses dans le frigo.

— D'accord, marmonna-t-elle en rentrant. Mais j'ai bien le droit de participer, quand même.

— Tu veux finir ta grossesse allongée ? demanda-t-il d'un ton un peu impatient.

— Bien sûr que non !

— Alors, coopère ! Sans ça j'appelle le Dr Carroll.

— J'ai décidé de prendre un médecin plus près de chez moi, annonça-t-elle.

— Dans ce cas, je te dénoncerai au nouveau, riposta-t-il, les mains chargées de victuailles. Et ne lève pas les bras trop haut non plus.

Comme elle levait les yeux au ciel, il la menaça :

— Ne m'oblige pas à te donner une fessée.

— Très drôle, commenta-t-elle en vidant le contenu d'un sac sur la table de la cuisine.

Le visage de Benji s'assombrit, il se mordit la lèvre inférieure.

— Tu cherches à me mettre en colère, c'est ça ? fulmina-t-il.

— Peut-être, murmura-t-elle dans sa barbe.

— Je t'ai entendue, tu sais, dit-il en retournant à la voiture.

Sloane se mit à rire. Cohabiter avec Benji ne s'annonçait pas si mal après tout.

Sloane nettoya le comptoir de la cuisine et mit en route le lave-vaisselle. Elle s'était coupé le pouce en épluchant les oignons, mais Benji et elle avaient survécu à sa première tentative culinaire. Elle considérait donc ce dîner comme un succès.

Non qu'elle fût inapte à cuisiner. Après tout, elle était aussi capable qu'une autre de lire un livre de recettes. Mais, côté pratique, cela laissait à désirer, faute de temps. Avant d'être éjectée de son précédent poste, elle ne disposait pas d'une minute à consacrer à la confection d'un repas. La plupart du temps, elle s'arrêtait le soir chez un traiteur, trop exténuée pour envisager une autre façon de se nourrir.

Une fois enceinte, elle avait passé la plupart de son temps chez elle, à cause de ses nausées matinales sévères, qui se prolongeaient dans la journée, et souvent la nuit. Rares étaient les aliments que tolérait son estomac.

Mais, ce soir, c'était la première nuit que Benji et elle passaient dans ce qui serait leur foyer pendant quinze mois. Dans ces conditions, faire un effort s'imposait.

À présent, gagnée par l'épuisement, elle rêvait d'une bonne douche chaude et d'un lit douillet. Elle éteignit la lumière de la cuisine et se dirigea vers sa chambre.

En passant, elle frappa à la porte ouverte de la chambre de Benji.

Comme elle ne le voyait pas, elle lança :

— Je voulais juste te dire bonsoir…

Une douce odeur de lavande et de bergamote emplissait la chambre.

Il sortit de la salle de bains en se séchant les mains à une serviette, les manches de sa chemise retroussées sur ses avant-bras.

— Viens, j'ai une surprise pour toi, dit-il en la prenant par la main.

Un parfum divin s'élevait de la baignoire remplie d'eau.

— L'autre jour, tu as dit que tu prendrais volontiers un bain, si tu pouvais… Eh bien, à l'épicerie, j'ai repéré des sels de bain spéciaux pour femme enceinte. Ils sont censés relaxer. Ma salle de bains est la seule équipée d'une baignoire, toutes les autres n'ont que des douches.

— Merci Benji, c'est très attentionné de ta part.

— J'ai pris soin de la température de l'eau, dit-il avec une sorte de timidité. Je vais t'aider à rentrer dans la baignoire et à en sortir, mais ne t'inquiète pas, je fermerai les yeux.

— Tu m'as déjà vue dans une situation très… intime, répliqua-t-elle avec un sourire. En plus, tu me verras sous toutes les coutures, le jour de l'accouchement. Si tu as envie d'y assister, évidemment.

— Je ne le manquerais pour rien au monde.

Jusqu'à cet instant, Sloane n'avait pas réalisé à quel point elle espérait sa présence, le moment venu.

— Parfait, dit-elle. Je vais chercher quelques effets dans ma chambre et je reviens.

Benji lui indiqua les produits qu'il avait achetés pour elle.

— Tu as pensé à tout, dit-elle.

— Quand ça concerne les gens et les choses qui sont importants pour moi, je m'y efforce, répondit-il en soutenant son regard.

Le cœur de Sloane fit une embardée, son corps entier réagit à ses mots tendres, à ses gestes attentifs. Le souvenir de la nuit où elle s'était trouvée dans cette salle de bains, sous le regard ardent de Benji, la fit frissonner.

Elle le désirait. Encore davantage maintenant que six mois plus tôt.

Mais comment faire confiance à son jugement lorsqu'on est placée, corps et esprit, sous l'influence des hormones déstabilisatrices de la grossesse ? Il aurait été injuste de jouer avec les sentiments de Benji, sachant qu'une fois la situation normale rétablie elle et lui ressentiraient peut-être les choses de manière différente.

Pour échapper au pouvoir magnétique de son regard, elle sortit chercher sa chemise de nuit et sa robe de chambre.

Pendant ce temps-là, Benji entreprit de lire ses mails. Même après le tri dans sa boîte qu'opérait son assistante, il recevait d'innombrables demandes de consultation, des propositions, des messages d'investisseurs potentiels qui voulaient s'immiscer dans tous les projets qu'il entreprenait.

Au début, ses parents avaient cru qu'il se retirerait à l'âge de vingt-cinq ans, passerait son temps à voyager et améliorer son jeu au golf. Mais lui envisageait les choses autrement. Sans son travail, il se serait senti perdu. Non parce que le travail définissait son existence, mais parce qu'il adorait jouer avec les banques de données, créer des programmes, résoudre des problèmes. Pas un instant il n'avait envisagé de ralentir son activité, encore moins de se retirer. Pourtant, retrouver Sloane avait bouleversé son existence.

Depuis leur rencontre six mois plus tôt, il n'avait pu éradiquer de ses pensées leur nuit passée ensemble. Il n'avait pas non plus renoncé à reprendre les choses là où elles avaient pris fin cette nuit-là, à la cabane. À présent, il se sentait encore plus amoureux d'elle.

Il n'avait que vingt-cinq ans et se trouvait au sommet de sa carrière. Jusqu'à maintenant, se ranger et élever une famille ne faisait pas partie de ses préoccupations. Et pourtant, en voyant le ventre rond de Sloane, sa peau saine et brillante, un sentiment inconnu lui avait étreint la poitrine. Un désir de la protéger, de prendre soin d'elle et des bébés l'avait empoigné. Même s'il était contraint de faire les choses selon ses termes à elle.

Sans doute s'était-il montré impétueux en lui proposant le mariage. Cependant il ne regrettait rien. Au contraire, un espoir tenace l'habitait : à la fin de cette période de quinze mois sur laquelle ils s'étaient accordés, il aurait convaincu Sloane de son amour pour elle et de sa volonté d'élever leurs enfants ensemble.

— Benji, tu veux bien me rendre un service ? demanda-t-elle depuis la salle de bains.

— De quoi s'agit-il ? demanda-t-il en s'approchant de la porte, respectueux de l'intimité de la jeune femme.

Dans la baignoire, Sloane était assise, les bras croisés sur sa poitrine, les genoux relevés. Lui tendant son éponge savonneuse, elle demanda :

— Tu veux bien me laver le dos ? Je n'arrive pas à atteindre la partie du milieu et, depuis ce matin, ça me démange.

Il se retroussa les manches puis, penché vers elle, il lui frotta le dos. Ne s'en tenant pas là, il lui frotta aussi les bras, ainsi que les jambes et les pieds.

— Merci, dit-elle. Il est temps que je sorte de l'eau, maintenant.

S'emparant d'une serviette, il la lui tendit en détournant le regard pendant qu'elle s'en enveloppait. Puis il l'aida à enjamber le rebord de la baignoire.

— Merci, dit-elle de nouveau. Tu n'imagines pas comme il est difficile de s'essuyer les jambes et les pieds quand on ne les voit plus !

— Laisse-moi le faire pour toi, proposa-t-il.

Il prit une autre serviette et commença à lui sécher les jambes, pleinement conscient de la proximité sensuelle de son entrecuisse. Le souvenir de sa chaleur, de son goût, le submergea, rendant ses mouvements désordonnés et maladroits.

Malgré sa réussite professionnelle, en présence de Sloane Sutton il réagissait encore comme un adolescent empoté démuni et inexpérimenté.

— Voilà ! dit-il en se redressant.

Le regard de Sloane exprimait la même fièvre qu'au cours de leur nuit d'amour. Quand elle se lécha lentement la lèvre inférieure, il se sentit durcir.

S'il lui avait fait couler un bain, ce n'était nullement dans le but de la conduire dans son lit. C'était parce que prendre des bains manquait à Sloane. Après le long trajet depuis Nashville et le repas qu'elle lui avait concocté, c'était sa manière à lui de lui exprimer sa reconnaissance.

Mais, à présent, il ne parvenait pas à détourner son regard des lèvres de la jeune femme, ne pouvait s'empêcher de la désirer comme un diable.

Ce fut elle qui prit l'initiative. D'une main, elle maintenait sa serviette autour d'elle. De l'autre, elle l'agrippa par sa chemise et, se dressant sur la pointe des pieds, elle l'attira contre elle.

La dominant d'une tête, il se pencha vers elle, s'empara de sa bouche et y planta un long baiser sauvage.

Attentif à ne pas trop lui serrer le ventre, il l'enlaça.

Elle laissa alors glisser la serviette, offrant à ses mains sa peau lisse et soyeuse. Emporté par le désir, il lui caressa le creux des reins, empauma ses fesses avec ferveur.

Six mois plus tôt, il avait adoré les courbes ondoyantes de son corps souple. Maintenant, ses courbes étaient plus pleines, son ventre ferme et rond, ses hanches plus larges. Ses seins voluptueux, avec leurs pointes et leurs aréoles sombres, lui paraissaient les choses les plus sensuelles qui soient.

Les changements qui affectaient son corps la rendaient encore plus attrayante à ses yeux. Chacun de ces changements, ainsi que les bébés qui grandissaient en elle, provenait de ce qu'il avait planté en elle six mois plus tôt.

Aucun des actes de sa vie passée ne lui procurait une telle sensation de puissance. Cette merveilleuse conscience d'avoir créé la vie en elle.

De son côté, elle souleva la chemise de Benji, balaya son torse de ses mains fébriles, le faisant grogner contre sa bouche.

— Je te veux, murmura-t-elle, son souffle chaud contre la peau de son amant.

— Je te désire plus que tout, répondit-il. Mais, en ce moment, tu es fragilisée psychologiquement par ta grossesse… Je ne veux rien faire que tu puisses regretter.

Les yeux de Sloane scintillèrent, elle lui adressa un sourire coquin qui l'émoustilla au plus haut point.

— Je te promets que je ne regretterai rien, assura-t-elle en retournant dans la salle de bains. Et toi non plus.

Le reste de retenue de Benjamin vacilla en la regardant ressortir de la salle de bains, juste vêtue du petit tatouage sur sa peau brune. Elle s'assit sur le lit, les jambes croisées.

— Je suis seule à être nue, dit-elle, le regard enfiévré. Quelque chose ne va pas.

Il ne se le fit pas dire deux fois. Il se dévêtit sous les yeux admiratifs de Sloane, et s'allongea près d'elle sur le lit, l'embrassa sur la bouche, parcourut son cou, sa poitrine, de petits baisers passionnés. Il s'attarda amoureusement sur chacun de ses seins, en titillant les bouts dressés de sa langue, de ses dents, jusqu'à ce qu'elle gémisse de plaisir.

Puis sa bouche s'égara plus bas, le long de son ventre. Rien ne lui paraissait plus sensuel que le corps de Sloane dans l'éclat de sa grossesse.

Il câlina de sa bouche son sexe, abrité derrière son buisson bouclé. Il la goûta, l'attisa de sa langue, se repaissant de son odeur, de ses gémissements de plus en plus rapprochés.

Les deux mains enserrant le visage de Benji, elle se tordait sous sa bouche. Poursuivant son exploration érotique, il lui écarta les cuisses, l'exposant tout entière à son regard, variant sans relâche la position, la pression, le rythme de sa langue. N'y tenant plus, vibrante, submergée de plaisir, elle se tendit comme un arc et cria son nom.

Bouleversé, il remonta vers le visage de Sloane, plongea ses doigts dans sa chevelure humide, perdu dans le parfum de sa peau de soie. Lavande, bergamote, encens.

— Tu n'as jamais été aussi belle, Sloane, souffla-t-il, une main posée sur son ventre rond.

— Pourtant, je me sens lourde comme un camion, répliqua-t-elle en riant doucement. Mais merci de faire semblant.

— Je ne t'ai jamais menti, crois-moi quand je te dis que ton corps est étonnant.

— Vraiment ? demanda-t-elle, la tête tournée vers lui.

— Vraiment, répéta-t-il en l'embrassant.

— Tant mieux, dit-elle en le chevauchant, les mains posées sur son buste puissant. Parce que j'ai besoin de te sentir en moi, Benji.

Il posa ses mains sur les hanches de Sloane. Les yeux mi-clos, le souffle court, elle le guida.

La sensation de s'enfouir en elle envoya une décharge électrique le long de la colonne vertébrale de Benjamin. Ils se mirent à bouger ensemble, au rythme de leur désir dévorant, jusqu'à ce qu'une vague d'intense volupté les emporte sur son passage.

Longtemps il la tint serrée contre lui, animé d'un espoir fou : cette nouvelle nuit serait-elle le premier pas qui convaincrait Sloane de rester avec lui pour toujours ?

- 5 -

S'abritant d'un bras du soleil qui filtrait par la fenêtre, Benji roula sur lui-même dans son lit. Voilà un mois que Sloane avait emménagé dans son chalet. Il aimait partager sa maison et son lit avec elle. Pourtant chaque soir, en dépit de ses invitations répétées à demeurer près de lui, elle rejoignait sa propre chambre après qu'il s'était endormi.

On frappa à sa porte.

— Benji, je peux rentrer ?

Drôle de question à poser à quelqu'un qui aurait voulu qu'elle ne quitte jamais son lit.

— Entre, grogna-t-il en se retournant.

Combien de minutes de sommeil pouvait-il encore grappiller avant son coup de fil professionnel de 9 heures du matin ?

Elle entra sur la pointe des pieds, son ventre rond précédent son joli visage préoccupé.

Alerté, il se redressa, effaça d'un revers de main les traces du sommeil de la nuit et demanda :

— Tout va bien ?

— Oui, dit-elle en portant sa main à son front. Mais il y a un homme dans la cuisine qui prétend être embauché à l'essai pour devenir notre chef de cuisine.

— J'avais complètement oublié de te prévenir ! Il s'appelle Marcellus. Peux-tu lui montrer la cuisine et l'inviter à commencer ?

De la cuisine leur parvint un bruit de casseroles.

— On dirait qu'il a déjà pris les choses en main, remarqua-t-elle avec un mouvement d'impatience.

— Quelque chose ne va pas ?

— Non, rien, répondit-elle.

L'expression de son visage contredisait ses mots.

— Tu te souviens de notre accord ? Nous nous sommes promis de nous parler ouvertement, dit-il en la faisant asseoir près de lui. Alors dis-moi ? Tu n'aimes pas Marcellus ?

— Je ne le connais même pas ! Justement, ça fait bizarre d'avoir dans ma… notre cuisine un inconnu qui prépare mon petit déjeuner.

— Ah bon ? demanda Benji, amusé. Tu n'as pas le même ressenti quand Caitlin vient deux fois par semaine s'occuper du ménage !

— C'est vrai, concéda-t-elle. Mais quelqu'un qui nettoie les salles de bains ne me donne pas l'impression d'empiéter sur mes qualités domestiques.

— Tu es vexée que j'aie embauché Marcellus ? Moi qui pensais que tu serais enchantée !

— Dis-moi la vérité, je suis si mauvaise cuisinière que ça ? Je suis consciente de faire trop souvent du sauté de poulet aux champignons, mais il est bon, non ?

— Ton poulet est délicieux, mon chou. Par contre… ce n'est plus vraiment une surprise, dit-il en riant. Je pensais juste apporter un peu de variété à notre régime alimentaire. M'assurer que toi et les jumeaux ayez une alimentation équilibrée.

— Tu as raison, j'ai une douzaine de livres de cuisine, je peux trouver d'autres recettes.

— Je t'ai observée quand tu cuisines, ça te fatigue et te fait mal au dos, dit-il en le lui frottant doucement.

Elle roucoula de plaisir et se blottit contre lui. Lui embrassant le lobe de l'oreille, il ajouta :

— Laisse-moi faire ça pour toi. Pour nous.

— Bon, approuva Sloane de bonne grâce, je veux

bien manger la nourriture de Marcellus, mais je ne suis pas obligée de l'aimer !

— Marché conclu, on lui laisse quinze jours pour faire ses preuves, d'accord ?

— Entendu, répliqua-t-elle en se dirigeant vers la porte.

— Où vas-tu ? demanda-t-il en essayant de la retenir d'une main.

— Puisqu'on a de la compagnie au petit déjeuner, je voudrais m'arranger un peu avant de me présenter.

— En parlant de compagnie, Blake et Savannah essayent de nous inviter à dîner depuis quinze jours. Savannah va finir par croire que tu ne l'aimes pas.

— C'est juste que je ne me sens pas prête à parader en ville comme la putain locale.

— Sloane, tu es injuste. Donne-leur une chance. Les gens ici ne sont pas aussi durs que tu l'imagines.

— Je vais y réfléchir. Tu as décidé du moment où nous commencerons les travaux de la chambre des jumeaux ?

Le bricolage n'était pas la tasse de thé de Benjamin. À quoi servait d'être milliardaire si on s'obligeait à faire soi-même les choses qu'on déteste ? Mais le point de vue de Sloane différait sur ce point. Elle souhaitait marquer la chambre des petits de leur touche personnelle.

— Au fait, dit-il en sortant son portefeuille du tiroir de sa table de chevet. J'ai l'adresse d'une décoratrice qui sera parfaite. Elle a de très bonnes idées.

Sloane étudia la carte de visite d'un air sombre.

— Je sais que tu me crois incapable de peindre la chambre moi-même, dit-elle. En fait, tu te trompes complètement !

— Tu oublies que les activités éprouvantes te sont interdites ?

— Ça ne te dérangeait pas, hier soir, quand je te chevauchais.

Elle le défiait du regard. Il eut à la fois envie de lui administrer une fessée et de la faire rouler sur le lit pour lui faire l'amour.

Sans se départir de son calme, il se leva et dit sur un ton déterminé :

— Tu ne repeindras pas la chambre, point final. Quant à moi, je déteste faire ce genre de travaux. Cole m'envoie un de ses hommes aussi vite que possible.

— Les jumeaux vont commencer leur vie dans cette chambre et j'aimerais qu'elle ait quelque chose de spécial.

— Je te promets qu'elle sera très personnelle, assura-t-il.

Consultant un instant son agenda, il proposa :

— Si nous allions faire des emplettes pour Beau et Bailey au centre commercial de Gatlinburgh cet après-midi ? À notre retour Marcellus aura préparé le dîner.

— D'accord, répondit-elle.

Sans être aussi enthousiaste qu'il l'espérait, elle cessa au moins de parler de peinture.

Assise au milieu de ce qui serait bientôt la chambre des petits, Sloane regardait par la fenêtre qui donnait sur un joli bosquet.

Benji avait demandé aux déménageurs de stocker l'ancien lit de la chambre d'amis dans l'abri de jardin. Les berceaux des enfants, encore dans leur emballage, étaient appuyés contre un mur. Elle rangea tous les vêtements de Bailey du côté gauche du dressing, et ceux de Beau à droite. Un gros tas de jouets de bébés jonchait le sol, ainsi que des petits meubles. De petites paires de chaussures adorables s'alignaient sur une étagère.

Elle vivait avec Benji depuis six semaines. Ils prenaient leur petit déjeuner et le dîner ensemble, et la délicieuse cuisine de Marcellus lui évitait toute préparation culinaire, ainsi que la vaisselle. Grâce à Caitlin, elle ne faisait pas non plus le ménage. Elle passait donc pas mal de temps à regarder en toute sérénité les séries qu'elle avait manquées au fil des dernières années. En toute logique, elle aurait dû être la femme oisive la plus heureuse du monde.

Alors pourquoi s'ennuyait-elle à mourir ?

Les bébés arriveraient bien assez tôt et l'occuperaient à temps plein. Sa mère lui rappelait souvent la chance qu'elle avait de vivre avec un homme qui « roulait sur l'or », et qui en plus l'adorait, ainsi que les futurs bébés. Comme si elle avait touché le gros lot.

Mais elle n'était pas avec Benji. Bien sûr, ils vivaient ensemble temporairement et ils faisaient souvent l'amour. Ensuite, elle rejoignait toujours sa chambre. Ils ne formaient pas un couple et ne vivaient pas un conte de fées. Loin de là. Quand arriverait le premier anniversaire des jumeaux, chacun reprendrait sa route.

Elle ne ressemblait pas à sa mère. Elle ne dépendrait pas d'un homme ou d'un autre pour subvenir à ses propres besoins et à ceux de ses enfants. Avant sa grossesse, elle se débrouillait parfaitement toute seule. Quand elle reprendrait un travail, il en irait de même.

Une douleur lui vrilla soudain le ventre, lui coupant le souffle. Elle se massa doucement. Inutile de s'alarmer, il s'agissait sans doute de contractions mineures, qu'elle n'éprouvait plus depuis que Benji était devenu son pourvoyeur d'eau et de nourriture équilibrée. Pourtant, elle consulta sa montre et nota l'heure de la contraction, au cas où une autre lui succéderait.

Se levant, elle revint dans la chambre des petits, ouvrit une boîte de couches qu'elle rangea dans la jolie table à langer achetée la semaine dernière.

Les murs n'étaient pas encore repeints, les lits toujours dans leur carton, mais les choses prenaient forme. Après tout, ils avaient encore un peu plus d'un mois devant eux.

Un nouvel accès douloureux lui ôta le souffle, la mettant presque à genoux. Elle consulta sa montre. Un peu plus de dix minutes la séparait de la précédente contraction. Son nouvel obstétricien lui avait conseillé d'appeler si elle en ressentait plus de quatre en une heure. Auquel cas il s'agirait du travail prénatal, qui pouvait présenter un danger pour elle et les bébés.

Fermant les yeux, elle inspira profondément puis expira avec calme. Ce faisant, elle s'efforça d'évacuer la tension et le stress qui lui comprimaient la poitrine.

Dans la cuisine, elle se versa un verre d'eau et le but d'une traite. Au moment où elle s'en servit un second, une nouvelle contraction la surprit. Sous l'effet de la douleur, elle lâcha son verre, qui se brisa au sol. Ses yeux s'emplirent de larmes.

De nouveau elle inspira longuement par le nez et expira.

Trois jours plus tôt, Benji était parti en avion pour une réunion à New York. Il rentrerait plus tard dans la journée. Il lui avait suggéré d'inviter sa mère à rester avec elle en son absence, ou de séjourner chez Blake et Savannah. Mais elle se lassait d'être traitée comme une enfant. Benji ne partait que trois jours, et le terme de sa grossesse était prévu pour dans un mois et demi.

Maintenant, elle se demandait si les jumeaux avaient connaissance de l'agenda.

Tenant son ventre à deux mains, elle se dirigea vers le canapé, reconnaissante que Benji l'ait obligée à apprendre les exercices de natalité avec lui.

Inspire, expire. Inspire, expire.

Inutile d'appeler le médecin et d'alerter tout le monde avant d'être sûre de la cause de ses douleurs.

Les yeux fermés, elle renversa la tête sur le dossier du canapé. Elle avait une soudaine envie que Benji soit là pour lui tenir la main et lui assurer que tout irait bien.

Au moment où l'assaillait une nouvelle vague de douleur, elle comprit que quelque chose allait de travers.

Benji traversa en courant à toute allure le petit aérodrome local. Au téléphone, Marcellus l'avait informé que Sloane souffrait des premières contractions prénatales et qu'il l'emmenait à l'hôpital.

Il était d'humeur rageuse. Jamais il n'aurait dû la laisser seule, en dépit de ses protestations. Il était de son devoir de la protéger, ainsi que les jumeaux, et il s'était dérobé à sa tâche. Pourvu que sa négligence n'ait pas mis en danger la vie de la maman et des petits.

Il aurait dû exiger que la mère de Sloane vienne au chalet, ou la conduire lui-même de force chez Blake et Savannah.

Plus jamais il ne commettrait pareille erreur.

Il fit crisser les pneus de sa voiture et démarra en trombe pour l'hôpital.

La peau de Sloane la brûlait, il semblait faire quarante degrés dans sa chambre d'hôpital, conséquence de la perfusion de magnésium dans ses veines.

Elle en était à presque huit mois. Son médecin insistait pour prolonger la grossesse aussi longtemps que possible, afin de laisser aux bébés le temps de se développer au maximum. On lui donnait aussi des stéroïdes destinés à augmenter la capacité de leurs petits poumons, au cas où le magnésium échouerait à ralentir suffisamment le travail prénatal.

Elle se montrait agitée et à cran. Plus que tout, elle mourait de peur, davantage pour les bébés que pour elle-même. Si quoi que ce soit arrivait à l'un d'eux, elle ne se le pardonnerait pas. Benji non plus ne le lui pardonnerait pas.

Combien de fois lui avait-il recommandé de garder son téléphone chargé ? N'avait-il pas aussi insisté pour qu'elle ne reste pas seule ? Elle ne l'avait pas écouté. À ses yeux, Benji se montrait trop inquiet, trop mélodramatique. En fait, il avait eu raison sur toute la ligne.

Heureusement, Marcellus était venu lui préparer son dîner, bien qu'elle ait voulu l'en dissuader.

Les jumeaux n'étaient pas encore nés, et elle se révélait déjà une mère incompétente.

— Je meurs de faim, Marcellus, dit-elle. Vous ne pouvez pas me dénicher quelque chose à manger ?

Au fil des semaines, elle avait appris à apprécier ce cuisinier hors pair, sorte de géant au cœur tendre.

— Si je faisais ça, Benji me tuerait ! répondit-il avec un bon sourire. Dans quelques heures vous dormirez, et demain vous pourrez manger n'importe quoi.

— Vous avez de la chance que je sois reliée à cette perfusion, menaça-t-elle.

L'homme se mit à rire, pour la première fois depuis son embauche.

— Désolé mais le médecin a dit « pas de nourriture ce soir ». Après l'accouchement, quand vous et les jumeaux serez en sécurité, je vous promets de vous cuisiner de bons petits plats. D'ici là, tout va bien aller, assura-t-il.

Sloane acquiesça. Elle se frotta le ventre, heureuse de sentir Bailey et Beau se manifester.

— Merci de m'avoir conduite à l'hôpital. Mais vous devez avoir d'autres clients. Je ne veux pas accaparer votre temps. Avec le Dr Miller, je suis entre de bonnes mains, ne craignez rien.

— Je ne risque pas de partir avant l'arrivée de Benji et de votre mère, répondit-il, visage sévère mais œil malicieux.

— Me voici !

Benji s'engouffra dans la chambre, se précipita vers Sloane et lui prit les mains en demandant :

— Tu vas bien ? Et les bébés ?

Elle lui expliqua la situation. Les médecins tentaient de retarder le travail, pour qu'elle parvienne le plus près possible du terme prévu. Ils préparaient les poumons des petits, au cas où.

Benji remercia Marcellus avec effusion. Celui-ci parti, il s'assit au bord du lit.

— Tu es sûre que tu vas bien ?

L'inquiétude évidente de Benji fissura le mur de bravade qu'elle avait érigé jusqu'ici.

— Non, répondit-elle en essuyant une larme. En fait, je suis terrifiée. Si quelque chose arrive aux petits…

— Rien ne leur arrivera, promit-il en lui baisant les mains.

Il n'avait aucun moyen de tenir cette promesse, mais elle rassura un peu Sloane.

Au fil des semaines, grâce à des moments paisibles comme celui-ci, elle devenait dépendante de lui.

Benji était là, tout allait bien se passer. Pour le moment, cela suffisait.

Benjamin vérifia le calendrier. L'alerte aux contractions datait de trois semaines. Depuis le retour de Sloane à la maison, elle était consignée au lit. Repos complet exigé.

Il l'avait convaincue de dormir dans sa chambre, pour pouvoir la surveiller. À ce stade de cette grossesse difficile, il n'était plus question de sexe.

Ils lisaient, regardaient la télévision, et discutaient chaque soir jusqu'à ce qu'elle sombre dans le sommeil. Il la tenait entre ses bras, lui caressait le ventre, sentait les jumeaux devenir plus forts.

Qui aurait cru qu'il deviendrait cet homme, fou de deux bébés même pas nés, et de jour en jour plus amoureux de la femme qui les portait ?

Il serra Sloane contre lui. La peur qu'ils avaient éprouvée quelques semaines plus tôt l'avait bouleversé.

Que se serait-il produit si un malheur leur était arrivé, à elle et aux jumeaux ?

Ni Sloane ni lui n'avaient programmé cette situation, mais elle était la seule femme qu'il ait vraiment désirée. Maintenant qu'elle était revenue dans sa vie avec cet incroyable cadeau, pour rien au monde il ne gâcherait cette opportunité. Il emploierait tous les moyens pour la convaincre de rester avec lui, au moins pour le bien des enfants.

À cet instant, une humidité se répandit sous lui, et Sloane s'éveilla en sursaut.

— Oh ! s'exclama-t-elle, je perds les eaux ! Les bébés arrivent.

Envahi par la panique, le cœur de Benji se mit à battre à grands coups. Mais il se maîtrisa. Sloane avait besoin de lui et de sa force. Elle et les jumeaux comptaient sur lui.

Il l'embrassa et la serra très fort.

— Pas de problème, ma chérie. Tout va bien aller, je te le promets.

Et il tint sa promesse. Douze heures plus tard, il tenait Bailey et Beaumont Bennett dans ses bras.

- 6 -

Sloane était affamée, épuisée. Jamais rien ne lui était apparu aussi difficile que de donner naissance aux jumeaux. Mais en contemplant Benji, debout devant la fenêtre, occupé à bercer son fils dans ses bras, à lui dire à quel point il était heureux de faire sa connaissance et celle de sa sœur, elle se rasséréna : ce spectacle valait toute la souffrance, tout l'épuisement, toute la terreur du monde.

Il y avait eu un moment, juste après la naissance de Beau, où elle avait pensé ne pas avoir la force de continuer. Elle souffrait, mourait de peur tandis que l'accoucheur essayait de tourner Bailey pour qu'elle se présente tête la première. Debout près d'elle, Benji lui tenait la main, l'embrassait. Il lui murmurait à l'oreille d'ardents encouragements : elle était la femme la plus forte jamais rencontrée, elle pouvait le faire.

— Tiens le coup encore un petit peu, lui disait-il. Tu es sur le point de faire la connaissance de notre fille.

Il haletait avec elle pendant les contractions, l'encourageait à pousser le moment venu, et l'avait complimentée quand Bailey avait enfin fait son apparition.

Maintenant elle tenait sa petite fille dans ses bras, elle inspirait son doux parfum en lui embrassant le front. Puis elle regarda avec amour le père de ces deux incroyables miniatures d'êtres humains auxquels elle venait de donner vie.

De son côté, Benji calmait Beau qui s'agitait, il lui

chantait une berceuse de sa voix profonde. Cette voix qui l'avait tant charmée le soir où ils avaient fait l'amour pour la première fois.

Des larmes de reconnaissance lui brûlaient les yeux, un sourire béat lui éclairait le visage. Cet homme était beau et tendre, aimant et généreux.

Il possédait toujours les qualités humaines dont il faisait montre enfant, quand il était le charmant petit frère de sa meilleure amie. S'y ajoutait à présent le charisme de Benjamin Bennett adulte, dont elle semblait ne plus pouvoir se passer.

Son cœur menaçait d'exploser. Une part d'elle-même désirait se blottir contre lui, porter à quatre bras leurs merveilleux jumeaux. Mais, d'un autre côté, que se passerait-il lorsque l'éclat de leur relation se ternirait ? Lorsqu'ils ne seraient plus que des parents occupés à élever deux enfants exigeants ?

Dans le bureau de sa mère, il y avait un vieil album avec une photo de son père. Il la tenait dans ses bras, souriant comme le plus fier des papas de Magnolia Lake. Pourtant, elle en gardait le souvenir d'un homme qui lui en voulait d'exister, un homme qui ne se souciait ni d'être père ni d'être mari.

Elle refusait de mettre Benji dans cette situation, se martela-t-elle. Elle ne prendrait pas le risque de se réveiller un matin et de lire l'amertume dans son regard.

— Il s'est rendormi, déclara Benji avec un sourire attendri, en reposant Beau dans son berceau. Et notre fille, comment va-t-elle ?

— Je lui ai donné le sein, elle a fait son rot et vient de s'endormir, répondit Sloane en lui tendant le bébé.

Benji prit une chaise près du lit et lui tint la main.

— Tu as été formidable aujourd'hui, dit-il. Je ne ferai jamais plus l'erreur de qualifier les hommes de sexe fort !

— Merci d'être resté avec moi…

Les yeux plongés dans ceux de Benjamin, elle ajouta :

— Toi aussi, tu as été formidable. Sans toi, je n'y serais pas arrivée.

Il lui caressa la joue, prit doucement ses lèvres.

— Assez, vous deux ! C'est comme ça que vous avez fini avec ces adorables bébés !

Abigail Sutton venait d'entrer dans la chambre en coup de vent, un grand sourire aux lèvres. Elle avait déjà rendu une première visite, mais avait dû s'absenter pour emmener le grand-père de Sloane à un rendez-vous en cardiologique.

— Salut maman ! dit la jeune accouchée en renversant la tête sur ses oreillers, déçue de se séparer de Benji. Comment s'est passée la consultation de grand-père ?

— Ce vieux ronchon nous enterrera tous ! répondit Abigail en embrassant sa fille et en donnant une accolade à Benji. Il voulait venir ici, mais l'aller-retour en voiture l'a épuisé.

Sa mère mentait mal, mais Sloane apprécia l'intention. Elle ne parvenait pas à oublier la déception qui s'était peinte sur le visage d'Atticus Ames quand elle lui avait annoncé sa grossesse. Suivre le chemin de sa mère, c'était impardonnable aux yeux du vieil homme. Connaître le nom du père n'avait fait que consolider sa désapprobation.

Elle avait depuis longtemps arrêté d'essayer de lui plaire, cependant sa déception lui avait fait mal.

— Dommage que les bébés dorment, constata Abigail. J'avais envie de les prendre dans mes bras.

Sloane s'apprêtait à dire à sa mère de les laisser tranquilles quand Benjamin intervint :

— Allez-y, prenez-les !

Il fit un clin d'œil en direction de Sloane et poursuivit :

— Ta mère a fait du chemin pour voir les enfants. Je ne pense pas que cela leur fasse de mal si elle les prend un instant.

Fataliste, Sloane haussa les épaules. Après s'être

lavé les mains, Abigail se pencha sur les berceaux, ne sachant quel bébé prendre en premier.

— Et si grand-mère commençait par toi ? demanda-t-elle en soulevant Bailey avec précaution. Qu'elle est belle ! C'est tout toi au même âge…

— Vraiment ? s'exclama Benji, aux anges. J'aimerais voir des photos de Sloane bébé !

— Non, surtout pas ! gémit la jeune femme. On te croit sur parole, maman !

— Pas moi, plaisanta-t-il. Il me faut des preuves !

Abigail se mit à roucouler avec sa petite-fille. Sloane en profita pour se pencher vers Benjamin et lui murmurer :

— À propos… Je sais que tu me fais confiance… Mais je suis d'accord pour effectuer un test de paternité qui prouvera que les jumeaux sont bien de toi.

Le regard de Benji se posa sur Abigail, en pleine conversation avec sa petite-fille. Son sourire se figea mais il ne répondit rien.

— Ça ne me dérange pas, reprit-elle en se passant une main dans les cheveux. Je sais que tu en as besoin pour ta propre tranquillité d'esprit et pour étouffer les doutes de ta mère et de Délia.

La mention de sa mère et de sa sœur assombrit le beau visage de Benji.

Mon Dieu ! Beau lui ressemblait tant, les mêmes magnifiques yeux marron, le même menton prononcé…

— Non, répliqua-t-il d'un ton convaincu, que démentait quelque chose dans l'expression de son visage. Ce que ma mère et ma sœur croient est leur problème, pas le mien. Nous n'avons rien à leur prouver.

— Mais si ça les calmait et apaisait leurs doutes ?

— Je sais que Beau et Bailey sont mes enfants. Je l'ai su dès que je les ai regardés dans les yeux. Les chiffres, les faits, c'est très important dans mon travail. Mais, si j'ai réussi professionnellement, c'est surtout parce que je me fie à mon instinct. J'ai confiance en toi. J'espère seulement qu'il en est de même pour toi.

— Je m'y efforce, dit-elle en contemplant ses mains posées sur son ventre encore bombé.

— C'est tout ce que je demande, répondit-il.

Il se tourna vers la mère de Sloane.

— Il me faut une vraie tasse de café, dit-il. Et vous, madame Sutton ? Besoin de quelque chose ?

— Nous sommes une famille, maintenant, répondit-elle. Appelle-moi Abby. Et, oui, une tasse de café me ferait du bien. Avec deux sucres.

— Oui, madame… Euh… Oui, Abby.

Il planta un baiser pudique sur le front de Sloane et de chacun des bébés et sortit.

Il était adorable.

— Je n'arrive pas à croire que ce bel homme a été un jour le petit Benjamin Bennett, dit Abigail en s'asseyant près de sa fille, Beau endormi dans ses bras. Et je n'arrive pas à comprendre que tu n'essaies pas de te faire épouser. De toute évidence il t'aime bien, il adore les bébés, et il peut t'offrir tout ce que tu désires.

C'était de cela dont sa mère rêvait pour sa fille ? Vivre avec un homme qui l'« aimait bien » ? Abigail et elle n'avaient-elles pas épousé des hommes qui les « aimaient bien », même si elles s'étaient mariées pour des raisons différentes ?

Elle s'était enfuie à Nashville avec Allen Dickson juste après son dix-huitième anniversaire. Il jouait de la guitare électrique comme s'il était né avec cet instrument dans les mains. Des intérêts communs les avaient unis : échapper à leurs familles dysfonctionnelles, faire carrière dans l'industrie du disque, placer Magnolia Lake dans le rétroviseur.

Mis à part ces doléances partagées, ils avaient peu en commun, ils attendaient de la vie des choses opposées. Allen voulait se ranger et fonder une famille. Ce qu'il souhaitait vraiment, c'était qu'elle devienne mère au foyer et élève les enfants, pendant qu'il passait la moitié de son temps sur les routes avec un groupe de musique ou un autre.

Finalement, leur mariage avait échoué, comme celui de ses parents. C'était une erreur qu'elle ne répéterait sous aucun prétexte, surtout maintenant qu'elle avait la responsabilité de Bailey et de Beau.

— Nous savons d'expérience, toi et moi, qu'épouser un homme pour son argent n'est pas la panacée, dit-elle.

Le visage soudain découragé d'Abigail culpabilisa Sloane.

— Excuse-moi, maman, dit-elle. Je n'aurais pas dû dire ça. Je suis fatiguée, c'est tout. Le moment est mal choisi pour parler de ces choses.

— Tu as sans doute raison, convint Abigail en reportant son attention sur son petit-fils endormi. Mais je veux te dire une chose : Benji ne ressemble en rien à ton père. C'est un garçon charmant et bon, et il aime Beau et Bailey de tout son cœur, ça se ressent.

Sloane mourait de fatigue, elle ne voulait qu'une chose, dormir.

— Je sais, maman. Mais ce n'est pas aussi simple que ça.

« Nous savons d'expérience, toi et moi, qu'épouser un homme pour son argent n'est pas la panacée. »

Benji avait rebroussé chemin pour demander à Sloane si elle avait envie d'autre chose que la nourriture de l'hôpital. Il s'était arrêté pile devant la porte de la chambre en surprenant la conversation entre les deux femmes. Maintenant, sur le parking, les mots entendus tournoyaient dans son esprit.

Après tout ce qu'ils avaient vécu ensemble, leur histoire commune, les derniers mois de sa grossesse, la naissance de leurs précieux jumeaux, elle le considérait encore ainsi ? Comme un homme qui a de l'argent ?

Soutenir Sloane pendant l'accouchement, participer

à la naissance de leurs bébés, cela avait été l'expérience la plus extraordinaire de sa vie, établissant entre eux un lien très profond. Il avait cru que c'était un lien partagé. Prenait-il ses rêves pour des réalités ?

Benji sortit de l'hôpital, prit du café pour Abby et lui et acheta quelque chose à manger.

De toute évidence, il n'avait pas su convaincre Sloane qu'elle et les enfants constituaient sa famille, au même titre que ses parents et sa sœur. Ne voulant ni la stresser ni lui peser, il s'était montré trop subtil, trop en retrait.

Mais, fini maintenant ! Changement de programme ! L'heure sonnait de se montrer plus offensif.

Depuis sa voiture, il appela Kamilla Price.

Quand Benji rejoignit la chambre d'hôpital, Bailey se trouvait de nouveau dans les bras d'Abby. Sloane donnait le sein à Beau. Son visage douloureux indiquait que ça n'allait pas de soi.

— Tout va bien ? lui demanda-t-il en déposant le café d'Abby sur la table à côté d'elle.

— Oui, sauf que je me demande si Beau n'est pas né avec des dents, répondit Sloane.

Humant l'air, elle s'enquit avec espoir :

— Tu m'as rapporté un hamburger avec des bonnes frites ? Ce n'est pas la péridurale qui me donne la nausée, c'est cette nourriture qu'on sert à l'hôpital !

Une grimace lui tordit le visage.

— Aïe, aïe ! Doucement, mon petit gars. Quand elle ne te nourrira plus, maman veut encore pouvoir utiliser ses seins !

Le visage de Benji s'empourpra, et il se racla la gorge.

— Je mets le hamburger de côté en attendant que tu aies fini, dit-il.

Évitant de s'asseoir à côté du lit, il s'installa près d'Abby sur le canapé.

— Je vous ai aussi pris quelque chose à manger, Abby. J'espère que ça vous plaira.

— Comme c'est gentil, Benji ! s'exclama-t-elle.

Il hocha la tête, le regard posé sur Sloane et Beau.

Pourvu que tout aille bien…

- 7 -

Pendant le séjour de Sloane à la maternité avec les jumeaux, la Range Rover de Benji était arrivée de Seattle. En route pour le chalet, elle consulta par-dessus son épaule les rétroviseurs installés à l'arrière au-dessus des jumeaux. Tous les deux dormaient profondément.

Aurait-elle la chance de faire une petite sieste avant qu'ils ne se réveillent en hurlant de faim ? Les nourrir au sein était une épreuve, mais Benji la soutenait bien. Une infirmière lui avait montré comment allaiter les deux enfants simultanément, à l'aide de coussins. Pourtant, rien n'y faisait, elle ne se sentait pas sûre d'elle.

— Ça va ? demanda Benji en lui tapotant légèrement le genou pour attirer son attention.

Depuis que le médecin les avait libérés de la maternité, il arborait le même large sourire. Sloane l'enviait. Si seulement elle pouvait se sentir aussi prête que lui à entamer cette nouvelle étape ! Devenir parents à temps complet de deux petits êtres qui dépendaient d'eux en toute chose.

Elle ne pouvait se permettre d'échouer, l'enjeu était bien trop important.

Juger ses propres parents, pointer du doigt toutes les situations où ils avaient échoué, cela lui avait été facile. À présent, elle envisageait les choses différemment. Placée en face des mêmes responsabilités, elle sentait un poids énorme peser sur ses épaules, même si son cœur explosait d'amour pour les jumeaux et d'une profonde affection pour leur père.

— Oui, répondit-elle, je suis juste fatiguée. Avec un peu de chance, ils vont encore dormir deux heures, le temps que je fasse une petite sieste et prenne une douche bien chaude.

Les mains de Benjamin se crispèrent sur le volant.

— Ah bon ? Tu disais que tu en avais assez d'être au lit toute la journée à la maternité… Et avant ça, tu as passé tant de temps isolée au chalet… Je pensais que peut-être…

— Tu pensais quoi ? demanda-t-elle.

En approchant du chalet, elle distingua quatre ou cinq voitures garées dans l'allée. Elle en reconnut quelques-unes. Manquaient ostensiblement celle de Délia et celle de Rick et Connie Bennett.

— Tu as invité tous ces gens dès notre retour ? dit-elle, le visage empourpré.

— Ils désiraient tant t'accueillir, ainsi que Bailey et Beau…

Le ton désolé de Benji calma Sloane. Sa colère retomba, elle essaya de comprendre ce qu'il ressentait.

Fermant les yeux, elle inspira profondément et dit :

— C'est très gentil à toi, Benji.

— Tu es sûre ? Sans ça je leur explique que tu es épuisée.

— Ne t'inquiète pas. Je comprends qu'ils aient hâte de connaître les petits. Je rattraperai mon sommeil plus tard.

Gêné, il sourit.

— Très bien, dans ce cas. Tout le monde est excité à l'idée de vous voir, tous les trois.

Il se gara dans l'allée, aida Sloane à sortir de la voiture et refusa qu'elle porte les sièges des bébés. Au contraire, il la guida vers la maison où sa mère, Blake, Savannah et Zora, la sœur de Blake, l'accueillirent avec chaleur. Son grand-père se tenait à l'arrière-plan, devant la télévision, une bière à la main. Parker lui adressa un signe de tête, bref mais poli, puis sortit aider Blake et Benjamin à transporter les bébés et tous les sacs contenant leurs effets et le matériel.

— Alors, qu'est-ce que ça fait d'être mère ? s'enquit Zora en la guidant vers un fauteuil. Ça doit paraître irréel, non ? D'autant plus que tu ne t'y attendais pas tellement.

Le franc-parler de Zora avait toujours plu à Sloane. En ce sens, elle ressemblait à son frère Parker. Mais alors que le côté direct de Parker le faisait souvent passer pour un personnage antipathique et arrogant aux yeux de ceux qui le connaissaient mal, l'honnêteté de Zora lui conférait le charme et la candeur d'une fille élevée dans une maison pleine de garçons.

— C'est une expérience à la fois étrange et merveilleuse, répondit-elle. Je leur parle depuis le jour où je les ai sentis bouger en moi. Mais quand j'ai vu leurs visages…

Des larmes lui brûlèrent les yeux.

— C'est difficile à imaginer, acheva-t-elle.

— Pas pour moi, déclara Savannah en s'asseyant à côté d'elle, Bailey dans les bras. Je sais parfaitement ce que tu veux dire. Pour moi, Davis est arrivé comme un cheveu sur la soupe. Quand j'ai appris ma grossesse, la situation entre Blake et moi s'est tendue à l'extrême. Je suis heureuse que tout se soit arrangé entre nous deux.

Elle décocha un regard amoureux à son mari, qui aidait Benjamin et Parker à vider la voiture, et poursuivit :

— Mais, même si ça n'avait pas marché avec Blake, je n'aurais pas regretté d'avoir Davis. Blake est l'amour de ma vie, mon roc. Mais Davis est mon cœur. Et Blake ressent la même chose que moi.

— Vous avez l'air très heureux ensemble, dit Sloane.

Elle était contente pour son ami. Quelques années auparavant, il avait vécu une mésaventure amoureuse très douloureuse. Ensuite sa relation avec Savannah avait failli exploser quand il avait découvert qui elle était : la petite-fille d'un homme qui croyait fermement pouvoir prétendre à la moitié de la distillerie de la famille Abbott.

En dépit des obstacles, ils avaient fini par se réconcilier, assez mûrs pour se rendre compte que, malgré les circonstances, ils s'aimaient. Et le petit Davis était devenu une divine surprise.

— Où est ton fils ? demanda Sloane.

— Il est avec son grand-père et sa grand-mère, qui le gâtent tant et plus ! C'est quelque chose d'être le premier petit enfant dans une famille !

Sloane regardait sa mère s'occuper de Beau. Son cœur s'adoucissait devant l'amour qu'elle portait aux jumeaux. En ce qui la concernait, jamais elle n'avait vécu la même intense relation avec ses grands-parents. Se levant lentement, elle bougonna :

— Comme grand-père ne daigne pas venir à moi, je vais y aller moi-même.

— En ton absence, peut-être que Savannah partagera le bébé avec moi, puisqu'elle en a déjà un bien à elle, dit Zora en regardant sa belle-sœur, qui effleurait le front de Bailey de ses lèvres.

— À cet âge, ils sont si charmants, ils sentent si bon, murmura celle-ci d'un air rêveur. Ça me donne envie d'en avoir un autre.

Sur ces entrefaites, Benji s'approcha et tendit la main à Sloane en lui disant :

— Viens, je veux te montrer quelque chose.

Consciente de tous les regards posés sur elle et des airs entendus qui s'échangeaient, elle glissa sa main dans la sienne.

— Attends-moi un instant, répondit-elle. J'allais dire bonjour à grand-père

— Entendu, acquiesça-t-il d'un air un peu déçu. On se retrouve dans la chambre des petits.

Sloane se fraya un passage jusqu'à son grand-père, qui n'avait même pas levé la tête à son approche.

— Bonjour grand-père, dit-elle en s'asseyant à côté de lui sur le canapé.

— Salut, répondit-il en avalant un des toasts de

Marcellus. Content de voir que vous allez bien tous les trois, et que vous vous installez ici.

— Merci, grand-père. Mais… Qu'est-ce que tu manges ? Plus de bière ni de toasts pour toi, dit-elle sur un ton de reproche. Tu veux que j'envoie une photo de ton assiette à ton médecin ? Tu oublies le régime drastique qu'il t'a prescrit ?

— D'accord, grogna-t-il.

Cette manière bourrue, c'était la seule façon que connaissait Atticus Ames de dire à sa petite-fille qu'il l'aimait. Elle l'acceptait comme il était. En revanche, elle s'émouvait aux larmes de l'amour instantané et profond que sa mère vouait à Bailey et à Beau, ainsi que de l'enthousiasme de Savannah au sujet de la relation de son petit Davis avec ses grands-parents.

Sa vie aurait-elle été différente si elle avait eu ce type de relation avec son propre grand-père ? Question sans réponse.

— Je constate que ces snobs de Bennett ne sont pas encore venus, gronda son grand-père d'une voix triomphale. Ils ont toujours pensé que leur fils était trop bien pour toi. Connie fait sûrement une attaque à l'idée que ses petits-enfants partagent le même sang que des gens comme nous.

— Nous sommes entourés de membres de leur famille, et le sujet est sensible pour Benji, alors tiens ta langue, grand-père.

D'un regard circulaire, elle s'assura que personne n'avait entendu leur conversation et reprit :

— Toi et maman ne perdez rien pour attendre, vous pourrez vous en donner à cœur joie dans la voiture à propos de ma belle-famille.

— Vous n'avez pas régularisé votre situation, que je sache. Je ne considère donc pas ces gens-là comme ta famille.

Le jour étant mal choisi pour ce genre de considération, Sloane se leva.

— Je dois aller voir ce que me veut Benji, dit-elle.

En déséquilibre, elle tangua sur ses jambes. Son grand-père laissa presque tomber son assiette pour la retenir.

Après l'avoir remercié, elle se dirigea vers la chambre des enfants l'esprit léger. Si Atticus Ames était prêt à sacrifier une assiette de nourriture pour l'empêcher de tomber, peut-être l'aimait-il un peu plus qu'elle ne le pensait, après tout ?

Benji prit une photo au moment où Sloane poussait la porte de la chambre des enfants.

Elle demeura bouche bée, les mains devant ses lèvres entrouvertes. Une gamme d'émotions parcourut son beau visage sans apprêt.

— Mon Dieu ! Tout est fini ! C'est si beau !

La voix de Sloane traduisait sa surprise, mais non la joie que Benji escomptait.

Son sourire lui parut forcé tandis qu'elle passait un doigt sur le bord des berceaux en bois de bouleau. Il les avait commandés par l'intermédiaire de Zora à Dallas Hamilton, un artisan local spécialisé avec succès dans les meubles en bois. La chambre n'était pas fin prête, certaines pièces très demandées se trouvant sur liste d'attente.

Les berceaux étaient alignés le long d'un mur, séparés par une table à langer différente de celle qu'ils avaient initialement choisie. Les murs peints en vert pâle s'ornaient d'un trompe-l'œil de bouleaux semblables à ceux qu'on voyait par la fenêtre de la chambre. Les noms des jumeaux en lettres de bois surmontaient chacun des berceaux. Un tissu de soie légère, suspendu au-dessus de chaque berceau à une corniche, formait une sorte de charmant baldaquin.

Les commodes et la table à langer étaient également en bouleau. Un luxueux fauteuil à bascule recouvert d'un joli tissu vert sauge complétait l'ameublement. Chaque meuble de la pièce était une création unique de l'artisan.

— Je ne sais quoi dire, lança-t-elle enfin en regardant autour d'elle. C'est très différent de ce dont nous avions parlé... mais c'est très joli. Bien plus beau que tout ce que j'aurais pu imaginer moi-même.

Benji décela dans la voix de Sloane une pointe de tristesse.

— Mais tu aimes le résultat, n'est-ce pas ? demanda-t-il.

— C'est parfait, comment pourrais-je ne pas aimer ? répondit-elle d'un ton neutre. Mais... que sont devenus les berceaux que j'avais achetés ?

— Ils étaient très jolis mais, quand Zora m'a dit que Dallas Hamilton faisait des berceaux sur commande, j'ai pensé que ce serait formidable d'avoir des pièces uniques pour Bailey et Beau.

— Formidable, en effet, dit-elle, les bras croisés. Mais tu n'as pas répondu à ma question.

— Puisque nous n'allions pas les utiliser, j'ai pensé que tu aimerais les donner à quelqu'un qui en aurait besoin. Je les ai offerts à un organisme caritatif.

Il s'avança vers elle, laissa glisser le bout de ses doigts le long des bras de la jeune femme. Sa tension était palpable.

— Quelque chose ne va pas ? demanda-t-il.

Elle secoua la tête, mais elle avait les yeux humides.

— C'était juste des lits en bois blanc, murmura-t-il. Ceux-ci sont beaucoup plus beaux.

Elle s'éloigna de lui, comme si elle avait besoin d'espace.

— Comment as-tu eu l'idée de tout ça ? demanda-t-elle en lui tournant le dos.

— J'ai téléphoné à Kamilla Price, la décoratrice en vogue. Elle m'a donné quelques idées qui m'ont plu. Je lui ai donné carte blanche, à condition que tout soit prêt pour ta sortie de la maternité. Je trouve que c'est mieux que tout ce que j'aurais pu imaginer. Et toi ?

Elle se tourna vers lui et lui adressa un sourire poli.

— Merci de t'être occupé de tout, dit-elle. Mais il est temps de rejoindre les autres. Bailey et Beau doivent être prêts pour leur sieste. Ils seront heureux d'inaugurer leurs nouveaux berceaux.

Elle ponctua ses mots d'un baiser sur la joue de Benji.

Ils récupérèrent ensemble Bailey et Beau pour les coucher, puis retournèrent vers la petite fête improvisée en l'honneur des jumeaux.

Tous les deux mirent tout leur soin à cacher la blessure secrète que représentait l'absence des parents de Benji et de sa sœur.

- 8 -

Sloane souleva la tête et vérifia l'heure au réveil. Presque midi !

Effarée, elle sauta hors du lit. La dernière chose dont elle se souvenait, c'était d'avoir nourri les bébés avant le lever du soleil. Cela remontait à quelques heures. Pourquoi n'avait-elle pas entendu leurs cris ce matin ?

La proximité de sa chambre avec celle des enfants constituait la raison principale pour laquelle elle rejoignait chaque nuit son propre lit, au lieu de partager celui de Benji. Étant donné les moyens de vidéosurveillance dont ils disposaient, l'argument ne convainquait pas Benjamin.

Elle enfila ses pantoufles et se dirigea vers la salle de bains. Les dents brossées, les cheveux coiffés, elle se rendit alors dans la chambre des petits.

Beau et Bailey ne s'y trouvaient pas. Son cœur s'affola.

Pas de panique ! Je suis sûre que Benji est avec eux.

Au passage, elle jeta un regard dans sa chambre. Personne. Dans le hall, elle entendit une voix douce qui chantait, une voix féminine qu'elle ne reconnaissait pas.

Intriguée, elle avança dans le couloir à pas feutrés, et jeta un coup d'œil dans la cuisine. Les jumeaux trônaient dans leurs porte-bébés, perchés sur le comptoir de la cuisine. Une femme leur chantait une berceuse tout en remuant quelque chose dans une casserole.

— Qui êtes-vous ? s'exclama Sloane. Et que faites-vous avec mes enfants ?

S'agissait-il d'une personne malveillante ? Sloane regarda autour d'elle, à la recherche d'une arme éventuelle.

Tendue, la jeune femme leva les mains en l'air et répondit :

— Ne vous alarmez pas, Sloane… Vous ne vous souvenez sans doute pas de moi… Je suis Olivia Henderson, la nièce de Mme Henderson de Chicago. Mais appelez-moi Livie.

Toujours sur la défensive, Sloane se détendit un peu. Elle se souvenait vaguement de la gamine qui venait passer quelques semaines l'été chez sa tante. La jeune fille devant elle ne ressemblait guère à l'adolescente boutonneuse, au sourire gâché par des bagues, qui aidait parfois sa tante à l'épicerie.

— Eh bien, Livie de Chicago, tout ça ne m'explique pas ce que vous faites avec mes enfants dans ma cuisine.

— Ce serait peut-être plus facile si Benji vous l'expliquait lui-même.

— Puisqu'il n'est pas présent, à vous de me fournir une explication, rétorqua Sloane, en vérifiant que les enfants allaient bien.

— J'avais rendez-vous avec vous deux ce matin. Comme vous dormiez profondément, Benji n'a pas voulu vous réveiller.

— Si nous avions tous les deux rendez-vous avec vous, comment se fait-il que je n'en aie rien su ?

Sloane se rapprocha de la jeune fille, dont la beauté la frappa. À peu près de l'âge de Benji, elle avait des yeux azur de toute beauté. Sa peau bronzée rayonnait, comme si elle avait passé beaucoup de temps sur une plage. Ses dents étaient impeccables et blanches, les bagues avaient rempli leur office.

— Benji voulait vous faire la surprise, je crois, dit-elle. Il est parti en ville pour une course, mais il sera bientôt de retour.

— Quelle était la raison de ce rendez-vous ? insista Sloane.

— Surprise ! répondit Livie avec un peu d'appréhension. Je suis votre nounou potentielle.

— Ma quoi ?

— Votre nou…

— J'ai entendu ! coupa Sloane. Benji et moi avons parlé de tout ça, il sait que je n'ai pas besoin d'une nourrice.

Une main posée sur son front, l'esprit agité, elle se mit à faire les cent pas. Elle avait alternativement chaud et froid. D'abord la femme de ménage, ensuite le cuisinier, maintenant la nounou ?

Leur année ensemble ressemblerait donc à ça ? Benji déciderait de tout sous couvert de lui faire des surprises ? Elle n'aurait pas voix au chapitre ?

— S'il avait été là pour expliquer les choses lui-même, ça se serait mieux passé, convint la jeune fille d'un air désolé en retournant à sa casserole odorante.

Beau s'agita puis se mit à pleurer.

— Alors, mon petit chou ? dit Livie d'une voix douce en se détournant de la gazinière.

Elle s'essuya les mains à un torchon et tendit les bras vers le bébé, mais Sloane s'interposa et souleva Beau elle-même.

— Mon petit gars, ta maman te manquait ? dit-elle en le berçant.

Beau eut une sorte de rictus qu'elle interpréta comme un sourire. Sa tension s'allégea aussitôt.

Sans regarder Livie, elle réfléchit à haute voix :

— Puisque je dormais, on a dû leur donner le biberon.

Elle sourit à son fils, qui la contemplait de ses yeux écarquillés.

— Quand ont-ils été nourris pour la dernière fois ? s'enquit-elle.

— Je suis arrivée un peu avant 8 heures, et j'étais ici depuis deux heures quand Bailey a commencé à se manifester. Benji l'a nourrie et j'ai nourri Beau. Il était à peu près 10 heures.

— Pas très précis, tout ça, remarqua Sloane en lançant un regard rapide à la jeune femme.

Cette personne, qui prétendait être nourrice, ne devrait-elle pas suivre un protocole précis, savoir exactement quand un enfant était nourri, changé, couché ?

— En fait, répliqua Livie en ouvrant le placard pour y prendre des flocons d'avoine, il existe une application pour aider les soignants à consigner les différents horaires d'alimentation. Je vais la charger dès que j'aurai une minute.

Sloane enrageait. Cette personne avait l'air un peu trop à l'aise dans la maison, comme si elle y vivait déjà.

— Vous avez faim ? demanda Livie. Benji m'a dit que vous adorez les flocons d'avoine au petit déjeuner. C'est pour ça que j'en fais beaucoup.

— Je n'ai pas faim pour le moment, mais merci.

Au même moment, son estomac cria famine. Elle fit semblant de ne pas remarquer le petit sourire en coin de Livie.

— Je m'en sers un bol, déclara cette dernière en s'asseyant près du comptoir. Si vous avez besoin de quoi que ce soit, je suis là.

Le ventre de Sloane gargouilla de nouveau. D'accord, elle était une sacrée menteuse, reconnut-elle en son for intérieur.

— Je vais peut-être manger un peu avant de nourrir les enfants, murmura-t-elle en replaçant Beau dans son siège.

— Asseyez-vous, je vous prépare un bol, dit Livie en se levant avec un grand sourire.

Elle posa bientôt un grand bol de flocons d'avoine devant elle. Sloane y goûta et concéda :

— Pas mal, pour une fille de Chicago…

Livie répondit avec un clin d'œil :

— Ma maman est du Sud, n'oubliez pas !

Dédaignant toute familiarité avec la jeune femme,

Sloane ne répondit pas. Elle avait la ferme intention de la renvoyer dès le retour de Benji.

Quand elle eut terminé son petit déjeuner, les jumeaux dormaient profondément. Elle examina la situation. Elle ne voulait pas dépendre d'une nourrice onéreuse, ni d'un chef cuisinier, ni d'une femme de ménage. Après tout, quand s'achèverait l'année avec Benji, elle ne jouirait plus de tout ce luxe. Il valait donc mieux ne pas trop s'y habituer. Mais puisque Livie était ici, et que les bébés dormaient…

Elle rangea son bol dans le lave-vaisselle et demanda :

— Ils vont encore dormir une vingtaine de minutes. Ça vous dérangerait de garder un œil sur eux pendant que je prends une douche rapide ?

Livie lui sourit sans détour.

— J'en serais ravie, répondit-elle. Prenez votre douche tranquille, je vais nettoyer la cuisine.

Sloane se lavait les cheveux quand elle entendit Benji frapper à sa porte.

Elle lui ouvrit et le fusilla aussitôt du regard.

— Laisse-moi t'expliquer, dit-il.

— Je t'écoute, dit-elle en resserrant sa sortie-de-bain autour d'elle. Mais, je te préviens, j'ai le plus grand mal à comprendre pour quelle raison tu confierais nos nouveau-nés à une complète étrangère.

— Liv n'est pas une étrangère, c'est la nièce de Mme Henderson. Nous sommes devenus bons amis quand je travaillais l'été à l'épicerie pour me faire de l'argent de poche.

Posant ses mains sur les épaules de Sloane, il poursuivit :

— Désolé d'avoir été absent à ton réveil. J'espère que ça ne t'a pas trop bouleversée.

— Un instant, j'ai cru que c'était une folle qui voulait me prendre les enfants.

Elle se dégagea et chercha dans son armoire quelque chose à se mettre.

— À part ça, rien de grave, poursuivit-elle.

— J'avais organisé le rendez-vous pour ce matin, mais tu dormais, la nuit t'avait épuisée. Ensuite, j'ai eu un appel urgent, et les documents dont j'avais besoin se trouvaient au bureau. J'ai essayé de te réveiller, mais rien à faire !

— Pourquoi n'as-tu pas laissé un mot ?

Il se dirigea vers la table de chevet, et prit un morceau de papier coincé sous un verre d'eau.

— Oh ! s'excusa-t-elle en lisant les explications de Benji. Mais pourquoi ne m'as-tu pas parlé à l'avance de ce rendez-vous ?

— Honnêtement ? Parce que je savais que tu refuserais.

— Tu as donc décidé d'ignorer mes arguments, dit-elle en froissant le papier entre ses doigts nerveux.

— Au début, tu ne voulais pas de femme de ménage ni de chef cuisinier. Pourtant, tu t'y es habituée, et je doute que tu veuilles vivre sans, à présent.

Comme elle gardait le silence, il soupira et enchaîna :

— Écoute, elle n'est pas encore embauchée. Je voulais juste que tu fasses la connaissance de Livie, je pensais que ça rendrait l'idée d'une nourrice à domicile moins intimidante.

— Ta petite copine ne m'intimide pas ! riposta Sloane. Je n'en ai pas besoin, c'est tout. Je suis convaincue que toi et moi avons la capacité de nous occuper de nos propres enfants.

Sur ce, elle retourna dans la salle de bains et referma la porte derrière elle.

Exaspéré, Benji continua à parler devant la porte close :

— Hier quand nous sommes rentrés de l'hôpital, tu étais crevée. Et ce matin, tu étais presque dans le coma.

— Arrête, Benji. De toute évidence, tu n'as pas contacté Je-ne-sais-plus-son-nom ce matin.

Prétendre ne pas se rappeler le nom de Livie était enfantin, mais Sloane s'en moquait éperdument. C'était la deuxième fois qu'il prenait des décisions concernant les jumeaux sans la consulter.

Benjamin mit du temps à répondre, à tel point qu'elle eut le sentiment qu'il était parti.

— Tu as raison, Livie et moi avons gardé le contact, répondit-il enfin. Elle a réussi son examen de puéricultrice il y a deux ans. Depuis elle travaillait dans une maternité à Chicago, mais elle a eu envie de changer.

— C'est pour ça que tu l'as engagée ? Comment peux-tu être sûr qu'elle n'a pas été virée pour une faute grave ?

— Je te répète que je ne l'ai pas engagée. Et je ne le ferai pas sans ton accord. J'ai bien entendu vérifié ses antécédents dès que j'ai songé à utiliser ses services.

— C'est bien ce que je dis, tu ne m'as pas informée que tu songeais à l'embaucher.

Renonçant à enfiler un jean d'avant sa grossesse, Sloane ouvrit la porte, et prit un legging dans un tiroir.

En désespoir de cause, Benji lança :

— C'était une surprise !

— Les embuscades aussi sont des surprises, répondit-elle du tac au tac en enfilant un T-shirt. Ne t'imagine pas que tu peux faire n'importe quoi parce que tu es beau et riche, et que tu sens bon… Tu ne m'as pas consultée parce que tu savais que je ne serais pas d'accord, c'est aussi simple que ça !

— Sans doute. Mais je savais aussi que nous avons vraiment besoin d'une nourrice. De même que nous avons besoin de Caitlin et de Marcellus.

Se laissant tomber sur le lit, il acheva :

— Mon travail, ça a toujours été d'être efficace. J'identifie les problèmes et je trouve des solutions.

— Je ne suis mère que depuis une semaine et tu me juges déjà déficiente ? Merci pour le vote de confiance !

— Je ne dis pas que tu remplis mal ton rôle, Sloane. Mais ni toi ni moi n'avons d'expérience, nous venons d'avoir non pas un mais deux bébés, et nous apprenons sur le tas. En quoi un peu d'aide nous ferait-il du mal ? Puisque nous avons les moyens de nous l'offrir…

Il parlait encore d'argent.

Sloane sentit l'air lui manquer. Le souvenir de son père lançant au visage de sa mère qu'il gagnait l'argent, et en conséquence décidait ce qu'il voulait, lui revint soudain en mémoire.

Elle serra les poings.

— Je n'ai pas eu Beau et Bailey pour que quelqu'un d'autre s'en occupe, lâcha-t-elle.

— Et qu'aurais-tu fait si tu avais été seule et avais dû repartir travailler à la fin de ton congé de maternité ? Tu les aurais déposés tous les matins à la crèche, ou tu aurais employé une jeune fille à la journée. En quoi ce que je te propose est-il différent ?

Elle le détesta une seconde d'exposer de si bons arguments.

— Je l'aurais fait par nécessité, répondit-elle en croisant les bras sans le regarder. Non parce que j'aurais eu envie de ne pas me fatiguer.

Benji lui souleva le menton et la força à le regarder en face.

— Tu as été si stressée, ces derniers mois. Je voulais juste te soulager un peu pour que nous puissions profiter de Beau et de Bailey.

— Alors, pourquoi ai-je l'impression que tu as confié mes devoirs de mère à une autre personne ?

— Tu sais bien que ce n'est pas vrai. Tu es une mère formidable.

— Dans ce cas, aie un peu foi en moi. Je vais apprendre à me débrouiller toute seule, comme des millions de femmes le font chaque jour. Nos parents n'avaient pas de chef cuisinier, de femme de ménage, de nounou, et nous nous en sommes quand même bien sortis.

Relativement bien, modula-t-elle en son for intérieur. Mais ce n'était pas le moment de couper les cheveux en quatre. D'autant plus que ses arguments commençaient à porter.

— Je sais que nous n'avons pas été élevés comme

ça, mon cœur, dit Benji. Mais pourquoi ne pas donner à nos enfants une meilleure vie que la nôtre ?

Il marquait un point.

Sloane n'appréciait pas que l'argent prenne tant de place dans la conversation. Pourtant, elle aussi voulait une vie meilleure pour Bailey et Beau.

— J'aurais préféré que tu me consultes, plutôt que de te mettre en embuscade avec ta blonde, lâcha-t-elle.

— Il est plus facile de demander à être pardonné après que de demander la permission avant, répliqua Benji en enfouissant une fois de plus ses mains dans ses poches. Encore une chose que j'ai apprise dans le monde des affaires. J'anticipe les besoins de mes clients et de mes employés. Quand j'identifie un besoin, j'essaie d'apporter une réponse. Même si mon équipe n'est pas encore formée.

— Je ne suis ni ta cliente ni ton employée.

— Ce n'est qu'une comparaison, rétorqua-t-il en fronçant les sourcils.

— J'ai à peine eu le temps de m'habituer à vivre avec toi, entourée de Caitlin et Marcellus à mi-temps. Si on ajoute Livie, je vais devenir claustrophobe. Et si je ne l'aime pas ? Et si Beau et Bailey ne l'aiment pas ?

— Livie est adorable. Ce matin, elle a très bien su s'y prendre avec les enfants. Donne-lui une chance, comme tu l'as fait avec Marcellus. Si à l'issue d'une période d'essai elle ne te plaît pas, elle partira.

Sloane donna son accord à contrecœur. Benji l'embrassa sur le front et se tournait pour sortir quand elle le rattrapa par la manche.

— Je ne veux pas sembler ingrate, dit-elle, j'apprécie tout ce que tu as fait jusqu'à maintenant. Mais je n'ai pas l'habitude d'être si... dépendante de quelqu'un d'autre. J'ai l'impression que mon ardoise s'allonge de jour en jour.

Ses propres mots lui déplurent, elle détestait se sentir subalterne. Benji voulait vivre avec les jumeaux et il la prenait dans le forfait. C'était difficile à accepter.

— Je ne tiens pas une ardoise, répliqua Benjamin d'un ton outré. Je me moque de l'argent, et je ne veux pas que tu y penses. Toi, Beau et Bailey, vous seuls comptez pour moi. Tu comprends ?

Pour le moment, elle le croyait sur parole. Mais ne finirait-il pas par lui en vouloir de toutes les différentes façons dont elle lui était redevable ?

— Compris, dit-elle.

Reléguant dans un coin de sa tête ses pensées négatives, elle suivit Benji jusque dans la cuisine pour l'entretien avec Livie Henderson.

- 9 -

Benjamin se gara dans l'allée. Son voyage d'affaires de cinq jours au Japon s'était achevé par une offre mirobolante. Sur le plan personnel, c'était sa première longue séparation d'avec Beau et Bailey. Ils avaient communiqué par Skype tous les jours mais, malgré cela, Sloane et les enfants lui avaient terriblement manqué.

Il déposa sa valise et son ordinateur dans l'entrée et huma la délicieuse odeur de nourriture en provenance de la cuisine. Marcellus semblait s'être surpassé.

Sloane l'accueillit avec un grand sourire.

— Il m'avait bien semblé t'entendre arriver, dit-elle. Je viens juste de coucher les petits, mais ils ne dorment pas encore et seront heureux de te voir.

Benji l'embrassa tendrement sur la bouche, ce qu'il n'avait pas fait depuis longtemps.

Les jumeaux avaient eu trois mois le jour de son départ pour le Japon. Trois mois d'une suite ininterrompue de biberons, couches, rendez-vous chez le médecin, découvertes quotidiennes. Après une première semaine un peu difficile, Sloane et lui s'étaient beaucoup rapprochés.

— Tu es belle, lui dit-il en lui caressant la joue d'un revers de la main.

Il respira son parfum aussi frais que les fleurs de printemps. La masse de ses cheveux bouclés luisait encore de l'humidité de la douche. Elle portrait une courte robe boutonnée devant. Rien de sophistiqué, mais l'étoffe soulignait à la perfection ses courbes voluptueuses.

— Je parie que tu dis ça à toutes les mères de tes enfants, dit-elle.

Comme Benjamin fronçait les sourcils, elle s'empressa de spécifier :

— Je plaisante ! Viens, j'ai une surprise pour toi, acheva-t-elle en le prenant par la main.

Le cœur de Benji s'emballa. Elle venait d'accepter son baiser pour la première fois depuis des mois, admettant implicitement qu'il lui avait manqué. Se sentait-elle enfin prête à reprendre leur relation physique ? Pouvait-il espérer ?

Passant sans s'arrêter devant sa chambre, elle le conduisit vers celle des enfants et y pénétra sur la pointe des pieds. Les petits ne dormaient pas encore. Beau aperçut son père le premier, il lui sourit avec un petit bruit de gargouillis et de la salive lui coula sur le menton.

— Ah ! Mon garçon ! s'exclama Benji avec amour.

Il se souvenait de l'époque pas si lointaine où la simple vue d'un nourrisson baveux le repoussait. Maintenant, tout était différent. Il souleva le bébé et embrassa sa joue humide sans la moindre réserve.

— Il est devenu plus fort, constata-t-il.

Les progrès rapides des jumeaux le plongeaient dans un émerveillement sans fin. Ils se transformaient chaque jour, c'est la raison pour laquelle il avait détesté les quitter toute une semaine.

— Tu as raison, dit Sloane. Je l'ai découvert à mes dépens il y a deux jours, quand il a tiré sur une mèche de mes cheveux !

Tout en parlant, elle souleva Bailey, l'embrassa sur le front et la passa à Benji.

Les deux bébés dans ses bras, il s'assit dans le fauteuil à bascule et leur parla à voix basse.

Il ne put s'empêcher de sourire en remarquant Sloane debout dans un coin de la pièce, qui les observait sans mot dire.

— Qu'est-ce qu'il y a ? demanda-t-il.

Les yeux de la jeune femme brillaient, elle essuya une larme.

— Rien, répondit-elle. Tu leur as manqué, je m'en suis rendu compte. Même si jeunes, ils t'aiment, ça se voit. Je n'arrive pas à croire que j'aie envisagé de ne pas te révéler leur existence.

La gorge serrée par l'émotion, elle secoua la tête. Des larmes roulaient le long de ses joues.

— Ne te torture pas à propos d'un fait que ni toi ni moi ne pouvons changer, répondit-il.

Cette pensée lui avait souvent gâché la vie. Il préférait ne pas s'appesantir sur le sujet.

Sloane sécha ses larmes.

— Il est temps que je m'occupe des côtelettes de porc et de mon gratin de macaronis, dit-elle.

— Pardon ? Tu as fait la cuisine toi-même ?

En dépit de ses objections du début, Sloane s'était très bien habituée à la cuisine de Marcellus. D'ailleurs, en son absence, ils cuisinaient à peine, se contentant de passer commande en ville.

— Tu ne fais toujours pas confiance à mes talents culinaires ? le taquina-t-elle.

— Ce n'est pas ça… Mais je sais que tu aimes ce que nous concocte Marcellus. En général, avant de partir le vendredi soir, il nous prépare quelque chose.

— Aujourd'hui, je n'ai pas voulu qu'il fasse la cuisine. Depuis que Livie est ici et que j'ai davantage de temps, je demande souvent à Marcellus de me guider dans la préparation du dîner…

Un sourire un peu moqueur naquit sur les lèvres de Benji, mais Sloane l'arrêta d'un geste de la main :

— Ne triomphe pas ! Il est encore beaucoup trop tôt pour ça.

— Je commence à être un peu jaloux de Marcellus, dit-il. À part Beau, ne serait-ce pas ton homme préféré dans cette maison ?

Les yeux de Sloane scintillèrent. Elle se mordit la lèvre inférieure pour maîtriser un sourire sensuel.

— Nous verrons comment les choses évoluent cette nuit, dit-elle, provocante.

Sur ces mots, elle éclata de rire et quitta la chambre des enfants.

Rassasié, Benji s'arrêta de manger, il ne pouvait plus rien avaler. Les côtes de porc juteuses et tendres, les macaronis parfaits, les haricots verts, tout lui avait plu. Le tout servi avec un délicieux thé glacé assaisonné d'un brin de Bourbon.

— Quel dîner ! s'exclama-t-il.

Il ne souhaitait plus qu'une chose : se poster devant la télévision sur le canapé, et regarder sa série préférée dans un semi-coma digestif.

Attirant Sloane sur ses genoux, il l'entoura de ses bras.

— Je ne sais comment te remercier, ajouta-t-il.

— Comme ça, par exemple ? suggéra-t-elle en déposant un long baiser sur ses lèvres.

Charmé, il la serra davantage contre lui. Il ne voulait rien perdre de ses formes voluptueuses.

Elle entrouvrit ses lèvres pour qu'il puisse goûter à son délicieux parfum.

Les gémissements de Sloane le rendirent dur comme de l'acier. Son corps brûlait du désir inassouvi qui courait sans relâche dans ses veines depuis des mois.

De ses doigts fébriles il entreprit de défaire les boutons de la robe de Sloane, des boutons beaucoup trop gros pour les boutonnières, à son gré.

Il aurait pu soulever sa robe et passer sa main en dessous, mais il s'enjoignit à la lenteur. Il voulait voir chaque parcelle de ce corps qu'il aimait tant, sentir sous ses paumes le poids de ses seins fermes, câliner les mamelons que les jumeaux avaient tant martyrisés ces derniers mois. Il voulait révérer de sa langue ce corps magnifique, encore et encore.

Il avait déboutonné la robe jusqu'au nombril quand retentit le cri de leur fils dans le moniteur placé sur la table derrière eux. Cri bientôt suivi par la voix plus faible et délicate de leur petite princesse.

Sloane s'arracha à regret à leur baiser. Ils restèrent front contre front quelques instants.

— Et voilà pour le petit cordial que j'avais en tête, dit-elle enfin.

Benji éclata de rire.

— Adorables petits trouble-fête.

— Ce sont bien tes enfants ! C'est l'heure de leur prochaine tétée, je vais les chercher. Laisse la vaisselle, je la ferai plus tard.

— Ah non ! Tu as cuisiné, laver les assiettes me revient. Ramène les enfants avant qu'ils ne se brisent les cordes vocales !

Sloane se mit debout, raide comme un piquet et exécuta un salut militaire avant de dire de sa voix la plus sexy :

— Bien mon capitaine.

Benji rit de bon cœur, rassembla les assiettes et les emporta dans la cuisine.

Bon sang ! Le repas était excellent, mais Sloane avait utilisé les trois quarts de leur vaisselle, et tout se retrouvait dans l'évier.

Retroussant ses manches, il se mit à récurer les plats. Au moins dépenserait-il les calories qu'il venait d'ingurgiter !

Sloane s'assit dans la chambre des enfants et leur donna le sein. Jamais elle n'aurait pu faire ça sans le soutien de Benji.

Bien sûr, le soutien financier comptait beaucoup. Les vêtements, la nourriture, les couches pour deux enfants, tout cela revenait cher. Mais l'argent ne venait qu'en seconde ou troisième position, bien après le soutien émotionnel et physique que Benji lui prodiguait sans compter.

Ils formaient une équipe.

Ce n'était pas des mots en l'air mais une réalité. Benjamin Bennett ne se contentait pas d'être un homme bon, il se révélait être un excellent père et un incroyable partenaire. Sans doute les circonstances n'étaient-elles pas idéales, mais elle n'aurait pu affronter cette expérience avec personne d'autre.

Elle adorait être la mère des jumeaux. Adorait vivre cette vie avec Benji à son côté. Elle ne pouvait désormais plus mettre cette réaction affective sur le compte des hormones de la grossesse, mais rien ne lui mettait les larmes aux yeux davantage que le spectacle de Benji avec son fils et sa fille.

C'était de l'amour à l'état pur.

Cependant, dès qu'elle débordait de joie en pensant à sa vie avec Benji et les bébés, une terrible crainte la prenait à la gorge.

Qu'arriverait-il quand la nouveauté de la paternité s'éroderait ? Se sentirait-il coincé ? Lui en voudrait-il ? En voudrait-il aux jumeaux ?

Une partie d'elle-même jugeait cette peur irrationnelle. Benji n'avait rien à voir avec son père à elle, il ne fallait pas le juger à l'aune de l'échec de cet homme irresponsable. Et pourtant… Cette angoisse l'habitait en sourdine, et il convenait d'en tenir compte. C'était plus prudent.

- 10 -

Benji battit des paupières. Son cou était raide et il avait anormalement chaud. La télévision était allumée dans le grand salon plongé dans l'obscurité. Son bras gauche ankylosé se trouvait coincé entre le dossier du canapé et le corps endormi de Sloane blottie contre lui.

Il regarda autour de lui. Les jumeaux dormaient dans leurs couffins. L'ombre d'un sourire éclaira son visage. Quand ils avaient emménagé ici, le chalet n'était qu'un luxueux refuge de célibataire. Maintenant, l'espace était rempli d'éléments indispensables à la vie de nourrissons.

Qu'importe le désordre ! Le lieu transformé le rendait heureux. Plus chaleureux, habité, c'était devenu un foyer. Leur foyer.

Il caressa doucement le dos de Sloane. Sa respiration se modifia un peu, elle changea de position sans se réveiller.

Avec d'infinies précautions, Benji se dégagea, emporta Beau puis Bailey dans leurs berceaux et éteignit la télévision.

Il se pencha ensuite vers Sloane et la contempla. Elle semblait si bien qu'il eut envie de la recouvrir d'un plaid pour la laisser dormir. Pourtant, il changea d'avis. Aussi confortable soit le canapé, elle serait bien plus à l'aise dans son lit.

S'accroupissant, il glissa ses mains sous elle et la souleva dans ses bras. Dans le couloir, elle releva un peu la tête, ses yeux papillonnèrent.

— Non, dit-elle.

— Tout va bien, murmura-t-il. Je te dépose dans ta chambre pour que tu dormes.

Les yeux encore lourds de sommeil de Sloane plongèrent dans ceux de Benji.

— Allons dans ta chambre, dit-elle d'une voix rauque de sommeil. Je n'ai pas du tout envie de dormir.

Stupéfait, Benji s'arrêta au milieu du couloir. Avait-il bien entendu ? Peut-être rêvait-elle ? Ou lui ?

— Fais-moi l'amour, lui murmura-t-elle à l'oreille en caressant sa barbe naissante.

Enhardie, elle pressa sa bouche ouverte contre celle de son compagnon et y glissa sa langue.

Était-elle certaine ? voulut-il lui demander. Mais il y renonça. L'insistance de son baiser parlait d'elle-même.

Reprenant sa progression, il la déposa sur son lit, lui ôta sa robe, et l'aida à se débarrasser de son soutien-gorge et de sa culotte. À son tour, elle l'aida à se dévêtir, jusqu'à ce qu'aucune étoffe ne sépare leurs deux corps.

Allongé sur elle, il lui baisa l'épaule, picora son cou de baisers, son souffle chaud parcourut sa peau.

— Tu es si belle, murmura-t-il. Je n'arrive pas à croire à ma chance.

— Je suis heureuse que tu sois de retour. Tu nous as manqué.

— C'est bien, si j'ai manqué à Beau et Bailey, souffla-t-il en l'embrassant encore et encore. Mais, si j'ai manqué à leur maman, c'est encore mieux. Elle m'a manqué aussi.

— Vraiment ? dit-elle avec un sourire sensuel en ondoyant un peu sous lui. À quel point ?

Étendant le bras vers sa table de chevet, Benji en sortit un écrin de velours noir. Apprécierait-elle ce cadeau, choisi avec tant d'intensité amoureuse ?

Il prit le collier acheté à Tokyo et le passa autour de son cou, en murmurant à son oreille :

— À ce point.

Il alluma la lumière pour qu'elle puisse le voir. C'était

un pendentif fait de cœurs en or blanc emmêlés, chacun orné d'une émeraude. Sur un des cœurs était gravé le nom de Beau, sur un autre celui de Bailey. Le reste de chaque cœur était constellé de petits diamants.

Sloane passa ses doigts sur le pendentif, puis le retourna pour mieux le voir. Elle écarquilla des yeux pleins de larmes.

— Il est très beau, Benji, merci. Je n'ai pas les mots…

Dis que tu accepteras de m'épouser…

Ces mots roulèrent dans la tête de Benji.

— Ne dis rien, murmura-t-il.

Il l'embrassa, glissant sa langue entre ses lèvres, tandis qu'il bougeait sur elle.

— Benji, n'oublie pas…

La dernière fois qu'ils avaient fait l'amour, elle était enceinte, le danger d'une grossesse non désirée ne se posait pas. Maintenant, il fallait revenir à des moyens contraceptifs.

Il hocha la tête, tendit la main vers la table de chevet, éteignit la lumière, et enfila le préservatif. Puis il reprit ses baisers sur sa bouche, son cou, son épaule. Il empauma ses seins, de sa langue humide il en lécha les bouts dressés, les mordilla avec une torturante lenteur. Sous ce délicieux supplice, Sloane se tordait de plaisir.

Ensuite sa bouche brûlante s'égara le long du ventre de sa bien-aimée.

Elle se raidit sous lui, en proie à une soudaine appréhension, consciente des marques et du renflement que les jumeaux avaient laissés derrière eux.

À l'écoute, Benji joignit sa main à celle de Sloane et la plaça sur son ventre avec amour.

— Ça, dit-il, c'est devenu l'endroit de ton corps que je préfère. C'est la preuve du sacrifice que tu as accepté pour que nous ayons nos enfants. Jamais je n'oublierai le jour où tu as placé ma main sur ton ventre la première fois, pour que je sente Beau bouger, que je sente la petite épaule de Bailey.

Puis il lâcha la main de Sloane, et l'embrassa plus bas, à la limite des boucles qui dissimulaient son sexe. Là, il lécha délicatement la chair de son intimité.

Relevant la tête, il poursuivit amoureusement :

— C'est peut-être ça, mon endroit favori.

Il la lécha de nouveau. Sloane frémit sous lui, ses gémissements attisèrent le désir de Benji jusqu'à la souffrance.

S'immisçant entre les cuisses de sa compagne, il écarta la fleur de son intimité de ses doigts et plongea sa langue en elle. Il la lécha, la suça, la titilla jusqu'à ce qu'elle jouisse contre sa bouche en convulsions irrépressibles.

Heureux, il remonta le long du corps de Sloane, le parsemant de baisers, s'enivrant de son plaisir, de ses spasmes et de ses transes.

Saisissant la base de son sexe, il en plaça le bout entre les plis mouillés et palpitants de sa compagne. Quelque chose dans sa poitrine rugit délicieusement. Il aimait son fourreau frémissant, s'enivrait d'entendre Sloane balbutier son nom.

Ne te presse pas. Fais attention à elle.

C'était leur première fois depuis la naissance des jumeaux, sous aucun prétexte il ne voulait lui faire mal. Il lutta contre l'impulsion presque irrésistible d'aller vite et profond, se battit contre la volonté aveugle de se libérer après ces mois d'abstinence.

Au contraire, il s'imposa de bouger ses hanches avec lenteur, en dépit du feu qui brûlait en lui, exigeant de flamber.

Le corps de Sloane fondit contre lui, elle adopta son rythme, ondoya sous lui, ses doigts plantés dans les hanches si masculines. Sa respiration s'accéléra, de petits halètements qui évoquèrent aux oreilles de Benji toutes les choses délicieuses qu'elle pourrait une autre fois lui faire avec sa bouche, et le plaisir fou qu'il en éprouverait.

Muscles tendus, il ferma les yeux, dans un effort

désespéré pour ralentir le flux de son orgasme. Il tenait à la faire basculer une nouvelle fois dans une folle volupté, elle le méritait.

Pour ce faire, il lui souleva les hanches, changea d'angle de pénétration, intensifiant de la sorte la friction sur son clitoris.

N'y tenant plus, elle cria son nom. Tout son corps se tendit, son fourreau se contracta et se relâcha autour du sexe brûlant de Benji. Avec un grognement primitif, il plongea en elle d'un long coup profond et la rejoignit dans l'extase.

Il demeura quelques instants au-dessus d'elle, appuyé sur ses coudes. Tous les deux haletaient, quittant difficilement le sommet escarpé qu'ils venaient de gravir ensemble.

Le cœur gonflé d'amour, Benjamin baignait dans une douce euphorie. Il passerait volontiers le reste de sa vie à faire l'amour avec cette femme. Il la couvrirait de cadeaux, ils élèveraient leurs enfants ensemble. Jamais il n'avait été aussi fier qu'à la naissance des jumeaux. Ni aussi profondément satisfait qu'en s'endormant sur le canapé avec Sloane, entouré des deux enfants.

Il la regardait au fond des yeux, mais les mots d'amour qui trottaient dans sa tête ne franchissaient pas ses lèvres.

Ses sentiments pour cette femme bouillonnaient en lui, le rendaient fou de désir et d'attachement, c'était ce qui s'approchait le plus de l'idée qu'il se faisait de l'amour.

Mais il avait été échaudé. Une fois déjà, il avait demandé à Sloane de l'épouser, et elle l'avait platement éconduit. La situation avait-elle évolué ? Les mois écoulés depuis ce refus avaient-ils changé quelque chose pour elle ? Les avaient-ils rapprochés ? Pour lui, il connaissait la réponse. Mais pour elle ?

Beaucoup de points demeuraient en suspens. Une nuit dans son lit ne signifiait pas que Sloane se sentait prête à s'engager avec lui. De son côté, cela n'effaçait pas la douleur de la déception latente, la pointe de ressentiment qu'il s'efforçait de cacher. Mais c'était quand même un début.

Il roula sur le côté et se laissa tomber à côté d'elle. La prenant dans ses bras, il baisa son visage moiré de sueur, et la serra contre lui.

Il rompit le silence le premier :

— Sloane ? Promets-moi quelque chose.

Elle emmêla ses doigts dans la toison du torse de Benji et répondit d'une voix presque endormie :

— Si je le peux…

— Ne retourne pas dans ta chambre ce soir… Je veux me réveiller en voyant ton beau visage près de moi, dit-il en l'embrassant.

— C'est promis, dit-elle sans hésiter. En fait… Je me demandais si…

Elle se racla la gorge et força les mots à franchir ses lèvres :

— Ça te dérangerait… si je m'installais dans ta chambre ?

Le cœur de Benji se mit à battre à tout rompre. Ne voulant pas paraître trop enthousiaste, il attendit une seconde avant de répondre :

— J'aimerais beaucoup ça.

Quand Sloane se réveilla, elle était étalée dans le grand lit qu'elle avait partagé avec Benji toute la nuit. Il ne s'y trouvait plus. Elle comprenait enfin la déception de se réveiller seule dans un lit vide et froid lorsqu'on s'attendait à se trouver dans les bras chauds d'un amant.

Elle se passa une main dans les cheveux. De quoi avait-elle l'air au moment où il s'était levé ? Elle soupira, les yeux au plafond. Une étape avait été franchie. Elle avait passé la nuit dans le lit de Benji, lui avait demandé la permission de s'installer dans sa chambre. Une décision effrayante qu'elle avait tournée et retournée dans sa tête pendant le séjour de Benji au Japon.

Cinq jours ne représentaient pas grand-chose en soi. Mais, pendant ces cinq jours, elle avait découvert un fait sans équivoque.

Benjamin Darnell Bennett lui avait terriblement manqué.

Sa bouche, son humour, sa façon de sentir quand elle avait besoin de son aide, l'amour immodéré qu'il portait à leurs enfants, son corps magnifique, son amitié, et la relation unique qu'ils partageaient.

Elle avait essayé de se soustraire à son besoin croissant de lui, avait employé beaucoup d'énergie pour ne le considérer que comme le père des petits, rien de plus.

Mais l'absence prolongée de Benji lui avait sans équivoque révélé la vérité. De toute son âme, elle voulait être avec lui, vivre avec lui, tout partager avec lui. À la condition que, de son côté, il l'aime vraiment, sans être mû par une quelconque obligation morale, aussi noble soit-elle.

Sloane passa un doigt sur le joli collier qu'il lui avait offert la nuit dernière. Elle appréciait l'objet à sa juste valeur, mais elle aimait par-dessus tout la prévenance dont il avait fait preuve en le choisissant.

La veille au soir, elle avait eu l'audace de lui demander de lui faire l'amour. C'était sa façon indirecte de lui déclarer qu'elle voulait aller plus loin avec lui. Comment les choses se termineraient-elles entre eux ? Elle n'en savait rien. Mais elle se sentait prête à avancer dans leur relation si peu conventionnelle.

Benji l'avait invitée à passer la nuit avec lui, au lieu de se retirer dans sa chambre sur la pointe des pieds au petit matin. C'était important mais, dans le secret de son cœur, elle avait espéré davantage. Par exemple, qu'il lui déclare de réels sentiments pour elle. Pas de la convoitise sexuelle ou une amourette de jeune homme, mais des sentiments aussi profonds que ceux qu'elle commençait à éprouver pour lui.

Dans sa prime jeunesse, elle avait assisté à la transformation dévastatrice qui se produisait dans une relation quand une des personnes du couple aimait sans équivoque, alors que l'autre fournissait l'argent et exerçait le pouvoir. Elle avait assisté à l'érosion de la relation, et au malheur qui rejaillissait sur chacun des partenaires. Elle ne voulait pas de ça pour elle ni pour les jumeaux. Elle ne supporterait pas non plus de voir l'homme qu'elle aimait devenir un être amer et rancunier.

Agitant ces pensées dans sa tête, Sloane se leva, prit sa douche et s'habilla. Quand elle se pencha vers les jumeaux, ils l'accueillirent avec des sourires. Beau et Bailey étaient sa seule priorité. Il fallait se concentrer sur eux.

Pour le moment, mieux valait garder pour elle les sentiments qu'elle éprouvait pour Benji.

- 11 -

L'estomac noué, Sloane inspira profondément tandis que Benji se garait dans l'allée de Blake et Savannah. Conscient du stress qui l'étreignait, il lui prit la main et emmêla leurs doigts.

— Détends-toi, dit-il. Nous allons passer un bon moment.

— Bien sûr, répondit-elle avec une fausse insouciance.

Elle regarda par-dessus son épaule les jumeaux endormis dans leurs sièges.

À cinq mois, ils avaient beaucoup grandi, et chacun développait une personnalité distincte.

Ils sortirent les enfants du SUV, et Benji transporta leur parc de jeu dans la maison. Davis, le petit garçon de Blake et Savannah, âgé de presque dix-huit mois, se montra fasciné par les petits. Il se rengorgeait de ne plus être le bébé de la famille.

Les parents nourrirent les enfants puis partagèrent à quatre un délicieux dîner, confectionné par Blake, cuisinier occasionnel mais talentueux. Le tout arrosé d'un bon chianti auquel Sloane ne toucha pas, car elle allaitait encore.

Une fois les enfants couchés pour la sieste, les adultes se retirèrent dans la bibliothèque dont les baies vitrées donnaient sur le lac et les montagnes environnantes.

Sloane avait accepté de conduire au retour, afin que Benji puisse goûter au délicieux bourbon de son ami en regardant avec lui un match à la télévision. Elle et

Savannah s'étaient installées à l'autre bout de la pièce, pour jouir de la merveilleuse vue.

— Alors, comment se passe votre vie de couple pas tout à fait marié ? s'enquit Savannah avec un sourire chaleureux et taquin.

Sloane sourit et lança un regard en biais à Benji, qui riait avec son cousin.

— Ça se passe bien, répondit-elle. Très bien, même.

— Les cloches du mariage vont bientôt résonner ?

Sloane faillit avaler son punch de travers.

— Ni Benji ni moi n'avons considéré pareille éventualité, répondit-elle. Je sais, nous ne faisons pas les choses à la manière traditionnelle de Magnolia Lake, mais ça nous convient très bien.

— Hum, fit Savannah d'un air pensif.

Consciente du piège que lui tendait son amie, Sloane n'en décida pas moins de saisir la perche.

— Pourquoi ? demanda-t-elle.

Savannah haussa les épaules et but une gorgée de son punch.

— Peut-être est-ce que je me laisse influencer par ma propre expérience, dit-elle, mais ce que je discerne dans tes propos, c'est la peur. L'autre jour, chez Benji, j'ai remarqué la relation profonde entre vous. Même si tu étais un peu contrariée de subir l'embuscade d'une petite fête au sortir de la maternité.

— Ça se voyait tant que ça ?

— Peut-être pas pour tout le monde, répliqua Savannah en riant. Je me souviens de ce que je ressentais après mon accouchement. J'étais sur les nerfs, épuisée. Je ne souhaitais qu'une chose, prendre une douche bien chaude, me reposer dans mon propre lit et apprécier mon intimité avec Blake et notre bébé. Ça aurait été la débâcle si j'avais dû affronter une fête ! Crois-moi, tu as bien su gérer la situation.

Sloane poussa un soupir de soulagement. Il était déjà assez navrant que les proches immédiats de Benji ne fassent pas partie de leur nouvelle vie. Pour rien au monde elle ne souhaitait s'aliéner sa famille un peu plus éloignée. Les Abbott l'avaient accueillie avec chaleur et simplicité. Seul Parker demeurait sur la réserve.

D'un autre côté, personne à Magnolia Lake n'associait dans une même phrase les mots Parker Abbott et amitié.

— Le lien entre Benji et toi semble même s'être renforcé, reprit Savannah. Son adoration pour toi et pour les jumeaux est évidente.

Plus à l'aise, Sloane soupira.

— Je suis très attachée à lui, dit-elle. Cependant, nous devons encore résoudre beaucoup de problèmes. Je me demande souvent s'il me pardonnera un jour de ne pas l'avoir mis au courant de ma grossesse quand je l'ai découverte. Parfois, dans son regard, je discerne cette peine, ce ressentiment. Il pense sans doute à ce qui serait arrivé s'il n'avait pas débarqué chez moi, à Nashville, au retour du Japon. Pour moi, à l'époque, la décision de ne rien lui dire avait un sens. Maintenant, ça paraît égoïste et lâche… Je ne lui en veux pas d'être en colère.

Savannah hocha la tête.

— Tu connais l'histoire de ce qui s'est passé entre Blake et moi ? Et pour quelle raison je suis venue à Magnolia Lake ?

Sloane acquiesça. Tout le monde en ville le savait.

— Pourtant, poursuivit Savannah, maintenant nous sommes heureux ensemble, et vraiment amoureux. Je ne veux pas ressembler à ces jeunes mariés qui étalent leur bonheur, mais… je suis convaincue que Blake m'était destiné. Je souffrirai toujours de lui avoir menti au début. Mais si je n'étais pas venue ici, si je n'avais pas fait ce que j'ai fait, nous ne serions pas ensemble. Et nous n'aurions pas découvert le rôle que jouait mon grand-père dans King's Finest.

Sloane regarda Benji du coin de l'œil. Leur histoire

pouvait-elle aussi se terminer par un happy end, malgré leur début de mauvais augure ?

— J'aimerais que Benji et moi puissions avoir la même belle relation que Blake et toi, dit-elle. Mais…

Elle regarda dans la direction de Benji, qui semblait maintenant plongé dans une discussion sérieuse avec Blake.

— Je ne sais pas, reprit-elle. Surtout maintenant qu'il semble étranger à sa propre famille. Ses parents ne sont même pas revenus à Magnolia Lake cet été, comme ils le font chaque année. Leur réaction envers nous me heurte et me met en colère. En particulier celle de Délia. Nous sommes amies intimes depuis l'âge de dix ans. Je ne peux pas croire qu'elle envisage, ne serait-ce qu'une seconde, que je fasse du mal à son frère ou profite de lui.

Les yeux humides de sympathie, Savannah posa une main sur l'épaule de Sloane.

— Je suis désolée que les Bennett soient si injustes avec toi, dit-elle. Iris, la tante de Benji, en est très bouleversée. Elle essaie de parler à sa sœur, mais celle-ci ne veut rien entendre.

— C'est gentil de sa part. Je suis furieuse contre Délia et Connie, surtout pour le mal qu'elles font à Benji. Il n'aime pas en parler, mais je vois à quel point cette dispute lui pèse. Je déteste être celle par qui la famille s'est séparée. Ils étaient si proches…

— Il a pris ton parti contre toute sa famille, commenta Savannah en la regardant droit dans les yeux. Et, malgré ça, tu penses qu'il n'est pas sérieux envers toi ?

La question n'appelait aucune réponse.

— Fais les choses à ton rythme, nuança-t-elle aussitôt. N'écoute pas les gens comme moi qui essaient de te pousser vers l'autel.

Toutes les deux se mirent à rire. Savannah poursuivit :

— Benji a des raisons de se sentir blessé, comme Blake à l'époque. Mais, s'il a fait ce choix, il a ses raisons. Ne l'abandonne pas. Donne-lui du temps.

Sloane serra Savannah dans ses bras et la remercia.

Elle ne savait toujours pas comment les choses évolueraient avec Benji, mais elle n'avait jamais nourri autant d'espoir.

Benji et Blake avaient proposé d'emmitoufler les enfants, de les mettre dans leurs poussettes et de prendre les deux chiens pour une balade autour du lac. Mais la vraie raison de cette sortie était tout autre. Blake souhaitait parler à son cousin. De son côté, Benji n'était pas certain de vouloir cette conversation. Il savait d'avance ne pas pouvoir fournir toutes les réponses aux questions que Blake ne manquerait pas de lui poser. Où en étaient les choses entre Sloane et lui et formaient-ils à présent un véritable couple ?

Il n'en savait rien et en doutait, tout en se sentant plein d'espoir.

De son point de vue, cela ne nécessitait pas une conversation impliquant trois enfants et deux chiens.

Après quelques préliminaires, Blake lui posa la question clé :

— Tu l'aimes ?

Benji fronça les sourcils.

— Que veut dire cette grimace ? Que tu ne l'aimes pas ? Que tu trouves que j'outrepasse mes droits en évoquant tes sentiments ?

— Deuxième option, répondit Benji sans regarder son cousin.

— Eh bien, sois un grand garçon et fais une exception pour moi, rétorqua Blake en lui décochant un petit coup de coude dans les côtes.

Benji essuya la bave qui coulait le long du menton de Beau. Les jumeaux semblaient apprécier le grand air.

— Oui, dit-il enfin.

— Oui quoi ? insista Blake.

— Je crois que je l'aime.

— Tu le crois, pas plus ? demanda Blake avec un sourire en coin.

L'espace d'une seconde, Benji eut envie de remettre son cousin à sa place. Se maîtrisant, il demanda d'un ton grinçant :

— Personne ne t'a jamais dit que tu étais un emmerdeur ?

Blake éclata de rire.

— Si ! Mais seulement les gens auxquels je suis lié par les liens du sang !

À son tour Benji se mit à rire.

— Bon, finit-il par dire. Je l'aime, c'est sûr. Personne auparavant ne m'a inspiré de pareils sentiments. Je l'aime depuis ma plus tendre adolescence. Quand je suis venu à ton mariage, je pensais avoir surmonté cet amour. Mais, à la seconde où je l'ai revue, tout a recommencé.

— Écoute, tu connais mieux que moi la mère de tes enfants, dit Blake avec précaution. La Sloane que je connais est une dure à cuire. Elle a eu des problèmes avec sa mère et son père. Elle n'aime dépendre de personne, elle met du temps à établir un vrai contact avec les gens. Mais si tu arrives à lui prouver que tu es un homme bien, que tu ne la laisseras pas tomber à la première occasion, comme l'ont fait beaucoup de gens dans sa vie… dans ce cas, ça vaut le coup. C'est une personne de qualité. Vous irez très bien ensemble, si vous avez tous les deux la volonté d'y parvenir.

— C'est exactement ça, répondit Benji en s'arrêtant en vue de la maison de son cousin. Toute mon énergie vise à le lui prouver. Entre nous, il y a de l'amitié, de l'affection… et de la passion sexuelle, ajouta-t-il en rougissant. La seule chose que j'ignore, c'est si elle est prête à s'engager de manière permanente.

— Tu lui as exprimé tes sentiments envers elle ?

— Je l'ai demandée en mariage.

— Et elle a refusé ? C'était à quel moment ?

Blake avait l'air stupéfait. Mais quand Benji lui expliqua les choses en détail, il siffla d'un air entendu.

— Son refus ne m'étonne pas, dit-il. Ta demande en mariage ressemblait à un contrat professionnel. Sloane n'est pas du genre à prendre une décision fondée sur la seule logique. Cette fille a du cœur, et si tu veux qu'elle t'aime, qu'elle mette son âme en jeu pour toi, il faut que tu lui parles à cœur ouvert, Benji.

Blake se remettait en marche vers la maison, mais Benji le rattrapa par la manche.

— Peut-être qu'elle ne m'aime pas comme je l'aime, objecta-t-il. Peut-être que ça n'arrivera jamais.

— Dans ce cas, il vaut mieux que tu avales cette pilule amère le plus tôt possible, répondit Blake d'un ton grave. Mais je ne pense pas que ce soit le cas. Si Sloane est vraiment la femme de ta vie, continue à lui montrer ce que tu ressens, jusqu'à ce que tu sois prêt à le lui formuler.

Benji hocha la tête, et tous deux rejoignirent la maison.

Sloane était la femme de sa vie. Il en était aussi certain maintenant qu'il l'était à l'âge de dix ans. Désormais, le fondement de cet amour n'était plus un souvenir d'enfance, il s'agissait au contraire de sentiments adultes, bien réels et profonds.

Pourtant, il semblait parfois difficile d'ignorer la petite voix. Celle qui lui soufflait que, s'il ne s'était pas rendu chez Sloane au retour du Japon, elle ne lui aurait pas révélé sa paternité. Celle qui lui rappelait que, s'il n'avait pas réglé la dette de sa famille, elle ne vivrait pas avec lui en ce moment.

Et l'horloge lui rappelait que, dans sept mois, elle projetait de le quitter en emmenant les jumeaux avec elle.

- 12 -

Attablée dans la cuisine du ranch de sa mère, Sloane savourait son café. Les jumeaux venaient d'avoir sept mois et ne tétaient plus. Son grand-père adorait Beau et Bailey, qui le lui rendaient au centuple. Bailey entretenait un lien particulier avec le vieil homme. La première fois qu'il l'avait tenue dans ses bras, elle avait emmêlé ses doigts dans sa barbe grise, et elle avait entraîné son frère dans l'aventure.

Atticus Ames ne pouvait plus se passer d'eux et il leur rendait souvent visite. Il escortait même Livie et les enfants en poussette dans leur balade quotidienne autour du lac.

En ce moment, Beau rampait par terre, jouant avec un des nombreux jeux musicaux qui rendaient Sloane folle.

Bailey, debout sur les genoux de son arrière-grand-père, essayait de faire valser ses lunettes. Elle y parvenait parfois et, au lieu de s'énerver, le vieil homme riait de bon cœur.

— Jamais il n'a montré une telle patience avec moi, marmonna Sloane à voix basse, pour qu'il ne l'entende pas du salon. Si j'avais fait la même chose, il m'aurait punie d'une manière ou d'une autre.

— Ma chérie, tu exagères. Ton grand-père n'était pas aussi mauvais que ça. Il t'aime et tu le sais très bien.

— Il a toujours eu une drôle de façon de me le prouver, rétorqua Sloane en grignotant un gâteau à la cannelle.

Ce qui n'aidait pas à lui faire perdre les sept kilos pris pendant sa grossesse. Marcellus était un sacré cuisinier !

— Il était dur avec toi, concéda sa mère, mais il le regrette. Je suppose que c'était ma faute. Ayant échoué avec moi, il était résolu à ce que tu deviennes la petite fille parfaite que je n'ai jamais été.

Sa mère avait parlé d'une voix triste. Sloane lui saisit la main. Devenue mère, elle mesurait mieux l'impact d'être parent. À sa naissance, sa propre mère était encore une toute jeune fille. Elle avait fait de son mieux avec les talents dont elle disposait.

Sloane n'appréciait pas ses choix de vie, mais elle respectait les raisons qui l'avaient poussée à les faire pour élever son enfant.

— Les plans de grand-père me concernant n'ont pas exactement été couronnés de succès, dit-elle avec un rire amer. Je suppose que, toi et moi, sommes incorrigibles.

— Je ne dirais pas ça, dit Atticus Ames.

Il venait d'entrer dans la cuisine, Bailey dans les bras. La petite fille se mit à rire. La mère de Sloane la prit à son tour et quitta la cuisine en disant avec un sourire triste :

— Je vais voir ce que fait Beau.

Elle déposa Bailey dans son parc, et souleva Beau dans ses bras. Le visage du petit garçon se fendit d'un sourire radieux qui découvrit deux dents en haut et une en bas.

Atticus s'assit à la table de la cuisine sans rien dire. Le silence devenant trop pesant pour elle, Sloane le rompit :

— Écoute, grand-père, désolée pour ce que j'ai dit tout à l'heure, je n'aurais pas dû.

— C'est ce que tu ressens, et je ne peux rien y changer.

Il leva la tête vers sa petite-fille et la regarda dans les yeux.

— Mais je peux t'expliquer pourquoi j'ai été si dur avec toi, dit-il.

La tête penchée sur le côté, Sloane réfléchissait. Qui

était cet homme repentant, qui se laissait mener par le bout du nez par des bébés et demandait pardon sans qu'on ne lui demande rien ?

— D'accord, répondit-elle simplement.

— Je n'ai jamais été un grand-père aimant avec toi, parce que j'étais aussi stupide et entêté que la famille de Benji. J'avais insisté pour que ta mère épouse ton père à cause de sa grossesse, mais je ne le respectais pas et ne l'aimais pas. J'ai donc pris de la distance. J'ai raté une ou deux années de ta vie, et ne me suis jamais lié à toi comme je le fais avec ces deux petits, dit-il en désignant du menton la pièce d'à côté. Ensuite, quand je suis entré dans ta vie, j'ai remarqué à quel point tu étais intelligente et déterminée. Je ne voulais pas que tu gâches ton potentiel comme ta mère. J'ai donc choisi une ligne dure, pour que tu deviennes la personne que j'imaginais. C'est devenu pire quand ton père est parti, parce que j'essayais d'être à la fois ton père et ton grand-père. Je voulais à tout prix te préparer à affronter le monde.

— Tu trouves que tu as réussi ? s'enquit Sloane d'un ton qu'elle voulait léger.

— Le problème, c'est que toi et moi sommes pareils. Tu m'as combattu bec et ongles, tu étais décidée à devenir ce que tu voulais, toujours à l'opposé de ce que je souhaitais pour toi.

Sans doute y avait-il du vrai dans les propos de son grand-père. Pourtant elle ne se sentait pas disposée à lui donner l'absolution pour avoir été si intraitable. Elle ne voulait pas l'exonérer de sa culpabilité, comme si sa dureté d'autrefois n'avait pas conditionné les choix de sa fille et de sa petite-fille.

— Pourquoi tu me dis ça maintenant ? demanda-t-elle en jugulant sa colère.

— Je voulais juste t'empêcher de commettre les erreurs qu'ont faites tes parents. T'empêcher de t'évader de tes responsabilités familiales comme l'a fait ton père.

T'empêcher de te mettre en chasse d'hommes qui ne te conviennent pas, comme l'a fait ta mère. Mais mon attitude trop froide, trop dure, t'a éloignée de moi et t'a fait commettre l'inverse de ce que j'espérais, dit-il, la voix soudain tremblante d'émotion.

Les yeux humides de son grand-père émurent Sloane. Soudain il ne ressemblait plus au vieil homme qui avait gâché sa vie. Il était triste, brisé, rongé de remords. Autant de qualificatifs qu'elle ne lui avait jamais appliqués.

Sortant un mouchoir de sa poche, il s'en tamponna les yeux tout en secouant la tête.

— Je ne pourrai peut-être jamais rien faire pour changer la vision que tu as de moi, dit-il en fourrant son mouchoir dans sa poche. Mais je ne peux te laisser ruiner ta vie et celle des petits sans m'exprimer.

— Qu'est-ce que tu veux dire ?

— Si tu projettes toujours de partir avec tes enfants quand ils auront un an, ce sera une erreur monumentale dont vous ne vous remettrez jamais.

— Tu deviens un peu mélodramatique, grand-père, dit-elle, les yeux fixés sur sa tasse de café.

— Benji est un homme très bien, mon petit. Et c'est un père formidable. Quel que soit ce qui vous a poussés l'un vers l'autre, c'est une bénédiction pour vous deux, et pour les enfants. Ne prends pas ce cadeau à la légère, acheva-t-il d'une voix tendre.

En cet instant précis, le donjon qu'elle avait érigé autour de son cœur se craquela.

C'était bouleversant de voir Atticus Ames sous un jour nouveau. Cela soulageait un peu la tension qu'elle éprouvait dans sa poitrine depuis si longtemps.

De peur que sa voix ne tremble, elle se contenta de hocher la tête, pour montrer à son grand-père qu'elle l'avait entendu. Elle demeura silencieuse, laissant couler ses larmes sans les essuyer.

Elle avait bien compris les conseils avisés de son grand-père. Mais, pour ce qui allait se passer entre elle et Benji, que dire ?

Cela ne dépendait pas que d'elle.

- 13 -

Benjamin sifflotait en pénétrant dans la boulangerie-café de Magnolia Lake. Les jumeaux avaient maintenant neuf mois. Au cours d'un séjour de deux semaines chez lui à Seattle, ils avaient appris à se mettre debout tous seuls en se tenant à un meuble.

Ce jour-là, il s'était précipité dans la salle de bains pour raconter à Sloane le dernier exploit de Bailey. Le temps qu'elle sorte du bain et atteigne la chambre des enfants, Beau, qui refusait de se laisser distancer par sa sœur, s'était lui aussi hissé sur ses jambes.

Les progrès de leurs enfants les excitaient tous les deux, et elle avait saisi son appareil photo pour immortaliser l'événement.

Une semaine plus tard, de retour dans le chalet, il avait offert à Sloane et à sa mère quelques jours à la montagne, dans un hôtel de luxe avec spa, à quarante minutes de la ville.

Benji arborait un sourire heureux. Tout allait pour le mieux dans sa vie. Bien entendu, ni lui ni Sloane ne le formulaient en ces termes, ils ne parlaient jamais de leur relation, mais ils étaient de jour en jour plus proches. Il le sentait, le savait avec autant de certitude que s'ils avaient apposé leur signature au bas d'un document officiel.

Ils formaient une famille. Lui et Sloane reconnaissaient implicitement que les jumeaux avaient besoin de leur père et de leur mère. Et qu'eux-mêmes avaient besoin l'un de l'autre.

Pour sa part, il se sentait prêt à faire le grand plongeon, prêt à engager son cœur et à redemander Sloane en mariage. Cette fois-ci, il s'y prendrait mieux. Elle comprendrait donc que, s'il désirait l'épouser, c'était pour sa beauté, pour son intelligence, parce qu'elle le faisait rire et qu'il adorait lui consacrer son temps. Il se sentait plus proche d'elle que de quiconque au monde. Il n'imaginait plus sa vie sans elle.

Il avait déjà acheté la bague de fiançailles. Il ne lui restait plus qu'à choisir le moment opportun, et la meilleure façon de reformuler sa demande en mariage.

— Salut, Park, dit-il en s'asseyant à une table.

Il fit signe à la serveuse de lui apporter un café.

— Tu as l'air heureux comme un coq en pâte, remarqua Parker. J'aurais préféré que tu te sentes moins bien ce matin.

La pique alerta Benji. Certes il connaissait très bien son cousin et ses commentaires étranges, qui frôlaient parfois la grossièreté. Mais souhaiter qu'il ne soit pas heureux, c'était un peu fort.

Il avala une gorgée de son café brûlant avant de lui poser la question qui s'imposait :

— De quoi tu parles, vieux ?

— J'ai deux choses à te dire, et je pense qu'aucune des deux ne te plaira, répondit son cousin d'un ton neutre.

Le cœur de Benji se serra.

— Vas-y, Parker, annonce la couleur, dit-il en reposant sa tasse et en le regardant droit dans les yeux.

— Hier, je suis passé à la boutique de Kayleigh pour choisir un cadeau pour ma mère.

— Pourquoi chez Kayleigh ? Tu ne l'aimes pas, et elle te le rend bien ! remarqua Benji avec un petit gloussement.

La relation amour-haine entre Parker et Kayleigh Jemison datait de leur enfance. Au début ils étaient proches, mais ensuite il avait choisi des amis plus populaires pendant un certain temps. Elle ne le lui avait jamais pardonné, et n'appréciait pas beaucoup les Abbott d'une façon générale.

— Ma mère et ma sœur aiment les bijoux qu'elle vend. Mais ce n'est pas la question. La question, c'est que Kayleigh t'aime beaucoup, depuis toujours. Elle a donc ressenti le besoin de me renseigner sur quelques points.

Benji se contracta. Ce petit jeu le lassait déjà.

— Quels points ? demanda-t-il sèchement.

— Tu savais que la famille de Sloane était très près de perdre sa ferme ?

— Oui.

— Tu savais aussi que Sloane était menacée de perdre son appartement de Nashville ?

Benji hocha la tête en buvant une gorgée de café.

— Je sais tout ça. Mais comment Kayleigh le sait-elle ? Les finances et les affaires de Sloane et de sa famille ne regardent personne. Pourquoi font-elles l'objet des commérages de la ville ?

Il comprenait soudain la réticence de Sloane à revenir vivre à Magnolia Lake. Le taux bas de criminalité et le rythme de vie tranquille de la ville laissaient aux gens beaucoup d'oisiveté.

— Quelle importance ? demanda-t-il.

— Écoute… Sloane tombe enceinte de toi, un homme très riche qui a toujours eu le béguin pour elle. Elle n'a assisté à aucun enterrement ni à aucun mariage à Magnolia Lake pendant des années. Et voilà que soudain elle se présente au mariage de Blake, sachant que tu y seras, et vous finissez immédiatement ensemble dans un lit ? Tu trouves que c'est une coïncidence ?

— Pourquoi pas ?

Benji voulait y croire de toute son âme. Il était capable de pardonner beaucoup de choses, mais jamais il ne se remettrait d'avoir constitué une proie pour Sloane. Il chassa cette pensée horrible de son esprit. Ce n'était pas le genre de Sloane, point final.

— Tu connais mon point de vue sur les coïncidences, reprit Parker.

Il avala d'un trait l'expresso qui alimentait en permanence son esprit et lui permettait de supporter ses insomnies récurrentes.

En effet, Benji connaissait son opinion sur le sujet. De son côté, il s'interrogeait sur le fait que Sloane et lui aient conçu les jumeaux malgré les moyens contraceptifs utilisés.

Pourtant ce matin, il n'avait pas la moindre envie d'écouter les sornettes théoriques de son cousin. Il se retenait presque de se boucher les oreilles comme un gamin jusqu'à ce que Parker se taise.

— Tu es un homme sensé, Benji. As-tu au moins fait un test de paternité ?

Le pouls de Benjamin s'accéléra, la colère le gagnait. Il fusilla son cousin du regard.

— Beau et Bailey ont neuf mois, pourquoi soulèves-tu ce sujet maintenant ? demanda-t-il.

— Je l'ai déjà fait plusieurs fois... Tu n'étais pas réceptif, c'est tout. Sans doute parce que c'est ta mère qui a suggéré ce test. Mais, au vu de cette nouvelle information, ma question semble valide. Je n'ai sans doute pas besoin de te demander si c'est grâce à toi que Sloane et sa famille ont soldé leurs dettes.

— La façon dont je choisis de dépenser mon argent ne regarde que moi, bon sang !

— Je ne comprends pas pourquoi tu accepterais de donner tout cet argent sans avoir la preuve formelle que...

À cet instant, Parker écarquilla les yeux, mimant une révélation :

— J'ai compris ! Tu as peur qu'ils ne soient pas de toi ! Tu crains que le monde que tu as construit avec Sloane ne s'écroule comme un château de cartes.

— Stop, Parker ! Ne t'avise pas de continuer dans cette voie.

D'ordinaire, malgré son intelligence brillante, Parker

n'était pas doué pour la psychologie. Pourtant aujourd'hui il avait décidé de faire preuve de sagacité. S'il n'avait pas été dans le collimateur de son cousin, Benji aurait pu être fier de lui.

Certes, il ne ressentait aucun doute réel au sujet de sa paternité. De plus, Beau et Bailey possédaient beaucoup de ses traits. Mais peut-être dans un recoin secret de son cœur existait-il une part obscure de lui-même qui cultivait les accusations formulées par sa mère contre Sloane. Et Parker avait mis le doigt sur ce recoin secret.

— En dépit des blagues de Sloane avec ta sœur sur le fait qu'il lui faudrait un homme richissime pour sortir sa famille de ses difficultés financières, tu persistes à croire que votre rencontre est pure coïncidence ? insista Parker.

— Oui.

— Même si, le jour du mariage, Sloane a dit à Kayleigh qu'elle avait un plan pour éponger ses dettes ? À mon avis, vieux, ce plan, c'était toi.

— Bon sang, Parker ! s'exclama Benji en tapant du poing sur la table. Je ne vais le dire qu'une fois, alors écoute bien ! Sloane a déjà reconnu qu'elle et Délia avaient plaisanté à ce sujet, bien avant que je vende ma compagnie. Elle blaguait, Parker. C'est un concept avec lequel tu n'es peut-être pas familier, mais elle n'était pas plus sérieuse sur le sujet que Délia elle-même. Je répète, c'était une plaisanterie. Tu aimerais que les gens prennent tout ce que tu dis au pied de la lettre ? Même tes blagues ?

— Je n'ai pas le temps de blaguer, répondit Parker sans le moindre humour.

L'espace de quelques minutes, Benjamin avait oublié à quel point Parker était terre à terre et sérieux jusqu'au bout des ongles. L'humour et les sarcasmes le dépassaient souvent. En général Benji défendait son cousin en toutes circonstances mais, là, il était furieux contre lui.

— Bon, dit-il, pour une fois dans ta vie, ne t'applique

pas cette question à toi-même. Pense en termes plus généraux… Aux réactions des autres.

— Et son plan pour régler ses dettes, ça ne t'ébranle pas ? demanda Parker.

— Je ne connais rien à ce plan, répondit Benji. Mais je sais une chose, il n'avait rien à voir avec moi. On laisse tomber le sujet ?

— Encore une chose. Tante Connie m'a chargé d'un message. Elle veut que tu lui amènes les jumeaux en visite. Qu'ils soient de toi ou pas, tu as décidé de les élever, et Beau et Bailey deviennent de fait ses petits-enfants. Elle souhaite les connaître.

— Je n'ai pas changé de numéro de téléphone, que je sache, répondit Benjamin en regardant par la fenêtre. Si elle a quelque chose à me dire, elle peut me téléphoner. Ou, encore mieux, venir me voir. Ce serait courtois de sa part, comme je l'ai été envers eux. Et je ne lui amènerai pas les petits si leur mère n'est pas la bienvenue.

— C'est équitable, reconnut Parker. Si ta famille souhaite te parler, et peut-être même s'excuser, tu ne les rejetteras pas, n'est-ce pas ?

La colère et la peine se disputaient le cœur de Benji. Il commanda un autre café.

— Alors ? insista Parker avec impatience. Je ne suis peut-être pas très sociable, mais je reconnais l'importance de la famille. Tu es très heureux avec Sloane et les jumeaux, mais ta famille te manque certainement.

— Ça a été leur choix, pas le mien.

— Je sais, répliqua Parker d'un ton calme. Mais, depuis des mois, tu es dans une impasse. S'ils sont assez humbles pour reconnaître leur part de responsabilité, serais-tu assez magnanime pour l'accepter ?

Au début, la question ne se serait pas posée, Benjamin aurait acquiescé de bon cœur. Mais plus la situation s'embourbait, plus le pardon lui paraissait difficile.

— Les jumeaux auront un an dans quelques mois, plaida Parker d'une voix conciliante. Ils n'ont encore jamais rencontré leurs grands-parents, ni leur tante, ni leur cousin. Ce n'est pas ainsi que nous avons été élevés, Benji. Nous sommes une famille. Nous agissons parfois bêtement et faisons de graves erreurs, mais nous nous pardonnons mutuellement et nous avançons.

— Je vais y réfléchir, répliqua Benji en remerciant la serveuse d'un signe de tête.

Les yeux de Parker scintillèrent soudain. Il hocha la tête en direction de quelque chose derrière son cousin.

— Tu ferais mieux de réfléchir vite, mon vieux, dit-il.

Sa tasse de café à la main, Benji se retourna.

Délia se tenait près de lui, le visage empreint de tristesse.

— Bonjour Benji, dit-elle. Nous pouvons nous parler ?

- 14 -

Benji scruta son cousin en soupirant, puis il indiqua à Délia de prendre le siège que Parker occupait jusqu'ici. Ce dernier se leva et régla sa note.

— Laisse tomber, intervint Délia.

Parker la remercia en souriant, puis tourné vers la serveuse :

— Ajoutez à la note deux beignets et un autre café, s'il vous plaît !

— Radin !

Le frère et la sœur avaient prononcé le mot ensemble. Ils ne se permirent pas d'éclater de rire, mais leurs visages s'adoucirent.

— C'est toi qui as demandé cet entretien ? dit Benji au bout d'un moment en sirotant son café relevé par une note de bourbon.

Délia retira son manteau et commanda une boisson.

— Benji, tu es mon frère, et je t'aime. Je te présente mes excuses pour la façon dont je me suis comportée. Sloane est… était ma meilleure et plus ancienne amie, dit-elle en essuyant une larme. J'étais blessée qu'elle ait couché avec mon petit frère et ne m'avoue même pas qu'il était le père de ses jumeaux.

Benji ne réagit pas et résista à l'impulsion de réconforter sa sœur. Délia s'était montrée cruelle envers Sloane, elle devait en supporter les conséquences. Tant pis si elle se retrouvait assise en face de lui, à baigner dans l'absurdité des accusations portées contre son amie.

— Je ne peux pas parler à la place de maman, mais c'est moi qui ai fait tout ce bruit autour de mon amitié avec Sloane. C'était injuste envers toi, envers mes petits-neveux, et envers Sloane aussi, qui a toujours répondu présente quand j'ai eu des problèmes. J'aurais dû dépasser mes blessures personnelles et faire la même chose pour elle.

Elle se tapota les yeux de son mouchoir et acheva :

— C'est elle la meilleure personne de nous deux.

— J'apprécie tes remords, Délia, mais je ne peux parler qu'en mon nom propre. Il va falloir que tu parles aussi avec Sloane.

Un étrange éclair traversa le regard de Délia, elle détourna les yeux et se frotta l'oreille. Ce dernier geste ne trompait pas, elle lui cachait quelque chose.

— Tu me manques, mon petit frère, dit-elle en le regardant de nouveau en face. Et tu manques à Evie.

— Vous aussi, vous me manquez, répondit Benji. Comment vont papa et maman ?

— Tu veux la vérité ? Maman est malheureuse, ça ne va pas très bien avec papa. C'est lui qui a insisté pour que nous venions tous à Magnolia Lake te parler. Il s'oppose enfin à maman.

— Mieux vaut tard que jamais. Ils sont donc en ville eux aussi ?

— Ils vont arriver dans une heure à peu près, répondit Délia en consultant sa montre. Moi, je suis arrivée hier.

Un silence gêné s'instaura entre eux. Puis :

— La paternité te va bien, dit Délia d'une voix brisée. Tu étais déjà un très bon oncle, mais tu es un père incroyable.

— Comment tu peux en juger ?

Délia soupira et se mordit la lèvre.

— Tout d'abord, promets-moi de ne pas te mettre en colère ou de renier tes promesses, dit-elle.

Le cœur de Benji se serra.

— Envers qui ? demanda-t-il.

— Sloane, murmura Délia.

— Tu lui as parlé ?

— Pas exactement. Elle me parle par l'intermédiaire de ce blog privé où elle tient une sorte de journal vidéo. Elle partage de jolies petites anecdotes sur votre vie familiale et poste des photos de vous et des jumeaux. Ce n'est pas public, et elle n'utilise pas vos vrais prénoms. Sloane m'envoie le lien chaque fois qu'elle ajoute quelque chose.

— Fais-moi voir ce blog, demanda Benjamin en tendant la main.

Délia sortit son smartphone de son sac, se mit sur le blog et le tendit à son frère.

Benjamin fit dérouler les photos de Beau et de Bailey, regarda deux vidéos montrant les progrès des jumeaux, et Sloane louant les qualités paternelles de Benji.

Une colère montait en lui. Pourquoi lui avait-elle dissimulé cette activité ? La confiance était déjà un point sensible dans leur relation et voilà qu'il découvrait un nouveau secret qui les séparait. D'un autre côté, les louanges qu'il venait d'entendre le touchaient.

Il se frotta la joue en regardant un clip après l'autre. Il envoya le lien sur son propre portable, puis rendit son smartphone à sa sœur. Soudain la seconde requête de Délia lui revint à l'esprit.

— Tu m'as demandé de ne pas revenir sur ma promesse envers Sloane, dit-il. Elle t'a tout raconté ?

Délia hocha la tête.

— Elle m'a parlé de son appartement et de la ferme. Elle se sentait coupable de ne pas m'avoir tout raconté, elle craignait que cette dissimulation donne du poids à mon accusation. C'est pour ça qu'elle a tenu à m'informer. Elle était prête à prendre le risque de te faire reculer sur le contrat moral que vous avez passé entre vous. Elle ne supporte pas d'être la cause de la rupture dans notre famille, et m'a dit de faire ce que je voulais de l'information qu'elle me donnait.

— Tu l'as dit à papa et à maman ?

— Je n'ai rien dit à personne. Mais tu sais bien que maman pensera que ça confirme ce qu'elle pensait. À savoir que Sloane a fait tout ça pour l'argent.

Les rumeurs se propagent vite dans les petites villes. Si Délia lui affirmait n'avoir rien dit à personne, il la croyait.

— Je sais que Sloane n'aurait pas dit ça dans un blog, dit-il.

— Non, bien sûr. Elle l'a inclus dans le premier mail qu'elle m'a envoyé. Mais je n'ai jamais répondu à aucun de ses mails ou de ses appels téléphoniques.

— Pourquoi pas ?

— Je n'étais pas prête à lui pardonner. Pour être tout à fait honnête, je suis encore un peu blessée. Mais elle me manque, et je finirai par lui pardonner. Pour le moment, c'est toi que je voulais rencontrer pour te présenter mes excuses.

Délia tendit la main vers lui. Elle parut soulagée qu'il ne retire pas la sienne.

— Je sais que le monde te considère comme un homme d'affaires puissant et prospère, et je suis très fière de toi. Mais une partie de moi continue à te voir comme mon petit frère naïf que je dois protéger.

— Je prends note… Mais je suis un grand garçon, maintenant, contra-t-il avec un petit sourire.

— Encore une chose, dit Délia en buvant une gorgée de café. J'étais contre votre relation, au début, mais Sloane et toi allez très bien ensemble. Je suis certaine qu'elle t'aime autant que tu es fou d'elle.

— Elle t'a aussi dit ça dans son courriel ?

— Ce n'était pas la peine de le dire. Ton amour pour elle et les jumeaux éclate dans les vidéos. Et son amour pour toi… est évident quand elle s'extasie devant tes qualités. J'aimerais penser qu'elle a cherché à me joindre pour sauver notre amitié. Mais la vérité c'est que… elle l'a fait pour toi, parce qu'elle tient profondément à toi. Tu vis avec elle depuis un an et tu ne t'en rends pas compte ?

Bien sûr, il sentait l'attachement de Sloane, et il appréciait à sa juste valeur son désir de le voir renouer avec sa famille. Mais il butait sur un point : elle l'avait trahi une nouvelle fois.

Ils s'étaient mutuellement juré de garder le secret sur leur arrangement financier. Quand Sloane avait eu ce grand désir de le dire à Délia, elle aurait dû lui en parler d'abord, au lieu d'agir derrière son dos en espérant que tout se passerait bien.

Il l'aimait, ça ne faisait aucun doute. Pourtant, s'ils devaient construire un avenir ensemble, il fallait que la confiance règne entre eux.

En ce moment, ce n'était pas vraiment le cas.

- 15 -

— Je m'habituerais très bien à ce style de vie, déclara Abby Sutton.

Sur ce, elle s'enfonça davantage dans la baignoire de boue qu'elle partageait avec Sloane. Toutes les deux avaient relevé leurs cheveux dans des turbans en microfibres.

— Ne t'avise surtout pas de t'y habituer, rétorqua sa fille en soupirant d'aise dans la boue chaude qui lui décontractait les épaules. Tout cela n'est qu'une heureuse surprise.

— J'espère que Benji te surprendra de nouveau bientôt…

À cet instant, le téléphone de Sloane vibra. Elle sortit à contrecœur une main de la boue. Un nœud se forma dans son estomac à la vue du numéro affiché sur l'écran.

Remarquant son émotion, sa mère s'enquit :

— Qui est-ce ?

— C'est Délia.

— Je croyais que la famille de Benji ne t'adressait plus la parole, et que Benji ne leur parlait plus non plus ?

En effet. C'est pourquoi ce coup de téléphone la prenait au dépourvu. Elle n'avait pas informé sa mère qu'elle essayait de communiquer avec Délia depuis des mois, efforts demeurés vains jusqu'à maintenant. Avant qu'elle ait eu le temps de répondre, l'appel fut transféré vers son répondeur. Elle en fut soulagée. Mais le téléphone sonna de nouveau et, cette fois-ci, elle répondit.

Délia parut surprise d'entendre sa voix.

— Je n'étais pas sûre que tu aies envie de me répondre, dit-elle d'emblée. Je ne t'en blâmerais pas. Ma famille et moi avons été horribles envers toi.

Estomaquée, Sloane ne réagit pas.

— Je te demande pardon, reprit Délia. Jamais je n'aurais dû dire les choses horribles dont je t'ai accusée. Je te connais trop bien pour penser que tu aies pu blesser mon frère volontairement.

La voix de Délia hésitait.

— Mais ? proféra Sloane.

— Mais je n'ai pas encore tout surmonté. Je suis blessée que tu aies gardé le nom du père pour toi, sans m'en parler, et surtout sans en parler à Benji.

La voix de Délia flancha, mais elle se reprit :

— Il aime tant ces bébés, et tu t'apprêtais à les priver de lui.

— Je sais. C'est un père si formidable.

Des larmes roulèrent le long des joues de Sloane, elle renifla et poursuivit :

— Je me demande souvent ce qu'auraient été leurs vies si Benji n'était pas venu à Nashville. J'aurais gâché leur existence et la sienne. Je ne sais pas si je me le pardonnerai un jour.

— Je te crois. Tu avais tort sur toute la ligne, mais je comprends que tu croyais bien faire. Je ne suis pas encore prête à faire vraiment la paix avec toi, mais je voulais que tu saches que j'y travaille, parce que ma meilleure amie me manque.

— À moi aussi, répondit Sloane, qui maîtrisait mal sa voix.

— Encore une chose. Ceci n'est pas une excuse officielle de la famille Bennett. Je ne parle qu'en mon nom. Ma mère… Disons qu'elle n'est pas prête.

Quand Délia raccrocha, Sloane était en larmes.

C'était un premier pas vers la réconciliation entre deux amies de longue date. Ne pas avoir Délia dans son camp pendant toute cette année avait été une blessure profonde.

— Je sais que c'est douloureux, ma chérie, mais c'est en bonne voie, la consola Abby d'une voix rassurante.

Sloane eut soudain envie que sa mère la serre dans ses bras.

Le téléphone sonna de nouveau.

— C'est encore Délia ?

— Non, répondit Sloane, c'est Garrett Hyatt.

— Ton ancien patron de la maison de disques de Nashville ? Qu'est-ce qu'il veut ?

Sloane n'en avait pas la moindre idée. Elle répondit :

— Sloane Sutton à l'appareil.

— Salut Sloane. C'est Garrett. Ça fait longtemps que…

— Que tu m'as licenciée ?

— Que tu as donné ta démission, corrigea Garrett avec une certaine mauvaise foi. De toute façon, je voulais savoir comment tu allais et comment les choses évoluaient pour toi. J'ai vu les photos des jumeaux que tu as envoyées à Natalie. Beau et Bailey sont des gosses adorables. Quel âge ont-ils ? Un an ?

— Neuf mois, et merci.

Garrett se lança dans une histoire d'enregistrements, mais Sloane l'interrompit abruptement :

— Écoute, je suis en thalasso, dans la boue jusqu'au cou en cet instant. Tu voulais me dire quelque chose en particulier ?

— Oui, viens prendre ton poste, celui que tu voulais et que nous aurions dû te donner depuis le début.

— Le poste de directrice de création ? Que s'est-il passé avec la femme que vous aviez embauchée ?

— Elle n'a pas su s'adapter à notre façon de travailler et n'a pas accompli les efforts nécessaires pour apprendre.

— Dommage…

— Alors, qu'est-ce que tu en penses ?

— De quoi ?

— Allez, Sloane, ne fais pas la maline.

Garrett se montrait un brillant professionnel, mais sur le plan humain, il n'excellait pas.

— Que penses-tu de mon offre ? répéta-t-il.

— Je ne vis plus à Nashville, dit-elle d'un ton distant. N'ayant plus d'emploi, je suis retournée à Magnolia Lake.

Il se racla la gorge.

— Je suis désolé pour ce qui s'est passé, dit-il. Mais si tu acceptes ce poste, tu seras payée vingt pour cent…

— Non.

— Vingt-cinq pour cent…

Sloane resta de marbre.

— Trente pour cent, renchérit Garrett.

— Si tu ne m'offres pas au moins une augmentation de cinquante pour cent, plus une prime, je raccroche et me replonge dans mon bain de boue.

— Tu es vraiment dans un spa ?

— Tu m'offres cette augmentation ou je raccroche ?

— Écoute, voilà la situation : nous avons deux artistes majeurs que nous essayons de convaincre de renouveler leur contrat. Mais ils sont formels : sans toi, ils ne signent pas. Les choses sont folles ici depuis quelques mois. J'ai vraiment besoin de toi.

— Est-ce que ça veut dire oui sur la somme que je propose, ou bien on augmente le chiffre de la négociation ? demanda-t-elle en bougeant ses orteils dans la boue.

— C'est oui. Alors, tu reviens ?

— Il faut que je réfléchisse, je dois consulter ma famille. Je te rappelle dans quelques jours. Au revoir, Garrett.

Elle raccrocha et se replongea dans la boue tiède.

— Tu as beaucoup appris de Benji, remarqua sa mère en riant. Il serait très fier de ta façon de négocier !

Les épaules de Sloane étaient de nouveau crispées. Comme le destin était étrange ! Elle venait d'obtenir le travail qu'elle visait depuis très longtemps, et au salaire qui l'intéressait. Et, avant d'être licenciée, elle avait déjà repéré la crèche idéale pour les petits.

Mais il y avait un sacré problème : elle ne pouvait à la fois accepter cet emploi convoité à Nashville et poursuivre la vie qu'elle s'était créée à Magnolia Lake avec Benji.

Il fallait choisir.

- 16 -

Quand Benji s'engagea dans son allée, le vieux pick-up d'Atticus Ames s'y trouvait garé. Le vieil homme rendait souvent visite aux jumeaux, qui le menaient par le bout du nez. Remué par sa conversation avec Parker et Délia, il ne se sentait pas d'humeur à se montrer sociable et cordial.

Le grand-père de Sloane était assis dans le grand salon, occupé à faire sauter Beau sur ses genoux. Le rire adorable de l'enfant remplissait l'espace. Malgré l'anxiété qui lui contractait la poitrine, Benji ne put s'empêcher de sourire.

— Bonjour, monsieur Ames, dit-il en serrant la main du vieil homme.

Atticus se racla la gorge avant de déclarer :

— Si nous étions un peu moins formels ? Nous sommes pratiquement de la famille, vous et moi.

Beau tendit les bras vers son père en chantant :

— Pa, pa, pa.

— Salut, mon gars, répondit Benji en lui ébouriffant les cheveux avant de le prendre dans ses bras.

Il éluda la remarque du vieil homme. Il le connaissait depuis son enfance et l'avait toujours appelé « monsieur Ames ». Ils n'étaient pas assez proches pour lui donner du « grand-père » comme le faisait Sloane, et il se refusait à l'appeler par son prénom.

Malgré son intense désir de consacrer son temps à ses enfants et à Sloane, il s'enquit :

— Je peux faire quelque chose pour vous ?

L'homme se leva et caressa sa barbe grise.

— Simplement répondre à quelques questions, lâcha-t-il.

— À quel sujet ?

Le vieil homme remonta son pantalon haut sur sa taille.

— Quelles sont vos intentions concernant ma petite-fille ? Jusqu'à présent, je me suis tu parce que Sloane et Abby m'ont demandé de rester en dehors de ça. Mais ça fait un an que vous vivez ensemble, et je finis par me poser une question : si ma petite-fille est assez bonne pour tenir votre maison, pourquoi n'est-elle pas assez bien pour que vous l'épousiez ?

Sloane n'avait donc pas informé son grand-père de sa désormais lointaine proposition de mariage ? Comment l'en blâmer ? Il s'y était mal pris. Si elle n'avait pas jugé utile de le dire à son grand-père, ce n'était pas à lui de le faire.

— Monsieur Ames…

— Vous avez été très généreux envers ma famille, j'apprécie tout ce que vous avez fait pour nous. Vous avez amplement prouvé que vous étiez un homme bien, et vos sentiments envers Sloane sont évidents. Mais je ne peux vous regarder utiliser ma petite-fille puis la rejeter, sans réagir.

Le vieil homme commençait à agacer Benji.

— Je n'utilise pas Sloane, rétorqua-t-il sèchement, et je n'ai aucune intention de la rejeter. Elle a toujours été précieuse à mes yeux.

Devant le ton sévère, Atticus Ames baissa la tête.

— Je n'ai pas toujours été un bon grand-père, reprit-il, mais ce n'est pas faute d'aimer ma petite-fille. Je voulais le meilleur pour elle, tout en étant très maladroit. Je m'en suis excusé auprès d'elle.

Il se rassit, comme si le poids de cette confession était trop lourd à supporter.

Livie entra à ce moment-là, Bailey sur sa hanche. Benji

embrassa sa fille puis demanda à la nourrice d'emmener les enfants dans leur chambre.

Lorsqu'elle fut sortie, il prit place sur le canapé à côté du vieil homme.

— Je n'aurais pas dû vous parler de la sorte, dit-il.

— Pas la peine de vous excuser. Je sais très bien qui je suis, qui j'ai été. Dans le passé, je n'ai su soutenir ni Abby ni Sloane. Mais je suis reconnaissant de pouvoir faire amende honorable.

Le visage empreint de chagrin et de regret, il poursuivit :

— Le pontage que j'ai subi m'a ouvert de nouvelles perspectives de vie. Et vos enfants si adorables m'ont donné une chance de me rattraper un peu.

— Je vous remercie d'avoir été là, Abby et vous, depuis le début, répliqua Benji en pensant à sa propre famille. Et je suis heureux que les jumeaux vous connaissent et vous aiment.

— Vous aimez vos enfants, ça crève les yeux, et je sais que vous aimez aussi ma petite-fille.

— En effet, je l'aime profondément, répondit Benji d'une voix contrainte, le cou et les épaules contractés.

— Il y a un « mais » dans votre réponse, je me trompe ?

Benji laissa échapper un soupir avant de reconnaître :

— Je me demande parfois si je suis le seul investi émotionnellement dans cette relation.

— Vous pensez que Sloane n'est pas attachée à vous ? s'étonna Atticus Ames. Pour quelle autre raison serait-elle ici avec vous ?

Benji le regarda droit dans les yeux.

— Vous avez des moyens très importants, concéda le vieil homme. Vous pouvez lui offrir tout ce qu'elle veut. Mais Sloane n'est pas du genre à mâcher ses mots. Si elle ne voulait plus être ici, elle vous le ferait savoir. Et, si elle ne vous aimait pas, vous le sentiriez, je peux vous l'assurer.

— Même si c'était dans son intérêt de me le faire croire ?

Devant Parker, il avait défendu Sloane, mais les accusations de son cousin avaient fait mouche.

Blessé, Atticus Ames se leva et se dirigea vers la porte.

— Vous connaissez mal ma petite-fille, lâcha-t-il.

Benji se leva également et protesta :

— Je connais Sloane et je suis plus attachée à elle et aux jumeaux qu'à quiconque. Mais il est difficile d'ignorer les circonstances et les rumeurs qui courent en ville.

Atticus se retourna, désapprobateur.

— Je vous croyais assez fort pour ne pas tenir compte des racontars, mais je me suis trompé, lança-t-il. Si vous pensez, ne serait-ce qu'une minute, que Sloane soit capable d'une telle manigance…

Il passa une main rageuse dans ses cheveux clairsemés et acheva :

— Dans ce cas, autant vous séparer tout de suite. Pour le bien de Sloane, le plus tôt sera le mieux.

— Monsieur Ames… Atticus.

Benji rattrapa le vieil homme sous le porche et posa une main apaisante sur son épaule.

— J'aime Sloane plus que tout, et je souhaite ardemment vivre avec elle, dit-il.

Le vieil homme se retourna, le visage adouci.

— … dans ce cas, fiston, laissez-moi vous donner un conseil. Ne faites pas les mêmes erreurs que moi. Ne laissez pas Sloane douter de la solidité de votre amour. Et n'essayez pas de la contrôler. Sans ça, elle vous combattra frontalement, et je peux vous dire d'expérience que vous n'en sortirez pas vainqueur.

Sur ces paroles, il vissa sa casquette sur son crâne, monta dans son pick-up et mit le contact.

Comme il s'éloignait, son conseil avisé se mit à trotter dans la tête de Benji, déjà surchargée par les événements de la journée. Une chose paraissait très claire : dans leur relation, lui et Sloane devaient démêler le vrai du faux. Et cela ne pouvait attendre son retour.

*
* *

Sloane enfila sa robe de chambre et se hâta vers la porte de sa chambre d'hôtel. À 22 heures passées, quelqu'un frappait comme un forcené. Il devait y avoir urgence.

Regardant par l'œil-de-bœuf, elle ouvrit précipitamment.

— Benji ! Que se passe-t-il ? Beau et Bailey vont bien ?

— Ils sont en pleine forme. Je les ai nourris et couchés avant de les confier à Livie pour la nuit.

— Mon grand-père, alors ?

— Il va bien aussi, répondit Benji en refermant la porte derrière lui.

Prenant la main de Sloane, il la conduisit jusqu'au canapé. Le cœur de la jeune femme cognait dans sa poitrine. Quelque chose ne tournait pas rond, ce n'était pas possible autrement.

— Dans ce cas, quelle urgence y avait-il à venir me parler en pleine nuit ? demanda-t-elle.

Il se racla la gorge et se lança :

— Sloane… Je… Sloane Sutton, je t'aime. Toi et les petits, vous êtes tout pour moi, et je ne veux jamais me retrouver sans vous. Je t'ai donné jusqu'au premier anniversaire des jumeaux pour décider si tu veux rester avec moi. Mais, en ce qui me concerne, je ne peux attendre plus longtemps pour t'exprimer mes sentiments.

Son sourire franc et doux rappela à Sloane le petit garçon qu'elle avait connu si longtemps auparavant.

— Tu as l'air stupéfaite, remarqua-t-il d'un air inquiet.

— Benji, j'aime infiniment vivre avec toi et élever nos petits à deux. Mais autant j'aime la famille que nous formons, autant je suis triste d'avoir causé ta rupture avec ta propre famille.

Elle essuya ses larmes d'un revers de sa main libre et secoua la tête.

— Tu essayes de le cacher, reprit-elle, mais le chagrin de ne plus voir ta sœur ni tes parents assombrit ton cœur.

— C'est la rupture entre ma famille et moi qui

t'empêche de m'accepter pleinement ? demanda Benji en caressant la joue de Sloane. Je te rassure, tu n'es en rien fautive. De plus, j'ai parlé avec Délia aujourd'hui.

— Je le sais, et je suis pleine d'espoir concernant notre relation. En revanche, ta mère n'a pas bougé d'un pouce.

Il laissa retomber sa main et s'enquit :

— Délia m'a montré ton blog et m'a parlé de tes mails. Pourquoi as-tu pris le risque de lui parler de l'argent et de rompre notre accord ?

— Parce que j'ai détruit ta famille, comme j'ai détruit la mienne, répliqua-t-elle en se passant une main lasse sur le visage. Il semble que je sois très douée pour ça.

— De quoi parles-tu ?

— Quand ma mère est tombée enceinte de moi, ça a assombri sa relation avec grand-père, et ça a détruit la relation de mon père avec sa propre famille. Des années plus tard, je suis la cause de la brouille avec ta famille depuis presque un an. Aujourd'hui, quand j'ai entendu le chagrin dans la voix de Délia… Je ne peux pas vivre avec la pensée d'avoir détruit le clan Bennett, et tant que nous vivons ensemble…

— Tu t'éloignerais de moi dans le seul but de réconcilier ma famille ? demanda Benji d'une voix très calme. J'apprécie que tu tiennes à ce point à moi, Sloane, mais je suis adulte. J'ai choisi de vivre avec toi, tout comme ma mère et ma sœur ont fait leurs choix.

— Tu vois les choses de cette façon pour le moment. Mais que se passera-t-il dans deux ans, quand tu verras en moi la femme qui a déchiré ta famille ? M'aimeras-tu encore, à ce moment-là ? Ou bien te réveilleras-tu un matin en me détestant, comme c'est arrivé à mon père ?

— Ma chérie, jamais je n'éprouverai ces sentiments horribles envers toi, ni envers nos enfants.

L'attirant contre lui, il sécha les larmes qui roulaient le long de ses joues.

— Je t'aime, lui murmura-t-il, je t'ai toujours aimée.

— Ce n'était pas de l'amour, à l'époque, Benji, c'était un béguin.

Elle se dégagea de son étreinte et le regarda.

— Parfois, j'ai peur que ce ne soit toujours qu'un béguin, dit-elle.

Il l'attira de nouveau contre lui.

— Je sais que tu ne le crois pas, mais je t'aime vraiment depuis que j'ai dix ans. À l'époque, je ne savais pas au juste ce que je ressentais, je savais seulement que tu étais une des personnes les plus importantes au monde pour moi, et que tu le serais toujours. L'année que nous venons de passer ensemble a de toute évidence confirmé cette certitude. Nous sommes faits l'un pour l'autre.

Le cœur gonflé d'amour, elle le regarda droit dans les yeux. Il y avait tant de choses qu'elle mourait d'envie de lui dire, pourtant les mots ne franchissaient pas ses lèvres.

Son silence ne troubla pas Benji, qui poursuivit :

— Je remercie le destin pour le mariage de Blake et Savannah, pour le week-end au chalet, pour les jumeaux… Sans cela, je ne serais pas ici à t'enlacer, à te dire enfin ce que j'ai toujours voulu te dire. Je t'aime, Sloane, je veux vivre avec toi.

Quelque chose se détendit enfin en elle. Elle lui sourit et s'abandonna contre lui.

— Moi aussi, je t'aime, Benjamin Darnell Bennett.

Il lui prit le visage entre ses mains, leurs bouches se rencontrèrent, leurs langues se mêlèrent. Sloane déboutonna la chemise de son homme et glissa ses paumes le long des muscles déliés de son buste.

Quand Benji détacha ses lèvres des siennes, il avait encore un point à éclaircir :

— Au mariage, quand tu as dit à Kayleigh Jemison que tu avais un plan pour te débarrasser de tes dettes…

— Elle a cru que je parlais de toi ? s'exclama Sloane, incrédule.

Kayleigh et elle n'étaient pas proches, mais elles se

connaissaient assez bien pour que Sloane soit blessée de pareil soupçon.

— C'est pour ça qu'elle se comporte si bizarrement avec moi chaque fois que je la croise en ville ? demanda-t-elle.

— Sans doute. Mais ne sois pas en colère contre elle, elle m'en a seulement parlé parce qu'elle craignait…

— Elle craignait que je profite de toi, acheva-t-elle, les yeux étrécis… C'est ce que tu penses, toi aussi ? Que me faire faire un enfant par un milliardaire résoudrait mes problèmes financiers ?

Cabrée, elle se dégagea de l'étreinte de Benji.

Sans répondre, il détourna les yeux. Sloane sentit son cœur se briser.

Mais il protesta aussitôt en la retenant :

— Non, je n'ai jamais cru que tu puisses être si froide, si calculatrice. Mais je n'aurais jamais cru non plus que tu me dissimulerais l'existence des jumeaux.

Baissant les yeux, elle reconnut :

— Je sais que j'avais tort, mais je cherchais à te protéger.

— Comme tu l'as fait en rompant notre accord, et en révélant à Délia notre arrangement financier ? demanda-t-il d'une voix tendue.

— Je ne voulais pas qu'elle le découvre par l'intermédiaire de quelqu'un d'autre. Et je ne supportais plus que vous ne vous parliez plus à cause de moi.

— Si ça t'était aussi insupportable, tu aurais dû m'en parler, et nous aurions trouvé une solution ensemble. Écoute… Je t'aime. Mais, si tu veux que je te fasse confiance, il faut que tu commences par me faire confiance aussi. Dans cette relation, nous devons être des partenaires égaux. Je ne veux pas d'un couple comme celui de mes parents, dans lequel une personne exerce unilatéralement le pouvoir et contrôle tout, pendant que l'autre se contente de suivre.

Il lui reprochait de se comporter comme Connie

Bennett, sa mère ? songea Sloane. Pire, elle lui en avait elle-même fourni l'occasion.

— Benji, excuse-moi, dit-elle en lui prenant la main. Je ne me rendais pas compte… Moi non plus, je ne veux pas de ce déséquilibre dans notre vie familiale. Je me suis convaincue que je faisais ça pour toi. Mais, en fait, une partie de moi essayait sans doute de reprendre le contrôle de ma vie. Avant de te rencontrer, je faisais tout par moi-même, et tout à coup c'est toi qui as pris les rênes, fait tous les choix. J'éprouvais peut-être un peu de ressentiment. Je te demande de me le pardonner.

L'enlaçant, il l'allongea sur le canapé.

— Ça vient de moi aussi, expliqua-t-il à son tour. Je compensais un peu trop, pour ne pas ressembler à mon père. Je cherchais aussi à te prouver que je n'étais plus le petit garçon que tu protégeais autrefois.

— Ça faisait beaucoup de problèmes à régler, constata Sloane en souriant.

Tous les deux éclatèrent de rire.

— Promettons-nous de ne plus jamais avoir de secrets l'un pour l'autre, proposa Benji. Dans notre vie commune, nous formons une équipe, d'accord ? Je ne te poserai plus d'embuscade pour une nourrice, ne t'imposerai plus de chef cuisinier inattendu, ni d'architecte d'intérieur. Ça te va ?

— D'accord, répondit-elle en lui plaquant un baiser sur la bouche. Tu es absolument sûr de toi ?

— Plus que jamais.

Dans les yeux profonds de Benji, elle lut un amour comme elle n'en avait jamais connu. Un amour dont elle ne supporterait pas de se passer.

La solution au problème posé par la proposition de Garrett devenait claire comme de l'eau de roche. Sa vie à Nashville avait certes été agréable. Mais celle que Benji, les jumeaux et elle se bâtissaient à Magnolia Lake la surpassait de loin.

Elle ouvrait la bouche pour parler à Benji de l'offre

d'emploi qu'elle avait reçue, mais il l'emporta dans un baiser brûlant qui les consuma bientôt tous les deux.

Il lui fit l'amour avec tendresse et passion. Quand elle s'endormit contre lui, elle n'éprouvait plus le moindre doute.

Sa place se trouvait dans les bras de cet homme.

- 17 -

Benji prit un petit déjeuner matinal avec Sloane et sa mère avant de repartir s'occuper des jumeaux. Après avoir passé quelques heures avec eux, il se rendit en voiture chez ses parents.

Tout en grimpant les marches qui menaient à la maison de son enfance, il remarqua les plates-bandes préparées par sa mère.

Des gueules-de-loup.

Il sourit au souvenir des fleurs qu'il avait apportées à Sloane pour la Saint-Valentin, à son retour du Japon. Ce jour-là, il avait pour la première fois entendu parler de Bailey et Beau, il les avait sentis bouger dans le ventre de leur mère. Un événement inoubliable.

Il inspira profondément et appuya sur le bouton de la sonnette.

Son père ouvrit la porte. Un lent sourire illumina son visage.

— Benji ! dit-il en lui donnant une accolade. Mon fils, c'est bon de te revoir.

— Toi aussi, papa.

Au fil des semaines, son père lui avait écrit des mails, envoyé des textos, l'avait parfois appelé au téléphone. Tout cela dans le dos de sa mère. Son inertie avait attisé la colère de Benji. Jusqu'à cet instant précis.

— Délia m'a montré des photos de Beau et Bailey, dit-il, les larmes aux yeux. Ils sont magnifiques, fiston. J'ai hâte de les voir.

— On va voir comment les choses évoluent, papa, répondit Benji en lui emboîtant le pas, les mains fourrées dans ses poches.

— Non ! affirma Rick Bennett en posant une main sur l'épaule de son fils. Cette querelle idiote prend fin aujourd'hui. Jusqu'ici, j'ai été beaucoup trop indulgent avec ta mère. Quoi qu'il advienne entre elle et toi, je me désolidarise de son attitude, et suis prêt à faire la paix avec toi et Sloane. Je veux voir mes petits-enfants. Aujourd'hui.

— D'accord, papa, détends-toi, dit Benji en plaçant ses mains sur les épaules de son père.

Rick Bennett était toujours resté en retrait au sein de la famille, c'était étrange de le voir soudain s'enflammer.

— Où est maman ? demanda-t-il.

— Dans le solarium, en train de faire semblant de ne pas avoir entendu la sonnette. Bonne chance, mon petit.

Benji n'attendait rien de la chance. Jamais il ne s'était senti aussi déterminé qu'en cet instant.

Aussi longtemps que sa mère et lui demeureraient dans cette impasse, sa vie avec Sloane en serait partiellement gâchée. D'après Délia, ses parents stagnaient dans la même situation. Tout cela devait cesser. Il n'accepterait aucune compromission, aucune réponse négative.

Quand il entra dans le solarium, sa mère ne leva pas la tête de sa broderie. Appuyé au chambranle de la porte, il lança :

— Alors comme ça, tu fais faire ton sale boulot par Parker ?

Feignant la surprise, elle s'exclama :

— Benji ! Je vois que tu es venu seul ?

— Pourquoi amènerais-je ma famille dans une maison où ils ne sont pas les bienvenus ? demanda-t-il en croisant les bras.

Un rictus parcourut le visage de Connie Bennett, comme si les mots prononcés lui avaient causé une souffrance physique.

— On dirait que toi et Sloane avez créé votre propre petite famille, dit-elle. Une famille que tu préfères à la nôtre.

— Seulement parce que tu m'as obligé à choisir, rétorqua-t-il sans sourciller.

Elle rencontra enfin les yeux de son fils, poussa un soupir et l'invita à s'asseoir en disant :

— Tu es toujours chez toi, ici, tu sais.

— Je n'en ai plus l'impression, maman. Parce que, chez moi, c'est l'endroit où se trouvent Sloane et nos enfants.

Les yeux de sa mère s'emplirent de larmes.

— Sloane t'a jeté un sort ! Je savais que tu avais le béguin pour elle, mais jamais je n'ai imaginé cette évolution invraisemblable.

— J'aime Sloane, maman, j'aime nos enfants. Et j'aime notre vie ensemble. Je n'y renoncerais pour rien au monde, ni pour personne. Mets-toi ça dans la tête.

— Vous êtes tous très heureux, si je comprends bien.

— En effet. Une seule chose nous tracasse. Comme Sloane m'aime, elle ne supporte pas d'être la cause de notre rupture.

— Et pourtant, elle l'est bel et bien, dit Connie du ton de l'évidence.

— Faux ! C'est toi qui as fait ce choix. Que ça te plaise ou pas, Sloane est la femme que j'ai choisie. Elle et les jumeaux me rendent plus heureux que je ne l'ai jamais été. Tu es la seule personne à vouloir détruire ce bonheur.

— Je ne veux pas qu'une fille comme elle profite de toi.

— Une fille comme *quoi*, maman ? Pourquoi détestes-tu Sloane avec une telle hargne ? Qu'a-t-elle fait pour mériter cette rancœur ?

— Elle a eu une mauvaise influence sur Délia.

Benji éclata d'un rire amer.

— Pardon ? s'exclama-t-il. Il est temps que Délia et toi ayez une conversation à cœur ouvert. Tu devrais remercier Sloane d'avoir empêché Délia de faire davantage de bêtises que celles qu'elle a commises !

— Je ne te crois pas.

— Eh bien, parle avec Délia et nous verrons ensuite, dit-il en se levant.

Parvenu à la porte, il se retourna et lança :

— Encore une chose… La femme que tu prends pour une croqueuse de diamants… Je lui ai proposé de l'épouser le jour où j'ai appris pour les jumeaux. Elle a refusé. Et, pas plus tard qu'hier, elle était prête à me quitter plutôt que d'être un obstacle entre toi et moi. Ça, c'est un amour véritable, maman.

Les deux révélations semblèrent atterrer Connie Bennett.

— Benji, bredouilla-t-elle, j'aimerais connaître Beau et Bailey.

— Quand tu te seras excusée auprès de Sloane, je serai heureux de te les présenter, répondit-il, les mâchoires serrées, le cœur battant. D'ici là, je demeure intraitable.

Comme il franchissait le seuil du solarium, sa mère le rattrapa par le bras.

— Benji, dit-elle en laissant couler ses larmes. J'ai eu tort d'envenimer ce désaccord entre nous, et j'en suis désolée. Tu es toujours mon fils chéri et… tu as toujours eu un si grand cœur… Je ne voulais pas que quelqu'un profite de toi.

— Je sais que tu veux mon bien, maman, répondit Benji en se décontractant un peu. Mais, dans cette affaire, j'ai besoin que tu me fasses confiance.

Tapotant ses yeux avec son mouchoir, elle hocha la tête.

— Penses-tu que demain matin conviendrait à Sloane pour avoir une conversation avec moi ? demanda-t-elle.

Serrant rapidement sa mère contre lui, Benji soupira et répondit :

— Je pense que ça peut s'organiser.

*
* *

Sloane arpentait le salon du chalet. Elle avait donné leur bain aux jumeaux, les avait nourris et habillés. Maintenant Livie s'amusait avec eux dans leur chambre.

Benji avait proposé de renoncer à sa vidéoconférence pour la soutenir dans la conversation avec sa mère, mais elle avait décliné. Elle refusait d'être couvée. Tout se passerait bien, avait-elle déclaré. Pourtant en ce moment, elle n'en était plus aussi sûre.

La sonnette retentit. Elle prit une profonde inspiration avant d'ouvrir la porte en souriant.

— Bonjour, madame Bennett, dit-elle. Entrez.

Il lui paraissait bizarre d'accueillir dans le chalet son ancienne propriétaire.

Connie regarda autour d'elle.

— Les travaux décidés par Benji ont complètement transformé les lieux, remarqua-t-elle. L'équipe de Cole fait toujours un excellent travail.

— Tout à fait, répondit Sloane. Ils ont aussi très bien rénové mon…

Elle s'interrompit. Ce n'était pas le genre de conversation qu'elle voulait avoir avec la personne qui l'accusait de vivre aux crochets de son fils.

Pour faire diversion, elle proposa une boisson à Connie mais celle-ci déclina. Toutes deux s'assirent sur le canapé.

— Écoutez, Sloane, dit Connie sans préambule, j'ai eu tort. Et je crains d'avoir toujours été injuste envers votre mère et vous. J'étais certaine que vous tiriez ma fille vers le bas. Mais, d'après ce que Délia m'a avoué, vous étiez au contraire mon alliée secrète, vous la canalisiez autant que vous le pouviez.

Sloane ploya un instant sous le choc de ces excuses inattendues, puis elle répondit :

— Délia était comme une sœur pour moi. Je veillais sur elle.

— En tant que mère de Benji, j'ai fait la même chose quand j'ai cru que vous profitiez de lui.

Décidée à demeurer calme, Sloane se redressa.

— Jamais je ne lui aurais fait ça, rétorqua-t-elle. Ni à personne, d'ailleurs.

— Benji vous croit, et je lui ai promis de faire confiance à son instinct.

— Merci. C'est très précieux pour moi.

— Il semblerait que les jumeaux et vous représentiez ce que mon fils a de plus précieux au monde, dit Connie avec l'ombre d'un sourire. Jamais auparavant il ne s'était opposé à moi avec cette détermination. Je crois vraiment qu'il est amoureux de vous depuis sa plus tendre enfance. Seul Benji pouvait trouver l'âme sœur à dix ans…

Le rire et les larmes se mélangèrent sur le visage de Sloane.

— Il vous a dit ça ? demanda-t-elle.

— Oui. J'ai beaucoup appris en vingt-quatre heures, et je vous considère sous un tout autre angle. J'ai été bien trop sévère à votre égard, toutes ces années. Je ne peux promettre de changer en une nuit. Mais je vous promets de vous donner une chance.

— Je n'en demande pas plus, répondit Sloane en essuyant ses larmes. Au fait, j'en ai parlé à Benji, j'aimerais beaucoup faire un test de paternité, pour dissiper les doutes que vous pourriez encore avoir.

— J'apprécie la proposition, répliqua Connie avec un sourire crispé. Mais j'ai vu des photos de Beau, il est le portrait tout craché de son père au même âge. Je n'ai besoin de rien d'autre.

Sloane hocha la tête, son cœur battait à tout rompre. Elle protégeait ses enfants comme une louve et se sentait un peu nerveuse à l'idée que Connie les rencontre enfin. Elle finit par se lever, se tordit les mains et suggéra :

— Aimeriez-vous… rencontrer les petits ?

De grosses larmes s'accumulèrent dans les yeux de Connie, qui hocha la tête :

— Cela me ferait très plaisir.

Sloane se rendit dans la chambre des jumeaux. Quelques instants après, elle et Livie revinrent avec les deux adorables bambins.

— Constance Bennett, je vous présente votre petite-fille et votre petit-fils, Bailey et Beaumont.

Le visage inondé de larmes, la mère de Benji les prit dans ses bras et les serra contre elle.

- 18 -

Une semaine s'était écoulée depuis que les parents de Benji avaient enfin fait la connaissance des jumeaux. L'avant-veille sa sœur et Evie leur avaient aussi rendu visite. La petite se trouvait sous le charme de ses deux jeunes cousins, et jamais Benji n'avait vu Délia et Sloane verser tant de larmes de bonheur.

Il consulta sa montre. Sloane était partie faire une course à Gatlinburgh, cela lui laissait le temps de finaliser quelques arrangements. Il arpentait le salon dans tous les sens, avait déjà changé deux fois de chemise.

Tout devait être parfait.

Il avait choisi avec soin les mots qu'il voulait dire à Sloane. Mais dans quel ordre les prononcer ? Commencerait-il par la question principale, ou lui annoncerait-il d'abord la grande nouvelle ?

Quand il entendit les pneus du SUV de Sloane crisser sur le gravier de l'allée, puis la portière claquer, il était prêt.

Il l'aida à transporter ses achats.

— Les petits ne t'ont pas causé de problème ? demanda-t-elle en l'embrassant.

Tout de suite elle sentit quelque chose dans l'air. Les yeux étrécis, elle le regarda avec attention et s'enquit :

— Tout va bien ? Tu as l'air bizarre.

L'attirant vers le canapé, il répondit :

— Aucun problème. J'ai juste à te parler d'une offre que j'ai reçue.

Elle se contracta légèrement. Benji prit une profonde inspiration et se lança :

— La compagnie qui a acheté la mienne aimerait que je retourne au Japon pour les aider sur un nouveau projet.

— Un autre contrat de six mois ?

— Un an. Et la somme qu'ils m'offrent est considérable.

— Formidable, dit Sloane, dont le visage exprimait un tout autre sentiment.

— Tu te souviens quand je t'ai demandé de partir au Japon avec moi ? Tu m'avais fait une liste de ce que nous aurions pu y faire ensemble si tu avais accepté. Saisissons cette chance, veux-tu ? Beau et Bailey deviendront de grands voyageurs avant d'avoir deux ans !

— C'est une occasion incroyable, dit-elle en lui tournant le dos.

— Dans ce cas, pourquoi as-tu l'air si malheureuse ? demanda Benji en l'enlaçant. Tu regrettes d'avoir refusé ton poste dans la maison de disques ?

— Non, je ne regrette pas de t'avoir choisi, ainsi que Bailey et Beau, plutôt que de travailler cinquante heures par semaine. Mais, pour être honnête, une petite part de moi regrette de ne pas avoir pris ce travail quelque temps. Ils se sont agenouillés devant moi et j'avais négocié un excellent salaire. Tu aurais été fier de moi…

— Je suis fier de toi, ma chérie. Tu travaillais dur pour avoir ce poste de directrice de création, et tu l'as finalement obtenu. Si tu veux changer d'avis et prendre ce travail, je te soutiendrai à cent pour cent.

— Réfléchis ! On ne peut pas être ensemble si je suis à Nashville et toi au Japon !

— Fais-moi confiance !

— Sois réaliste ! Ou tu gagnes ou je gagne. Il n'y a aucun moyen que nous ayons tous les deux ce que nous voulons.

— Dans ce cas, c'est simple ! On va vivre tous les quatre à Nashville et je deviens ton richissime homme d'intérieur !

Sloane se mit à rire en posant sa tête contre le torse de Benji, qui l'entoura de son bras.

— Ne sois pas ridicule, dit-elle. Pour gagner ce qu'on te propose, je devrais sûrement travailler cent ans !

Elle n'avait pas tort, mais pour Benji ce n'était pas l'essentiel. Même s'il ne travaillait plus jamais, il aurait de quoi entretenir sa famille durant des siècles.

— J'ai déjà atteint mon Graal, dit-il avec un grand sourire. Être avec toi. C'est ce dont j'ai toujours rêvé. Tant que je t'ai, ainsi que les petits, rien d'autre n'a d'importance. Je veux que tu fasses ce qui te rendra aussi heureuse que je le suis, grâce à toi.

— Allons, sois sérieux !

Sans plus attendre, il mit un genou à terre, et sortit de sa poche la bague qu'il s'impatientait de lui offrir.

— Mon Dieu, Benji, balbutia Sloane, ses doigts tremblants pressés contre sa bouche. Elle est magnifique, quel rêve !

— Je t'aime, ma chérie. Ce que je ressens pour toi n'a rien à voir avec un amour passager. Je t'aime profondément, t'avoir dans ma vie me comble de bonheur.

Elle frémit de tous ses membres.

— Je t'aime aussi, répondit-elle en l'embrassant. Promets-moi juste que nous n'adopterons pas un jour les comportements idiots de nos familles.

— Promis, dit-il en lui baisant la main. Accepte de m'épouser, et nous vivrons où tu voudras. Du moment que nous sommes ensemble, le lieu m'indiffère.

Des larmes roulaient le long des joues de Sloane. Elle hocha la tête avec vigueur.

— J'accepte, mon amour, répondit-elle.

Il lui glissa la bague à l'annulaire et l'embrassa tendrement. Puis il se leva et l'attira contre lui.

— Je n'arrive pas à croire que nous allons nous marier, dit-elle en souriant, les yeux fixés sur l'énorme solitaire serti de plus petits diamants.

— Ce qui me rappelle quelque chose, déclara Benji

en sortant son téléphone de sa poche pour envoyer un texto groupé.

Soudain elle lui agrippa le bras et pointa son doigt en direction de Bailey. La petite fille, les bras tendus vers eux, fit trois pas dans son parc, avant de retomber sur ses fesses.

Émù, Benji prit l'enfant dans ses bras et l'embrassa avec ferveur. Pour ne pas laisser Beau seul dans son parc, Sloane le souleva pour l'embrasser avec le même amour. Puis comme sous le coup d'une révélation, ses yeux s'illuminèrent.

— Je sais où je veux vivre, s'exclama-t-elle.

— Nashville ou Tokyo ?

— Ici, à Magnolia Lake ! Faisons bâtir une grande maison où les jumeaux grandiront au milieu de leur famille et de nos amis.

— C'est ça, ton choix ? Nous laissons tous les deux tomber nos offres professionnelles ? demanda Benji en reposant Bailey dans le parc.

Sloane expliqua :

— Il faudra au moins six mois à Cole pour construire notre maison. Pendant ce temps-là, ça serait sympathique de manger des sushis et de voir les cerisiers en fleur…

— Tu en es sûre ?

— Certaine.

La soulevant de terre, Benji la fit tournoyer dans ses bras. Avaient-ils le temps de coucher les enfants et de filer dans leur chambre célébrer en privé cette heureuse décision ?

À cet instant précis, la sonnette de la porte d'entrée retentit. Trop tard !

Marcellus transportait des cartons de nourriture, et Benji sortit l'aider. Très vite arrivèrent sa sœur, sa nièce et ses parents. Abby et Atticus ne tardèrent pas, suivis de près par Blake, Savannah et Davis, ainsi que Zora, Parker, Max, Cole, la tante Iris et son mari, l'oncle Duke. Livie se joignit bientôt à tout ce petit monde.

Amis et famille se mélangèrent joyeusement. Sloane fit admirer sa bague à la cantonade. De son côté, Benji regardait ses parents s'amuser avec les jumeaux.

Un sourire ému lui éclaira le visage. Il n'en doutait pas un instant, leur vie à Magnolia Lake s'annonçait très heureuse et fructueuse.

CHRISTINE RIMMER

Un mari temporaire

Traduction française de
FRANÇOISE HENRY

Passions

HARLEQUIN

Titre original :
ALMOST A BRAVO

- 1 -

Quand Aislinn Bravo vit Jaxon Winter entrer dans la salle d'attente, une intense nervosité s'empara d'elle. La gouvernante et le grincheux contremaître de Wild River Ranch le suivaient de près, mais elle les remarqua à peine ; elle ne voyait que Jaxon.

Quand il la vit, il lui adressa cet inoubliable sourire en coin qui creusait une fossette sexy dans sa joue gauche et fronça légèrement les sourcils.

Elle se recroquevilla sur sa chaise. Non seulement elle connaissait ce sourire, mais aussi cette expression. Il ne se rappelait pas d'elle et ignorait pourquoi elle le fixait avec insistance.

Cesse de le regarder, idiote !

Elle s'arracha à sa contemplation pour examiner avec attention une gravure encadrée représentant le phare de Cape Disappointment accrochée au mur face elle. C'était une de ces reproductions tirées à grande échelle du phare solitaire se détachant sur un vaste ciel gris.

Bien que la gravure fût d'une exécution médiocre, elle se concentra dessus pour se retenir de jeter un nouveau regard en direction du grand rancher aux larges épaules et à l'épaisse chevelure brune.

Néanmoins, elle nota qu'il traversait la salle pour aller s'entretenir avec la réceptionniste.

Elle continua de fixer obstinément la gravure jusqu'à ce que Jaxon, le contremaître du ranch et la gouvernante entrent dans son champ de vision et s'assoient juste en dessous de la reproduction du phare solitaire. À présent elle regardait au-dessus de leurs têtes, une situation pour le moins inconfortable. Elle baissa les yeux sur son sac posé à terre et le fit passer d'un côté à l'autre.

Cette tâche essentielle accomplie, elle croisa les jambes, lissa sa robe d'été bleu foncé à manches courtes agrémentée d'un adorable semis de minuscules pois blancs. Elle avait mis un temps infini à la choisir et fini par trouver que sa coupe classique et sa couleur sombre égayée par les pois blancs faisaient « sérieux, mais avec une touche de gaieté ».

D'accord, l'idée de gaieté n'était peut-être pas appropriée à la situation. Mais il fallait bien avoir un peu d'humour dans des moments comme celui-ci.

Sentant la chaleur monter à ses joues, elle pria pour ne pas devenir écarlate.

Cesse de te mettre dans cet état, se réprimanda-t-elle. *Tu fais bien des histoires pour pas grand-chose.*

Du moins, l'attachement obsessionnel qu'elle avait éprouvé quelques années auparavant pour Jaxon Winter était resté secret, un secret qu'elle n'avait partagé qu'avec Keely, son amie intime qui ne trahirait jamais sa confiance. Malheureusement, Martin Durand, oncle par alliance et père adoptif de Jaxon, l'avait deviné.

Cet inoubliable été d'il y a cinq ans, Martin Durand n'avait cessé de la tenir à l'œil. L'eût-il soupçonnée d'avoir un passé criminel qu'il ne l'aurait pas observée avec plus d'attention ! À l'époque, elle ne se doutait pas que Martin avait deviné ses sentiments pour Jaxon.

Elle ne l'avait compris que deux mois auparavant, quand il lui avait téléphoné pour l'informer que Jaxon avait divorcé et était célibataire depuis un an.

« Il est libre maintenant, lui avait dit le vieil homme. Tu peux passer à l'action. »

Elle avait trouvé ce coup de téléphone très étrange et tout à fait inconvenant, et s'était montrée à peine aimable.

Aujourd'hui, Martin Durand ne trahirait plus son

secret : il était mort dans son sommeil, dix jours plus tôt. Quant à Jaxon, il ne se doutait évidemment pas qu'elle avait pu être un jour désespérément amoureuse de lui.

Il l'ignorait et l'ignorerait toujours.

Tout allait bien se passer. Les faits remontaient à cinq ans, lorsqu'elle avait fantasmé sans vergogne sur le fait qu'il était également amoureux d'elle. Ce qui était une pure absurdité. Il était marié et ne songeait qu'à rendre sa femme heureuse. De toute façon, il n'avait qu'une vague notion de sa présence au ranch.

À présent, bien sûr, elle avait dépassé tout ça, et son coup de cœur pour Jaxon n'était plus qu'un souvenir.

Elle leva imprudemment les yeux et surprit le regard de Jaxon fixé sur elle avec la même expression de perplexité qu'il avait eue en entrant dans la salle d'attente. Comme si elle était une pièce de puzzle qu'il ne voyait vraiment pas où placer.

Tout ceci était absurde, et la situation devenait insupportable.

Elle se leva, redressa les épaules et contourna la table basse centrale. Jaxon et Burt, le vieux contremaître, se levèrent à leur tour quand elle approcha d'eux. Elle tendit la main à Jaxon.

— Contente de vous revoir, Jaxon.

Le froncement de sourcils de ce dernier s'accentua.

— Désolé, répondit-il de cette voix aux intonations graves qui évoquait pour elle draps froissés et corps en sueur.

Ses yeux étaient d'un bleu magnifique, mêlé de gris comme le ciel au-dessus du Pacifique quand les nuages commençaient à s'y rassembler. Il lui serra la main, assez longtemps pour qu'un frisson coure tout le long de son bras.

— Nous nous connaissons ? demanda-t-il.

Elle lui sourit chaleureusement.

— Bien sûr. Vous ne vous souvenez pas ? Aislinn Bravo. J'ai travaillé pour vous un été…

Elle se tourna vers le contremaître.

— Burt, n'est-ce pas ?

— Ouais, marmonna le vieil homme.

Il serra ses doigts dans une rude étreinte et se rassit.

Elle adressa un sourire à la gouvernante.

— Erma, je crois ?

Cette dernière hocha simplement la tête le temps d'une brève poignée de main.

— Un instant, dit Jaxon. Je me souviens, maintenant. *Ash*linn, prononcé de cette façon étrange…

— C'est un prénom irlandais, expliqua-t-elle, exactement comme cinq ans plus tôt. Les gens le prononcent de différentes façons mais, oui, je préfère *Ash*linn.

— C'est bien vous qui avez disparu du jour au lendemain ? poursuivit Jaxon.

Elle se redressa, sur la défensive, et planta son regard dans le sien.

— J'ai laissé un mot, rétorqua-t-elle.

— Bien sûr.

Il semblait ravi de se souvenir d'une jeune femme qui avait un prénom étrange et qui s'était enfuie sans préavis.

— Tout me revient, maintenant, poursuivit-il. Dans ce mot, vous évoquiez une urgence familiale qui vous obligeait à tout laisser en plan.

— Euh… Oui. C'est ça.

Elle était partie à cause d'une urgence, effectivement, mais pas du tout familiale…

— J'espère que ça n'a pas été trop grave ? demanda-t-il d'un ton sincère.

— Non. La crise s'est résolue et personne n'est mort.

Le froncement de sourcils de Jaxon réapparut.

— Donc, vous êtes ici pour… ?

Tout en ignorant totalement les raisons de sa présence ici, elle voulait bien partager le peu qu'elle savait avec lui.

— J'ai reçu une lettre recommandée de Me Anders me priant d'assister à l'ouverture du testament de Martin Durand.

Honnêtement, avoir été convoquée dans les bureaux d'Astoria de l'avocat du rancher bougon n'avait aucun sens pour elle. Tout d'abord, elle n'avait pas eu connaissance de sa mort. Elle en était désolée comme lorsqu'elle apprenait un décès, quel qu'il soit — peut-être un peu moins, dans ce cas précis, l'homme ne lui étant pas particulièrement sympathique. Mais pourquoi avait-elle été conviée pour assister à la lecture de son testament ? Mystère. La logique voulait qu'elle figure dans ce testament. Mais pourquoi ? On ne pouvait même pas dire que Martin Durand avait eu de l'amitié pour elle, et si c'était le cas, il l'avait bien caché !

Elle avait d'abord pensé ne pas se présenter. Venir signifiait se retrouver face à Jaxon, ce qu'elle aurait bien aimé éviter. Naturellement, il n'aurait pas dû y avoir de problème ; ils se connaissaient à peine, et cinq ans s'étaient écoulés depuis ce fameux été. Pourtant, elle était certaine qu'elle serait très mal à l'aise.

Malgré tout, la curiosité l'avait emporté, et elle était ici, dans la salle d'attente d'un cabinet juridique, attendant l'ouverture du testament d'un quasi-inconnu.

Et, bien sûr, terriblement mal à l'aise de se retrouver face à Jaxon.

Burt marmonna quelque chose entre ses dents tout en posant un regard dur sur elle. Son animosité ne la surprit pas. Durant les deux mois où elle avait travaillé au Wild River Ranch, le contremaître avait eu une attitude presque aussi méfiante à son égard que Martin Durand.

— J'ignorais que vous connaissiez Martin, dit Jaxon d'un air à présent soupçonneux.

— Je ne le connaissais pas vraiment. Je l'ai rencontré cet été-là au ranch, c'est tout. Après mon départ précipité, je ne l'ai jamais revu.

C'était vrai, et elle se garda de préciser que le vieux rancher lui avait téléphoné récemment pour lui annoncer le divorce de Jaxon.

— Monsieur Winter ?

Sauvée par la réceptionniste !

Cette dernière adressa un sourire professionnel à la ronde et ajouta :

— Me Anders est prêt à vous recevoir. Par ici, je vous prie.

Jaxon s'effaçant pour la laisser passer, Aislinn se retrouva en tête du cortège. La réceptionniste les guida vers une salle et leur désigna une grande table ovale. Sur une autre, plus petite et disposée contre un mur, Aislinn aperçut un service à café et un plateau de viennoiseries et de beignets.

Après avoir serré la main de Jaxon, Kip Anders, un homme mince et chauve portant des lunettes sans monture et un costume beige froissé se présenta au groupe.

— Servez-vous en café et en viennoiseries, leur dit-il. Installez-vous confortablement et nous pourrons commencer.

S'installer confortablement ? Combien de temps la plaisanterie allait-elle durer ? se demanda Aislinn en soupirant. Il était 10 h 15, et elle avait accepté d'aider Keely à tenir sa galerie d'art à partir de midi. Cette galerie se trouvait à Valentine Bay, située à environ une demi-heure d'Astoria sur la côte de l'Oregon. Cette épreuve n'allait tout de même pas prendre plus d'une heure ?

Sérieusement, pourquoi étaient-ils tous rassemblés ? Elle avait travaillé dans un cabinet juridique peu de temps auparavant. Chez Deaver et Gray, personne n'assistait jamais à l'ouverture des testaments. Les dernières volontés du défunt étaient tout simplement transmises aux intéressés. Ces histoires de lecture de testament n'existaient que dans les films, à cause de l'atmosphère mélodramatique qu'elle insufflait.

À cette pensée son estomac se contracta. Un parfum de tragédie allait-il également flotter sur cette scène ?

Seigneur ! Elle n'aurait vraiment jamais dû venir…

Jaxon prit place à une extrémité de la table. Avec leur café et leur beignet, Burt et Erma s'assirent de chaque côté de leur patron. Après s'être munie d'une bouteille d'eau pour s'occuper les mains, Aislinn choisit une place éloignée du trio. Quant à l'avocat, il s'installa à l'autre extrémité, face à Jaxon.

— Sachez, dit-il en remontant ses lunettes sur son nez, qu'avant de quitter le cabinet il vous sera remis une copie du testament à la réception.

Aislinn faillit se relever d'un bond.

Parfait ! Dans ce cas, elle allait filer chercher tout de suite son exemplaire et foncer à la galerie !

Mais elle se reprit, posa sa bouteille d'eau sur la table et resta sagement assise. Après tout, maintenant qu'elle était là, elle pouvait perdre une heure. Le testament comportait peut-être des termes ardus ou d'étranges codicilles que Kip Anders leur expliquerait.

L'avocat prit la première page de la pile posée devant lui et commença à lire.

Martin Durand avait légué une somme d'argent — dix mille dollars chacun — et des souvenirs à Burt et à Erma. La gouvernante sembla touchée qu'il ait pensé à lui laisser quelque chose. Pour ce qui était de Burt, qui pouvait deviner ce que ce rabat-joie pensait ?

Ensuite, Kip Anders préleva de la pile plusieurs feuillets maintenus par un trombone. Il ôta celui-ci et aligna les pages devant lui. Puis il leva les yeux, regarda tour à tour Jaxon et Aislinn, et, après un court silence, reprit :

— Martin Durand a choisi d'écrire une lettre expliquant les principaux éléments de son testament. Il a demandé que je vous lise cette lettre à vous, Jaxon, et à vous, Aislinn. Il a également précisé que Burt et Erma, employés fidèles et de longue date du Wild River Ranch, devaient assister à cette lecture. Il lui paraissait nécessaire que vous compreniez, tous les quatre, parfaitement ses intentions et la façon dont ses volontés devraient être exécutées. Les legs et clauses expliqués dans cette lettre sont aussi clairement exposés dans son dernier testament.

Il se tut ensuite pendant quelques secondes qui, pour Aislinn, semblèrent durer une éternité.

Elle éprouvait un étrange sentiment d'irréalité. Sa gorge était sèche, elle transpirait et son pouls battait trop vite. Décapsulant sa bouteille, elle but une longue gorgée d'eau.

— Des questions ? demanda Anders.

— Lisez, répondit Jaxon.

L'avocat hocha la tête et commença :

Cher Jaxon, chère Aislinn.

Je n'avais jamais eu l'intention que vous fassiez connaissance.

Aislinn tressaillit. Que voulait-il dire par là ?

Du regard, elle fit rapidement le tour de la table. À part Kip Anders, serein, tous semblaient aussi déconcertés qu'elle. Quelles intentions aurait pu avoir Martin Durand la concernant ? Il ne l'avait pas revue depuis ce fameux été, cinq ans plus tôt.

Anders lui jeta un coup d'œil rapide et poursuivit :

La triste vérité, Aislinn, c'est que j'ai passé les vingt et une premières années de ta vie à faire mon possible pour ne pas croiser ton chemin. Et j'ai réussi jusqu'à cet été, il y a cinq ans, quand tu as pris l'emploi qui t'a ramenée au Wild River Ranch.

— Ramenée ? ne put-elle s'empêcher de s'exclamer. Mais je n'avais jamais mis les pieds au Wild River avant cet été-là ! Il est donc impossible que je…

— Je comprends votre stupéfaction, la coupa doucement Anders. Mais, si vous me permettez de lire cette lettre jusqu'au bout, son contenu s'éclaircira.

Elle tenta de dominer sa nausée en reprenant discrètement sa respiration.

— Je vous prie de m'excuser, marmonna-t-elle. Continuez.

Anders hocha la tête, et, après avoir rajusté ses lunettes, reprit sa lecture :

Vois-tu, Aislinn, ta simple décision de prendre un emploi d'été dans mon ranch a fait basculer ma vie. C'est ainsi que j'ai été confronté au résultat d'un crime commis en un éclair parce que l'occasion m'en a été offerte la nuit de ta naissance, un crime que j'ai dissimulé toutes ces années...

Aislinn se figea. Un crime ? La nuit de sa naissance ? On nageait en plein délire, là.

— Je ne comprends pas, intervint-elle. Quoi qu'ait fait Martin Durand, ça n'a aucun rapport avec moi. J'étais très loin de Wild River, la nuit où je suis née.

Son intervention lui valut des regards mécontents. Naturellement, il fallait qu'elle cesse d'interrompre l'avocat.

Mais non. Non !

Durand se trompait sur toute la ligne ! Elle était née en Europe, dans une minuscule principauté nommée Montedoro où sa mère, son père et quatre de ses cinq frères s'étaient installés lors d'un voyage alors que sa mère était enceinte d'elle.

— Ce qu'il affirme est impossible ! insista-t-elle. Je suis née au Montedoro, principauté de la Côte d'Azur, au cas où vous l'ignoreriez. Impossible donc que Martin Durand ait été dans les parages au moment de ma naissance.

Du bout de la table, Burt lui lança un regard mauvais. Silencieuse, Erma gardait une expression indéchiffrable. Quant à Jaxon, il semblait impatient d'en finir avec cette plaisanterie.

Tout comme elle, d'ailleurs. Mais pas à n'importe quel prix : elle voulait comprendre.

Elle déglutit, ignora le regard des trois autres et s'adressa à l'avocat :

— Écoutez, je n'y comprends rien. Pourquoi suis-je là ?

— Si vous me laissiez finir…, suggéra une nouvelle fois Anders.

— Mais tout ceci est faux !

Se gardant d'argumenter, Anders attendit.

Avec un soupir, elle se rendit.

— Très bien. Terminez votre lecture.

Il lui adressa un signe de tête.

Le matin du jour de ta naissance, Aislinn, George Bravo et sa femme Marie, enceinte de neuf mois, sont venus de Valentine Bay au ranch pour discuter d'un éventuel investissement destiné à l'expansion de notre élevage de chevaux et de notre activité d'entraîneurs. Ils n'ont jamais investi mais, durant leur visite, une très violente tempête s'est déclenchée. Les routes ont rapidement été impraticables, Marie est entrée en travail en même temps que Paula Delaney, la femme de notre contremaître d'alors. Il faut que tu saches, Aislinn, je trompais ma femme Claudia avec Paula. Je ne me cherche pas d'excuses. C'était mal. Mais je l'ai fait, avec les néfastes conséquences que l'on peut supposer.

— Quel triste salaud ! s'exclama-t-elle.

Puis, comme les regards se fixaient sur elle, elle s'excusa.

— Désolée, vraiment, dit-elle en jetant un regard désespéré à Kip Anders. Mais rien de ce qu'il raconte ne peut être vrai.

Cependant, comme les autres continuaient de la dévisager d'un air réprobateur, elle agita la main à l'intention de l'avocat.

— Très bien. Continuez.

Quand elle s'est rendu compte qu'elle était enceinte,

Paula est venue me trouver, jurant que l'enfant était de moi. Elle voulait quitter son mari, refaire sa vie avec moi et l'enfant. Je ne voulais pas. J'étais la plupart du temps heureux avec ma femme. Je l'aimais ainsi que la vie que nous menions. De plus, Wild River appartenait à Claudia. Jaxon, tu avais huit ans à l'époque. Tu vivais alors depuis quatre ans avec nous. Comme je te l'ai souvent expliqué, en l'honneur de la longue lignée de propriétaires Winter qui a travaillé au Wild River depuis des générations, ta tante et moi t'avons laissé ton patronyme quand nous t'avons officiellement adopté. Mais, pour tout ce qui comptait vraiment, tu étais notre fils. Nous formions une famille, Claudia, toi et moi. J'ai dit à Paula que je ne quitterais pas Claudia et l'ai encouragée à m'oublier et à rester avec son mari, Lloyd. Mais elle refusait de m'écouter. Elle disait qu'elle m'aimait. J'étais sûr qu'elle allait me créer des ennuis, peut-être demander un test pour prouver ma paternité. Je perdrais alors tout ce qui comptait pour moi.

Je ne savais plus que faire pour que cette femme me laisse tranquille. Et puis Marie Bravo s'est présentée et est entrée en travail en même temps que Paula. Le moment parfait se présentait, deux bébés nouveau-nés partageant la même chambre tandis que Claudia s'occupait des mères dans des chambres de l'autre côté du couloir.

Aislinn laissa échapper un hoquet de surprise. Sa tête se mit à tourner.

Cependant, Kip Anders poursuivait sa lecture, chaque mot prononcé lentement et distinctement :

Je suis entré furtivement dans la chambre des bébés et j'ai constaté qu'ils avaient la même taille et les mêmes yeux bleus de nouveau-nés. La couleur des cheveux différait légèrement, les uns plus foncés, les autres plus clairs, mais c'était tellement minime sur leur minuscule tête que j'ai parié que personne ne verrait la différence. Saisissant l'occasion, j'ai échangé les bébés ainsi que leurs couvertures.

Aislinn demeura parfaitement immobile, les mains crispées sur son estomac. Elle sentait que si elle bougeait, ou même respirait, elle allait restituer son petit déjeuner sur l'ovale impeccable de la table.

Tout ceci était un mensonge. Forcément. Martin Durand ne pouvait pas être son père. Son père était George Bravo, un homme bon, mari aimant et père tout dévoué à ses enfants, un père qui leur avait donné le sentiment d'être désirés, aimés et protégés.

Elle était une Bravo, née Bravo, élevée Bravo. Ses parents, des êtres merveilleux et passablement excentriques, avaient été profondément épris l'un de l'autre. Ils avaient eu une passion commune : voyager à travers le monde. Et aussi connu une grande douleur dont ils ne s'étaient jamais tout à fait remis : ils avaient perdu un fils lors d'un séjour en Sibérie. Âgé de huit ans, Finn avait tout simplement disparu, kidnappé contre rançon, supposaient-ils. Mais la demande de rançon ne leur était jamais parvenue, et ils n'avaient plus jamais eu de nouvelles de Finn. Et puis, quelques années après ce drame, lors d'une échappée en amoureux en Thaïlande ils étaient morts, victimes d'un tsunami.

Ses frères et sœurs avait été durement secoués, se souvint Aislinn. Mais ils avaient traversé ensemble cette tragédie et les moments douloureux qui avaient suivi. Daniel, leur frère aîné, avait heureusement dix-huit ans à la mort de leurs parents, et il avait donc obtenu la garde de ses cadets. Il les avait élevés, tous les sept ! Leur chemin avait été semé d'embûches, pas toujours facile, mais ensemble ils avaient triomphé des difficultés. Et elle les aimait.

Ils étaient sa famille, bon sang ! Cette femme inconnue, cette Paula qui aurait trompé son mari, n'en faisait pas partie. Et certainement pas ce vieux fou au caractère aigri de Martin Durand !

Elle avait envie de hurler : Cessez de proférer ces horribles mensonges ! Arrêtez tout de suite cette farce ignoble !

Mais sa gorge était serrée comme si des mains lui broyaient le cou.

Et Kip Anders continuait de dévider d'une voix posée les mensonges de Martin Durand :

Après avoir interverti les bébés, je suis sorti en hâte de la chambre, sans regarder en arrière. Mais, très vite, je me suis rendu compte que, si Paula demandait un test de paternité, elle s'apercevrait que non seulement son bébé n'était pas le mien, mais qu'il n'était pas non plus le sien, ni celui de Lloyd. Elle se souviendrait alors de la nuit de sa naissance et de l'autre bébé dans la même chambre que son enfant. Elle comprendrait tout, et mon geste serait révélé au grand jour. Je serais étiqueté non seulement comme mari infidèle, mais de plus comme criminel.

En fin de compte, mon crime s'est révélé parfaitement inutile. Paula n'a jamais cherché à me faire endosser mes responsabilités. Suivant mon conseil, elle a laissé croire à Lloyd que c'était son enfant. Et puis, quelques mois plus tard, Lloyd a trouvé un autre emploi hors de l'État, et nous avons engagé Burt. Je n'ai jamais revu Paula, ni Lloyd, ni l'enfant qui était, je le répète, la fille de Marie Bravo.

Je me suis dit que ce n'était pas grave. Chaque femme avait un bébé, pas le bon, certes, mais comme elles l'ignoraient, quelle importance ? Tout le monde était content. Je me suis efforcé d'oublier.

Par la suite, j'ai été un mari exemplaire pour Claudia, et lorsqu'elle est morte, douze ans plus tard, j'ai beaucoup souffert. Elle me laissait tout, avec l'accord tacite entre nous que tout te reviendrait à ma mort, Jaxon. Je me suis tenu à l'écart de Valentine Bay et de toute chance de te rencontrer, Aislinn, sachant que tu étais ma fille.

Et puis, tu as fait ton apparition à Wild River ce fameux été. Tout le portrait de ma mère qui était morte avant que je m'installe en Oregon. Tout d'abord, j'ai cru que tu avais découvert qui tu étais pour moi et que tu étais venue me faire payer ton échange avec le bébé de Marie Bravo. Je t'observais, me demandant comment tu avais planifié ta vengeance. Mais tout ce que j'ai vu, c'était une jeune femme avec le regard noir et envoûtant de ma mère, une jeune femme follement éprise de Jaxon.

Aislinn ne put réprimer un gémissement.

Follement éprise de Jaxon…

Pour l'amour du ciel, pourquoi, mais pourquoi fallait-il qu'elle subisse cette épreuve en plus de tout le reste ?

Martin Durand était incapable de pitié. De la tombe, il était déterminé à la dépouiller du dernier lambeau d'elle-même, lui voler son identité, l'arracher à sa famille et enfin révéler sans le moindre scrupule son plus honteux secret : son amour pour un homme marié et sa fuite pour ne pas céder à son désir de se jeter dans ses bras.

Décidément, rien ne lui était épargné.

Elle ferma les yeux pour ne pas affronter le regard des autres, puis, posant les coudes sur la table, se prit la tête dans les mains et ravala un nouveau gémissement.

— Aislinn, murmura Jaxon. Est-ce que ça va ? Désirez-vous faire une pause ?

— Allez tous au diable et qu'on en finisse ! répondit-elle entre ses dents, sans même relever la tête.

Un épais silence régna un moment.

Enfin, elle entendit un froissement de papiers. Puis Anders reprit sa lecture :

Et puis un jour, Aislinn, tu es partie. Tu t'es évanouie dans la nature sans même réclamer ta dernière paie, ne laissant qu'un petit mot pour Jaxon où tu évoquais une urgence familiale. Les mois ont passé et j'ai fini par admettre ton innocence. Tu ignorais tout. Alors j'ai compris que je devais faire quelque chose pour me racheter.

J'ai engagé un détective pour retrouver Paula et l'enfant de Marie Bravo que les Delaney avaient prénommée Madison.

En entendant ce prénom, Aislinn se redressa.

Madison Delaney ?

Impossible. Pas la Madison Delaney. Ce devait être pure coïncidence. Mais elle n'osa interrompre Anders qui continuait :

Mon détective m'a rapporté que, dix ans après que la famille Delaney eut quitté Wild River, Lloyd était mort. Paula et sa fille ont alors déménagé à Los Angeles où Madison s'est tournée vers une carrière d'actrice, avec le succès que vous savez.

— C'est une plaisanterie, n'est-ce pas ? ne put s'empêcher de s'exclamer Aislinn. Tout ceci est un canular ! Je suis victime d'une caméra cachée ! Comment ? Je serais censée croire que j'ai été échangée avec le bébé qui est devenu Madison Delaney ? Savez-vous qui est Madison Delaney ? « La petite chérie de l'Amérique ». Elle a remporté un Oscar !

Et, bon sang, elle ressemble de façon frappante à mes sœurs..., se garda-t-elle de préciser, pétrifiée.

Comment ne l'avait-elle jamais remarqué ? Madison Delaney avait de grands yeux bleus comme ses trois sœurs. Et d'adorables fossettes quand elle souriait, tout comme Harper et Hailey. Certes, l'actrice avait eu des cheveux de différentes couleurs et de styles variés, mais elle était naturellement blonde, n'est-ce pas ? Comme ses sœurs. Et son nez se retroussait légèrement comme Grace, la benjamine de la fratrie.

Voyant que tous les autres la dévisageaient sans réagir, elle lança ;

— Qu'y a-t-il ? Vous voulez me faire croire que vous n'avez jamais entendu parler de Madison Delaney ?

— Bien sûr que nous en avons entendu parler, répondit Jaxon d'un ton très calme, comme s'il s'adressait à une démente.

Et peut-être était-ce le cas. Peut-être avait-elle perdu la raison.

Kip Anders toussota.

— Puis-je poursuivre ?

— Je vous en prie, répondit-elle, sarcastique.

Avec un hochement de tête plein de dignité, l'avocat reprit sa lecture :

La triste nouvelle, Aislinn, c'est que Paula Delaney est décédée peu de temps après l'été où tu as travaillé à Wild River. Je suis navré que tu n'aies plus la possibilité de connaître celle qui t'a mise au monde. Je n'ai pas essayé de prendre contact avec Madison Delaney, pas plus que je ne t'ai révélé le secret de ta naissance de mon vivant. J'ignore comment les intéressés prendront ces nouvelles. Je suis un vieil homme. Pardonne-moi, mais je n'ai plus l'énergie de supporter les retombées de ces révélations. Je te laisse les affronter ainsi que la famille Bravo. Le rapport du détective est disponible tout de suite pour toi.

Lâche, pensa-t-elle. *C'est facile de laisser le sale boulot aux autres !*

Un instant elle souhaita qu'il ne soit pas mort. Pour pouvoir l'étrangler de ses propres mains !

Pour toi en particulier, Aislinn, j'ai suivi ton parcours depuis ce fameux été. Tu ne t'es pas mariée, n'as pas eu de relation amoureuse sérieuse. Je voulais savoir si tu espérais toujours que Jaxon t'appartienne un jour. C'est pourquoi je t'ai téléphoné récemment pour te dire qu'il était désormais libre. J'ai entendu la nostalgie dans ta voix quand tu m'as prié de ne plus jamais te rappeler.

Elle faillit bondir de sa chaise.

C'était d'un ridicule qui dépassait l'entendement !

— Comme si ce vieux fou pouvait tirer une quelconque conclusion d'un bref coup de téléphone à la suite duquel, il le reconnaît, je l'ai prié de ne plus m'importuner ! s'exclama-t-elle avec un rire méprisant.

Tous la regardaient en silence, comme ils le faisaient depuis qu'elle interrompait Kip Anders dans la lecture de la confession de Martin Durand. Rien n'avait changé dans leurs regards : ils la prenaient toujours pour une folle. Elle-même commençait d'ailleurs à douter de ses facultés.

Une plainte désespérée lui échappa. De nouveau elle se prit la tête dans les mains.

— Désolée. Poursuivez, je vous prie… et terminons-en au plus vite, marmonna-t-elle.

Kip Anders reprit :

Après cet appel téléphonique, j'ai compris que je devais te léguer ce que tu souhaitais le plus : la possibilité d'une vie avec mon fils adoptif.

— Qu'est-ce que c'est que cette histoire, Martin ?

Cette fois, c'était un cri sourd de Jaxon qui avait jailli.

Anders n'interrompit pas pour autant la lecture.

Aislinn, Jaxon et toi allez vous marier au cours de la semaine qui suivra la lecture de cette lettre. Et vous devrez rester mariés au moins trois mois. À la fin de cette période, toi, Aislinn, tu recevras cinquante mille dollars sur ma succession, et toi, Jaxon, le titre de propriété du Wild River Ranch, et tout le reste, comme je vous l'avais promis à Claudia et à toi. Au terme des trois mois, ce sera à vous de décider si vous restez ensemble ou pas.

Vous devez accepter tous les deux cette clause et respecter vos engagements. Aislinn, si tu refuses d'épouser Jaxon et de vivre maritalement avec lui pendant trois mois, tu n'auras rien.

Elle eut envie d'éclater de rire. Cet homme à la moralité douteuse se permettait de lui dire ça ?

Et puis que représentaient pour elle cinquante mille dollars en ce moment ? Comme si tout l'argent du monde pouvait compenser ce que Martin Durand venait de lui arracher : son honneur, sa famille, jusqu'à son identité ?

Imperturbable, Anders poursuivit sa lecture :

Jaxon, si tu refuses d'épouser Aislinn et de vivre maritalement avec elle pendant trois mois, Wild River Ranch et tout ce qui va avec sera vendu aux enchères. Tu récolteras le produit de la vente ainsi que tout ce qui m'appartient moins les legs mentionnés dans mon testament. Tu es le fils de mon cœur et ça a été un honneur d'être un père pour toi. Je désire que tu hérites de Wild River mais, si cela ne devait pas se produire, tu disposeras du moins d'un capital qui te permettra de rebondir. J'ai conscience que ce sera une faible consolation pour toi, mais j'agis pour ton bien. Je suis persuadé que Aislinn et toi vous entendrez parfaitement et serez heureux ensemble. C'est pourquoi je vous offre cette chance qui, sinon, ne se serait jamais présentée. Je vous souhaite à tous deux amour, bonheur et réussite dans votre avenir commun.

Avec ma plus profonde affection et ma plus haute estime.

Martin Durand.

Comme le silence s'installait, Aislinn se redressa.

— C'est tout ?

Anders cligna des yeux derrière ses lunettes.

— Pour ce qui est… euh, de la lettre, oui… Mais nous devons encore voir des conditions particulières par lesquelles vous devez tous deux passer, car…

— Stop ! s'écria-t-elle.

Elle repoussa sa chaise et se leva.

— Je me fous de vos conditions ! Comme si l'argent de ce vieux tordu m'intéressait ! Comme si ce fatras de sottises me concernait le moins du monde ! Je ne suis pas… cette personne censée s'appeler Madison Delaney. Je suis Aislinn Bravo, née au Montedoro, dans la villa de Tristan Bouchard, comte de Della Torre ! Interrogez mes frères, ils y étaient, ils s'en souviennent. Ils…

Elle perdit le fil de son discours tandis que son regard faisait le tour de la table. Tous la dévisageaient comme si elle avait perdu l'esprit.

Quant à l'expression de Jaxon, elle était claire : « Elle est folle, pensait-il. Je suis fichu… Adieu mon héritage… »

Elle s'adressa à lui :

— Vous pensez que je suis folle, c'est ça ?

Il tressaillit.

— Non, non, je…

Sa réaction la fit éclater d'un rire étrange.

— Allons, soyez honnête. Vous pensez que je déraille, et peut-être avez-vous raison. Mais j'ai des circonstances atténuantes. Qui ne perdrait pas la tête après avoir entendu ce que j'ai entendu ?

— Aislinn, vraiment, personne ne pense que…

— Oh si ! Vous le pensez tous ! Pour être tout à fait honnête, c'est peut-être le cas. J'avoue que je suis complètement déstabilisée par cette lecture. C'est trop à avaler et je ne peux entendre un mot de plus. Il est impossible que ma famille, les Bravo, ne soit pas ma famille. Que tout ce que je sais de moi et de ma vie ne soit qu'un énorme mensonge !

— Nous pourrions prendre quelques minutes, suggéra mollement l'avocat, et…

— Nous ne prendrons rien du tout ! le coupa-t-elle, l'assassinant du regard. Je ne veux plus rien entendre de cette sordide histoire !

Jaxon intervint :

— Aislinn, si vous…

— Non ! hurla-t-elle presque en prenant son sac. Plus un mot, j'ai dit !

Elle se dirigea vers la porte et sortit.

— Aislinn, attendez ! lui cria Jaxon.

Sans jeter un regard en arrière, elle s'engouffra dans le couloir.

En la voyant passer presque en courant devant son bureau, la réceptionniste bondit de sa chaise.

— Mademoiselle… Est-ce que vous allez bien ?

— Pas vraiment.

— Puis-je faire quelque chose pour vous ?

— Je vous remercie, mais non.

Elle poussa la porte d'entrée et se retrouva sur le trottoir, sous un ciel froid et gris. Quand elle traversa la rue, un homme en Mustang rouge l'évita de justesse en pilant net dans un crissement de pneus.

— Faites attention, espèce d'idiote ! lui cria-t-il par la vitre.

L'ignorant, elle continua de marcher jusqu'au trottoir opposé. Là, elle se mit brusquement à courir, s'arrêtant juste après le panneau stop devant un immeuble de briques à deux étages.

Ne sachant plus où aller, elle se réfugia dans le renfoncement de la porte d'entrée. Durant un long moment, figée et le cœur battant, elle contempla son pâle reflet dans la vitre de la porte. Une jeune femme brune, en robe à pois qu'elle reconnut à peine.

Elle tenta de se reprendre. Elle ne pouvait pas rester éternellement là à bloquer l'entrée.

Bras serrés autour de sa taille, elle se glissa dans le coin à droite de la porte et essaya de réfléchir à ce qu'elle allait faire ensuite.

- 2 -

— Donnez-moi quelques instants, je vais la ramener, dit Jaxon aux autres en quittant à son tour la salle.

Il nageait en plein cauchemar. Il ne pouvait pas perdre Wild River Ranch parce que Martin avait autrefois très mal agi et décidé ensuite qu'il devait racheter ses mauvaises actions par des moyens absurdes après sa mort.

Et cette jeune femme, Aislinn. Elle semblait dévastée par ce qu'elle venait d'apprendre. Et elle avait toutes les raisons de l'être ! Ça avait été affreux pour lui d'assister à sa souffrance à la lecture de cette lettre où Martin fanfaronnait en lui expliquant qu'elle n'était pas celle qu'elle avait toujours cru être.

Maudit Martin ! Qu'il aille au diable ! Ce qu'il avait fait là était trop méprisable.

Il l'avait aimé pourtant…

Avec lui, la vie devenait passionnante. Jaxon et sa tante Claudia, des êtres sérieux, terre à terre et légèrement introvertis, se délectaient en secret de l'excitation que Martin apportait dans leur vie. Ils essayaient de le freiner quand il tenait à mettre en œuvre une idée farfelue mais, en même temps, ils adoraient ça. Ils étaient son public. Martin était la star de leur trio familial reconstitué.

Que dirait Martin s'il était ici, en chair et en os ? Il le devinait sans peine.

« Je t'aime, fils. Je n'ai jamais voulu te blesser, mais nous savons tous deux que parfois un homme a besoin d'un bon coup de pied dans le derrière pour foncer et obtenir ce qui compte le plus pour lui. Et qui, ici, a besoin d'être poussé à l'action ? Regarde-toi dans un miroir, mon garçon. »

Jaxon essaya de se calmer. Une seule chose retenait son attention : Wild River était menacé, et il devait envisager toutes les possibilités d'échapper à la catastrophe.

Et Aislinn était un élément décisif de l'équation.

Était-elle vraiment ce qu'elle paraissait être ? Et si elle avait manœuvré pour obtenir ce résultat ?

Que signifiait ce passage où Martin affirmait qu'elle était amoureuse de lui ? Aislinn Bravo aurait-elle, d'une manière ou d'une autre, réussi à amadouer le vieil homme solitaire et à lui glisser des suggestions à l'oreille ?

Mais quelles suggestions ?

Je suis votre fille et vous avez une dette envers moi. Donnez-moi Jaxon.

Non. Impossible. Elle avait été trop secouée d'apprendre que Martin était son père, et elle ne jouait pas la comédie, il en était certain.

Apparemment, c'était du Martin tout craché. Le drame, la folie et l'apothéose. Martin obligeant son fils adoptif et sa fille secrète à vivre comme mari et femme pendant trois mois. Martin, offrant à sa fille secrète son fils adoptif pour se faire pardonner son geste horrible.

Complètement fou !

Malgré tout, il devait se montrer vigilant. Qu'Aislinn Bravo puisse être une intrigante paraissait impossible. Pourtant, il ne pouvait pas non plus être sûr à cent pourcent de son innocence. Il se rappelait à peine d'elle, l'été où elle avait travaillé au ranch quelques années plus tôt. Comment bien la connaître, dans ces conditions ?

De plus, quelle que soit son éventuelle participation à cette folie, désormais, il était impératif qu'ils tombent d'accord. À moins que Kip Anders trouve un moyen de casser le testament de Martin, il fallait qu'il persuade Aislinn de l'épouser s'il ne voulait pas perdre le Wild River.

Et cette dernière éventualité était inimaginable. Le ranch appartenait à sa famille depuis des générations. Il représentait tout à ses yeux, son présent, son avenir et son passé. L'idée de le perdre était inconcevable.

Il traversa le hall, poussa les doubles portes et se retrouva sur Exchange Street. Il regarda à gauche puis à droite sans apercevoir Aislinn.

Et puis il la vit de l'autre côté de la rue, blottie dans le renfoncement de la porte d'un l'immeuble. Recroquevillée sur elle-même, elle semblait étudier ses pieds avec une attention toute particulière.

Il attendit le passage d'un camion de livraison pour traverser la rue en courant. Parvenu sur le trottoir d'en face, il ralentit afin de ne pas l'effaroucher.

Elle avait dû le sentir arriver car elle releva la tête et le regarda. Il s'arrêta à environ un mètre d'elle, assez près pour parler et pas trop pour ne pas empiéter sur son espace vital.

— Que voulez-vous ? demanda-t-elle, ses immenses yeux noirs exprimant chagrin et désarroi.

Si elle joue la comédie, pensa-t-il, *elle devrait crever l'écran, tout comme Madison Delaney.*

— Revenez avec moi écouter la suite, répondit-il.

Elle frissonna.

— Seigneur ! Parce que ce n'est pas fini ?

— Juste des détails. Vous devez les écouter. Nous le devons tous les deux.

Elle secoua la tête.

— Non, je n'en ai pas besoin, murmura-t-elle. De toute façon, je ne le supporterai pas.

Une jeune femme approchait. Installé dans une poussette, son petit garçon au visage constellé de taches de rousseur lui adressa un signe de la main en passant près de lui.

Il se rapprocha d'Aislinn pour leur laisser la place.

— Vous n'êtes pas obligée de prendre une décision aujourd'hui.

Elle ferma les yeux et écarta ses cheveux de son front.

— Il ne s'agit pas de cela, Jaxon. Je n'en suis pas capable, tout simplement.

— Capable de quoi ?

— De retourner là-bas et d'écouter un mot de plus de cette histoire sordide. Je veux dire, est-ce que tout cela est vraiment arrivé ? Je ne suis pas moi, et ce vieux fou de Martin Durand est mon père ?

— Je vous comprends.

Il avança d'un pas sans qu'elle bouge.

— C'est une histoire de dingues, ajouta-t-il.

Elle l'épingla d'un regard furieux.

— Je le hais ! Et vous devez le haïr aussi à présent, non ?

Impossible pour lui de mentir sur ce point.

— Non. Je l'aimais. Il me manque.

— Vous l'aimez encore ? Après ce que vous venez d'entendre ?

— Eh bien, il n'a jamais prétendu être quelqu'un de facile à aimer. Mais il faisait de chaque jour une aventure et, à sa façon, il a toujours été bon pour moi.

— Oh ! Je vous en prie. J'ai vu ce qu'il en était, l'été où j'ai travaillé pour vous. Il vous laissait faire tout le travail pendant qu'il se tournait les pouces, assis sous le porche dans son vieux peignoir de bain.

— J'aime travailler. Et Martin a travaillé dur aussi quand j'étais petit.

Tout en parlant, il l'observait attentivement. Il lui semblait que sa voix l'apaisait. À ce stade, il aurait fait n'importe quoi pour la dissuader de s'enfuir.

— Quand j'étais enfant, reprit-il, nous travaillions ensemble, Martin et moi. Il m'a appris tout ce que je devais savoir sur l'élevage des chevaux et la conduite d'un ranch. Puis il m'a poussé à faire des études alors que je n'en avais pas très envie. Il disait que je devais sortir du ranch et me frotter au monde extérieur, que je devais être certain que Wild River était un vrai choix, pas dû seulement au fait que c'était la seule vie que je connaissais. Il avait également raison au sujet de Judy, mon ex-femme.

Elle ouvrit de grands yeux.

— En quoi avait-il raison ?

— Martin disait que Judy ne serait jamais heureuse au ranch, même si elle affirmait qu'elle aimerait cette vie. Or Judy ne l'aimait pas et elle ne cessait de me harceler pour que je déménage avec elle à Bay Area où vivait sa famille. Finalement, elle a demandé le divorce et elle est partie vivre à San Francisco.

Diable ! Il livrait là beaucoup d'informations personnelles. Il ignorait pourquoi il avait amené la conversation sur Judy et s'était confié sur des sujets aussi intimes. Chercher à ramener Aislinn à de meilleurs sentiments était une chose, mais il devait cesser cet étalage.

Toujours recroquevillée dans le coin de la porte, Aislinn le regardait. Maintenant qu'il l'observait de plus près, il voyait Martin en elle, dans la forme des lèvres douces et pleines, dans l'élégance de la ligne du nez.

Il tendit la main vers elle.

— Retournons là-bas, voulez-vous ?

Elle regarda sa main tendue, parut réfléchir, mais ne la prit pas.

— Désolée, dit-elle tandis qu'il laissait retomber sa main. Je ne peux pas retourner là-bas. Je n'en supporterai pas davantage…

Oh si, il le faudrait. C'était pour lui une nécessité vitale. Peu à peu, une sourde irritation s'empara de lui, qu'il jugula, bien sûr. Il ne devait surtout pas brusquer la jeune femme.

— Vous savez, Aislinn, vous n'êtes pas obligée de prendre une décision tout de suite, répéta-t-il.

— Je vous mets dans une sale posture, et je le comprends. Vous feriez n'importe quoi, y compris épouser une inconnue pour garder le ranch que vous aimez.

Elle avait compris les enjeux, c'était toujours ça.

— Écoutez, c'est l'affaire de trois mois, dit-il. Vous ne vivez pas très loin, je crois ?

— À Valentine Bay.

— Autrement dit, à une demi-heure du ranch. Réfléchissez. Nous nous marions. Vous habitez le ranch qui n'est pas très éloigné de votre travail. Trois mois, c'est vite passé, et votre compte en banque grossit de cinquante mille dollars.

Elle parut sur le point d'éclater en sanglots.

— C'est trop…, murmura-t-elle. Je vous l'ai dit, je ne peux pas…

— Un instant. Vous avez raison, ne décidez rien tout de suite. Retournons là-bas, c'est tout ce que je vous demande.

— Il y a quelque chose que vous devez savoir, dit-elle brusquement.

— Je vous écoute.

— Quoi qu'ait pensé ce vieux fou, je ne suis pas amoureuse de vous.

— Je comprends et je vous crois. Vous n'êtes pas amoureuse de moi et vous ne l'avez jamais été.

Elle se rembrunit, comme si elle tournait ses paroles dans sa tête afin de peser leur sincérité. Finalement, elle hocha la tête.

— Très bien. Je suis heureuse que nous ayons du moins éclairci ce point.

Elle tritura nerveusement la bretelle de son sac puis se figea.

— J'ai juste un peu de mal à m'adapter à la situation, vous comprenez ? reprit-elle. Je veux dire, si le contenu de cette lettre dit vrai, je ne suis pas une Bravo. Mes sœurs et mes frères sont des étrangers, et je dois vous avouer que je ne sais même pas qui je suis. Et puis, une célèbre actrice vivant en Californie ignore qu'elle appartient à une famille de gens extraordinaires. C'est impossible. Ça ne peut pas être vrai.

— C'est beaucoup pour vous.

— Vous n'arrêtez pas de le répéter.

— Parce que c'est vrai. Parfois dans la vie, il faut se contenter de l'étape suivante. Laquelle, dans le cas présent, est de retourner au cabinet et d'écouter ce que Kip Anders a encore à nous dire.

Elle mâchonna sa lèvre inférieure sans le quitter des yeux. Puis le miracle se produisit.

— Très bien, dit-elle en hochant la tête. Mais, comme je serai probablement en retard à mon travail, je dois téléphoner d'abord.

— Je vous en prie.

Quand elle sortit son portable, il se détourna et alla l'attendre un peu plus loin. Une minute ou deux plus tard, elle le rejoignait.

— Allons-y.

Aislinn suivit Jaxon sans un mot, se demandant si elle avait eu raison d'accepter de retourner à la lecture du testament. Arrivé devant l'immeuble du cabinet d'avocats, Jaxon lui maintint la porte ouverte. À contrecœur, elle pénétra dans le hall. La réceptionniste lui adressa un sourire un peu trop éclatant quand elle passa devant son bureau. Dans la salle de conférences, Burt lui lança un regard furieux.

— C'est très courageux, Aislinn, lui dit Kip Anders comme si elle avait accompli un acte de bravoure. Est-ce que quelqu'un désire reprendre du café ou une viennoiserie ?

Comme personne ne bougeait, il tapota sa pile de documents.

— Très bien. Poursuivons.

Aislinn se rassit, essayant d'ignorer les battements précipités de son cœur et serra ses mains sur ses genoux pour les empêcher de trembler.

— Quelques points importants d'abord, annonça Anders. Comme vous le verrez en lisant votre copie du testament, Martin demande que le mariage ait lieu dans une semaine à partir d'aujourd'hui et il précise aussi qu'il doit être « davantage que de pure forme ».

— Ce qui signifie ? demanda Aislinn d'un ton peu amène.

— Et comment comptait-il s'y prendre pour l'imposer ? renchérit Jaxon.

— C'est une zone floue, avoua Anders. En Oregon, la consommation du mariage n'est pas exigée. Autrement dit, vous serez officiellement unis quand vous aurez obtenu la licence de mariage et prononcé vos vœux devant une personne assermentée, soit membre d'une congrégation religieuse, soit représentant de la loi. Pour être mariés « davantage que de pure forme » dans votre cas, il vous faudra après la cérémonie vivre ensemble pendant les trois mois à Wild River durant lesquels vous devrez rester fidèle à vos engagements.

Je n'épouserai personne ! eut envie de hurler Aislinn.

Cependant, elle pinça les lèvres et, pour une fois, se tut.

Son embarrassante passion d'autrefois pour Jaxon mise à part, elle le considérait comme un homme bon. Elle l'aimait bien et ne voulait pas lui gâcher la vie. Le ranch était tout pour lui. Elle ne pouvait pas refuser ouvertement de l'aider à garder ce à quoi il tenait le plus au monde. En tout cas, pas immédiatement.

Il fallait réfléchir à la question.

Et elle le ferait. Plus tard. Quand elle aurait vu ses frères et qu'ils lui auraient confirmé que cette histoire de paternité de Martin Durand n'était que pure invention et qu'elle était bien née à la Villa Della Torre, en Europe, et non dans un ranch de l'Oregon.

— En résumé, dit l'avocat, après la cérémonie de mariage, vous ne devrez pas entretenir de relations extraconjugales pendant trois mois. Vous habiterez dans la maison du ranch de Wild River. Martin a chargé un employé de notre cabinet d'y passer de temps en temps à l'improviste afin de vérifier que vous vivez bien ensemble durant les trois mois exigés.

— Je déteste mal parler des morts, marmonna Aislinn, mais ce vieil homme est un horrible personnage et j'espère sincèrement qu'il brûle en enfer.

Burt grommela quelque chose entre ses dents. Erma regarda droit devant elle. Jaxon, lui, se contenta de lui lancer un regard de sympathie accompagné d'un haussement d'épaules qui semblait dire : « Je l'aimais, mais je comprends votre point de vue. »

Anders continua d'expliquer qu'il aurait besoin d'une copie de la licence pour prouver qu'ils s'étaient bien mariés dans la semaine et commencer le compte à rebours de la période de trois mois.

À 11 h 40, il remit à chacun un dossier bleu contenant une copie de la lettre de Martin Durand et de son testament. Dans une pochette, il y avait une feuille de contacts comprenant une adresse on line sécurisée qui permettait d'accéder à une copie numérique de tous les documents inclus dans le dossier.

Sur la feuille de contacts était inscrit le numéro de téléphone et l'adresse du détective privé de Seattle engagé par Martin pour retrouver Madison et Paula Delaney.

À la vue du nom du détective, Aislinn eut un mouvement de recul. Que Martin l'ait engagé semblait prouver la véracité de son histoire…

D'accord, Paula et Lloyd Delaney avaient autrefois travaillé au Wild River et ils avaient eu une fille prénommée Madison qui était devenue star de cinéma. Mais qu'est-ce que cela prouvait ?

Elle prit congé de l'avocat et quitta les bureaux de Kircher and Anders une seconde fois, un peu plus calmement peut-être, mais pas plus sereine pour autant. Jaxon et ses deux employés la suivaient de près.

Dehors, Burt et Erma regagnèrent leur véhicule aussitôt.

Jaxon se tourna vers elle.

— Je suis vraiment désolé de vous presser, mais nous n'avons pas beaucoup de temps pour régler cette affaire.

Pourriez-vous me retrouver au bureau des licences de mariage demain ? Dites-moi simplement une heure qui vous convient, et j'y serai.

Malgré la panique qui l'envahissait, elle sourit.

— Bien essayé.

— Aislinn…

— Non, s'il vous plaît. Je ne peux pas prendre de décision à la minute. C'est bien ce que vous m'avez conseillé, d'ailleurs, non ?

— Quand alors ?

— Il me faut quelques jours.

— Nous n'avons pas quelques jours devant nous.

— Je suis navrée, Jaxon. Je sais que ce n'est pas votre faute, mais ce n'est pas la mienne non plus. Et j'ai besoin de régler certaines choses avant. Je vous rappelle un peu plus tard.

— Aislinn… Attendez, dit-il, refermant ses longs doigts sur son bras.

Le contact de sa main sur sa peau fit battre son cœur plus vite.

Elle s'immobilisa, les yeux sur sa main, puis elle le regarda.

— Lâchez-moi, Jaxon.

Il obtempéra aussitôt.

— Désolé.

— Je vous rappelle, promit-elle, ne sachant que dire d'autre.

Tournant les talons, elle se dirigea à grands pas vers sa voiture, s'attendant à ce que Jaxon cherche une fois encore à la retenir.

Mais il la laissa aller. Elle regarda droit devant elle sans se retourner. Elle savait que si elle jetait un coup d'œil par-dessus son épaule et le voyait immobile, si grand, si fort, si beau dans son jean noir, ses chaussures de ville et sa chemise blanche, elle craquerait et accepterait de faire tout ce qu'il voudrait.

*
* *

Sand & Sea, la Galerie Keely Ostergard Bravo située à deux pâtés de maisons de la plage de l'Avenue Manzanita dans le quartier historique de Valentine Bay, connaissait une grande effervescence ce jour-là.

On était au mois d'août et, la brume matinale s'étant dissipée, on découvrait un ciel pur et infini. Un temps parfait pour les touristes séjournant sur la côte de l'Oregon.

Aislinn avait pris le relais d'Amanda Cruz, la directrice, partie faire des courses, et elle s'occupa d'un flot ininterrompu de clients. Ce qui lui convenait parfaitement. Rester occupée l'empêchait de penser à l'horreur de ce qu'elle venait d'apprendre.

Quand Amanda revint à 16 heures pour fermer la galerie, Aislinn regagna le cottage qu'elle partageait avec ses sœurs, Hailey et Harper, toutes deux récemment diplômées de l'université d'Eugene.

Collection hétéroclite de pièces sur un niveau, le cottage, une propriété familiale construite dans les années 1940, comprenait quatre chambres et deux salles de bains. Son grand-oncle Percy Valentine le lui avait offert pour son vingt-cinquième anniversaire, sous réserve qu'elle accueille ceux de ses frères et sœurs qui auraient besoin d'un endroit où loger, condition qui lui convenait parfaitement.

Les voitures de ses sœurs ne se trouvaient pas devant la maison quand elle arriva, ce qu'elle préférait. En voyant son visage, elles auraient tout de suite compris que quelque chose n'allait pas et auraient voulu tout savoir. Or, elle n'était pas prête à parler de… de tout ça. Elle voulait d'abord s'entretenir avec ses frères.

Avant de rentrer, elle alla rendre visite à Luna et Bunbun, ses lapins angoras. Tous deux avaient à disposition la moitié du porche de devant qu'elle avait clôturé avec du matériel à l'épreuve des dents de rongeurs et équipé d'une cage confortable où ils pouvaient entrer et sortir à volonté.

Ayant besoin de réconfort, elle s'assit sur le sol de l'enclos, enfouit son visage dans leur épaisse fourrure et les caressa tout en leur murmurant de stupides mots tendres.

Quand son besoin d'affection fut apaisé, elle remplit leur râtelier de foin, remit des granulés et de l'eau fraîche et nettoya leur litière. Puis, quelque peu rassérénée, elle entra dans la maison.

C'était un peu trop calme, à l'intérieur. Sa colère et sa détresse devant ce qui venait de se produire à Astoria ce matin revinrent s'abattre sur elle. Après s'être préparé un sandwich, elle s'assit à la table de la cuisine et donna libre cours à ses larmes.

Elle avait vraiment besoin de parler à Keely. Elles n'avaient pas de secrets l'une pour l'autre et, depuis que sa meilleure amie était devenue sa belle-sœur en épousant Daniel, leurs liens s'étaient encore resserrés.

Si Keely avait été là, elle lui aurait tout raconté.

Mais Keely était en voyages de noces.

Mâchonnant tristement son sandwich, elle envoya un texto groupé à Matthias, Connor et Liam, ses trois autres frères. Tous trois, selon la version qui circulait dans la famille, se trouvaient au Montedoro au moment de sa naissance. Daniel, son frère aîné, y était également. Mais, aujourd'hui, il se trouvait à Bora-Bora avec Keely et elle ne voulait pas l'importuner non plus.

Daniel et Keely avaient dû surmonter tant de difficultés ces derniers mois qu'ils avaient bien mérité leur séjour dans un paradis tropical, juste tous les deux, à des kilomètres des drames familiaux.

J'ai vraiment besoin de vous parler d'un sujet important. Rendez-vous au Beach Street Brews autour de bières. 19 heures tapantes. J'invite.

En réalité, elle préférait un petit bar appelé le Sea Breeze qu'Ingrid Ostergard, la mère de Keely, avait racheté. Ingrid l'avait refait à neuf et rouvert un mois auparavant, à l'occasion de l'Independence Day. Mais la mère de Keely serait présente et probablement aussi Grace, la benjamine de la fratrie Bravo, qui avait commencé à travailler pour Ingrid lors de la phase de rénovation.

Moins de membres de la famille assisteraient à l'entretien qu'elle comptait avoir avec ses frères, mieux ce serait. Elle n'avait pas encore décidé ce qu'elle raconterait exactement de ce qui lui arrivait.

Ses frères lui répondirent immédiatement. Ils seraient tous trois au pub, à l'heure dite.

Leur réaction lui tira de nouvelles larmes. Qui avait de tels frères ? Grands, beaux et capables de tout laisser tomber pour accourir quand elle avait besoin d'eux. Ils étaient les meilleurs. Et l'idée qu'ils ne soient pas réellement ses frères lui fendait le cœur…

Beach Street Brews ressemblait à une grange avec ses planchers de bois composés de larges planches et, le long des murs doublés d'étain, ses rangées de box séparés les uns des autres par de hautes cloisons de bois. L'acoustique y était exécrable. Quand il y avait des concerts le week-end, toute conversation était impossible.

Mais en début de soirée, le mercredi, le calme régnait.

Matthias était arrivé le premier. Ex-militaire, il exerçait à présent le métier de garde-chasse en collaboration avec la police d'État de l'Oregon.

Quand Aislinn se glissa près de lui sur la banquette, il lui versa de la bière d'un pichet qu'il avait commandé.

— Tu vas bien ? s'enquit-il. Tu as une petite mine.

— J'ai connu des jours meilleurs, avoua-t-elle.

Matthias fronça ses sourcils châtain doré, mais l'arrivée de Connor et de Liam l'empêcha de poser des questions. Il leur versa de la bière, et Connor leur raconta ses exploits à Valentine Logging, l'entreprise familiale qu'il dirigeait en l'absence de Daniel.

Aislinn but une gorgée de bière tout en examinant les visages de ses frères, leurs sourcils frôlés d'or et leurs cheveux châtains aux reflets fauves.

George Bravo avait les cheveux bruns et les yeux bleus. Marie avait également les yeux bleus et des cheveux naturellement blonds. Tous les enfants de Marie et de George avaient les yeux bleus et des cheveux dont les plus foncés allaient jusqu'au châtain.

Tous, sauf elle.

Sa mère avait toujours proclamé qu'elle était spéciale, différente. Et son père avait l'habitude de dire qu'elle tenait du côté Bravo de la famille. Il avait eu six frères, et deux d'entre eux avaient les yeux noirs et les cheveux bruns très foncés. Sa mère disait que sa petite princesse, née dans une principauté de la Côte d'Azur, avait le type méditerranéen.

Aislinn aimait être différente des autres.

Jusqu'à aujourd'hui.

— Alors, qu'est-ce qui t'arrive, Aislinn ? s'enquit Matthias.

— Tout va bien ? renchérit Liam, sourcils froncés.

Chez elle, elle avait longuement réfléchi à la question de savoir si elle devait tout leur raconter pour conclure que mieux valait être complètement honnête. Mais, à présent qu'elle était installée dans ce box, son regard allant d'un visage à l'autre de ses frères bien-aimés, les mots restaient coincés dans sa gorge. Elle n'arrivait pas à leur dire en face qu'elle n'était peut-être pas leur sœur, qu'elle avait peut-être pris la place de leur vraie sœur partie pour la Californie à la conquête de Hollywood.

Plus tard.

— Je pensais à maman, commença-t-elle. Et à cette histoire de naissance au Montedoro dont elle a bercé mon enfance.

— Ah. Le légendaire séjour au Montedoro ! s'exclama Connor, levant dans un salut moqueur son verre de bière.

Il fallait que maman s'y rende bien qu'elle soit enceinte de toi de presque huit mois.

— Et, bien sûr, ajouta Liam, papa et maman nous ont emmenés. Encore que je ne me rappelle pas grand-chose de ce voyage. J'avais quoi ? Trois ans ?

Et Matthias, cinq. Connor, quatre. Daniel ayant sept ans à l'époque serait probablement celui qui aurait le plus de souvenirs de cet épisode. Dommage qu'il soit quelque part au paradis avec Keely.

— Je crois me rappeler le palais du prince, dit Matthias. Immense, tout blanc, juché au sommet d'une colline surplombant la baie. Et je me souviens avoir rencontré oncle Evan et sa femme, la princesse.

Le frère de leur père, qui avait été acteur, avait épousé la princesse régnante du Montedoro.

— Mais pour ce qui est de la villa où nous avons vécu et où tu es née, poursuivit Matthias, c'est le noir complet. N'es-tu pas allée sur place à la fin de tes études ?

Elle essuya la moustache d'écume laissée sur ses lèvres par la bière avant de répondre :

— Si, l'été suivant l'obtention de mon diplôme. Le comte et la comtesse étaient décédés. Les propriétaires de la villa Della Torre m'ont invitée à boire un café et écoutée poliment quand je leur ai raconté que j'étais née chez eux. Mais ils n'avaient rien à m'apprendre ; ils n'avaient pas connu le comte et la comtesse. J'ai habité au palais durant mon séjour. Oncle Evan et Son Altesse Sérénissime étaient si gentils avec moi. Ils se rappelaient votre visite, des années plus tôt, se rappelaient que maman était enceinte, mais ils ont dit qu'ils n'avaient pas le souvenir qu'elle ait accouché à la principauté.

En apprenant cela, elle avait été un peu déçue que sa naissance soit passée inaperçue, mais pas le moins du monde inquiète.

Aujourd'hui, ce détail était crucial pour elle.

Elle regarda Connor.

— Tu es sûr de ne te souvenir de rien ?

— Maman et papa nous traînaient avec eux aux quatre coins du monde. Ces voyages flottent dans une sorte de brouillard pour moi. Désolé, je n'ai rien à t'apprendre.

— Quelque chose te travaille, fit remarquer Liam.

— C'est vrai, dit Connor. Qu'est-ce qui se passe ?

Elle se sentit coupable de les laisser dans l'ignorance, mais incapable de les éclairer.

— Je voudrais juste avoir des précisions sur le jour de ma naissance.

Matthias l'étudia avec attention.

— Tu as un problème, n'est-ce pas, Aislinn ? Et tu ne veux pas nous en parler.

Leur mentir l'attristait, mais elle n'était pas prête à leur dévoiler ce qu'elle avait appris. Elle ne pouvait toutefois pas les laisser s'inquiéter.

— C'est compliqué, murmura-t-elle. Je n'ai pas envie d'entrer dans les détails maintenant.

— Y a-t-il quelque chose que nous puissions faire ? s'enquit Liam.

Elle secoua la tête. Matthias passa un bras autour de ses épaules.

— Appelle-nous si tu en ressens le besoin. Nous sommes là.

Elle s'abandonna à l'étreinte affectueuse de son frère, comme si elle pouvait la rattacher à quelque chose de stable, l'ancrer à la terre ferme et l'empêcher de flotter à la dérive sur une mer houleuse.

Après cette désastreuse visite au cabinet Kircher and Anders, Jaxon était rentré directement au ranch et avait passé quelques heures dans son bureau à réfléchir à ce qu'il allait faire à propos d'Aislinn Bravo. Comme elle avait une visibilité publique et fréquentait les réseaux sociaux, il avait appris pas mal de choses sur elle. Il avait aussi téléphoné à quelques personnes de sa connaissance à Valentine Bay et s'était renseigné auprès d'elles au sujet d'Aislinn et de sa famille.

Le lendemain, il retourna chez Kircher and Anders. Kip le conduisit dans son bureau dont il ferma la porte.

— J'ai des questions, dit Jaxon tout en s'installant dans le fauteuil de cuir destiné aux clients. À commencer par celle-ci : est-il possible de casser le testament ?

— Désolé, c'est non. Martin Durand avait tout à fait le droit de distribuer ses biens comme il l'entendait, et son testament est légalement inattaquable.

— Wild River appartenait à ma tante. Elle l'a laissé à Martin, mais il a toujours été dit qu'il me reviendrait à sa mort.

Anders ajusta ses lunettes. Puis, posant ses coudes sur les bras de son fauteuil, joignit ses doigts d'un air solennel.

— Chercher des failles à cette affaire n'aboutira à rien, Jaxon.

— Pourtant, dans sa dernière lettre, Martin reconnaissait que ma tante et lui étaient d'accord pour que le ranch me revienne.

— Certes, vous pouvez argumenter sur ce point. Et on vous renverra que Martin vous lègue le Wild River, simplement sous certaines conditions.

— Et au sujet d'Aislinn Bravo. Est-elle réellement sa fille ?

— Je n'en ai aucune idée. Pour obtenir une réponse définitive à cette question, il faut que vous réclamiez un test de paternité. Mais que le résultat soit positif ou négatif, cela ne changera probablement rien à la légalité du testament.

Anders lui laisserait-il entrevoir un angle d'attaque ?

— Probablement ?

— Si vous prouvez qu'elle n'est pas sa fille, alors vous pouvez utiliser sa dernière lettre comme preuve qu'il l'incluait dans son testament croyant qu'elle était sa fille biologique. C'est un peu tordu, mais vous pourriez contester le testament en argumentant que Martin ne lui aurait rien laissé sachant que ce n'était pas sa fille.

— C'est un peu léger.

— Exactement. Et votre action en justice n'aboutirait pas. Pire, le temps que vous obteniez les prélèvements d'ADN, non seulement d'Aislinn Bravo mais aussi de Martin, et que vous produisiez le résultat en cour, Wild River serait déjà vendu.

— Vous êtes mon avocat désormais, lui fit remarquer Jaxon, se renfonçant dans son fauteuil.

Anders le gratifia d'un sourire.

— Et je serai heureux de vous aider de toutes les façons possibles.

— Auriez-vous des suggestions à me faire pour me sortir de ce pétrin ?

— En tant qu'avocat, je vous conseille d'épouser Aislinn Bravo et de rester marié avec elle les trois prochains mois.

— Je n'ai pas besoin d'avocat pour le comprendre. Et malgré les dires de Martin, affirmant qu'elle était autrefois amoureuse de moi, on ne peut pas dire qu'elle saute de joie à l'idée de m'épouser.

— Désolé, Jaxon. Sa vie vient d'être bouleversée. Laissez-lui un peu de temps.

— Du temps ? Il nous reste six jours pour nous marier ! Six jours.

— Présentez-lui les choses de cette façon : si elle n'est pas convaincue par son cœur, faites miroiter l'usage qu'elle pourrait faire de l'argent. Peu de gens refuseraient l'occasion de recevoir cinquante mille dollars.

Peu après midi, à Sand & Sea, Aislinn vendait une sculpture en céramique à un fidèle client, quand son portable posé près d'elle sur le comptoir vibra. Elle vit que c'était un appel de Jaxon, dont elle avait enregistré le numéro pour être prête à l'appeler quand elle s'en sentirait le courage.

— Répondez, dit le client. Je ne suis pas pressé.

Elle non plus n'était pas pressée de parler à Jaxon ! Elle ne se sentait pas encore la force de lui parler.

— Je rappellerai plus tard, dit-elle avec un grand sourire.

Il n'y eut pas de plus tard, pas ce jour-là, en tout cas. C'était grossier de sa part de ne pas répondre, de ne même pas écouter son message, et elle en était contrite. Mais elle était tout bonnement incapable de parler avec Jaxon de ce mariage bidon orchestré par un vieux fou qui avait trompé sa femme. Sans compter qu'elle n'avait toujours pas accepté l'idée d'être la fille du vieux fou en question… Elle avait encore besoin de précisions.

Quand elle quitta la galerie à 16 heures, elle téléphona à Valentine House où vivaient son grand-oncle Percy et sa grand-tante Daffy. Percy et Daffy, les derniers des Valentine, étaient frère et sœur. Ils ne s'étaient jamais mariés et avaient toujours vécu dans la maison de leur enfance.

Quand oncle Percy répondit à son appel, elle lui demanda si elle pouvait passer les voir.

— Apporte une pizza, répondit-il. Avec la totale. Et des anchois à part.

Une demi-heure plus tard, une pizza extra-large abondamment garnie dans son carton, des anchois dans un récipient à part, elle grimpait les marches ébréchées menant à la demeure de six cent cinquante mètres carrés qui s'élevait à la lisière de Valentine City Park.

Construite par le capitaine Aeschylus Valentine en 1922, elle s'enorgueillissait de finitions extérieures en bois sculpté, d'un excès de moulures ouvragées et de mètres de balcon soulignés de dentelle de pierre. Certes, un coup de peinture n'aurait pas été superflu et certains ornements auraient nécessité des réparations, mais c'était tout de même une superbe demeure ancienne, et sa vue lui arrachait toujours des sourires.

Daffy et Percy l'accueillirent à la porte.

— Je suis si heureuse de te voir, ma chérie ! s'exclama tante Daffy.

Sa grand-tante effleura sa joue de ses lèvres minces et sèches, et Aislinn reçut une bouffée de la familière odeur vanille-bois de santal de son parfum Arpège.

— Tu nous sauves la vie avec cette pizza. C'est le jour de congé de Letha.

Letha March, leur femme de ménage et cuisinière.

— Laisse-moi te débarrasser, ajouta Daffy en lui prenant le carton des mains.

Tous trois allèrent s'installer au salon où, sur un fond rouge, le tapis présentait un motif à donner le vertige de lis blancs étroitement entrelacés. Quand Aislinn était petite, elle s'amusait à essayer de compter le nombre exact de fleurs.

Ils mangèrent leur pizza dans des assiettes en carton posées sur leurs genoux, serviette en papier à la main. Percy parla des recherches qui se poursuivaient pour retrouver Finn, l'enfant perdu dans un désert glacé de l'autre côté de la Terre.

Percy était persuadé qu'un jour Finn finirait par revenir à la maison.

— Nous n'avons jamais abandonné les recherches, déclara-t-il tel un Winston Churchill moderne.

Puis il lui adressa son plus adorable sourire et demanda :

— Mais comment vas-tu, toi, ma chérie ?

Tante Daffy, mince et droite malgré ses quatre-vingts ans passés, sa chevelure d'argent encadrant en douces vagues son étroit visage ridé, renchérit :

— Oui. Dis-nous tout.

Aislinn se rendit compte à cet instant qu'elle avait très envie de se confier à quelqu'un. Non. Qu'elle en avait besoin. Quoi qu'il en soit, elle se sentait prête à raconter toute l'histoire sans en omettre un seul détail.

Toutefois, elle devait s'assurer de la discrétion de son oncle et sa tante.

— Il faut que ça reste entre nous jusqu'à ce que je sache ce que je vais décider et me sente capable de tout raconter aux membres de la famille.

— Tu peux compter sur notre discrétion, assura Daffy, échangeant un hochement de tête avec son frère.

Ensuite, tout fut simple. Elle leur raconta l'été passé à Wild River Ranch, sa passion pour Jaxon, Martin Durand, la lettre qu'il avait laissée derrière lui, affirmant être son père, l'échange des bébés le jour de sa naissance, les termes de son testament, enfin, tout ce qu'elle avait eu l'intention de garder pour elle jusqu'à ce qu'elle puisse se confier à Keely. Mais elle avait besoin de réponses immédiates.

— Vas-tu épouser cet homme ? demanda Daffy quand elle eut terminé

— Je n'en sais rien.

— Est-ce un homme bien ?

— Oui, j'en suis persuadée.

— Tu as toujours des sentiments pour lui ?

— Tante Daffy, il y a des années de ça.

Daffy posa sur elle un regard scrutateur.

— Je crois que tu l'apprécies toujours.

— Je l'aime bien, c'est vrai. Et, que je décide ou non de me marier avec lui la semaine prochaine, je vous demande de ne parler à personne de ce que je viens de vous confier.

— Nous te donnons notre parole, dit solennellement Percy.

— Tu peux compter sur nous, renchérit Daffy.

— Merci. Et maintenant venons-en à la raison de ma visite. Je voulais vous demander si vous vous souvenez que maman racontait que j'étais née au Montedoro ?

Daffy agita la main.

— Ah ! Notre Marie. Toujours si drôle, si pleine de fantaisie !

— Mais est-ce vrai ? Suis-je bien née à la villa Della Torre ?

Le frère et la sœur secouèrent la tête à l'unisson.

— Ta mère adorait cette histoire, répondit Daffy. Je crois même qu'elle avait fini par s'en convaincre.

Aislinn sentit le sol s'ouvrir sous ses pieds.

— Dites-moi la vérité, murmura-t-elle. Je dois savoir.

Daffy lui tapota l'épaule dans un geste qui se voulait réconfortant.

— Tu étais sa première fille, sa petite princesse. Et, bien sûr, il fallait que tu sois née dans un palais dominant la Méditerranée.

— Autrement dit, elle a tout inventé ?

Son cœur n'était plus qu'un morceau de plomb dans sa poitrine.

— Eh bien, ce n'était pas seulement que Marie te considérait comme sa petite princesse, tu adorais tout ce qui touchait à la royauté. Tu dois te souvenir de ta phase princesse ?

— Bien sûr.

Elle avait eu trois robes de princesse. Une rose, une bleue et une jaune, chacune avec une traîne. Sa mère lui avait aménagé une chambre avec des étoiles qui scintillaient au plafond, un lit en forme de trône. Elle possédait quatre tiares, plus éblouissantes les unes que les autres. Et également une baguette magique, parce que, à cinq ans, il n'existe pas de limite précise entre les princesses et les fées.

— Tout comme ta mère, tu adorais l'histoire de ta naissance au Montedoro, lui rappela Daffy. Et cela semblait sans conséquences de vous laisser rêver, toutes les deux. Et puis, les années ont passé. Nous avons perdu Finn et tes parents, et l'histoire a perduré. Tu la mentionnais de temps à autre, mais jusqu'à présent sans demander directement si elle était vraie.

Ce qui l'amena à la question cruciale.

— Dans ce cas, où suis-je née ?

Oncle Percy se leva. Comme il s'approchait d'elle, elle se leva à son tour. Il prit sa main dans la sienne, toute ridée. Ses yeux au bleu pâli par l'âge soutenaient son regard.

— Je crains que ce M. Durand n'ait raison, ma chérie. Sur ce point du moins.

— Oh non…, murmura-t-elle dans un souffle.

Percy hocha lentement la tête.

— Tu es née au Wild River Ranch durant une terrible tempête qui a provoqué des crues soudaines et jeté à terre les lignes électriques de tout l'État.

- 3 -

Avant de quitter Valentine House, Aislinn accepta que son grand-oncle prenne contact avec le détective privé qui avait retrouvé Madison et Paula Delaney. Percy demanderait une copie du rapport d'enquête et poserait des questions sur l'affaire.

Son grand-oncle, qui adorait jouer les détectives, promit de ne pas entrer en contact avec Madison Delaney avant le retour de Bora-Bora de Daniel et Keely et la réunion de famille qui serait alors organisée pour annoncer à ses frères et sœurs qu'il existait une forte possibilité qu'ils aient une inconnue pour sœur.

Ensuite, elle se rendit à la demeure familiale des Bravo, où vivaient Daniel et Keely. Elle croyait Daffy et Percy quand ils affirmaient qu'en réalité elle était née au Wild River Ranch, mais il lui était venu à l'esprit qu'elle pouvait facilement se procurer une preuve supplémentaire.

Gretchen Snow, la tante de Keely et la mère de Lillie, la première femme de Daniel, aujourd'hui décédée, vint lui ouvrir la porte. Gretchen, une femme ronde, au tempérament enjoué, s'occupait de Frannie et Jake, les jumeaux de Daniel, en son absence. Après l'avoir chaleureusement accueillie, Gretchen la laissa dans le bureau.

Daniel possédait une armoire de classement à douze tiroirs qui avait appartenu à George Bravo. Dans un dossier à son nom, Aislinn trouva son carnet de vaccination, l'original de sa carte de Sécurité sociale, et quelques bulletins scolaires du collège et du lycée. Et puis son acte de naissance qui indiquait qu'elle était née… à Astoria, en Oregon.

Wild River était rattaché à Astoria.

C'était assez pour la convaincre d'une chose : l'histoire de sa naissance au Montedoro n'était qu'un joli conte de fées imaginé par sa mère, ou du moins par celle qu'elle avait toujours cru être sa mère.

Comme elle quittait la maison de son frère, le moral en berne, elle reçut un appel de Jaxon qu'elle ignora de nouveau.

Elle rentra chez elle, s'occupa de ses lapins et grignota n'importe quoi, histoire de dire qu'elle mangeait quelque chose. Puis elle se rendit dans l'abri de jardin qu'elle avait aménagé en atelier.

C'était là qu'elle fabriquait les bijoux vendus ensuite en ligne sur son site et à la galerie de Keely. Elle se promettait régulièrement d'accorder plus de temps à son art, mais était sans arrêt distraite par les divers petits travaux auxquels elle se livrait pour assurer sa subsistance. Comme elle allait d'un emploi à l'autre, naturellement, sa passion pour la création de bijoux passait la plupart du temps après les heures de travail alimentaire.

Ce soir, pourtant, elle ressentait le besoin de se perdre dans la création artistique. Et ses contrariétés s'évanouirent dès qu'elle entreprit de dessiner une série de colliers lasso en matériaux contrastés de différentes longueurs destinés à être portés ensemble. Ses sœurs rentrèrent pendant qu'elle travaillait. Elle entendit leurs voitures arriver l'une après l'autre.

Un peu après minuit, elle regagna la maison. À part la lumière du porche qui trouait la brume nocturne, elle était plongée dans l'obscurité. Elle passa encore un peu de temps avec Bunbun et Luna. Tous deux auraient bientôt besoin d'une bonne coupe. Puis elle regagna la cuisine où elle se prépara une infusion apaisante de valériane. Elle la buvait dans la pénombre quand son téléphone sonna.

Jaxon.

— Très bien, murmura-t-elle.

Et elle prit l'appel.

— Bonsoir Jaxon.

— Aislinn… Il faut que nous parlions, dit-il d'une voix fatiguée.

Il n'avait probablement pas bien dormi avec l'éventualité de la perte du ranch suspendue telle une épée de Damoclès au-dessus de sa tête et l'entêtement de la femme qu'il devait épouser à ne pas répondre à ses appels.

— Je sais.

— Rencontrons-nous. Dites-moi juste l'heure et l'endroit.

La lassitude de sa voix la toucha. Et elle se rendit compte qu'elle allait en passer par les exigences du vieux fou et épouser un quasi-inconnu dans le but que ce quasi-inconnu ne perde pas ce qu'il aimait.

— Vous connaissez Fisherman's Korner, à Valentine Bay ? demanda-t-elle. J'y serai demain à midi.

Elle raccrocha avant qu'il ait donné sa réponse.

Jaxon était assis devant un verre d'eau dans un box aux banquettes de cuir rouge. Dès qu'Aislinn franchit la porte, elle croisa son regard. Il se leva, si sérieux et si beau en chemise bleue à col boutonné et jean délavé.

Elle le rejoignit et prit place sur la banquette en face de lui. Toujours aussi gentleman, il attendit qu'elle soit installée pour se rasseoir. Cette constatation fit naître un sourire sur ses lèvres.

La serveuse vint prendre leur commande. Ils furent rapidement servis en boissons.

Lorsqu'ils se retrouvèrent de nouveau seuls, Jaxon croisa sur la table ses fortes mains rendues rugueuses par le travail. À en juger par ses traits tirés, il n'avait certainement pas mieux dormi qu'elle.

Plongeant son regard dans le sien, elle décida de mettre un terme à sa torture.

— C'est d'accord. Je le ferai.

Miraculeusement, les nuages du regard de Jaxon se volatilisèrent laissant apparaître un ciel d'un bleu pur. Il se redressa, puis se pencha de nouveau vers elle.

— Vous êtes sincère ?

Elle hocha la tête.

— Bien sûr. Il y a cinquante mille dollars à la clé, répondit-elle crânement.

En réalité, l'argent n'entrait pas en ligne de compte, mais plutôt mourir que d'avouer qu'elle ne supportait pas de le voir perdre Wild River. De toute façon, cela ne paraîtrait pas crédible.

— Très bien. Je vais appeler le bureau du greffier du comté, dit-il. Il y a un délai d'attente de trois jours après l'obtention de la licence, mais nous pouvons remplir un formulaire, régler les frais administratifs et être mariés le même jour. Je pensais donc à lundi matin. Nous irons au greffe et prononcerons nos vœux dans la foulée.

— D'accord.

— Il nous faudra deux témoins. Je demanderai à Burt et à Erma. À moins que vous préfériez…

— Burt et Erma me conviennent.

Il sortit de sa poche une feuille de papier qu'il fit glisser vers elle.

— J'ai trouvé en ligne la liste de tout ce dont nous avons besoin pour nous procurer la licence.

Elle lissa la feuille et prit note des informations nécessaires.

Nom et lieu de naissance du père et de la mère du demandeur.

Elle faillit éclater de rire. Parce que, franchement, dans sa situation, comment pourrait-elle être sûre du nom de ses parents et de leur lieu de naissance ?

Jaxon reposa son verre et lui jeta un regard inquiet.

— Aislinn ? Quelque chose vous chiffonne ?

— Rien, je vous assure. J'apporterai les justificatifs nécessaires et remplirai le formulaire.

Si, à ce jour, elle ignorait qui elle était, pour le reste du monde, elle était toujours Aislinn Bravo, et peut-être le resterait-elle à jamais. C'était si perturbant qu'elle refusait d'y songer maintenant.

La serveuse apporta leurs deux plats de *fish and chips* ainsi qu'un présentoir à condiments. Aislinn aspergea son poisson de vinaigre comme elle l'aimait. Elle en prit une bouchée. Le poisson était délicieux, comme toujours. Rien n'avait changé au Fisherman's Korner — elle y venait souvent avec Keely.

Elle seule avait changé… Elle avait l'impression d'être une contrefaçon, une imposture, même si aux yeux de tous elle était la même personne.

Jaxon termina ses deux morceaux de poisson et s'essuya les doigts sur une serviette.

— Je réfléchissais à la façon de gérer la situation, dit-il.

— Quelle situation ?

— Vous et moi. Le mariage.

Son regard gris-bleu si plein d'assurance rencontra le sien. Cet aplomb était une des multiples raisons pour lesquelles, autrefois, elle était tombée amoureuse de lui. Il lui rappelait Daniel, le genre d'homme dont vous savez qu'il agira de façon juste en toutes circonstances et qu'il vous protégera à tout prix. Elle avait aimé sa sérénité. Il donnait le sentiment de pouvoir gérer n'importe quelle situation de crise avec calme et assurance.

— Je crois qu'il vaut mieux ne pas ébruiter le fait que ce mariage est temporaire, ajouta-t-il.

— Vous voudriez faire croire que c'est… pour de bon ?

Elle n'allait quand même pas parler de mariage d'amour.

— Oui. Informer qu'il s'agit d'un arrangement d'affaires en fera un mariage blanc, non ?

— C'est vrai, reconnut-elle.

Elle but une gorgée de thé glacé avant d'ajouter avec une bonne dose d'ironie :

— Et ça, c'est impossible.

À ce moment, elle se souvint que d'autres personnes connaissaient la vérité. Elle avait fait jurer le secret à Daffy et Percy, et ils tiendraient parole. En raison de son métier qui exigeait la confidentialité, Kip Anders ne parlerait pas non plus. Pour ce qui était du contremaître et de la gouvernante du ranch, c'était une autre histoire.

— Et Burt et Erma ? Ils savent exactement ce qu'il en est, expliqua-t-elle devant son froncement de sourcils.

— Ils ne nous trahiront pas.

— Vous en êtes sûr ?

— Oui. Ils aiment Wild River. S'il est vendu, ils perdront leur travail. Mais je leur parlerai.

— Que leur direz-vous ?

— Que vous et moi avons peut-être accepté de nous marier à cause des manipulations de Martin, mais que nous croyons tous deux à l'institution du mariage et que nous avons la ferme intention que le nôtre fonctionne.

Un frisson courut le long de son dos.

— Seigneur ! s'exclama-t-elle. À la façon dont vous prononcez ces paroles, je vous croirais presque !

Il lui adressa un sourire sensuel. Très sensuel…

— J'ai toujours voulu vivre en couple, dit-il. Avoir une partenaire dans la vie, des enfants. J'ai échoué avec Judy, mais qui sait ? Peut-être que, nous, nous réussirons.

Il était sérieux ?

— Là, Jaxon, vous me perturbez vraiment.

— Je veux juste dire que l'on ne peut présager de l'avenir. Pourquoi ne pas approcher de manière positive cette situation qui nous est imposée ?

— Oui, bien sûr. La meilleure façon de convaincre les gens que c'est réel est de faire l'effort d'y croire un minimum.

Il leva son verre.

— À nous !

Pour la première fois depuis les révélations de la lettre de Martin Durand, Aislinn se sentit le cœur plus léger. Si elle devait être mariée à un inconnu jusqu'en novembre, elle aurait pu trouver pire que le rancher athlétique, équilibré et doté d'un grand cœur qui lui faisait face, l'homme dont elle s'était imaginé des années plus tôt être éperdument amoureuse.

Hochant fermement la tête, elle leva à son tour son verre.

— À nous, et aux trois mois de bonheur parfait qui nous attendent !

— Qu'est-ce qui t'arrive ? lui demanda Harper le lendemain matin.

Assise à la table de la cuisine, elle contemplait d'un œil vague la minuscule portion de plage et d'océan visible de sa place.

Elle sortit de sa rêverie pour se concentrer sur sa sœur, assise en face d'elle, et tenta de paraître pleine d'entrain.

— Rien ! Pourquoi cette question ?

Hailey sortit une boîte d'œufs du réfrigérateur. Mince, blonde aux yeux bleus, elle aurait pu passer pour la jumelle de Harper bien que, en réalité, elle fût son aînée de dix mois.

— Ne dis pas « rien » ! lança-t-elle. Quelque chose te tracasse depuis trois ou quatre jours maintenant.

Oui, ses sœurs avaient raison : elle était tracassée. Encore que le terme était un peu faible, à son avis. Elle pensait au lundi suivant, où elle se glisserait subrepticement hors de la maison pour épouser un homme dont ses frères et sœurs n'avaient jamais entendu parler. Seule, Keely était au courant de la passion dévorante qu'elle avait éprouvé pour Jaxon Winter cinq ans auparavant. Et Keely ne reviendrait que dans une semaine. Autrement dit, plusieurs jours après la date limite fixée par l'horrible, cruel et inattendu testament de Martin Durand.

— Ais-linn…, chantonna Harper. Redescends sur terre, Ais-linn…

Impossible d'y couper, se dit-elle. Elle devait leur parler du mariage. Dans ces conditions, autant se jeter à l'eau tout de suite…

— Je me marie lundi.

Ses sœurs poussèrent un cri à l'unisson. D'émotion, Hailey faillit laisser tomber les œufs.

— Il s'appelle Jaxon Winter et est propriétaire d'un ranch, poursuivit-elle. Wild River, situé près de Youngs River. J'ai travaillé pour lui il y a cinq ans et j'ai toujours… enfin, éprouvé des sentiments pour lui. Dernièrement, nous nous sommes retrouvés. Il m'a demandé de l'épouser et j'ai dit oui.

— Oh mon Dieu ! s'exclama Harper.

— Je suis désolée de n'en avoir pas parlé plus tôt…

Hailey posa les œufs sur le plan de travail et la regarda comme s'il lui était poussé une seconde tête.

— Tu vas te marier lundi ? C'est bien ce que tu as dit ?

— Euh… Oui. Je sais que c'est un peu soudain…

— Un peu soudain ? hurla Harper.

Elle bondit de sa chaise et vint la prendre dans ses bras.

— Aurais-tu perdu la tête ?

Elle rendit son étreinte à sa sœur.

— Ce n'est pas impossible, murmura-t-elle.

Et puis Hailey les rejoignit et les serra dans ses bras. Elles restèrent ainsi enlacées durant tout un chapelet de merveilleuses secondes. Finalement, ses sœurs reculèrent et se lancèrent dans un feu nourri de questions.

— Tu vas te marier où ? demanda Harper.

— À Astoria, aux bureaux du comté. Ce sera une cérémonie très intime. Juste Jaxon et moi, son contremaître et sa gouvernante, et vous tous, si vous vous sentez capables de supporter.

— Tu plaisantes ! s'exclama Harper en lui donnant une tape sur le bras. Bien sûr que nous serons là ! Et Matthias, Connor et Liam. Et Grace aussi.

— Oh. Ils auront probablement du travail…

Harper émit une sorte de grognement.

— Qu'est-ce qui ne va pas chez toi ? Oublie le travail. Ils se libéreront !

Hailey hocha la tête.

— On ne peut pas les tenir dans l'ignorance.

Et soudain, elle poussa un cri.

— Un instant ! Et Daniel ? Il sera tellement déçu. Et Keely ! Aislinn, Keely est capable de t'étrangler en apprenant que tu t'es mariée pendant son voyage de noces.

— J'essaie de ne pas y penser, avoua-t-elle tristement.

— Eh bien, tu ferais mieux d'y penser, lui conseilla Harper d'un ton de reproche. Elle sera de retour le lundi suivant. Ne peux-tu attendre que…

— Non. C'est impossible.

— Mais pourquoi ? demanda Hailey.

Jamais elle n'avait autant haï Martin Durand qu'à cet instant.

— C'est une longue histoire, répondit-elle. Mais voilà, ce doit être lundi, et ce sera lundi.

— C'est de la folie, décréta Harper.

— Il faut au moins que tu l'appelles et lui explique ce qui se passe, suggéra Hailey. Laisse-lui au moins le choix de…

— N'y pense même pas. Voyons ! C'est sa lune de miel. Quelques semaines en tête à tête avec Daniel. Ils ont rarement l'occasion d'être seuls, et tu le sais.

Ils avaient les jumeaux de Daniel à élever, et Keely était enceinte de quatre mois. Ils méritaient bien cette escapade romantique.

— Il est hors de question que je leur gâche ces instants, reprit-elle. Et je compte sur vous pour prévenir ceux qui auraient l'idée de les appeler qu'ils feraient mieux de s'abstenir sous peine que je leur arrache les yeux. À son retour, j'expliquerai tout à Keely. Elle comprendra.

Tout au moins elle l'espérait… Et ensuite, une fois que Keely lui aurait pardonné, ils organiseraient la réunion familiale destinée à expliquer à tous les Bravo qu'ils avaient une sœur célèbre à Hollywood.

— C'est complètement fou ! s'exclama Harper.

— Tu l'as déjà dit.

— Enfin, Aislinn…

Harper la reprit dans ses bras, et Hailey se joignit à leur embrassade.

— Tu dis qu'il s'appelle Jaxon Winter ? demanda Hailey quand elles la lâchèrent. Vas-tu emménager dans son ranch avec lui ?

— Oui. Lundi. Après le mariage.

— Eh bien ! s'exclama Hailey, ouvrant de grands yeux. Je veux dire, bien sûr que tu vas vivre avec lui, mais ça fait beaucoup à avaler, tu ne crois pas ?

— La robe ! s'écria Harper. Tu as une robe, n'est-ce pas ?

Comme elle mettait trop de temps à répondre, sa sœur enchaîna :

— Bon ! Il va falloir nous en procurer une !

— Et des fleurs ! renchérit Hailey. Il te faut un joli bouquet de mariage. Et une alliance pour Jaxon !

— Je ne connais pas sa taille, marmonna-t-elle. Et puis, inutile d'en faire une affaire d'État.

— Aislinn, voyons, se marier est une affaire d'État ! Mais comme tu voudras. Tu pourras acheter l'alliance plus tard. Peut-être acheter les deux en même temps. Ce serait romantique.

Harper pointa un doigt dans sa direction.

— Et tu vas tout de suite prévenir Matthias, Connor, Liam et Grace de ce qui se trame ! Des vrais coups de téléphone, pas des SMS. Tu dois leur dire que tu vas te marier et à quelle heure ils doivent être présents !

Les appels à ses frères se déroulèrent comme elle le prévoyait. Tous lui assurèrent qu'ils seraient là. Mais ils étaient également abasourdis de sa brusque décision d'épouser un homme surgi de nulle part.

Elle s'accrocha à son histoire. Oui, l'annonce avait

de quoi les surprendre par sa soudaineté, mais c'était le grand amour, le vrai. Jaxon et elle voulaient se marier, mais très simplement.

Et tandis qu'elle débitait ce chapelet de mensonges, elle se rendait compte qu'elle aurait tôt ou tard des explications à leur fournir, explications qui attendraient toutefois le retour de Daniel et Keely.

Ce fut Matthias qui exprima le plus directement son inquiétude.

— J'ai conscience que ma question est étrange, mais est-ce que ta brusque décision est en rapport avec le fait que, l'autre soir, tu nous as demandé si tu étais vraiment née au Montedoro ?

Elle aurait pu répondre par la négative, mais la question était si précise qu'il lui parut impossible de tergiverser.

— Je ne peux pas entrer dans les détails maintenant, Matthias. Laisse-moi un peu de temps, d'accord ?

Il y eut un silence si long qu'elle consulta l'écran pour s'assurer qu'ils n'avaient pas été coupés. Non. Matthias était toujours là.

— Aislinn, que se passe-t-il ? demanda-t-il enfin.

— J'expliquerai tout, c'est promis. Mais pas tout de suite.

— As-tu des ennuis ?

À part le sentiment de ne plus savoir qui elle était, pas vraiment.

— Je n'ai pas d'ennuis, je t'assure.

— D'accord. Sache que je suis là si tu as besoin de quoi que ce soit.

— Je t'aime, Matthias.

— Moi aussi je t'aime. À lundi.

Elle termina par Grace, la benjamine. Ce fut plus facile qu'avec Matthias. Quand elle lui raconta les mêmes mensonges qu'aux autres, la surexcitation s'empara de sa sœur.

— Je suis si heureuse pour toi ! Je serai là, bien sûr ! Je meurs d'impatience !

Puis elle appela Jaxon pour l'avertir que la liste des invités serait plus longue que prévu. Il ne décrocha pas, mais une heure plus tard, comme elle passait un peu de temps dans son atelier avant de se rendre à Sand & Sea, pour libérer Amanda, son portable sonna et elle vit son nom s'afficher sur l'écran.

— Aislinn…

Il paraissait contrarié.

— Je suis désolé de rappeler aussi tard. Une pouliche s'est blessée au flanc droit, puis a sauté la barrière et s'est enfuie. Nous avons dû faire des recherches pour la retrouver et la faire recoudre. Et j'avais laissé mon portable à la maison.

— Je comprends.

— Il y a un problème ? demanda-t-il d'un ton inquiet.

Elle se hâta de le rassurer.

— Non, non, je vous assure.

— Nous sommes toujours d'accord pour lundi, alors ?

— Bien sûr. Je voulais juste vous prévenir que trois de mes frères et mes trois sœurs seront présents.

— C'est sympathique.

Elle avait été si occupée à esquiver leurs questions qu'elle ne s'était pas arrêtée au fait d'apprécier qu'ils aient tous été d'accord pour l'entourer en ce grand jour.

— Oui, c'est gentil de leur part, reconnut-elle.

— Donc, ça fait six personnes, plus nous deux. Huit. Nos témoins, Erma et Burt, dix Ils autorisent six personnes dans le bureau du greffe, mariés compris. C'est beaucoup.

Et soudain, elle se rappela Daffy et Percy.

— Euh… Jaxon ?

— Je ne suis pas sûr d'apprécier ce que vous allez dire.

— Je pensais à mon grand-oncle et à ma grand-tante. Ils seraient blessés de ne pas être conviés.

— Votre grand-tante et votre grand-oncle, répéta-t-il de la voix de quelqu'un qu'une migraine menace.

Elle décida qu'il fallait positiver.

— Vous savez quoi ? Il ne faut pas s'inquiéter. Ce n'est qu'un mariage, après tout. Je suis sûre que le greffier assouplira la règle pour une fois.

— Si je calcule bien, douze c'est deux fois six.

— Ne soyez pas sarcastique.

— Je ne crois pas qu'ils accepteront douze personnes, Aislinn…

Pour une femme pas très sûre de son identité, elle avait beaucoup de parents proches, songea-t-elle. Et maintenant, elle avait mal à la tête.

— Je vais y réfléchir et je vous rappellerai, dit-elle.

— Écoutez, ne vous faites pas de souci.

— Mais…

— Amenez vos frères, vos sœurs, votre grand-oncle et votre grand-tante au greffe. Je m'occupe du reste.

Lorsqu'ils se quittèrent, elle appela Valentine House. Ce fut Daffy qui répondit.

Quand elle les invita à son mariage, sa grand-tante répondit que, bien sûr, Percy et elle seraient présents. Puis elle demanda :

— Es-tu sûre de toi ?

— Oui, tante Daffy.

Malgré ses mille et une raisons de douter de sa décision, elle avait répondu avec une assurance non feinte.

Le lundi, quand tous se retrouvèrent dans les bureaux du comté, Aislinn se rendit compte que Jaxon avait pris d'autres dispositions pour la cérémonie.

L'employé leur remit leur licence, et ils se rendirent à pied jusqu'à une église proche. Percy et Daffy eux-mêmes accomplirent les quelques centaines de mètres sans se plaindre, souriant et bavardant avec leurs compagnons de route.

Le secrétaire de l'église les accueillit à la porte du presbytère et les conduisit à une petite chapelle.

C'était une adorable construction avec ses vitraux

surmontant l'autel et ses bancs de bois tout simples. Aislinn l'aima au premier coup d'œil, encore qu'elle ne pût chasser un sentiment de culpabilité dû aux circonstances. Certainement, Dieu n'approuvait pas ce que Jaxon et elle s'apprêtaient à faire.

Puis, à la réflexion, elle se dit qu'il pardonnerait.

Percy lui offrit son bras et, au son de la *Marche nuptiale* jouée sur un antique piano droit, elle remonta l'allée centrale dans la courte robe blanche sans manches, légèrement évasée, choisie la veille avec l'aide de Harper. Elle la portait avec des chaussures à talons, un petit voile et un bouquet de dahlias, lis et roses blanches.

Jaxon revêtait un costume trois-pièces gris anthracite avec une chemise blanche et, tandis qu'elle s'avançait vers lui, Aislinn sentait son cœur battre bien plus vite qu'il n'aurait dû… La façon dont il la regardait… Eh bien, si elle n'y prenait garde, elle pourrait presque se mettre à imaginer des choses dangereuses.

La courte cérémonie se déroula comme dans une sorte de doux rêve, du genre de celui qu'elle faisait autrefois, où Jaxon et elle se tenaient par la main et se promettaient un amour éternel. Il lui avait même apporté une bague en or blanc avec des diamants enchâssés autour d'une belle pierre centrale et une alliance assortie.

Et soudain…

— Vous pouvez embrasser la mariée.

Jaxon souleva son voile, prit son visage dans ses belles mains usées par le travail et, lui soulevant le menton, l'embrassa tout doucement. Elle soupira contre ses lèvres, consciente des fantasmes interdits qu'elle avait entretenus des années auparavant quand elle rêvait secrètement d'un moment comme celui-ci. Elle aurait presque pu souhaiter…

Non !

Elle ne souhaitait rien. Les choses étaient ce qu'elles étaient, et c'était très bien ainsi. Une jolie petite cérémonie entourée de sa famille — qui n'était probablement pas sa famille du tout — l'unissant pour trois mois avec un homme qui ne l'épousait que pour garder son ranch.

Et quelques moments magiques où la fiction semblait rejoindre la réalité.

Jaxon les emmena déjeuner dans un restaurant réputé situé près de Columbia River. On leur servit du champagne, et les membres de sa famille portèrent des toasts à leur bonheur. Elle aurait juré avoir vu une ou deux fois Burt esquisser un sourire narquois.

À la fin du repas, ils rejoignirent leurs voitures respectives. Elle embrassa ses frères et ses sœurs, qui lui souhaitèrent encore tout le bonheur du monde et félicitèrent Jaxon, l'homme « le plus chanceux de la terre », selon eux.

Ils étaient tellement adorables, vraiment. Et elle ressentit une pointe de tristesse en les voyant s'éloigner. Burt et Erma se retirèrent également, mais Percy et Daffy s'attardèrent un moment.

Daffy se mit à bavarder avec Jaxon du temps, de l'histoire du pont, long de plus de six kilomètres qui enjambait la Columbia et reliait l'Oregon aux rives de Washington, que l'on distinguait du parking.

Percy la prit à part pour lui rappeler de prendre contact avec l'agence du détective privé de Seattle. Elle promit de s'en occuper très vite.

Après de nouvelles embrassades et souhaits de bonheur, Percy et Daffy grimpèrent dans l'énorme Lincoln qu'ils possédaient depuis le commencement des temps et les laissèrent, Jaxon et elle, seuls sur le parking presque désert, sous un ciel menaçant.

— Tout s'est bien passé, dit-il.

Et son regard plongeant dans le sien déclencha un raz-de-marée sentimental sans espoir.

Reprends-toi, ma fille !

— C'est vrai. Merci Jaxon, pour la chapelle et le magnifique repas.

Et pour ce parfait baiser de mariage...

— Merci pour tout ! conclut-elle vivement, sentant qu'elle rougissait.

Il hocha la tête.

— C'était la moindre des choses, Aislinn. J'aime beaucoup votre famille.

— Ils sont formidables. Les meilleurs…

Elle se tut, ne sachant plus que dire. Et la gêne s'installa soudain sur eux. La petite comédie du mariage de rêve était bel et bien terminée. Ne restait maintenant que la réalité qu'il faudrait assumer.

— Avez-vous besoin de passer prendre quelques affaires chez vous ? demanda Jaxon.

— Non. J'ai préparé un sac pour la nuit. Et j'ai chargé ma voiture de tout un tas de choses dont j'aurai besoin durant mon séjour à Wild River. Inutile de se rajouter des kilomètres, n'est-ce pas ?

Il repoussa les pans de sa veste pour enfouir ses mains dans les poches de son pantalon.

— J'ai oublié de vous demander. Travaillez-vous aujourd'hui ?

— Je ne reprends que mercredi, répondit-elle.

Amanda avait vivement désapprouvé son mariage en l'absence de Keely, mais finalement elle lui avait souhaité beaucoup de bonheur et lui avait assuré que Sand & Sea réussirait à se passer d'elle pendant deux jours.

— Je pensais retourner chercher demain le reste de ce qu'il me faudrait pour mon séjour, précisa-t-elle.

— Apportez tout ce que vous jugerez nécessaire. Le ranch regorge de place.

— Vous êtes sûr ? J'ai deux lapins angoras, de gros lapins pleins de poils. Et je fabrique des bijoux. Alors j'espère trouver un endroit où je pourrai installer mon établi.

— Vous avez des lapins ?

— Oui. Harper et Hailey s'occuperont d'eux d'ici à demain. Mais, où je vais, Luna et Bunbun vont aussi. Je leur ai construit un enclos sous mon porche. Ils ont besoin de place mais sur une surface propre et munie d'une barrière contre les prédateurs. Pas question de les laisser se promener sur la pelouse. Leur fourrure capture tous les débris.

La fossette de la joue de Jaxon se creusa, mais il eut le bon goût de ne pas éclater de rire. Elle n'aimait pas que l'on se moque de ses protégés. Il ne fit aucun commentaire, lui assurant qu'il ferait aménager un espace pour son établi ainsi que pour ses animaux de compagnie aux besoins particuliers.

Après cet échange, ils se turent et se regardèrent, un peu gênés.

Aislinn chercha un autre sujet de conversation. En vain.

Étrange comme il avait été facile d'endosser le rôle de jeunes mariés amoureux devant sa famille. Au restaurant, Jaxon avait passé un bras sur le dossier de sa chaise, se penchant parfois vers elle pour lui murmurer à l'oreille : « Encore un peu de champagne ? » ou bien : « Voulez-vous me passer la carafe d'eau ? » et une autre fois, pour lui adresser un gentil compliment : « Aislinn Winter, vous faites une mariée superbe. »

Et soudain, la réalité la frappa.

— Oh mon Dieu… Nous sommes légalement mariés, murmura-t-elle.

Lorsque Jaxon éclata de rire, elle se retrouva dans la peau de l'adolescente se consumant d'amour pour un bel homme qui ne serait jamais sien.

— Sûr et certain ! s'exclama-t-il.

— Légalement mariés alors que nous nous connaissons à peine.

Les mains toujours dans les poches, il haussa les épaules.

— Je suppose qu'après avoir passé trois mois ensemble nous nous connaîtrons beaucoup mieux, conclut-il.

Trois mois pour que Jaxon et elle tombent amoureux, selon le plan tordu de Martin Durand. Ou peut-être pas. Qui pouvait dire ce que le vieux fou avait en tête ?

À présent qu'il n'était plus de ce monde, elle ne pourrait jamais le lui demander.

Jaxon l'observait.

— Il faut que nous passions chez Kircher and Anders déposer le certificat de mariage, dit-il. Et ensuite, à la maison !

- 4 -

Wild River était aussi verdoyant et accueillant que dans son souvenir, songea Aislinn.

Quand sa voiture émergea du couvert des arbres qui bordaient la route sinueuse, le paysage vallonné s'étirant tout autour des écuries, granges, paddocks et terrains d'entraînement, se dessina. La Youngs River avait creusé son lit dans les terres les plus basses. Partout s'élevaient des bois de sapins, épicéas et pins formant une marée vert sombre qui se lançait à l'assaut des hauteurs environnantes.

Elle suivait l'énorme Chevy grise de Jaxon sur le chemin menant à la maison principale. Blanche, les encadrements de fenêtre soulignés de noir, la demeure à un étage possédait un porche courant tout autour.

Quand la rangée de trois portes du garage situé à l'extrémité opposée remonta, Jaxon lui fit signe d'occuper l'espace du milieu.

— Prenons juste votre valise pour le moment, proposa-t-il. Nous nous occuperons du reste plus tard.

Lorsqu'elle ouvrit son coffre, il s'empara de son bagage avant qu'elle esquisse un geste. Ils gagnèrent la maison par un passage couvert. Dans la buanderie, il s'arrêta pour sortir d'un placard deux clés, une carte magnétique et une télécommande d'ouverture de porte qu'il lui tendit.

— La télécommande ouvre l'espace garage. La grande

clé, les portes de devant et de derrière, et vous avez le code Wifi sur la carte.

— Merci, murmura-telle en les glissant dans son sac.

Ils entrèrent dans une cuisine blanche aux comptoirs de granite et équipement électroménager de pointe.

— Avez-vous faim ? s'enquit-il. Ou souhaitez-vous boire quelque chose ?

Comme elle secouait la tête, la précédant, il traversa une vaste et confortable salle de séjour et gagna un bureau situé sur l'avant de la maison.

Il s'effaça pour la laisser entrer, posa sa valise à terre et referma la porte.

— Installez-vous, dit-il en désignant un canapé de cuir fauve.

Sans trop savoir ce qu'ils faisaient dans ce bureau, elle obéit. Jaxon prit place dans un fauteuil de cuir en face d'elle.

— J'ai toujours été curieuse de voir à quoi ressemblait la maison de l'intérieur, dit-elle.

L'été où elle avait travaillé pour lui, elle rentrait tous les soirs à Valentine Bay. Quant au bureau du ranch où elle passait chercher son salaire, il était installé dans un mobile-home près des écuries.

— J'aime beaucoup, reprit-elle. Enfin, ce que j'en ai vu. C'est spacieux et simple. Accueillant et ouvert.

— Judy s'est occupée de la rénovation. Cela lui a plu pendant un temps.

Elle se rappela qu'il lui avait confié le lundi précédent, quand elle s'était enfuie du cabinet de l'avocat, que son ex-femme n'appréciait pas du tout la vie à la campagne. Une réponse neutre semblait donc la plus appropriée.

— Judy a bon goût.

— Oui.

Le ton froid laissait entendre qu'il n'envisageait pas de s'étendre longuement sur le cas de son ex-femme.

— Je voulais que nous parlions un peu des intentions de Martin quant à ce mariage, expliqua-t-il. Le testament dit que nous devons vivre ensemble dans cette maison durant trois mois et ne pas entretenir de liaisons extra-conjugales. Il ne précise pas que nous devons partager une chambre ou avoir des relations sexuelles.

— Vous m'avez amenée ici pour parler de nos arrangements pour la nuit ?

— En effet.

— Je ne vois pas de problème. Même si le cabinet Kircher and Anders envoie ici un employé et qu'il constate que nous faisons chambre à part, où est le problème ? Bien des gens mariés ne dorment pas dans le même lit.

— Exact.

Il croisa les jambes. Sa veste ouverte révélait un gilet fermé sur un ventre plat et un torse large. Tout en sachant qu'elle ne le devrait pas, elle laissa son regard errer plus bas…

— Mais nous n'avons pas parlé de la chambre que vous désirez occuper, dit-il.

Dans la pièce silencieuse, la voix de Jaxon coulait comme du miel.

Réprimant un cri de surprise, elle releva les yeux vers son visage. Il l'observait, tout en dissimulant un sourire. Maudit soit-il ! Elle sentit le rouge lui monter aux joues et se redressa. Elle ne rougirait pas, et ne détournerait pas les yeux.

— À quoi faites-vous allusion ? demanda-t-elle. Nous nous connaissons à peine.

— Nous sommes mariés.

Il n'ajouta pas : « Et vous avez eu des sentiments pour moi », mais ces mots, à la façon dont il la fixait, à son sourire à demi dissimulé, elle croyait les entendre.

— Nous sommes mariés, répéta-t-il comme si elle ne l'avait pas parfaitement entendu la première fois. Et j'adorerais partager un lit avec vous.

Elle faillit laisser échapper un hoquet de surprise. Jamais elle n'aurait imaginé qu'il lui ferait une telle proposition. Du moins, pas si vite. Elle aurait juré qu'il n'était pas homme à proposer à une inconnue de coucher avec lui.

— Jaxon, dit-elle un peu trop sévèrement.

— Aislinn, répliqua-t-il sur le même ton.

— Nous sommes mariés, mais pas définitivement. Et vous êtes…

Elle se tut, ne trouvant rien à ajouter.

Renversé contre le dossier de son fauteuil, jambes croisées, Jaxon continuait à la fixer avec ce petit sourire en coin des plus énervants.

— Je suis un peu surprise, dit-elle enfin. Je veux dire, vous ne me semblez pas le genre d'homme qui couche avec une quasi-inconnue.

— Vous avez raison. Je ne me conduis jamais ainsi.

— Mais alors pourquoi…

— Vous n'êtes pas une inconnue.

— Si, pratiquement !

— Mais non, voyons, vous êtes ma femme. Et il se trouve que je vous apprécie beaucoup.

— C'est aussi simple que ça à vos yeux ?

— Exactement. Je suis un homme simple.

Vu sous cet angle… Elle était bien tentée d'aller dans son sens, mais elle se reprit. Même si elle avait cessé de s'imaginer être amoureuse de lui, il possédait toujours un grand pouvoir de séduction sur elle.

Malgré tout, il ne lui semblait pas judicieux de coucher avec lui la première nuit qu'elle passait sous son toit, même s'ils étaient mariés devant Dieu et les hommes, même s'il lui avait passé une jolie bague au doigt.

— Moi aussi je vous aime bien, dit-elle enfin, mais il n'en reste pas moins que, il y a seulement cinq jours, vous n'aviez aucun souvenir de moi.

Il demeurait silencieux un instant, comme s'il cherchait l'argument irréfutable.

— Vous m'en voulez toujours, dit-il enfin.

— Je n'ai jamais dit que je vous en voulais.

— C'est vrai. Seulement vous étiez furieuse que je ne me souvienne pas tout de suite de vous.

Elle réfléchit quelques instants avant de reprendre :

— Vous avez blessé mon amour-propre, je le reconnais. Mais j'ai dépassé ce stade.

Il se renfonça en riant dans son fauteuil.

— Je suis un homme, Aislinn. Et les hommes sont idiots, et parfois aveugles.

Il soutint son regard et ajouta :

— De plus, il y a cinq ans, j'étais marié, et la seule que je regardais alors était ma femme.

— Je le comprends et le respecte.

Finalement, cette petite discussion s'avérait plus agréable qu'elle ne s'y attendait. Il était important qu'ils posent dès à présent les bases de leur toute nouvelle relation. Les limites, aussi.

— Mais je ne coucherai pas avec vous, Jaxon.

Il l'observa avec attention quelques instants — s'attendait-il qu'elle change d'avis ? —, et hocha lentement la tête.

— D'accord.

Puis il se leva d'un bond souple et élégant.

— Je vais vous montrer votre chambre, dit-il.

Il lui fit visiter le reste du rez-de-chaussée, puis la conduisit dans le hall d'où s'élevait un vaste escalier menant à l'étage. La chambre qu'il lui avait attribuée jouissait d'une belle vue sur le jardin de devant et de nombreux espaces de rangement.

— Vous pouvez utiliser la grande salle de bains au bout du couloir. C'était celle de Martin. Il occupait la chambre de coin à côté.

Il posa sa valise sur le lit.

— Martin vous laissait la chambre principale ? demanda-t-elle.

— Nous nous étions mis d'accord quand je me suis marié, et ensuite nous ne sommes plus revenus sur cette décision. Il préférait l'autre chambre, disait-il.

— Et Burt et Erma ? Où dorment-ils ?

— Burt occupe le cottage du contremaître, de l'autre côté du jardin, et Erma a un appartement au-dessus du garage.

— Il n'y a donc que vous et moi dans la maison ?

Il l'observa tandis qu'elle explorait la chambre.

— C'est exact. Juste nous.

Elle tourna la poignée d'une porte située à côté de la penderie.

— Où mène-t-elle ? s'enquit-elle.

— À ma chambre.

Ouvrant la porte, elle découvrit un salon qui se prolongeait sur une chambre.

— Au cas où vous changeriez d'avis, ajouta-t-il.

Elle referma la porte en riant.

— J'ai du moins une clé, dit-elle en la tournant.

Il porta une main à son cœur dans un geste théâtral.

— Oh ! Aislinn, vous n'imaginez pas comme vous me faites souffrir…

Elle éclata de rire. Ce qui lui évita de le rejoindre et d'embrasser ses lèvres si prometteuses… Soudain, elle se souvint qu'elle était probablement née dans une des chambres de l'étage.

— Combien de chambres y a-t-il ? demanda-t-elle.

— Six. La mienne, la vôtre, celle de Martin et trois plus petites. Lors de la construction de la maison, beaucoup de Winter vivaient à Wild River. Mon arrière-grand-père a eu six enfants.

— Cela vous dérangerait-il que je jette un coup d'œil aux trois petites chambres ?

— Voyons, Aislinn, cette maison est désormais la vôtre. Vous pouvez en explorer tous les placards et les recoins.

— Maintenant ?

— Quand il vous plaira.

Elle sortit dans le couloir et explora les trois chambres, des pièces sombres, munies d'une seule petite fenêtre. Elle revint examiner celle du milieu. Un petit lit, un tapis en lirette et une commode surmontée d'une lampe des années 1950 en constituaient tout l'ameublement.

Jaxon se tenait dans l'encadrement de la porte et la regardait sans un mot.

Elle se tourna vers lui.

— Vous souvenez-vous du jour de ma naissance ?

Il secoua la tête.

— Nous recevions beaucoup de visiteurs, vous savez.

— Vous deviez avoir huit ans, n'est-ce pas ? Il y a eu une terrible tempête. Deux femmes ont mis au monde des enfants cette nuit-là et vous n'en avez aucun souvenir ?

— Désolé, non. Je me souviens de mon enfance après mon arrivée à Wild River comme d'une succession d'heureux événements. J'ai appris à monter et à m'occuper des chevaux, j'ai fait des randonnées avec Martin et tante Claudia quand elle était dans ses bons jours. Mais au cours des années précédant mon arrivée ici, j'avais pris l'habitude de refouler tout ce qui m'effrayait. Je suppose que, avec une terrible tempête et deux femmes en train d'accoucher, j'ai dû m'emparer de ma couverture doudou et courir m'enfermer dans mon placard préféré sous l'escalier.

— Oh ! Jaxon. Vous aviez toujours un doudou à huit ans ?

— Exact, répondit-il, feignant le mécontentement. Vous avez quelque chose à redire ?

— Non. Bien sûr que non.

En réalité si. Elle avait quantité de questions à lui poser concernant sa petite enfance.

— Ne vous apitoyez pas sur mon sort, dit-il. Vers dix ans, je n'avais plus besoin de ma couverture fétiche. J'apporte le reste de vos affaires, que vous puissiez vous installer.

Sur ces mots, il disparut.

Une demi-heure plus tard, après avoir posé ses derniers bagages dans sa chambre, il la laissait pour aller s'occuper de ses chevaux.

Elle mit son joli bouquet dans un vase qu'Erma lui avait procuré et le posa sur la commode de cette chambre qui serait désormais la sienne pour trois mois.

À moins… qu'elle n'aille partager le lit de Jaxon.

L'idée lui fit battre le cœur plus vite, et elle se sentit vraiment stupide. D'un autre côté, Jaxon lui avait fait savoir sans détour qu'il la désirait. C'était bon à savoir.

Après avoir troqué sa robe contre un jean et un T-shirt, elle s'assit sur le lit en se demandant si elle ne faisait pas un rêve étrange. Trop de questions tournaient dans sa tête. Et aucune réponse.

Qui était-elle vraiment ? Elle avait presque l'impression de n'être plus la même.

Comment expliquer à sa meilleure amie qu'elle s'était mariée sans même la prévenir ?

Et ses frères et sœurs…

Comment leur annoncer qu'ils avaient une sœur dont ils ignoraient l'existence ?

La chemise bleue qui contenait le testament de Martin, son odieuse lettre et la liste des contacts l'attendait sur la commode où elle l'avait déposée en défaisant sa valise.

Elle alla chercher la liste et prit son portable pour appeler le détective privé engagé par Martin pour retrouver Madison Delaney.

Jaxon trouva Burt dans la sellerie.

— Des lapins ? grommela le contremaître quand il lui eut expliqué ce qu'il attendait de lui. On élève des chevaux ici, pas des lapins !

Des années d'expérience avaient enseigné à Jaxon que la meilleure façon de traiter les jérémiades de Burt était de les ignorer.

— Ils sont deux, précisa-t-il. Deux gros lapins angoras d'après Aislinn. Il leur faut un enclos sûr, où ils puissent s'ébattre.

Burt s'assit sur un coffre rempli de tapis de selle. Ace,

son border collie, vint se placer entre ses jambes, et Burt le gratta sous le cou et derrière les oreilles.

— Elle a des cages pour eux, non ? Les lapins vivent dans des cages.

— Ce sont des lapins particuliers, habitués à se déplacer, expliqua Jaxon. J'ai pensé que nous pourrions nettoyer la grande remise derrière la maison.

Cet abri qui avait été l'atelier de Martin était bien isolé, équipé de l'électricité, avec fenêtres et poêle à bois.

— Nous y mettrons un ventilateur quand il fera chaud et un climatiseur, et si elle redoute d'utiliser le poêle avec ses lapins en liberté nous ajouterons un chauffage d'appoint en hiver.

— En hiver ? Elle sera partie mi-novembre, fit remarquer Burt. Et il y a plein de choses entreposées dans cette remise.

— Et c'est pourquoi nous devons la débarrasser. Aujourd'hui même, Burt. Elle amène ses lapins demain.

Burt marmonna quelques propos incompréhensibles entre ses dents, mais Jaxon le connaissait suffisamment pour ne pas lui demander ce qu'il venait de dire. Il préféra passer au point suivant.

— Elle a également besoin d'un atelier pour la fabrication de ses bijoux. Ce serait peut-être préférable d'installer ses lapins sous le porche arrière et de garder la remise comme atelier, en fait.

— Le porche est fait pour s'asseoir, pas pour servir de clapier.

Jaxon se rappela que Burt était un homme bon, un travailleur dur à la besogne et un soigneur et entraîneur hors pair pour les chevaux. Certes, il avait du mal à supporter la moitié féminine de l'humanité, mais tout homme avait ses défauts.

— Que ce soit bien clair entre nous, dit-il d'un ton égal, tout ce que veut Aislinn, Aislinn l'obtiendra. Nous ne perdrons pas Wild River parce qu'elle sera en colère et partira avant la fin des trois mois.

— Elle ne partira pas, grommela Burt. Elle veut son argent et, d'après la lettre de Martin, elle a un faible pour vous.

— Nous ignorons ce qu'elle veut.

Qui sait si elle n'avait pas cherché à influencer Martin pour le convaincre d'opérer ces bizarres modifications de son testament ? D'après le peu qu'il avait appris d'elle, elle allait de petit boulot en petit boulot. En ce moment, elle était employée dans une galerie d'art et fabriquait des bijoux. Ces occupations ne devaient pas rapporter gros, et l'argent de Martin représentait une aubaine inespérée pour elle.

D'un autre côté, d'après ce qu'il savait des Valentine et des Bravo, ils étaient aisés. De plus, ils aimaient Aislinn — il s'en était rendu compte ce matin, quand ils s'étaient tous présentés à son mariage alors qu'ils avaient été prévenus à la dernière minute. À supposer qu'elle ait des problèmes d'argent, jamais ils ne la laisseraient se débrouiller seule pour les résoudre. Non, ce n'était pas l'argent qui motivait Aislinn.

Donc, rien ne venait éclairer ses motivations. Il finit par se dire que leur situation la prenait autant au dépourvu que lui.

Malgré tout, il devait faire attention à la façon dont il se comportait en sa présence. Il l'appréciait déjà beaucoup trop. Elle semblait honnête, sincère, intelligente et beaucoup trop jolie pour sa tranquillité d'esprit, avec ses grands yeux, ses épais cheveux bruns en désordre encadrant son ravissant visage. Et son parfum doux et épicé.

Il ne comprenait pas très bien pourquoi il lui avait proposé de coucher avec lui, tout à l'heure. Il s'était vraiment comporté comme le dernier des rustres. Quel idiot ! Il avait de la chance qu'elle l'ait pris avec humour.

La prochaine fois, il s'y prendrait plus habilement.

Parce qu'il y aurait une prochaine fois. Si autrefois elle l'avait laissé indifférent, ce n'était plus le cas aujourd'hui.

Il la désirait et il était certain qu'elle le désirait aussi. Pourquoi n'auraient-ils pas le droit de tirer un peu de plaisir de la situation pour le moins délicate que Martin leur imposait ?

Burt l'observait.

— Vous devriez voir votre visage, patron. Elle vous tient. Mais vous ne lui faites pas plus confiance que moi.

— Vous vous trompez. Je pense que c'est une bonne personne et que cette histoire est autant une surprise pour elle que pour nous.

— Bien sûr…

— Je ne veux pas de frictions entre vous, Burt.

Burt rumina sa rancœur pendant trente bonnes secondes. Enfin, il se leva.

— Les femmes ne sont rien que des sources d'ennui, décréta-t-il d'un ton suffisant. C'est prouvé.

— Nettoyez la remise.

Tout en secouant la tête et en grommelant, Burt se dirigea vers la porte.

Le temps qu'Aislinn salue le détective engagé par Martin, il lui avait expédié par mail son rapport sur Paula et Madison Delaney. Elle lui avait demandé d'en envoyer également un exemplaire à Percy et de bien vouloir répondre aux questions qu'il serait susceptible de poser. Après avoir mis fin à la conversation, elle téléphona à Percy pour l'avertir de l'arrivée du rapport dans sa boîte mail.

Le soir, Erma servit une côte de bœuf dans la salle à manger à l'atmosphère un peu cérémonieuse. Ils étaient quatre convives. Jaxon, Erma, Burt et elle, tous en jean et chemise. Rien de très raffiné, mis à part le menu. Une viande délicieuse accompagnée de petites pommes de terre et de choux de Bruxelles cuits au four, une merveilleuse salade poires et noix. Erma ne brillait peut-être pas par sa conversation, mais ses talents culinaires étaient admirables.

Après le dîner, Jaxon et Burt retournèrent aux écuries.

Malgré les protestations d'Erma, Aislinn l'aida à débarrasser et à ranger.

— Vraiment, dit la gouvernante d'une petite voix, ce n'est pas nécessaire. Je m'en occuperai.

Deux phrases entières ? Erma allait bientôt devenir bavarde.

— J'insiste, dit Aislinn d'un ton sans réplique.

Avec un petit soupir, Erma capitula.

Tandis qu'elles débarrassaient la table et chargeaient le lave-vaisselle, elle encouragea la gouvernante à parler avec un résultat très moyen. Erma lui apprit qu'elle vivait et travaillait au Wild River depuis quinze ans lorsque son mari, un pêcheur de saumon, était décédé. Elle n'avait pas d'enfants.

Dès que le lave-vaisselle fut en route et la cuisine et la salle à manger en ordre, Erma lui souhaita le bonsoir et regagna son appartement au-dessus du garage.

Il était à peine 19 h 30. L'envie de sauter dans sa voiture et de filer à Valentine Bay la saisit. Elle pourrait faire des câlins à Luna et Bunbun, et peut-être passer quelques heures dans son atelier.

Non. Pas question de rentrer chez elle maintenant. Ses sœurs s'inquiéteraient en se demandant ce qui se passait.

Elle était au pied de l'escalier, sur le point de monter dans sa chambre pour regarder un film sur son ordinateur quand elle entendit la porte d'entrée s'ouvrir.

Un moment plus tard, Jaxon apparaissait dans le hall. L'espace d'un instant, ils se regardèrent, immobiles. Elle aurait bien voulu détacher son regard de lui, mais…

Bon sang ! Quelle effervescence dans ses hormones ! La façon dont son jean épousait ses hanches étroites, ses cuisses musclées et cet endroit secret entre ses jambes la troublait. Et ces épaules, si larges, si solides. Il portait une chemise aux manches retroussées découvrant des avant-bras aux muscles parfaitement dessinés, et il était en chaussettes — un détail qui, elle ne comprit pas pourquoi, l'émut. Elle aurait aimé le sculpter, exécuter une statue de lui pour tenter de capturer sa beauté sensuelle.

— Vous tenez le coup ? demanda-t-il.

— Très bien.

C'était si étrange, son corps frémissant à cause de la proximité de Jaxon, sa réponse guindée. Seigneur, dans quelle situation s'était-elle mise ?

— Si vous avez besoin de quoi que ce soit…, dit-il.

— De rien, merci.

— Je pensais que, demain, nous pourrions prendre notre petit déjeuner tôt et partir tous vers 8 heures chercher le reste de vos affaires à Valentine Bay.

— Tous ?

— Vous, Burt et moi. Nous prendrons deux pick-up attelés de vans si vous jugez que c'est nécessaire, et votre Honda. Nous réussirons peut-être à tout rapporter en une fois.

— Ça paraît bien. Merci.

Ils se regardèrent de nouveau en silence un instant. Son cœur battait plus vite, et elle s'imagina marcher vers lui d'un pas nonchalant, le prendre par la main et l'entraîner dans sa chambre à l'étage, mais seulement le temps de lui faire franchir la porte menant à sa chambre à lui…

Ce fut lui qui s'avança vers elle, silencieux dans ses chaussettes, et il s'arrêta si près d'elle que, s'il avait fait un pas de plus, ils se seraient frôlés.

Il leva une main comme pour la toucher et la laissa retomber.

— Est-ce que je sens le cheval ? demanda-t-il d'un air dépité.

Elle leva les yeux et croisa son regard.

— Non. De toute façon, ça me serait égal. J'aime les chevaux.

— Je suppose. Sinon je ne vous aurais pas engagée il y a cinq ans.

Elle retint un éclat de rire.

— Je suis flattée que vous vous rappeliez si bien les deux mois où j'ai travaillé pour vous !

Ses belles lèvres frémirent, mais il ne sourit pas. Il leva de nouveau la main vers elle et saisit une boucle de ses cheveux qu'il enroula autour de ses doigts. Elle le laissa faire. Elle avait l'impression qu'il caressait sa peau.

— Ils sont si soyeux, dit-il d'une voix enrouée.

— J'ai eu un cheval autrefois, murmura-t-elle.

— Vous voulez vraiment parler chevaux ?

— Pourquoi pas ? Vous ne voulez pas ?

— Si. Vous disiez que vous avez eu un cheval autrefois.

— Oui. C'était un hongre tacheté nommé Charlie Boy. Mon frère Daniel me l'avait acheté pour mon douzième anniversaire, l'année suivant le décès de nos parents. Je rêvais d'avoir un cheval depuis mes huit ans. Charlie Boy logeait dans une écurie voisine, et Daniel me donnait des leçons. Je montais dès que je pouvais.

Il posa une main sur sa joue, caresse qui fit vibrer les mille et une terminaisons nerveuses de son corps.

— Vous avez toujours ce cheval ? s'enquit-il. Nous pouvons l'accueillir ici, si vous voulez.

— Non, malheureusement. Je l'ai vendu à un ami de Grace avant de partir pour l'université de Portland. J'ai été très triste de me séparer de lui, mais je savais que je serais loin la majeure partie du temps et que je ne pourrais plus m'occuper correctement de lui.

Il lui caressa doucement la joue.

— Cette semaine, nous irons faire une promenade à cheval, vous et moi, suggéra-t-il.

— J'aimerais beaucoup. Je…

Elle quoi ?

Aucune idée. Les mots l'avaient désertée au profit de sensations qui monopolisaient son intérêt.

Comme celle de la surprenante douceur des lèvres de Jaxon quand il se pencha et l'embrassa…

— Aislinn…, chuchota-t-il, son souffle chaud contre ses lèvres.

Elle s'abandonna avec un petit gémissement. Jaxon la prit par la nuque pour l'attirer contre lui, écrasant ses seins sur son torse dur. Plus bas, elle sentait son sexe durcir contre son ventre.

C'était bon. La bouche de Jaxon sur la sienne, ses doigts sur sa nuque, son corps musclé collé au sien. Il sentait le savon et le cuir, le foin et la poussière.

C'était exactement ce qu'elle brûlait de vivre, ce lointain été d'il y a cinq ans… Et c'était pour cette raison qu'elle avait fui ce désir qu'elle savait dangereux. Mais, à cette époque, Jaxon ne lui prêtait aucune attention, à part un vague sourire de temps à autre.

Trop tôt, il releva la tête. Elle le regarda, le corps vibrant de désir. Il l'observait, attendant, le regard brûlant.

Il ne prendrait pas l'initiative. Il lui laissait le choix. Et elle voulait… tout. Ses baisers et ses caresses. Ses bras autour d'elle, son corps sur elle, en elle.

À partir de maintenant, elle voulait un vrai mariage.

Sauf que ce n'en était pas un vrai. Et elle devait avoir assez de bon sens pour s'en souvenir.

— Bonne nuit, Jaxon, dit-elle en se dirigeant vers l'escalier.

- 5 -

Avec l'aide de Jaxon et de Burt, le lendemain Aislinn put rapporter toutes ses affaires au ranch.

Même s'il se conduisait de façon grossière avec elle, Burt était d'une aide efficace. Il suffisait qu'elle ne fasse pas attention aux réflexions peu aimables que le contremaître ne pouvait s'empêcher de marmonner entre ses dents.

Le mercredi, quand elle partit pour Sand & Sea, son atelier était fin prêt à l'utilisation. Jaxon lui avait proposé d'utiliser une remise, dans le jardin arrière, et le résultat était bien plus agréable que l'atelier qu'elle avait aménagé dans son cottage. Quant à Luna et Bunbun, ils étaient confortablement installés dans leur nouvelle maison, sous le porche arrière.

Au dîner ce soir-là, un couple d'éleveurs de bétail de la Wallowa Valley et leurs deux petites filles se joignirent à eux. Jaxon leur avait vendu deux jolies pouliches et un superbe hongre noir. En cuisine, Erma s'était surpassée, et Jaxon ouvrit une bouteille de très bon vin de l'Oregon. Durant la conversation, il mentionna les lapins, et Burt, égal à lui-même, marmonna des propos peu amènes sur ces « bestioles de cirque ».

Ce qui ne manqua pas d'éveiller l'attention des deux fillettes, âgées de six et huit ans, qui supplièrent leurs parents de les emmener voir les lapins du cirque.

Aislinn les y conduisit, et ce fut un spectacle charmant de voir les petites rire et roucouler des mots doux à ses protégés. Luna et Bunbun, qui adoraient les marques d'attention, apprécièrent beaucoup la visite.

Le couple et leurs filles quittèrent le ranch vers 20 heures pour passer la nuit à Astoria. Ils reviendraient le lendemain matin charger les chevaux.

Après leur départ, Jaxon et Aislinn s'installèrent sous le porche et regardèrent le crépuscule tomber.

— Le dîner était fantastique, dit-elle. Cette Erma tout de même. Difficile de lui tirer deux mots, mais quelle cuisinière !

— En général, les acheteurs apprécient beaucoup les dîners au ranch. Après avoir négocié un marché intéressant, ils aiment se régaler d'un bon repas et de bon vin.

— Vous êtes un hôte remarquable.

Il se tourna vers elle.

— Les gamines ont aimé vos lapins.

Il lui adressa un sourire sensuel qui fit naître une vague de délicieux frissons le long de son dos.

— Tout le monde aime mes lapins. Enfin, sauf Burt, précisa-t-elle.

Jaxon fronça les sourcils.

— S'il se montre odieux avec vous, faites-le-moi savoir.

— Je peux m'en débrouiller toute seule.

Cependant, Aislinn se rendit rapidement compte que traiter avec Burt représentait un vrai défi. Quand Jaxon n'était pas dans les parages, il lui arrivait de l'appeler « Judy ». Ce qui la mettait dans une colère qui n'avait pas lieu d'être.

La première fois, elle rectifia. Mais, ensuite, elle le laissa dire. Inutile de lui donner satisfaction en lui montrant que son petit manège l'affectait.

Pour ce qui était de Luna et Bunbun, il les méprisait ouvertement. Il semblait prendre un malin plaisir à grommeler entre ses dents : « Stupides lapins. Tout en fourrure, rien dans la cervelle. À quoi ça rime, des bestioles pareilles, je vous le demande ? »

Son chien, Ace, semblait plutôt avoir peur d'eux.

Un matin, alors qu'elle s'occupait de Luna et de Bunbun, Ace se mit à aboyer dans leur direction à travers le grillage, puis à galoper en cercles sur la pelouse.

Burt semblait apprécier la scène. En entendant ses ricanements, elle leva les yeux et le vit approcher pour lui parler à travers le grillage.

— Vous savez ce qu'il voit quand il regarde ces sacs de poils ? demanda-t-il. Un bon déjeuner, voilà ce qu'il voit.

Cette fois, elle ne pouvait pas laisser passer.

— Vous feriez mieux de surveiller votre chien, Burt, et de le tenir loin de mes lapins. Sinon vous aurez affaire à moi.

Il lui adressa son air mauvais à la Clint Eastwood et ricana.

— Vous me fichez la frousse, Judy.

Elle décida qu'il était temps de mettre les points sur les *i*.

— Nous connaissons tous deux la situation, n'est-ce pas ? Vous êtes un employé fidèle. Je suis la femme que Jaxon doit garder trois mois sous peine de perdre le ranch. S'il est obligé de choisir entre vous et moi, Burt, qui se retrouvera dehors, à votre avis ?

— Vous avez pensé à tout, hein, Judy ?

— En effet.

Serrant les dents, elle essaya d'adopter une attitude plus amicale.

— Et puis Ace semble être un gentil chien, ajouta-t-elle.

— C'est un chien formidable.

— Fantastique ! Tenez-le à l'écart de mes lapins et tout ira bien.

Burt glissa deux doigts entre ses lèvres et poussa un sifflement à écorcher les oreilles. Ace accourut et s'assit à ses pieds.

— Viens, mon garçon, marmonna-t-il. Nous ne sommes pas les bienvenus ici.

Et il s'éloigna ronchonnant contre « ces sacrées bonnes femmes ».

Quant à Erma, elle continuait à ne s'exprimer que lorsqu'on le lui demandait. Et encore ! Il fallait lui tirer les mots de la bouche pour entretenir une banale conversation. Aislinn commençait à abandonner l'espoir qu'elles deviennent amies un jour.

En revanche, Jaxon était un amour. Il s'arrangeait pour lui fournir tout ce qu'elle demandait. Le mercredi, il avait installé un climatiseur dans son atelier et suspendu au plafond une lampe puissante pour qu'elle puisse travailler la nuit. Et il l'avait aidée, et ce sans qu'elle le lui demande, à sécuriser l'espace destiné à ses lapins.

Après le premier soir, il n'avait plus essayé de l'embrasser. Et, tout en sachant que ce ne serait pas très raisonnable, elle ne pouvait s'empêcher de désirer qu'il le fasse. L'alchimie était là, mais faire l'amour avec son sexy et temporaire époux ne ferait que compliquer un peu plus la situation.

Le vendredi soir, à son retour de la galerie, elle découvrit une voiture inconnue garée devant la maison. Elle mit la sienne au garage et entra par le passage protégé pour trouver Erma à la cuisine. La femme de ménage lui jeta un drôle de regard par-dessus son épaule.

— Qui est là ? demanda-t-elle.

— L'avocat

— Kip Anders ?

Erma hochant la tête, son cœur se mit à battre comme si elle avait quelque chose à se reprocher.

C'était ridicule, cela dit. Elle n'avait pas à se sentir coupable. Elle vivait au ranch, avec Jaxon, comme Martin l'avait exigé, et c'était un mariage « plus que de pure forme », quoi que cela veuille dire.

D'accord, ils ne couchaient pas ensemble. Et après ? Martin n'avait précisé nulle part qu'ils devaient avoir des relations sexuelles.

Donc, tout allait bien.

Pourquoi se faisait-elle une montagne de ce sujet ?

Parce que toute cette histoire était exaspérante, voilà pourquoi. Une visite de l'avocat de Martin ne servait qu'à lui rappeler les mille et un moyens inventés par le vieil homme pour lui gâcher la vie.

— Jaxon est-il revenu des écuries ? s'enquit-elle.

Erma hocha la tête.

— Où sont-ils ?

— Salle de séjour, répondit la gouvernante, ne jugeant pas nécessaire de construire une phrase quand trois mots suffisaient.

Aislinn fit un détour par la salle de bains afin de se laver les mains, se recoiffer et s'adresser quelques paroles d'encouragement dans le miroir.

— Ça va aller. Il n'y a pas de problème, dit-elle à son reflet qui arborait un air désolé. Va brûler en enfer ! ajouta-t-elle néanmoins à l'adresse de Martin avant de quitter la pièce.

Quand elle entra dans la salle de séjour, Kip Anders posa son verre et se leva pour venir lui serrer la main.

— Comment se passe votre installation ? demanda-t-il.

Elle joua son rôle, adressant à Kip son plus chaleureux sourire.

— Très bien. Jaxon s'assure que j'ai le nécessaire pour un mariage de trois mois qui nous soit profitable à tous deux.

Anders éclata de rire.

— C'est une situation inhabituelle, je vous l'accorde.

L'avocat resta dîner. Il félicita Erma pour son rôti de porc et parla chevaux avec Jaxon et Burt. Le café bu, il prit congé.

Aislinn et Jaxon l'accompagnèrent jusqu'au porche.

Comme il s'éloignait au volant de sa voiture, elle ne put s'empêcher de demander :

— A-t-il posé des questions sur nos arrangements nocturnes ?

— Non. Je l'ai emmené visiter votre atelier et lui ai présenté vos lapins. Ensuite, je lui ai offert un verre qu'il a accepté. Vous êtes arrivée une dizaine de minutes plus tard.

— Nous sommes donc tirés d'affaires concernant notre vie sexuelle ?

— Je crois que nous n'avons jamais été sur la sellette.

Il lui offrit un grand sourire et ajouta :

— Sentez-vous néanmoins libre de coucher avec moi si l'envie vous en prend.

Elle lui donna une tape sur le bras avec un petit rire moqueur.

Le samedi après-midi, quand elle rentra après avoir tenu la galerie pendant quatre heures, Jaxon vint à sa rencontre, très séduisant dans son jean, son T-shirt noir, ses bottes et son chapeau de cow-boy.

Quand elle descendit de voiture, il proposa :

— Si nous sellions deux chevaux et allions faire cette balade que je vous ai promise ?

— C'est la meilleure proposition que l'on m'ait faite depuis longtemps ! Donnez-moi une demi-heure, et je vous retrouve aux écuries.

Quand elle le rejoignit, il avait sellé deux chevaux bais, un hongre baptisé Saint John pour elle, et Lady Jane, une jolie jument pour lui.

Ils partirent à travers un paysage verdoyant en direction des collines de l'est et gagnèrent un promontoire surplombant la vallée. Mettant pied à terre, ils attachèrent les chevaux et s'assirent côte à côte sur un gros rocher plat.

— C'est magnifique, murmura-t-elle.

Et ça l'était, avec la brume flottant sur la rivière

enchâssée dans un paysage déclinant différents tons de vert, du très clair au presque noir. Comme Jaxon demeurait silencieux, elle se tourna vers lui et vit qu'il l'observait.

— Qu'y a-t-il ? demanda-t-elle.

Il ôta son chapeau qu'il tapota sur sa cuisse et posa à terre.

— Comment allez-vous, Aislinn ? Pour de vrai.

— Bien. Mes lapins sont heureux dans leur nouvelle demeure et mon atelier est fantastique. Merci pour tout.

— Et avec Burt ?

Elle plissa les paupières.

— Il s'est plaint de moi ? s'enquit-elle.

— Entre ses dents.

Elle le poussa du coude.

— Ne souriez pas. Vous pourriez m'agacer.

L'expression de Jaxon se fit grave.

— Il vous porte tant que ça sur les nerfs ?

— Nous pourrions en venir aux mains, mais jusqu'à présent nous sommes restés dignes, répondit-elle.

— Voulez-vous que je…

— Non. J'exagère. Nous finirons bien par faire la paix.

Elle avait l'intention d'en rester là, mais peut-être qu'un peu d'informations l'aideraient à mieux comprendre le personnage.

— Que lui est-il arrivé ? demanda-t-elle. Je veux dire, il hait toutes les femmes, sauf peut-être Erma. Cela dit, même le misogyne le plus endurci ne pourrait la haïr. C'est une cuisinière hors pair, elle tient la maison propre comme un sou neuf et ne prononce pas un mot à moins qu'on ne lui pose directement une question. Et même alors, elle peut se contenter de répondre d'un signe de tête.

— Erma est timide.

— Sans blague !

— Quant à Burt, il s'est marié trois fois. Sa première

femme a vidé leur compte en banque et est partie avec son cousin.

— Aïe !

— La deuxième a détourné de l'argent dans l'entreprise de construction où elle travaillait et essayé de convaincre les autorités que c'était Burt qui l'avait poussée à agir ainsi.

— Aïe, aïe, aïe !

— Et la troisième était violente. Elle est morte en prison.

— Elle a blessé quelqu'un ?

— Oui. Burt. Elle lui a tiré dessus à trois reprises. C'est un miracle qu'il en soit sorti vivant.

— Vous plaisantez, j'espère ?

— C'est la vérité. Cependant, Burt n'a pas le droit de blâmer toutes les femmes à cause du désastre de ses trois mariages.

— C'est pourtant ce qu'il fait.

— Il ne s'entendait pas non plus avec Judy.

— Pourquoi ? ne put-elle s'empêcher de demander.

— Judy se plaignait tout le temps. Du fait qu'elle s'ennuyait, qu'elle n'avait personne d'intéressant avec qui parler, de sa solitude. Les chevaux l'effrayaient et elle n'aimait pas les chiens. Elle avait interdit l'accès de la maison à celui de Burt. Et ils avaient d'autres points de friction. Burt lui répondait, et un soir au dîner, devant lui, elle s'est tournée vers moi et m'a demandé de le renvoyer.

Aislinn prit note mentalement de ne plus menacer Burt de perdre son emploi.

— C'est horrible.

— Oui. Comme vous pouvez le constater, Burt n'a pas été renvoyé. Ce qui a rendu Judy plus irritable que jamais. Aux yeux de Burt, Judy était une preuve supplémentaire de la perversité des femmes.

— J'essaierai d'être patiente avec lui.

Il posa une main sur la sienne, et elle accepta ce petit

geste de tendresse. Cela sembla si naturel d'entrelacer ses doigts à ceux de Jaxon… Sa paume était chaude, large. C'était bon d'être assise près de lui, le soleil lui chauffant le dos, avec le bruit des chevaux mâchonnant paisiblement l'herbe rase derrière eux.

— Ne soyez pas trop patiente, dit-il. Burt peut demander n'importe quoi à un cheval. Mais pour ce qui est des gens, il est vraiment pénible.

— Je m'en arrangerai. Ne vous inquiétez pas.

— Ce que je vous ai dit de Judy risque de la faire passer pour une horrible personne mais, avec le recul, je me rends compte qu'aucun des deux n'écoutait l'autre. Elle disait qu'elle m'aimait et qu'elle avait toujours rêvé de vivre dans un ranch, tout en ne cessant de répéter combien sa famille et sa ville natale lui manquaient. Il n'était pas difficile de comprendre qu'elle vivait mal la situation, mais j'ai entendu ce que j'ai bien voulu entendre. Pour finir, elle a voulu rentrer chez elle, et j'ai refusé de la suivre.

— Parce que votre foyer était ici.

— Exactement.

Il fit pivoter sa main, si bien que le soleil tomba sur sa bague de fiançailles qui étincela.

— J'espère que vous aimez vos bagues, dit-il.

— Je les aime beaucoup. Merci.

De facture classique, elles n'avaient rien à voir avec les bijoux qu'elle créait en y mettant toute sa fantaisie. Mais elle les aimait parce que c'était Jaxon qui les lui avait offertes, même si dans trois mois elle devait les lui rendre.

— Elles appartenaient à tante Claudia, dit-il.

Judy les avait-elle également portées ?

Elle lui retira sa main, ennuyée par l'idée.

— Hé !

Il l'examina de son regard perçant qui n'eut de cesse de découvrir ce qui lui avait déplu.

— N'y songez même pas ! Judy a choisi ses propres

bagues, expliqua-t-il. Elle m'a indiqué sa taille et m'a expédié chez le bijoutier les acheter.

Il se pencha vers elle et heurta doucement son épaule à la sienne.

— Je ne suis peut-être qu'un simple rancher, mais j'aime à croire que je ne suis pas idiot.

L'idée qu'il prête attention à ses états d'âme, qu'il les devine et les comprenne l'émut. Visiblement, il avait beaucoup appris de l'échec de son mariage.

— Vous n'êtes en aucune façon un idiot. Et je vous prie de m'excuser d'avoir supposé un instant que vous auriez pu vous resservir des mêmes bagues.

— Vous êtes pardonnée.

Il resta un instant les yeux plongés dans les siens, à la regarder, tout simplement. Elle aurait pu rester des heures ainsi, dans cette bulle où, soudain, tout lui semblait possible.

— Voudriez-vous m'en dire plus au sujet de Martin et de votre tante ? demanda-t-elle soudain.

— Martin a commencé au ranch comme garçon d'écurie. Il a dû économiser sou à sou pour offrir ces bagues à sa bien-aimée.

— C'est donc vrai qu'il aimait votre tante ainsi qu'il le prétendait dans sa lettre ?

D'une certaine façon, cela le rendait un peu plus sympathique, même s'il avait trompé Claudia avec la femme du contremaître.

— Il aimait tante Claudia, oui. Il venait de l'Est, sans un sou en poche. Comme moi, il n'a jamais connu son père. Sa mère, Colette Durand, était chanteuse de cabaret. Elle jouait du piano et se produisait dans les clubs et les restaurants pour arrondir ses fins de mois. Il m'a dit une fois qu'elle avait une âme d'escroc, s'arrangeant pour arnaquer les hommes qui tombaient amoureux d'elle. Martin avait également cette tendance. Excellent comédien, charmeur, il faisait en sorte que les choses aillent dans son sens.

Elle se remémora le vieil homme grincheux de l'été de son adolescence, assis sous le porche dans son peignoir de bain, l'épinglant de son regard méfiant.

— Charmeur ? N'exagérons rien ! s'exclama-t-elle en riant.

— C'est vrai qu'il est devenu bougon en vieillissant. Mais, quand j'étais jeune, il travaillait dur et me traitait comme si j'étais l'être le plus précieux au monde.

Qu'il ait manifesté de la bonté envers Jaxon apaisa un peu sa rancœur vis-à-vis de Martin. C'était un point dont elle se souviendrait quand elle souhaiterait qu'il soit encore de ce monde afin de pouvoir lui dire en face ce qu'elle pensait de lui, et peut-être l'étrangler pour faire bonne mesure.

Jaxon contempla un instant le paysage qui se déployait sous leurs yeux avant de reprendre :

— Je ne me souviens pas bien de ma vie avant la mort de ma mère. Martin m'a expliqué plus tard qu'elle avait été déshéritée par ses parents pour avoir abandonné ses études et fréquenté de mauvaises personnes. Je me souviens qu'elle avait des petits amis et que la plupart d'entre eux me terrifiaient. Je ne pense pas qu'elle ait eu la moindre idée de la manière d'élever un enfant. Et puis, elle a été prise dans le cambriolage d'une supérette.

— Oh non… Elle a commis un hold-up ?

Il laissa échapper un rire sans joie.

— Non. C'est un stupide concours de circonstances. Elle faisait ses achats quand le braquage a eu lieu et elle a été touchée par une balle perdue.

— Je ne devrais sans doute pas poser la question, mais où étiez-vous ?

— C'était la nuit. Elle m'avait laissé endormi dans une chambre du motel d'en face.

— Oh.

— La femme de chambre m'a découvert le lendemain matin. Les services sociaux m'ont récupéré et ils ont pris contact avec tante Claudia et Martin qui m'ont ramené à Wild River. Ici, avec eux, j'ai découvert la vraie vie. Vous comprenez. J'ai trouvé des gens capables de me guider, de m'élever, des gens en qui je pouvais avoir confiance. Ici j'étais en sécurité, je sentais que j'avais trouvé un foyer.

Aislinn sentit sa gorge se nouer d'émotion en pensant au petit garçon qui avait perdu sa mère dans des circonstances tragiques mais qui avait trouvé un foyer plein d'amour.

Finalement, ils avaient des points communs. Jaxon avait perdu sa vraie mère, et à elle, on la lui avait prise. Il avait trouvé un véritable foyer chez Martin et Claudia, et elle, elle avait été heureuse avec Marie et George Bravo et leurs enfants.

Elle envoya une rapide prière au ciel pour que Madison Delaney, « La petite chérie de l'Amérique », ait connu le même bonheur.

Penser à Madison éveilla sa curiosité au sujet de Paula qu'elle commençait tout doucement à considérer comme sa mère biologique. D'après la dernière lettre de Martin et le rapport du détective, Paula Delaney était morte peu après l'été qu'elle avait passé à travailler à Wild River.

À l'idée qu'elle n'aurait jamais l'occasion de connaître celle qui lui avait donné le jour, son cœur se serra douloureusement.

Jaxon dut le sentir car il lui prit le menton d'un geste tendre.

— Regarde-moi, dit-il doucement. Tu as le cœur tendre, Aislinn Winter.

Le brusque tutoiement la surprit, et les larmes lui montèrent aux yeux.

— Je me sens d'humeur sentimentale, c'est vrai, en partie quand je pense que je ne connaîtrai jamais Paula Delaney, avoua-t-elle. Et aussi parce que je suis heureuse que tu te sois senti aimé et protégé avec Martin et ta tante.

Il lui reprit la main et en caressa le pouce, une caresse légère et cependant possessive qu'elle apprécia beaucoup.

— La vie semblait pleine de possibilités en présence de Martin, dit-il.

Soudain, elle trouva que Jaxon en faisait un peu trop. Elle ne pouvait tout de même pas le laisser chanter les louanges d'un individu qui avait échangé deux nouveau-nés, les privant de leurs parents légitimes, et s'était bien gardé de confesser son crime avant d'être certain d'échapper au châtiment !

— Allons, ce type a gâché la vie d'un tas de gens, fit-elle remarquer d'un ton un peu plus sec qu'elle l'aurait souhaité. Et il a trompé ta tante.

— Elle était toujours malade.

— Ce n'est pas une excuse ! Quand on se marie, on se promet soutien mutuel pour le meilleur et pour le pire.

Il souleva sa main et la pressa sur ses lèvres. Elle la lui abandonna et ne se défendit pas quand… il l'embrassa. Tout au contraire, au contact de sa bouche, de son souffle sur sa peau, du léger frottement de sa barbe sur sa joue, elle fondit.

— La plupart du temps, tante Claudia était toute dévouée à Martin. Mais parfois, elle s'en prenait à lui, le traitait en employé. Je sais que cela n'excuse pas les mauvaises actions de Martin, mais il en a souffert, c'est tout ce que je dis.

— Quand même. Tromper sa femme est méprisable.

— Tu as raison.

Durant de longues minutes, ils restèrent simplement assis dans le soleil de fin d'après-midi, se tenant la main et contemplant le paysage verdoyant en dessous d'eux. Ils n'évoquèrent plus que des sujets légers.

Le dimanche, Aislinn tondit Luna et Bunbun et leur coupa les griffes.

Elle portait un tablier pour empêcher la laine de coller à ses vêtements et, pour les tondre, allongeait les lapins sur ses genoux, attentive à ne pas arracher les poils ni les tirer. Les lapins angoras avaient la peau fine, et tirer dessus les faisait souffrir.

Elle mettait soigneusement la laine de côté pour une amie qui fabriquait de splendides chapeaux angora, des gants et d'étranges tapisseries très douces.

Elle terminait de tondre le ventre de Bunbun quand elle surprit un mouvement à la périphérie de sa vision.

À quelques pas de l'enclos se tenait Burt.

— Pourquoi leur coupez-vous les poils ?

Pour une fois, c'était une question polie, et elle y répondit volontiers :

— Ils sont élevés pour la production de laine, et il faut les tondre tous les trois mois, sinon leur poil feutre et, quand ils essaient de le démêler, ils avalent des bouchons de laine.

— Et c'est mauvais pour eux.

— C'est ça. Ces bouchons peuvent les tuer.

Il regarda un instant Luna, déjà tondue, et reprit :

— Ils font pitié, tout nus comme ça.

On aurait presque dit qu'il était triste pour eux.

Elle posa Bunbun à terre. Il paraissait tout rétréci et maigrichon sans son énorme masse de poils, et ses oreilles semblaient soudain d'une longueur absurde. Détails qui ne tracassaient nullement Bunbun qui partit en sautant gaiement rejoindre Luna.

— Leur fourrure est chaude, expliqua-t-elle. En été surtout, ils apprécient d'être tondus.

— Que faites-vous de leur fourrure ?

— Je la vends à une amie qui la file.

Le voyant froncer les sourcils, elle se prépara à l'insulte qui n'allait pas manquer de venir.

Mais, encore une fois, il la surprit. Il se contenta de siffler son chien et s'éloigna vers les écuries sans ajouter un mot.

Se pouvait-il que ce soit le début d'une trêve avec le contremaître misogyne ?

Ce serait merveilleux.

À son avis, mieux valait ne pas trop compter dessus.

Le lundi, elle s'éveilla passablement énervée. C'était le jour du retour de Daniel et Keely.

Comme il n'était pas prévu qu'elle se rende à Sand & Sea, elle passa la matinée dans son atelier à faire des moulages en cire de ses bijoux. L'idée de toute une série de pièces lui était venue, et elle débordait d'énergie créatrice.

C'était peut-être grâce au ranch. Un si bel endroit, si serein, parfait pour la concentration.

À moins que ce ne soit le choc d'apprendre qu'elle n'était pas celle qu'elle avait toujours cru être. Bizarrement, cela semblait l'avoir recentrée. Après tout, la vie ne durait pas éternellement et il était peut-être temps pour elle de cesser d'errer d'un emploi à l'autre comme on essaie des tenues dans un salon d'habillage. Oui, il était temps de prendre pied dans la réalité et de s'efforcer de concrétiser ses rêves.

Son téléphone sonna peu après 15 heures. Elle posa le moulage de cire d'une bague qu'elle lissait avec du papier de verre et prit la communication.

— Nous sommes rentrés deux heures plus tôt que prévu ! s'exclama Keely sans perdre de temps en politesses. Grace m'a paru bizarre.

La benjamine de la fratrie vivait toujours dans la maison familiale avec Daniel, Keely et les jumeaux.

— Elle vient de partir pour le Sea Breeze, continua Keely.

Grace y travaillait presque tous les soirs.

— Avant de partir, elle m'a conseillé de t'appeler et te demander de m'expliquer ce qui se passait.

Voilà, on y était, songea Aislinn, sentant les larmes lui monter aux yeux.

— Je suis si heureuse que tu sois rentrée, Keely. J'ai à te parler en tête à tête. Juste nous deux.

Elles se donnèrent rendez-vous pour déjeuner le lendemain au Fisherman's Korner.

Aislinn arriva la première et commanda leur menu habituel. Quand Keely entra, magnifiquement bronzée, ses cheveux auburn tombant sur ses épaules et ses yeux verts étincelants, Aislinn bondit de son siège et courut à elle.

— C'était fabuleux, n'est-ce pas ? demanda-t-elle alors qu'elles bloquaient l'entrée avec leurs embrassades.

— Plus que fabuleux ! Je l'aime tellement.

Aislinn la serra plus fort contre elle.

— Daniel et toi, passionnément amoureux ! J'en ai les larmes aux yeux.

Elle recula et tapota le ventre à peine arrondi de son amie.

— Comment va le bébé ?

— Il ne se plaint de rien. Je me sens bien et j'ai encore un peu de temps avant de ressembler à un paquebot.

Keely la prit par la main.

— Viens. Dégageons cette porte.

Elles s'installèrent sur les banquettes de cuir rouge de leur box habituel, et Keely lui fit un rapide résumé de sa lune de miel à Bora-Bora.

La serveuse leur apporta leur *fish and chips* et se retira.

— Et maintenant, à toi, ordonna Keely. Que se passe-t-il ? Raconte !

Après avoir fait jurer le secret à son amie, Aislinn lui expliqua tout. De la série d'incroyables révélations lors de l'ouverture du testament de Martin à la découverte qu'il disait probablement la vérité, comment elle avait épousé Jaxon le lundi précédent et vivait avec lui au ranch pour les trois prochains mois.

— Tu aurais dû m'appeler, dit Keely quand elle se tut.

— Eh bien je ne l'ai pas fait. Et, si c'était à recommencer, je ne t'ennuierais toujours pas avec mes histoires.

— Tu ne m'ennuies jamais.

— Keely, Daniel et toi aviez besoin de ce voyage ! Si je t'avais mise au courant de la situation, je sais que tu serais rentrée.

— Bien sûr. Et Daniel aussi.

— Donc, j'ai fait le bon choix.

— Pas du tout !

— C'est fait. Pouvons-nous avancer, s'il te plaît ?

Keely la contempla d'un air sévère juste pour faire valoir son point de vue. Mais, soudain, elle écarquilla les yeux.

— La Madison Delaney fait partie de la famille ? Sérieusement ?

— Il semble bien que oui. Percy cherche le moyen de la joindre.

— Et tu as épousé Jaxon Winter ?

— Je ne pouvais pas le laisser perdre le ranch. Il l'aime tant.

Keely se mordilla la lèvre, un petit sourire en coin. Aislinn connaissait bien cette expression. Elle agita un doigt dans sa direction.

— N'y pense même pas ! Il ne s'agit pas du tout de ça !

— Pourquoi pas ? Vous êtes mariés, et il me suffit de sonder tes grands yeux pour voir que tu éprouves toujours des sentiments pour lui.

— Tu as raison sur le premier point mais, sur le second, tu te trompes complètement.

— Chérie, pas à moi !

Keely lui prit les mains.

— Écoute, si tu as des sentiments pour lui, profite de ces moments qui vous sont offerts. À quand remonte ta dernière relation ?

— À trop longtemps.

Trois ans auparavant, elle avait fait la connaissance d'un talentueux artiste à la tronçonneuse. Ils s'étaient plu, étaient devenus amants. Mais elle avait rapidement rompu. C'était un homme charmant, mais il n'était pas pour elle.

— Réfléchis-y, ma belle.

— Je te le promets.

Parfois, il lui semblait qu'elle ne réfléchissait qu'à ça.

Il y avait toutefois un point qu'elles devaient aborder.

— Écoute, Keely, à part Percy et Daffy, tu es la seule qui sache qu'il existe quelque part une sœur Bravo qui ignore avoir une famille ici. J'attendais votre retour, à Daniel et toi, pour expliquer la situation aux autres.

— Il faut organiser une réunion de famille.

— Exactement.

— Déjeuner dominical le week-end prochain. Je vais les travailler au corps jusqu'à ce que tout le monde accepte de venir.

— Parfait.

Keely l'observa un instant, les sourcils froncés.

— Tu sembles soudain contrariée, lui fit remarquer son amie. Qu'y a-t-il ?

— C'est juste que… dans son testament, Martin a stipulé que Jaxon et moi devons faire un mariage « davantage que de pure forme ». Tous sont venus au mariage. Percy, Daffy, Matthias, Connor, Liam, Hailey, Harper, et Grace. À part Percy et Daffy, ils ont tous cru qu'il s'agissait d'un mariage censé durer toute une vie, même si la décision paraissait précipitée. Jaxon et moi avions convenu de ne pas ébruiter le fait que nous nous mariions uniquement pour qu'il garde Wild River. Il ne faut en parler à personne avant la fin du délai de trois mois.

L'expression de Keely se fit sérieuse.

— Même pas à Daniel ?

— Oh ! Keely, je suis désolée. À Daniel moins qu'à tout autre. Tu sais bien qu'il se prend pour mon père. D'ailleurs, je le considère comme mon père dans bien des cas. Il va être assez malheureux que je me sois mariée sans l'avertir.

— C'est mon mari, Aislinn. Je ne peux pas lui dissimuler des choses aussi importantes.

Aislinn grimaça. Elle n'avait pas pensé à ce détail. Naturellement, c'était une erreur d'avoir placé son amie dans une position aussi inconfortable.

— Je n'aurais pas dû te parler de cette histoire..., murmura-t-elle.

— Bien sûr que si ! s'écria Keely. Tu dois pouvoir tout me dire ! Nous avons toujours fonctionné ainsi.

— Pas toujours. Quand tu as cru que tu étais enceinte, tu ne m'en as pas parlé.

La remarque attrista son amie.

— Je t'ai blessée ?

— Mais non. Quand tu m'as dit, pour le bébé, j'ai très bien compris pourquoi tu avais attendu. Daniel est mon frère. Peut-être pas par le sang, en fin de compte, mais tu sais ce que je veux dire.

— Un instant ! Il est ton frère et il le sera toujours. Rien ne pourra changer ça.

— Tu crois ? demanda Aislinn d'une petite voix.

— Je le sais.

De nouveau, elle eut envie de pleurer, ce qui l'ennuya beaucoup. Elle devait cesser de se montrer aussi émotive à propos de tout. Ce n'était pas comme ça que l'on pouvait résoudre les problèmes et affronter les aléas de la vie.

— Tu as raison. Où en étions-nous ?

— Aislinn...

— Non vraiment. Laisse-moi t'exposer mon point de vue. Quand tu as pensé que tu pouvais être enceinte, tu as trouvé que ce ne serait pas bien de m'en parler avant de l'annoncer à Daniel. Je suis sa sœur, et tu ne voulais pas me mettre ce poids sur le dos. Aujourd'hui, j'étais juste heureuse de pouvoir enfin te parler. Je n'ai pas réfléchi plus loin.

Les épaules de Keely s'affaissèrent.

— D'accord, marmonna-t-elle. Pour toi, je garderai le secret tant que je pourrai. Mais le radar de Daniel l'avertit toujours quand je lui cache quelque chose. S'il me demande en face de lui expliquer ce qui se passe…

— Tu ne pourras pas lui mentir, je comprends.

— Je ne le veux pas. Je ne lui ai jamais menti.

— Oui. D'accord. J'ai compris.

Cependant, Keely n'en avait pas terminé.

— Tu vas quand même devoir lui parler de ton mariage sans tarder. Réfléchis. Tous les autres sont au courant. Tu n'imagines tout de même pas le laisser dans l'ignorance jusqu'à dimanche ?

— Non, bien sûr. Je le verrai aujourd'hui.

— Réfléchis juste à la possibilité de lui dire toute la vérité. Ce serait tellement important pour lui. Tu sais comment il est. Le père universel. Il doit savoir tout ce qui se passe afin d'être en mesure de jouer son rôle protecteur.

— Tu as raison. Je vais y réfléchir.

Elle avait l'esprit tellement embrouillé… Les idées tournaient en boucle, et elle ne voyait aucune solution miracle. Comment parler à son grand frère de son mariage et de la star de cinéma qui se trouvait être une sœur sans qu'il se demande pourquoi elle avait brusquement décidé d'épouser le fils adoptif de Martin Durand ?

Elle gémit.

— Tout est si compliqué…

— Et tu n'y es pour rien. C'est ce vieux fou de Martin Durand qui t'a mise dans cette situation.

— À qui le dis-tu !

— Un pas à la fois, ma belle. Viens à la maison à 17 h 30. Daniel devrait être revenu, à ce moment-là. Grace sera partie travailler. Je m'occuperai des jumeaux, et Daniel et toi pourrez parler tranquillement dans le bureau.

Aislinn hocha la tête en silence et sourit. Depuis que

son amie était là, il lui semblait que la situation était moins grave.

Après le déjeuner, Keely et elle se rendirent à Sand & Sea. Elle devait remplacer Amanda qui avait besoin de s'absenter et, en tant que propriétaire, Keely avait du travail à rattraper.

Amanda revint à 16 h 30, ce qui laissait une heure à Aislinn avant de se rendre chez Daniel. Rentrer à Wild River pour devoir repartir aussitôt n'ayant aucun sens, elle choisit donc de se promener dans le quartier historique de Valentine Bay, réfléchissant à ce qu'elle dirait à son frère.

Quand elle se présenta à la porte, Daniel vint lui ouvrir et l'enveloppa dans sa chaleureuse étreinte. Elle s'abandonna avec bonheur dans ses bras.

— C'est si bon de te revoir, murmura-t-elle.

Il l'écarta légèrement et l'observa avec attention.

— Keely m'a dit que tu voulais me parler. Installons-nous dans le bureau.

Elle prit place sur une causeuse tandis que son frère s'asseyait dans un des fauteuils qui lui faisaient face, de l'autre côté d'une table basse.

Elle sourit à son frère.

Il était bronzé, détendu. Ses cheveux blonds avaient pâli sous le soleil tropical. Ce petit séjour au paradis en compagnie de Keely lui avait été visiblement été profitable.

Un court silence s'installa. Elle ne savait absolument pas par où commencer…

— Qu'est-ce que Keely t'a dit ? s'enquit-elle.

— Juste que tu voulais me parler.

— Très bien. Je vais donc commencer par le début. Juste après votre départ pour Bora-Bora, j'ai reçu une lettre du cabinet d'avocats Kircher and Anders…

À partir de là, de fil en aiguille, elle lui raconta tout,

y compris les trois mois de mariage exigés par Martin Durand.

À vrai dire, maintenant qu'elle était devant le frère qui l'avait élevée, elle ne voyait pas comment ne pas tout lui raconter. Ses sœurs, Grace surtout, avaient eu des conflits avec Daniel ; elles supportaient mal son besoin de s'occuper d'elles et de les protéger. Mais ce côté surprotecteur ne lui posait aucun problème. Elle appréciait ce qu'il avait fait pour ses frères et sœurs, obtenant leur garde, les aidant à parvenir à l'âge adulte après le décès de leurs parents. Elle avait confiance en son jugement et sollicitait souvent ses conseils.

Quand elle eut terminé son récit, il la regarda bien en face.

— Tu apprécies l'homme que tu as épousé ? demanda-t-il.

— Oui. C'est un homme bon.

— Je te crois.

— Je ne pouvais pas le laisser perdre son ranch. C'est toute sa vie.

— J'ai bien compris.

— Et puis, précisa-t-elle d'un ton qu'elle s'efforça de rendre léger, n'oublions pas la prime de cinquante mille dollars si tout se passe bien.

— Je te connais, Aislinn. Tu n'épouserais personne pour de l'argent.

Elle ravala la boule de sa gorge.

— Je t'aime, Daniel.

— Je t'aime aussi. Avec l'aide de Keely, j'ai fait un vrai effort dernièrement pour vous laisser toi, tes frères et tes sœurs, mener vos vies et faire vos propres choix.

— Pas possible ! s'exclama-t-elle en riant. Toi, ne pas te mêler de nos affaires ? C'était beaucoup te demander.

— Ce n'est rien de le dire !

— Autre chose, Daniel. Jaxon et moi, euh… nous sommes tombés d'accord pour ne pas divulguer les termes spécifiques du testament. Comme Martin a réclamé que le mariage ne soit « pas seulement de pure forme », il nous a semblé plus sage de ne pas expliquer qu'il s'agissait d'un arrangement pour que Jaxon garde le ranch. J'ai donc fait croire aux autres que je me mariais par amour.

— Mais je peux aborder le sujet avec Keely ?

— Bien sûr. Elle sait tout.

— C'est à toi de décider comment tu préfères gérer la situation. Tu m'as dit que Percy essayait d'entrer en contact avec Madison Delaney.

Il secoua la tête et reprit :

— Je n'arrive pas à le croire. Nous avons une sœur que nous ne connaissons pas.

— Oui. C'est dur à avaler, n'est-ce pas ?

Il demeura un moment silencieux, ses yeux bleu océan fixés sur elle.

— Tu es toujours ma sœur et tu le seras toujours, affirma-t-il.

Sa gorge se serra et des larmes lui brouillèrent la vue.

— Oh ! Daniel…

Il se leva et vint la prendre dans ses bras. Elle s'agrippa à lui jusqu'à ce qu'il la repousse légèrement.

— Ce n'est pas seulement le sang qui fonde une famille, dit-il. Ce sont toutes ces années passées ensemble, chaque deuil courageusement affronté, chaque épreuve victorieusement traversée, chaque bonheur partagé. Tu es une Bravo, Aislinn, tu l'as toujours été et tu le resteras.

Il prit son air le plus sévère, celui qu'il affichait autrefois quand elle s'était mal conduite, pour ajouter :

— Tu ferais mieux de t'en souvenir.

— Je m'en souviendrai, dit-elle, la gorge serrée.

— Ne m'oblige pas à ignorer le conseil avisé de Keely et à jouer de nouveau les pères de substitution sur ton dos.

— Non, s'il te plaît ! Pitié…, murmura-t-elle avec un petit sourire.

— Je vais appeler Percy, qu'il me tienne au courant de l'évolution de l'affaire Madison Delaney.

Elle lui parla du conseil de famille que Keely organisait et se rendit compte qu'elle était soulagée que Daniel soit au courant.

— Tu restes dîner ? proposa-t-il.

Elle pensa à Jaxon qui devait se demander où elle était passée. Depuis huit jours qu'ils étaient mariés, elle rentrait au ranch toutes les fins d'après-midi.

— Pas ce soir. Merci.

Elle serra son frère dans ses bras, le remerciant de son écoute, et retourna à sa voiture.

En se glissant derrière le volant, elle vit qu'elle avait laissé son téléphone sur le siège passager. La petite lumière indiquant qu'elle avait reçu un message clignotait. C'était Jaxon.

Est-ce que tout va bien ? Rentres-tu dîner à la maison ?

À la maison… Ces trois mots eurent sur elle un effet… très perturbant.

Devait-elle se surveiller ? Faire des efforts pour ne pas s'attacher ?

Son portable sonna alors qu'elle le mettait dans son sac.

Jaxon.

Elle ne put retenir un sourire à la vue de son nom qui s'affichait sur l'écran. Elle décrocha.

— Désolée. Je suis encore à Valentine Bay. J'avais quelques trucs à régler, mais je me mets en route. Je serai là d'ici une demi-heure.

— Dans ce cas, nous t'attendons pour dîner.

— Non. Je vous en prie. Ne changez rien pour moi.

— Nous t'attendons, dit-il de cette voix chaude et grave qui lui donnait des frissons et des désirs de…

De rien du tout !

— D'accord. À tout de suite.

*
* *

Une délicieuse odeur de poulet rôti et de pain tout juste sorti du four l'accueillit à son arrivée. Après s'être lavé les mains, elle rejoignit Jaxon, Erma et Burt à table.

Burt ne put s'empêcher de faire une remarque sarcastique.

— Quel honneur vous nous faites, princesse, en daignant dîner avec nous.

— Burt, dit Jaxon sur un ton de mise en garde.

Elle dissimula un sourire. Qu'il l'appelle « princesse » était un progrès par rapport à « Judy ».

Il marmonna autre chose qu'elle ne comprit pas. Elle lui adressa un grand sourire et demanda à Erma de lui passer le poulet.

Après le dîner, elle aida à débarrasser et à ranger la cuisine, comme elle en avait pris l'habitude. Burt disparut, mais Jaxon mit également la main à la pâte et, à trois, ils vinrent rapidement à bout de la tâche.

Erma se retira alors dans son appartement, la laissant en tête à tête avec Jaxon dans la cuisine. Le moment était choisi pour lui avouer que deux personnes supplémentaires étaient dans le secret de la clause spéciale du testament de Martin Durand. Quelque chose lui disait qu'il n'allait pas vraiment apprécier.

— Tu as une minute ? demanda-t-elle.

Il lui prit la main. C'était un geste si naturel, si juste.

Ils sortirent et allèrent s'installer sous le porche arrière, où l'on profitait encore du soleil qui éclaboussait le ciel de pourpre et d'orange.

Ils s'assirent sur les marches et contemplèrent un instant la vaste étendue d'herbe bordée de frênes blancs, d'érables et d'aulnes.

Jaxon lui tenait toujours la main qu'il serrait bien fort. Il posa leurs mains jointes sur sa cuisse et, l'attirant à lui, l'embrassa sur la joue. Sentant son souffle sur sa peau, elle souhaita que ce moment ne finisse jamais. Vraiment, il devenait nécessaire qu'elle se surveille si elle ne voulait pas retomber follement amoureuse de lui.

— Alors, ces trucs ? murmura-t-il à son oreille.

— Hum ?

— Au téléphone, tu as parlé de trucs à régler à Valentine Bay.

— Oh ! Oui. J'ai déjeuné avec mon amie Keely qui s'est récemment mariée avec Daniel, mon frère aîné. Je lui ai tout raconté. L'échange avec Madison Delaney le jour de ma naissance, toi, les trois mois où nous devons être mariés pour que tu gardes le Wild River et que je touche cinquante mille dollars, enfin, tout. Et j'ai également tout raconté à Daniel.

Durant de longues et très inconfortables secondes, Jaxon demeura silencieux. Toutefois, il ne lui lâcha pas la main. Elle espéra que c'était un bon signe.

Finalement, il réagit comme elle s'y était attendue.

— Je croyais que nous étions d'accord pour ne pas divulguer les clauses du testament de Martin et faire croire que nous nous étions mariés par amour.

Elle n'aima pas le ton de sa voix teinté de reproche.

— Eh bien, du moins la partie « vrai mariage » est réelle, répliqua-t-elle. Nous sommes vraiment mariés.

— Ce n'est pas la question, et tu le sais.

Évidemment, il avait entièrement raison.

— Je te prie de m'excuser, murmura-t-elle. Sincèrement. Mais il fallait que je dise la vérité à Keely. Et elle m'a convaincue que je devais tout raconter à Daniel.

Elle le fixa avec insistance jusqu'à ce qu'il croise son regard.

— C'est sûr, maintenant que j'ai rompu notre accord, je ne m'attends pas à ce que tu me croies, dit-elle. Mais c'est tout. Keely et Daniel. Je n'en parlerai à personne d'autre, et ils tiendront leur langue, je puis te l'assurer.

Et Percy et Daffy ne la trahiraient pas non plus.

Pour son malheur, Jaxon lisait trop facilement en elle.

— Qui d'autre ?

Elle poussa un soupir désespéré.

— J'ai la langue bien trop pendue.

— Qui ?

— Ma grand-tante et mon grand-oncle. Je les ai également mis dans la confidence.

Avait-il soupiré ? Elle n'en était pas certaine.

Il lâcha sa main.

— Oh ! Jaxon, je suis vraiment désolée.

Alors il se produisit un événement merveilleux. Jaxon passa un bras autour de ses épaules, l'attira contre lui et posa un baiser sur ses cheveux.

— Tu sais, peut-être que nous donnons trop d'importance à certains détails, fit-il remarquer.

— Tu crois ? murmura-t-elle, se laissant aller contre lui.

Il était si fort, si solide. C'était si bon de se nicher contre lui, d'être là, à contempler le coucher du soleil, la tête sur son épaule.

— Oui. Après tout, nous sommes légalement mariés, peu importe le temps que durera cette union. Nous n'escroquons personne. Nous vivons ensemble et sommes solidaires.

— Et nous nous aimons bien, ajouta-t-elle parce que c'était important.

D'accord, le mariage était censé aller de pair avec l'amour, mais Jaxon et elle s'appréciaient et se respectaient, et c'était l'essentiel.

D'un doigt sous le menton, il lui releva la tête et elle se perdit dans son regard.

— Raconte-moi tout, ordonna-t-il.

Elle éclata de rire.

— Il me semble que ça fait déjà beaucoup !

— Nous ne devons rien nous cacher.

— Très bien. Parce que je n'ai aucune envie de te mentir.

— Aislinn…

Il prononça son prénom tendrement et, quand il lui caressa les cheveux, elle se sentit craquer de la plus merveilleuse façon.

Ils étaient mariés. Réellement mariés.

- 6 -

Jaxon prit son temps pour embrasser Aislinn.

Il aimait le goût de ses lèvres, la chaleur et la douceur de son corps dans ses bras, la façon dont il pouvait, en sondant son regard, savoir tout de suite si quelque chose la contrariait. Il n'avait jamais deviné les états d'âme de Judy.

Tandis que ceux d'Aislinn…

Elle essayait de se montrer prudente, rationnelle, de protéger son cœur, mais elle possédait une nature généreuse. Déjà, après une semaine et un jour de mariage, il était bien près de penser que Martin avait raison : Aislinn était la femme qu'il lui fallait.

Elle semblait apprécier la vie au Wild River. Elle était toujours gaie. Elle avait son atelier, ses énormes et sympathiques lapins, sa grande famille toute proche. Elle se débrouillait très bien à cheval et réussissait même l'exploit de traiter Burt avec tolérance et bonne humeur.

Il l'attira à lui et lui mordilla les lèvres, lui arrachant la plus douce des plaintes. Il l'aurait volontiers dévorée toute crue.

Autant se l'avouer, au terme des trois mois, il désirerait prolonger leur mariage à l'infini.

Se montrait-il trop optimiste, trop pressé de la considérer comme une compagne pour la vie ?

Burt aurait répondu : « Bon sang ! Oui ! » Mais Burt pensait qu'aucune femme n'était digne de confiance.

Il ne croyait pas qu'Aislinn avait manipulé Martin.

Mais, même si elle l'avait fait, quelle importance ? Martin lui devait bien plus que les cinquante mille dollars qu'elle obtiendrait quand les conditions de ce ridicule testament auraient été remplies.

Sa bouche s'abandonnait sous la sienne, ses lèvres pleines s'écartèrent, et il prit possession de la douceur de sa bouche.

Elle soupira en se serrant plus étroitement contre lui. La soulevant, il l'assit sur ses genoux, et elle referma ses bras sur son cou. Le contact de son derrière ferme contre lui tandis qu'ils continuaient à s'embrasser faillit lui arracher un gémissement de pur plaisir.

Il ignorait qu'un baiser pouvait ressembler à une telle extase. Sensuel et passionné. Douloureux aussi, mais de la plus agréable façon. Il avait trente-quatre ans, avait vécu avec trois femmes avant elle. Son ex-femme, son amour de lycée et la fille avec qui il était sorti à l'université. S'agissant des relations sexuelles, il avait apprécié les trois.

Avec Aislinn, tout était différent. Plus excitant, meilleur, plus intense. Et, il le sentait bien, cela allait au-delà d'un simple désir sexuel.

Elle s'arracha à ses lèvres et le regarda de ses yeux noirs hérités de Martin, ce père qui l'avait niée à sa naissance.

— J'ai envie de toi, Jaxon. Que nous soyons ensemble comme un couple vraiment marié. C'est sans doute prématuré, mais ça m'est égal. Je veux que tu m'emmènes dans ma chambre. Je veux ouvrir la porte de communication…

Il se pencha, savoura la plénitude de ses lèvres, les caressa de la langue. Il but le gémissement de désir d'Aislinn avant de la lâcher.

— Et puis ? demanda-t-il parce qu'il avait besoin de l'entendre formuler tout haut son intention.

— Je veux franchir cette porte avec toi, entrer dans ta chambre, dans ton lit. Je veux que nous passions la nuit ensemble.

— Je le veux aussi. Et toutes celles qui suivront.

Un rire un peu enroué s'échappa des lèvres d'Aislinn.

— Commençons donc par celle-ci ! Et voyons si nous sommes dans le même état d'esprit demain matin.

— Je sais déjà dans quel état d'esprit je serai, assura-t-il.

Ses yeux noirs étincelèrent.

— Ah oui ? Et on peut savoir ?

— Je serai comblé et prêt à recommencer.

Elle rit. Puis se dégagea de son étreinte et se leva.

— Rentrons, dit-elle en lui tendant la main.

Il la prit et la suivit.

Une fois à l'étage, elle l'entraîna dans sa chambre et ils franchirent la porte de communication.

Comme elle se dirigeait vers le salon, il s'arrêta et l'attira, dos contre lui.

— Je n'en peux plus, murmura-t-il dans ses cheveux. J'ai trop envie de te caresser partout.

— Moi aussi…, répondit-elle dans un souffle.

Il enfouit son visage dans le creux de son cou et elle se renversa en arrière avec un soupir qui décupla son désir. Écartant le col de son chemisier, il couvrit de baisers la peau satinée de son épaule. Puis il la prit par la taille, et ses mains remontèrent pour englober ses seins.

Ils étaient ronds et fermes, et leur simple contact aviva son désir. Quand il en pinça les pointes à travers le tissu du chemisier, Aislinn s'agita contre lui, murmurant son prénom, comme si elle en voulait davantage.

Ça tombait bien. Il avait justement envie de tout lui donner !

Il avait faim de sa douceur, de sa beauté, de sa tendresse. Elle donnait un autre sens à la vie que la satisfaction du travail accompli et la possession d'un compte en banque bien rempli.

Elle donnait… plus.

Ce mot résumait parfaitement ce qu'elle lui offrait. Plus.

— Redis-le, Aislinn. Redis mon prénom.

— Jaxon…, répéta-t-elle d'une voix étranglée par le désir.

— Encore.

— Jaxon, Jaxon, Jaxon…

— Si tu savais l'effet que tu produis sur moi…

La prenant par les épaules, il la fit pivoter, reprit sa bouche et s'enivra de sa douce chaleur.

Elle noua ses bras à son cou et se pressa contre lui. Jamais il n'avait connu pareille sensation avec une femme. Il lui semblait être victime d'une enchanteresse. Victime consentante.

Il la prit par la taille et la souleva. Comprenant son intention, elle enroula ses jambes autour de ses hanches. Ses sandales claquèrent en tombant au sol tandis qu'elle nouait ses chevilles à ses reins.

Tout en l'embrassant passionnément, il l'emporta jusqu'au lit. Quand il essaya de l'y déposer, elle ne desserra pas son étreinte et l'entraîna avec elle. Ils basculèrent ensemble, riant sans cesser de s'embrasser.

Elle prit son visage dans ses mains.

— Préservatif, dit-elle.

Son visage empourpré et si sérieux l'enchanta.

L'enchanta ? Voilà un verbe qu'il n'avait jamais employé. Jusqu'à ce soir.

Il était perdu, pas de doute là-dessus. Il hocha la tête.

— Préservatif, répéta-t-il.

— Je n'en ai pas, Jaxon. Et toi ?

Il en avait acheté trois jours plus tôt, quand il s'était rendu en ville. Parce que, lorsqu'un homme désire une femme, il doit être prêt, s'il se trouve que son vœu le plus cher est exaucé.

Il se dégagea doucement pour allumer la lampe de chevet, ouvrir le tiroir de la table de nuit et en sortir une boîte.

— Est-ce que ce sera suffisant ?

— Fantastique ! s'exclama-t-elle avec un grand sourire.

— Maintenant, où en étions-nous…

— Juste là…

Elle lui tendit ses lèvres qu'il prit pour le plus délicieux des baisers.

Mais il lui fallait au moins se débarrasser de ses bottes. À contrecœur, il s'assit.

— Ne bouge pas.

— À vos ordres, monsieur.

— J'aime que tu me parles ainsi.

Elle tira sur sa chemise.

— Reviens…

— Je m'y efforce !

Il retira une botte, puis l'autre et les jeta à travers la pièce. Ses chaussettes suivirent le même chemin. Ensuite, se tournant vers Aislinn, il la prit par les épaules et l'attira en position assise. Elle le regarda, un peu étonnée, mais quand il sortit son chemisier de soie de son jean, elle comprit son intention, et leva les bras. Le chemisier alla rejoindre bottes et chaussettes.

Elle portait un soutien-gorge de dentelle blanche avec un petit nœud entre ses adorables seins. Il ne put résister. Se penchant, il prit un mamelon entre ses lèvres et le suça à travers la dentelle.

Elle lui agrippa la tête.

— Encore, Jaxon…, gémit-elle. N'arrête jamais…

— Tu portes trop de vêtements, grogna-t-il.

Il caressa l'autre sein tout en cherchant l'agrafe du soutien-gorge. Un instant plus tard, il jetait le sous-vêtement par-dessus sa tête.

— Débarrasse-toi de tout le reste, ordonna-t-il.

Elle obéit prestement, ses seins couronnés de brun bondissant tandis qu'elle se tortillait pour enlever son jean en même temps que de sa culotte.

— À ton tour, dit-elle quand elle fut nue.

Elle lui donna de petits coups sur le torse avec son index.

— Et dépêche-toi !

Il ne détestait pas recevoir des ordres, surtout quand

cela signifiait se retrouver nu avec Aislinn, peau contre peau.

Il se déshabilla très vite et lui tendit les bras.

Elle vint à lui et, pressant son corps doux et mince contre le sien, le renversa sur le lit avec un petit cri joyeux. Ils tombèrent ensemble, s'embrassant, se caressant avec passion. Il enfouit son visage dans le nuage noir et soyeux de ses cheveux et lui mordilla le lobe de l'oreille tandis qu'elle l'attirait plus près d'elle avec un soupir de gorge plein de désir.

Il aurait voulu couvrir son corps de baisers, la goûter partout en même temps, mais il commença par les seins. Il en embrassa les mamelons, les tendres côtés, la rondeur en dessous. Pus il les prit dans ses mains, les serrant l'un contre l'autre pour les couvrir de caresses. Quand, se tortillant, elle se retourna, il poursuivit l'exploration minutieuse de son corps.

Il promena ses lèvres sur la rondeur de ses épaules, descendit le long de son dos et dessina de la langue les deux fossettes du bas de ses reins.

Elle poussa de petits cris quand il embrassa les rondeurs parfaites de ses fesses, la droite d'abord, puis la gauche. Ensuite, il poursuivit son chemin vers la tendre fente de son intimité, et continua vers le bas de son corps, s'attardant sur le creux du genou, léchant et mordillant sa peau douce.

À partir de là, elle se montra vraiment impatiente et roula de nouveau sur le dos. Si elle n'avait pas été aussi rapide, il l'aurait maintenue en place pour continuer sa progression vers le mollet, les chevilles et la vulnérable plante des pieds, puis chaque adorable orteil.

Mais elle n'était plus de cette humeur.

— Viens m'embrasser, ordonna-t-elle.

— Comme il vous plaira, madame.

Rampant le long de son corps, il vint presser ses lèvres contre les siennes. Elle répondit à son baiser avec une ardeur qui l'embrasa.

Tout en l'embrassant, elle plongea la main entre eux et referma ses doigts sur son sexe douloureusement tendu. À présent, c'étaient ses propres gémissements qui résonnaient dans la chambre. C'était lui qui prononçait son prénom d'un ton suppliant tandis qu'elle le caressait, son étreinte ferme et délicieuse. Peut-être un peu trop ferme…

Il lui saisit le poignet et l'arrêta, craignant de ne pouvoir se retenir plus longtemps.

Pour une première fois, ce ne serait pas très élégant.

La renversant sur les oreillers, il embrassa le rectangle de duvet brun nettement délimité entre ses cuisses puis il insinua ses lèvres dans la tendre fente. Elle s'agita en soupirant et agrippa ses épaules pour le ramener à elle.

Non… Pas maintenant…

Il avait besoin de la goûter, là, au centre de son corps. La mordillant, il l'incita doucement à écarter les cuisses.

Alors, écartant les lèvres de son sexe avec les doigts, il y plongea sa langue.

Elle prononça son prénom une fois encore, l'implorant doucement.

— Oh oui, Jaxon… Oh ! S'il te plaît…

Il jouait avec elle, usant de ses doigts et de sa langue. Se penchant en avant, elle glissa ses doigts dans ses cheveux et l'encouragea d'une voix haletante tout en balançant ses hanches.

Et puis, avec un cri de triomphe et d'abandon, elle s'envola. Mais, très vite, elle s'agrippa de nouveau à lui, le pressant de s'allonger sur elle.

— Jaxon, viens en moi, je t'en prie. J'ai tellement envie…

La fin de sa phrase se perdit dans un gémissement.

Il lui était impossible de différer le moment de la satisfaire tant il brûlait de désir. Il s'allongea sur elle, mais au moment de la pénétrer, avec un gémissement de frustration, il se rejeta en arrière.

— Qu'y a-t-il ? demanda-t-elle, stupéfaite.

— Préservatif, grommela-t-il.

Ses grands yeux noirs s'écarquillèrent.

— Oh ! Dépêche-toi, je t'en prie. J'ai tellement envie.

Plus que d'accord avec elle, il se souleva suffisamment pour sortir un préservatif de la boîte, ouvrir l'emballage et le mettre en place.

— Jaxon…

Elle tendit les mains vers lui, posa ses paumes sur son torse et les fit glisser pour effleurer la base de son pénis.

Submergé d'émotion par la perfection du moment, il s'installa entre ses jambes et la pénétra doucement tandis qu'elle se cambrait pour mieux l'étreindre.

La sensation était incomparable. Elle était étroite, mais si chaude et humide… Parfaite. Il poussait doucement en elle même s'il avait l'impression que son cœur allait s'arrêter à force de se contrôler.

Les mains d'Aislinn étaient partout à la fois, caressant ses épaules, labourant ses flancs, saisissant ses fesses et s'y cramponnant comme si elle craignait de n'avoir jamais assez de lui.

— Oui, comme ça, murmura-t-elle. Oh ! oh !

Ses exclamations étaient ponctuées de soupirs de plaisir et de petits gémissements tandis que son corps s'ouvrait lentement pour lui.

Finalement, il fut entièrement en elle. Elle l'attira à elle d'un coup sec, ce qui lui arracha une plainte.

— Jaxon, murmura-t-elle, son souffle contre sa joue, ses lèvres à son oreille. Oh oui, oui…

Soudain, quelque chose se libéra en lui. Il ne pouvait plus attendre.

Il se mit à aller et venir en elle, son regard plongé dans le sien, et elle épousa son rythme. Tout devint merveilleusement confus, parfait.

La sentant approcher de l'orgasme, il réussit à se contrôler encore un peu, jusqu'à ce que, dans un cri, elle l'agrippe en se convulsant.

Alors, la serrant dans ses bras, il se laissa aller à la jouissance.

Il faisait noir dans la chambre quand Aislinn ouvrit les yeux. Le réveil sur la table de nuit projetait une douce lueur. Il était 2 h 22. Tout à l'heure, la lampe était allumée. Jaxon avait dû l'éteindre.

Jaxon…

Il l'enveloppait dans son étreinte, son souffle chaud soulevant ses cheveux, son bras musclé en travers de sa taille, sa cuisse dure glissée entre les siennes. Elle ferma les yeux, désireuse de prolonger indéfiniment ce moment, comblée et en sécurité dans le refuge de ses bras.

Mais, soudain, les battements de son cœur s'emballèrent, et un goût de cendre lui emplit la bouche.

Ils n'auraient pas dû agir ainsi…

Bien sûr, ces instants avaient été magiques, mais elle n'était pas prête à se conduire ainsi.

Elle ne savait même plus qui elle était !

Et puis, même si Jaxon était un être merveilleux, comment trouver le courage d'entamer une relation amoureuse sans espoir ? Ils étaient dans les bras l'un de l'autre parce qu'un homme l'avait quasiment ordonné. Elle ferait bien de s'en souvenir.

Que s'était-elle imaginé, la veille ? Ce n'était pas réel. D'ailleurs, elle n'avait plus aucune notion de ce qui était réel ou non. Et elle devait sortir de ce lit au plus vite, se dit-elle, prise de panique.

Toutefois, ne voulant pas réveiller Jaxon, elle tenta de se dégager doucement de son étreinte. Elle se glissa hors du lit et partit à tâtons à la recherche de ses vêtements. Elle récupéra son jean, sa culotte, son chemisier et une sandale. Pour ce qui était de la deuxième, impossible de la retrouver.

Sur la pointe des pieds, elle se dirigea vers la porte

de sa chambre. Elle posait la main sur la poignée quand elle entendit un bruit de couvertures que l'on froissait.

— Aislinn ?

La lampe de chevet s'alluma.

Elle se retourna vers lui, ses vêtements serrés contre sa poitrine, clignant des yeux à cause de la lumière et se sentant particulièrement stupide.

Il s'assit, découvrant son torse athlétique avec cette ligne sexy de duvet descendant vers…

— Aislinn.

— Je retourne juste dans mon lit. Rendors-toi.

— Ne pars pas, dit-il en fourrageant dans ses cheveux. Je veux que tu restes.

Il la regardait si tendrement, comme s'il ne supportait pas l'idée d'être séparé d'elle. Bon sang ! Il semblait si sincère, et elle avait très envie de rester.

Mais c'était impossible, vraiment impossible.

— Il faut juste que j'aille… Euh, enfin, tu vois ?

Il repoussa les couvertures et s'assit au bord du lit.

— Attends.

— Je… Je ne peux pas. Je…

Il vint alors à elle dans sa magnifique nudité.

Hypnotisée par sa beauté virile, elle le regarda approcher. Quand il posa ses grandes mains chaudes sur ses épaules, elle se sentit fondre de désir. Parce que… Parce qu'elle le désirait de toutes les fibres de son corps. Parce qu'elle aimait le serrer dans ses bras, être serrée dans les siens. L'embrasser, être embrassée.

Il fallait juste qu'elle se rappelle que ce n'était pas réel.

— Qu'est-ce qui t'arrive ? demanda-t-il.

Rien. Trop de choses.

— C'est juste que… C'est trop, tu comprends ? Ça va trop vite. Hier soir, je me suis laissé emporter et maintenant je dois vraiment retourner dans ma chambre.

— Tu trembles.

— S'il te plaît, Jaxon…

Il laissa retomber ses mains, et elle se hâta vers la porte.

— Aislinn, je veux que tu saches…

Elle se figea.

— Oui ?

Qu'il le dise, et vite ! Qu'elle retrouve la tranquillité de sa chambre.

— Si tu as besoin de moi, je suis là, répondit-il. De l'autre côté de cette porte.

Serrant plus fort ses vêtements contre elle, elle hocha la tête.

— Merci. Je… C'était parfait, cette nuit. J'en ai adoré chaque minute. Mais j'ai ce petit problème.

— Quel problème ?

— Eh bien, je ne sais pas vraiment qui je suis désormais.

— À cause de ce que t'a appris Martin ?

— Oui. Et je… Je ne peux pas.

— Tu ne peux pas quoi ?

— Je suis incapable d'en parler maintenant.

— Tu es la même que celle que tu as toujours été. Une femme formidable que je veux connaître mieux.

Ces quelques mots, prononcés d'un ton tranquille la réconfortèrent un peu.

— Je t'aime beaucoup, moi aussi, murmura-t-elle. Mais j'ai l'esprit confus. Vraiment, j'ai besoin d'être seule.

Il demeura quelques instants silencieux.

— Bonne nuit Aislinn, dit-il enfin.

Elle sentit qu'il reculait au grand froid dans son dos.

Précipitamment, elle ouvrit la porte, entra dans sa chambre et verrouilla la porte derrière elle.

- 7 -

Quand vint le matin, Aislinn se sentait toujours incapable d'affronter Jaxon.

Elle avait la sensation que son cœur était à vif. La nuit avait comblé ses rêves les plus fous, mais comment se faisait-il que ce qui lui avait paru si juste lui apparaissait à présent comme une erreur ? Son fantasme d'il y a cinq ans était devenu réalité. Jaxon voulait qu'ils avancent ensemble, comme un couple, il l'avait clamé haut et fort.

Elle le désirait aussi.

Et pourtant, impossible de sauter le pas. C'était comme si elle était incapable de saisir ce qui était à sa portée et qu'elle désirait si passionnément.

Comment l'aurait-elle pu alors qu'elle se sentait intruse dans son propre corps ?

Elle ne voyait qu'une solution : se cacher.

Tout en ayant conscience que c'était une attitude puérile et totalement stérile, elle se terra dans sa chambre jusqu'à ce qu'elle soit certaine que Jaxon et Burt, ayant fini leur petit déjeuner, étaient partis pour les écuries. Descendant alors l'escalier sur la pointe des pieds, elle trouva la maison vide. Par une fenêtre, elle aperçut Erma qui jardinait dans son potager.

Après avoir pris un bol de céréales et passé du temps avec ses lapins, elle se rendit dans son atelier où elle attacha perles de verre coloré et breloques en argent à des marque-pages en filigrane d'argent pour une commande de la librairie. C'était un travail qui ne monopolisait pas trop son attention, parfait pour un jour comme celui-ci où son niveau de concentration était plutôt bas.

À 11 heures, quand elle rentra à la maison se changer pour aller prendre son travail à Sand & Sea, Erma jardinait toujours.

À l'étage, elle trouva son soutien-gorge de dentelle blanche sur son lit et sa deuxième sandale.

Jaxon avait laissé un mot à côté du sous-vêtement.

J'ai pensé que tu aimerais peut-être le récupérer.

Pour la première fois depuis son réveil en panique de la nuit, elle eut envie de sourire. Elle se comportait en enfant gâtée alors que Jaxon restait gentil et patient.

Le soir, au dîner, elle détourna la tête à chaque fois qu'il essaya de capter son regard.

Elle commençait à se trouver vraiment stupide. Il fallait qu'elle lui parle, qu'elle s'excuse pour son comportement. Quoi qu'il se passe ensuite entre eux, elle lui devait des explications pour l'avoir fui la nuit précédente.

Malheureusement, son propre comportement restant à ses yeux un mystère, elle aurait certainement du mal à rester cohérente.

Après le dîner, les hommes allèrent chercher des poulains qu'ils avaient laissés paître dans un pré éloigné. Elle aida Erma à débarrasser et à remettre en ordre cuisine et salle à manger, puis passa une heure avec Luna et Bunbun.

Quand elle les quitta, elle se sentait nerveuse. Elle retourna travailler à l'atelier jusqu'après minuit, s'absorbant dans certains problèmes de dessin d'une nouvelle série de pièces.

Quand elle rentra, la maison était silencieuse.

Elle se doucha, et se prépara pour la nuit. En éteignant sa lampe, elle vit un rai de lumière sous la porte de communication.

Jaxon ne dormait pas.

C'était peut-être le moment de lui présenter des excuses. S'il voulait bien l'écouter.

Elle envisagea d'échanger son T-shirt Snoopy et son pantalon de jogging retaillé au niveau des cuisses contre une tenue de nuit plus classique, mais y renonça.

Avant de perdre tout courage, elle alluma la lumière et se dirigea vers la porte de communication. Les battements de son cœur résonnaient jusque dans ses oreilles, mais elle ne flancherait pas. Elle frappa.

— Oui, répondit la voix profonde et envoûtante de Jaxon.

Elle poussa la porte. Allongé en T-shirt et pantalon de survêtement contre une pile d'oreillers, il lisait, le nez chaussé de lunettes à monture noire.

Il posa le livre et ôta les lunettes.

Elle toussota d'une façon un peu ridicule.

— Bonsoir.

— Entre, dit-il en s'asseyant au bord du lit.

Elle vint s'asseoir près de lui.

Plusieurs secondes s'écoulèrent dans un silence interminable.

— Comment vas-tu ? demanda-t-il enfin.

Elle glissa un pied nu sous sa cuisse et se tourna vers lui.

— Je te jure que d'habitude je ne me comporte pas de façon aussi stupide après l'amour, laissa-t-elle échapper d'une traite.

Il esquissa un sourire.

— Cela n'a pas été le cas.

— Si, et je te prie de m'excuser. Tu n'es pour rien dans mon attitude. Je le répète, j'ai passé cette nuit des moments inoubliables.

— C'était si bon qu'il fallait que tu t'éloignes rapidement de moi ?

— Sincèrement, ce ne sont pas nos fabuleuses relations sexuelles qui m'ont effrayée. Je pense qu'il y a eu trop de bouleversements dans ma vie dernièrement, et je ne sais plus où j'en suis, c'est tout.

Tout doucement, il leva une main et repoussa une mèche de cheveux derrière son oreille.

— J'aimerais t'enlever ton T-shirt Snoopy, tu sais ça ? Et ce short, et tout ce que tu portes peut-être en dessous.

Elle fut parcourue de frissons.

— C'est tentant…, murmura-t-elle.

Il dut saisir la nuance d'hésitation dans sa voix.

— Mais ?

— Je ne me sens pas très bien. Tu comprends, je suis moi, mais je ne suis pas moi. Je vis ici, mais seulement pour trois mois. Tu es mon mari, mais pour d'autres raisons que l'amour. Oh ! et puis, dans environ douze semaines, nous divorcerons et j'y gagnerai cinquante mille dollars. Je ne suis pas née dans une villa du Montedoro sur la Riviera comme ma mère me l'a toujours raconté. Au lieu de ça, j'ai été échangée à la naissance avec « La petite chérie de l'Amérique ». Ma mère n'était pas ma mère, et ma vraie mère étant morte, jamais je ne la connaîtrai.

Elle se tut, attendant une réaction qui ne vint pas. Comme Jaxon se contentait de la regarder avec une tendresse bouleversante, elle demanda :

— Tu as entendu ce que j'ai dit ? La folie de ce qui m'arrive a des répercussions infinies, tu dois bien l'admettre. Et la nuit dernière…

Sa gorge se serra, et elle se tut.

— Eh bien, la nuit dernière ? demanda-t-il, comme elle ne disait toujours rien.

Elle prit une profonde inspiration.

— Tu ne me crois pas, n'est-ce pas, quand je te dis que j'ai été amoureuse de toi, il y a cinq ans ? J'étais folle de toi, mais tu n'as rien vu.

— Aislinn, je…

Elle leva une main pour l'interrompre.

— Laisse-moi finir, s'il te plaît.

Il hocha la tête.

— J'étais obsédée par toi. J'inventais toute une vie avec toi une fois que tu aurais quitté ta femme et que tu m'aurais rejointe. Nous aurions fui en amoureux pour la Riviera où ma famille princière t'aurait beaucoup impressionné.

Il tendit une main vers elle, mais arrêta son geste de lui-même.

— Aislinn, il ne s'est rien passé il y a cinq ans. Tu n'as rien fait de mal.

— Sauf que je voulais de toutes mes forces te séduire, te détourner de ta femme. J'étais si amoureuse que j'étais prête à me jeter à ton cou. Rappelle-toi ce jour dans les écuries où j'ai accidentellement trébuché et atterri dans tes bras ?

Il la regarda sans comprendre.

— Tu ne te souviens même pas que je me suis jetée à ta tête ? La bonne nouvelle, ajouta-t-elle en se redressant, c'est que tu m'as prise par les épaules, redressée et demandé poliment si ça allait. Même dans mon exaltation amoureuse, j'ai senti que tu étais à des lieues de te douter de mes sentiments et de partager ma passion. Et je me suis rendu compte que si tu en avais eu le moindre soupçon, tu m'aurais fuie comme la peste.

— Mais je l'ignorais. Et cela n'a plus d'importance maintenant.

— Pour toi, peut-être.

— Ne peux-tu… essayer d'oublier ?

— Si, bien sûr. Mais j'ai eu tellement honte. Tu n'as pas idée. Alors je t'ai laissé ce petit mot où j'invoquais une urgence familiale et je suis partie l'après-midi même pour ne jamais revenir, Jusqu'à ce que ce maudit Martin décide de jouer les entremetteurs depuis sa tombe.

Un long silence s'installa.

— C'est tout ? demanda enfin Jaxon.

Elle laissa échapper un rire dépourvu de gaieté.

— Tu ne crois pas que c'est suffisant ?

— C'est beaucoup, reconnut-il. Mais cesse de culpabiliser parce que tu as cherché à séduire un homme marié ! Tu étais jeune, et il ne s'est rien passé. Quant au reste, ce n'est vraiment pas ta faute.

Elle croisa les bras et contempla ses pieds nus.

— Et je ne sais toujours pas de façon certaine qui je suis, marmonna-t-elle.

Elle lui jeta un regard en coin et ajouta :

— J'ai conscience que je n'arrête pas de me répéter, mais ça m'obsède. Et il me semble que ce n'est pas une bonne idée que nous couchions ensemble maintenant.

Jaxon se rembrunit. Il n'appréciait pas du tout ce qu'elle venait de dire.

— Je n'ai pas couché avec toi sur un coup de tête, rétorqua-t-il sèchement, mais par choix.

— Je n'ai pas dit que je n'en avais plus envie, au contraire, j'en ai très envie. Et pour moi aussi c'était un choix. Peut-être juste un peu hâtif, simplement.

— Maintenant, je suis un mauvais choix !

— Je n'ai pas dit mauvais, mais hâtif.

— Une distinction qui ne fait aucune différence à mes yeux.

— Pourtant, il y en a une. Jaxon, est-ce que tu me provoques, ou bien es-tu en colère ? Je n'arrive pas à savoir.

Il haussa les épaules.

— Peut-être les deux.

— Eh bien, je…

— Bonne nuit, Aislinn.

Il se leva et alla regarder par la fenêtre donnant sur le jardin baigné par le clair de lune.

Plus aucun doute, cette fois. Il ne la mettait pas à la porte parce qu'il était bien élevé, mais c'était tout comme.

— Bonne nuit, dit-elle.

Elle était arrivée à la porte de communication quand il parla de nouveau :

— Ne t'est-il pas venu à l'idée que tu n'arrives pas

à t'abandonner avec moi parce qu'ainsi tu donnerais raison à Martin ?

En se retournant, elle s'aperçut qu'il l'observait.

— Tu te trompes, répondit-elle.

Il la scrutait avec attention.

— Tes lèvres tremblent et tu es toute rouge, dit-il d'un ton tranquille. Viens. Je vais te rappeler pourquoi tu devrais passer toutes tes nuits avec moi.

Son regard contenait la promesse d'une succession de nuits magnifiques. Malgré la distance, elle sentait la chaleur de son corps et mourait d'envie de courir à lui.

Pourtant, elle tint bon.

Argumenter davantage ne prouverait pas qu'elle avait raison. Malgré tout, elle ne pouvait s'empêcher de se justifier.

— Cela n'a rien à voir avec Martin, dit-elle. Je ne connais même pas ce type !

— Ça a tout à voir avec Martin. Tu es tellement en colère contre lui et, bon sang, tu as toutes les raisons de l'être. Mais tu pourrais voir les choses différemment. Il nous a mis dans cette situation parce qu'il croyait t'offrir ce que tu désirais.

— C'est-à-dire toi ?

— C'est-à-dire toi et moi ensemble. Je ne peux pas parler en ton nom mais, pour moi, en jouant les entremetteurs, Martin ne s'est pas trompé.

Elle savait que, quoi qu'elle réplique, elle ne le convaincrait pas. Apparemment, il le savait aussi, car il désigna la porte ouverte derrière elle.

— C'est très simple, Aislinn. Quand tu changeras d'avis, tu trouveras ma porte ouverte.

Sans un mot elle retourna dans sa chambre. Elle fulminait. Elle avait voulu expliquer son comportement à Jaxon, s'excuser, et il n'avait rien compris !

Quand elle changerait d'avis.

L'arrogance de Jaxon n'avait pas de limites. Jusqu'ici elle n'avait pas remarqué ce défaut. Tout au moins pas quand elle avait vingt et un ans et le suivait partout comme une groupie se desséchant d'amour pour son idole. Pas les derniers quinze jours quand elle l'avait épousé et avait emménagé avec lui.

Le pire était qu'elle l'avait toujours considéré comme quelqu'un de bien.

Ce soir, elle avait appris une chose.

Il était capable de se conduire comme un pauvre crétin, lui assénant ces sottises au sujet de Martin qui aurait juste essayé de lui faire plaisir, prétendant que faire l'amour ensemble était tout simple.

Ce n'était pas simple ! Il y avait tant de choses à considérer. Qui savait comment tout cela finirait ? Jaxon lui avait déjà brisé le cœur une fois alors qu'il ignorait son existence.

Cette fois, si elle le laissait faire, ce serait bien pire.

« Quand », avait-il dit. « Quand tu changeras d'avis », comme si c'était inévitable.

Eh bien, il se trompait ! Elle allait dormir dans sa chambre durant les trois mois requis, l'aider à conserver ce ranch qu'il aimait plus que tout. Et, dans l'affaire, elle gagnerait cinquante mille dollars.

C'était gagnant gagnant. Point final.

À mesure que la semaine avançait, une certaine distance s'établissait entre eux. Ils s'adressaient poliment la parole, mais seulement si nécessaire, et ils s'évitaient soigneusement.

Aislinn résistait à l'envie de vérifier s'il laissait vraiment la porte de communication ouverte comme il l'avait dit.

Elle avait très envie de le découvrir…

Non ! Pour la première fois de sa vie, elle optait pour une prudence qui, jusqu'ici, lui avait paru une vertu triste et déprimante.

Dommage… Elle était coincée dans sa chambre alors

que Jaxon lui avait proposé de lui montrer pourquoi elle devrait le rejoindre dans son lit. Peut-être que…

Non ! La prudence serait désormais sa devise.

Et puis elle en voulait un peu à Jaxon.

Parce qu'il avait dit « quand » au lieu de « si ». Parce qu'il avait osé suggérer que Martin avait eu raison de mettre leurs vies sens dessus dessous. Parce qu'il lui avait montré son mauvais côté et, de ce fait, était descendu de son piédestal.

Elle savait désormais qu'il n'était pas parfait.

Le vendredi était jour de paie à Sand & Sea.

Keely appela Aislinn dans son bureau pour lui remettre son chèque et parler de l'avenir.

— J'aimerais te garder dans l'équipe, lui dit Keely. Qu'en penses-tu ?

— Voilà ce que je propose. Engage quelqu'un et je resterai le temps de mettre cette personne au courant. Et, chaque fois que tu auras besoin de moi, je répondrai présente.

— Tu as trouvé à t'engager sur un bateau de pêche au saumon ?

Aislinn se mit à rire. C'était une vieille plaisanterie entre elles. Chaque fois qu'elle souhaitait changer de travail, elle menaçait de partir pêcher en mer, ce qui rapportait bien plus que la plupart des jobs qu'elle trouvait, disait-elle.

— Pour la prochaine saison ! répondit-elle. Non, j'ai envie de me consacrer entièrement à la fabrication de bijoux.

— Je ne peux rien opposer à ça. Tu sais que je t'ai toujours poussée dans cette voie.

— C'est curieux, murmura-t-elle, mais quelque chose a changé en moi. Je ne me laisse plus si facilement distraire et maintenant je peux rester assise des heures à mon établi. J'ai dessiné de jolies pièces d'un prix abordable pour mon site, et elles partent comme des petits pains. Et puis, je travaille sur des bijoux haut de gamme, toute une collection, imagine-toi !

— Fantastique ! Alors, d'accord, tu es virée.

— Parfait. Merci.

— Dans deux mois, nous discuterons d'une exposition pour toi, ici, à Sand & Sea.

— Une exposition rien que pour moi ?

— Rien que pour toi.

Cette nouvelle lui remonta le moral. À la galerie, son travail avait parfois été inclus dans des expositions, mais jamais elle n'avait eu sa propre exposition. Ce serait un grand bond en avant.

— Nous l'organiserons quand tu seras prête, précisa Keely. Fais-moi signe.

Elles parlèrent ensuite du conseil de famille à venir.

— Ni Matthias ni Liam ne peuvent être là dimanche prochain, dit Keely. Alors je l'ai reporté au dimanche suivant. Tout le monde pourra venir, y compris Percy et Daffy. Est-ce que cela te convient ?

— Très bien.

Keely l'étudia attentivement un instant avant de demander :

— Qu'y a-t-il ? Tu ne me sembles pas très en forme.

Aislinn se laissa aller contre le dossier de son fauteuil et poussa un gros soupir.

— Tout fiche le camp dans ma vie, tu comprends ? En même temps, je prends conscience qu'il en a toujours été ainsi. J'ai toujours aimé être ouverte à l'aventure, ne jamais être prisonnière d'une feuille de paie ou d'une relation. Mais dernièrement…

La fin de la phrase se perdit dans un nouveau soupir.

— Soudain, je voudrais quelque chose de solide à quoi m'accrocher, tu vois ? reprit-elle.

— Il me semble qu'il est normal que tu veuilles enfin un peu de stabilité.

— Sauf que ça me déprime.

— Ce n'est pas ton désir de stabilité qui te déprime. Pense que tu as reçu un gros choc émotionnel. C'est énorme de découvrir que ce que tu as toujours cru vrai ne l'est pas. Cela ébranlerait n'importe qui, tu sais.

— Et, pour tout arranger, j'ai couché avec Jaxon.

Elle ne se rendit compte qu'elle avait parlé tout haut qu'en voyant les yeux de son amie s'écarquiller.

— C'était bien au moins ? demanda cette dernière.

— Oh oui ! Mais, le lendemain, je lui ai dit que nous ne recommencerions pas. Je ne pense pas qu'il m'ait cru.

— Avez-vous recommencé ?

— Non.

— Mais tu en as très envie.

Aislinn grimaça.

— Tu me connais trop bien, Keely.

— Tu n'as pas à piétiner tes sentiments sous prétexte que ton univers a basculé. Tu as toujours affirmé que Jaxon était un homme bien.

— Doublé d'un crétin.

— Vraiment ?

— Non. En réalité, il m'a juste agacée… une fois.

— Je comprends que tu détestes la situation dans laquelle t'a mise Martin Durand. Mais cela ne t'interdit pas de tirer ton épingle du jeu.

— C'est ce que prétend Jaxon. Je me suis fâchée avec lui à cause de ça. C'est drôle, quand c'est toi qui le dis, ça a du sens.

— Écoute, Aislinn, à une époque, tu as désiré cet homme à t'en rendre malade, et il est évident que tu es toujours accro. C'est ton mari, bon sang ! Il me semble que tu as le droit d'agir comme bon te semble.

— Super ! Maintenant je commence à être en colère contre toi.

Keely haussa les épaules.

— Pas de problème, j'assume. Pense juste à ce que je t'ai dit.

— Je le ferai, promit-elle.

Peut-être.

Jaxon avait conclu que le mieux pour lui était de se tenir tranquille. Il évitait donc Aislinn, pensant que c'était à elle de venir à lui.

Le vendredi soir, il commença à voir le défaut de sa stratégie. Elle gardait ses distances. Lui aussi. Dans ces conditions, trois mois pouvaient s'écouler sans que la situation évolue. À la fin de cette période, elle quitterait le ranch en toute légalité. Et... Il ne la tiendrait plus jamais dans ses bras.

Cette idée le faisait bondir.

Il devait absolument changer ses plans.

Le samedi, les sœurs d'Aislinn vinrent déjeuner au ranch. Trois jolies blondes en jean, T-shirt et solides boots descendirent de voiture tandis qu'Aislinn dévalait les marches du porche pour les accueillir.

Jaxon, Burt et Ace, qui revenaient des écuries pour le repas, s'arrêtèrent pour observer les retrouvailles. Les quatre jeunes femmes s'étreignaient en poussant des cris de joie qui évoquaient des pépiements d'oiseaux. À les voir, on aurait cru qu'elles ne s'étaient pas vues depuis des années.

Comme d'habitude, Burt fit quelques commentaires désobligeants sur les femmes. Ace, quant à lui, gémit plaintivement. Contrairement à son maître, il aimait les femmes qui le comblaient de mots doux, de caresses et même parfois lui accordaient une friandise.

De son côté, Jaxon dissimulait un sourire. S'il jouait correctement ses cartes, les trois jeunes femmes lui offriraient peut-être l'occasion de rappeler à Aislinn quel homme charmant il était. Un homme que l'on ne pouvait que désirer garder comme mari pour l'éternité, un homme avec qui elle aurait très envie de faire l'amour le soir venu.

Et tous les soirs à venir.

Burt et lui allèrent se laver les mains, puis tout le monde passa à table.

Les trois sœurs discutaient gaiement, parlant de leur métier et du beau temps.

Jaxon saisit l'occasion.

— Pourquoi n'iriez-vous pas faire une promenade à cheval, toutes les quatre ?

Burt observait la scène, l'air maussade. De toute évidence, l'idée que quatre femmes bavardes envahissent son domaine lui déplaisait. Il eut au moins le bon goût de garder pour lui ses réticences.

À vrai dire, Jaxon se moquait bien de l'attitude désagréable de son contremaître. Aislinn venait de lui offrir un lumineux sourire.

— Merci, Jaxon. Bonne idée.

— Êtes-vous des cavalières expérimentées ? demanda-t-il aux trois sœurs.

— Je suis montée quelquefois à cheval, répondit Grace.

— J'ai pratiqué, à une époque, mais pas très assidûment, avoua Harper.

— Pareil pour moi, dit Hailey. Et pas depuis deux ans.

Quand il retourna aux écuries, il choisit trois chevaux d'un certain âge et de caractère paisible et demanda à un garçon d'écurie de les seller ainsi que Saint John, le hongre qui, dans son esprit, était déjà celui d'Aislinn, et Lady Jane, sa jument préférée.

Quand les jeunes femmes le rejoignirent, il leur fit visiter les écuries, et demanda à deux palefreniers d'amener les quatre chevaux sellés, laissant Lady Jane hors de vue.

— Vous ne nous accompagnez pas ? demanda Grace.

Il suggéra d'un ton léger qu'elles préféraient sans doute rester entre sœurs. Mais Grace, Hailey et Harper protestèrent. Elles tenaient absolument à ce qu'il participe à la promenade. Aislinn observait la scène avec un petit sourire moqueur.

Il commençait à craindre qu'elle ne réagisse pas quand elle dit :

— S'il te plaît, Jaxon. Viens avec nous.

Il appela le palefrenier qui amena aussitôt Lady Jane.

— C'était rapide, fit remarquer Aislinn d'un ton moqueur.

Elle l'avait démasqué, mais cela lui était égal.

La promenade fut agréable. Les sœurs d'Aislinn étaient plutôt inexpérimentées mais ravissantes, trois jeunes femmes dont les cheveux blonds et brillants émergeant des bombes du Wild River contrastaient avec la crinière brune d'Aislinn. Il lui sembla qu'elles prenaient également du plaisir à cette balade improvisée.

Il y eut un petit moment de confusion quand Harper donna trop de rênes à sa jument qui, en baissant la tête, faillit la faire basculer par-dessus son encolure. Mais, bonne fille, quand la jument comprit qu'elle perdait sa cavalière, elle ralentit, et Harper réussit à se rétablir sur sa selle.

De retour aux écuries, les jeunes femmes proposèrent de desseller leurs montures. Elles semblaient si sincères qu'il les laissa faire. C'était bon pour tout cavalier de prendre soin de l'animal qu'il avait monté.

Quand elles eurent ôté selles et brides, elles administrèrent un bon pansage aux chevaux et les douchèrent avec plus ou moins de réussite. Mais le cœur y était.

Ensuite, les palefreniers vinrent chercher les chevaux pour les reconduire dans leurs box.

Les trois jeunes femmes le remercièrent chaleureusement d'avoir pris sur son temps de travail pour les accompagner.

Aislinn lui effleura le bras.

— C'était vraiment sympa de ta part, ajouta-t-elle.

Ses grands yeux noirs brillaient en se posant sur lui, et il eut toutes les peines du monde à se retenir de la saisir par la taille et de plaquer un baiser sur ses lèvres.

— Merci de m'avoir invité à vous accompagner, dit-il d'un ton plein d'humour.

Elle rit et, se soulevant sur la pointe des pieds, effleura ses lèvres d'un baiser.

Une nouvelle fois il se retint de la serrer dans ses bras. Il attendrait le soir avec impatience, quand il sortirait le grand jeu : obtenir qu'elle s'asseye avec lui sous le porche pour regarder le coucher de soleil et ensuite, peut-être, qu'elle le rejoigne dans son lit pour une fabuleuse séance de sexe. Si elle se montrait réticente, il n'insisterait pas. Il avait du temps pour la convaincre qu'il était l'homme de sa vie.

Lorsqu'il rentra à la maison, peu après 18 heures, la voiture des sœurs d'Aislinn était partie. Erma, aux fourneaux, annonça que le dîner serait prêt d'ici une demi-heure, et ajouta :

— Aislinn a demandé que vous consultiez votre téléphone.

— Elle n'est pas là ?

— Partie avec ses sœurs.

Une amère déception s'empara de lui. On était samedi soir, et elle était sortie sans lui. Ce qu'elle avait tout à fait le droit de faire vu qu'il n'avait pas le moindre droit de regard sur son emploi du temps.

— Où est-elle allée ?

Il s'était efforcé de prendre un ton dégagé, comme s'il n'était pas contrarié et que l'absence d'Aislinn n'avait aucune importance pour lui.

Mais il l'était, contrarié. Et l'absence d'Aislinn le rendait… presque furieux. Il avait placé de grands espoirs dans cette soirée et maintenant il restait seul avec sa frustration.

— Valentine Bay, répondit Erma de son filet de voix.

— Pardon ?

— Aislinn est partie pour Valentine Bay. Regardez votre téléphone.

— Ah oui, c'est vrai.

Il monta chercher son portable dans sa chambre et s'aperçut que la batterie était vide. Il la mit en charge et alla prendre une douche en attendant.

Dix minutes plus tard, dégoulinant d'eau, une serviette nouée autour des hanches, il consulta son téléphone. En voyant qu'Aislinn lui avait envoyé un texto, il se sentit tout ragaillardi.

Je dîne avec Harper et Hailey au cottage et, ensuite, nous irons au Sea Breeze. Nous y serons vers 20 heures. Rejoins-nous, je t'offre un verre.

- 8 -

Le petit parking du Sea Breeze était bondé, l'établissement illuminé, et des accords de musique rock s'en échappaient.

Jaxon dut continuer sur Ocean Road pour trouver une place dans une rue adjacente.

À l'intérieur du bar, des palmiers en pot trônaient un peu partout, et des tables étaient disséminées dans tout l'espace. Des portes ouvraient face à l'océan. D'autres tables et chaises occupaient un patio sous un ciel où roulaient des nuages menaçants. Durant une brève accalmie de la musique, il crut entendre le bruit des vagues léchant la plage en contrebas plongée dans l'obscurité.

— Jaxon !

C'était la voix de Grace. Elle se tenait derrière le long bar recouvert d'une mosaïque de carreaux aux couleurs de la mer. Il joua des coudes pour la rejoindre.

— Tu es venu ! dit Grace avec un grand sourire. Elle est là-bas, dans le coin.

Se retournant, il vit qu'Aislinn l'avait déjà repéré. Elle lui fit signe, un grand sourire éclairant son beau visage, comme si elle était heureuse de le voir. Il n'avait jamais aimé sortir et faire la fête le samedi soir, mais aujourd'hui, son regard rivé à celui d'Aislinn, il se sentait d'humeur à s'amuser.

Il se retourna vers Grace et cria pour se faire entendre par-dessus des accords de hard rock des années 1980 :

— Une bière, pour moi !

Jetant un coup d'œil par-dessus son épaule, il vit qu'Aislinn lui souriait toujours.

Avec elle étaient assis Hailey, Harper, leur frère Matthias et un inconnu.

— Et une tournée pour la table d'Aislinn ! ajouta-t-il.

Grace hocha la tête.

— Va t'asseoir, dit-elle. Ginny apportera la commande.

Il se fraya un passage au milieu d'une mer de tables. Quand il arriva à leur niveau, Aislinn se leva et lui tendit la main. Il la prit et elle l'attira sur la chaise voisine de la sienne.

— Tu es venu ! s'exclama-t-elle d'un air ravi.

Elle paraissait si heureuse de sa présence que, s'enhardissant, il passa un bras autour de ses épaules. Puis, l'attirant à lui, il posa un rapide baiser sur ses lèvres.

Elle ne se défendit pas, au contraire, et sourit contre ses lèvres.

— Ah, l'amour..., fit le voisin de Matthias. Mieux vaut la liberté !

L'amour. Le mot lui parut délicieux à entendre. Et Aislinn qui ne cessait pas de sourire. Peut-être que le mot lui plaisait aussi.

Hailey éclata de rire.

— Ne fais pas attention à Jerry, Jaxon. Il se prend pour Casanova.

— Je suis un grand séducteur, affirma Jerry, tapant sur la table pour renforcer ses dires et faisant tressauter les verres par la même occasion. Et fier de l'être. J'aime avoir le choix, et figurez-vous qu'il existe bien des femmes charmantes qui apprécient également.

Matthias fit les présentations.

— Jaxon, voici Jerry, mon ami depuis l'école primaire.

Jerry, un roux barbu au nez et aux bras constellés de taches de rousseur, lui tendit la main en souriant.

— Il veut dire qu'il n'arrive pas à se débarrasser de moi, précisa-t-il. Et il a raison.

— Ravi de faire votre connaissance, Jerry.

Une serveuse apporta leurs boissons, et le groupe attaqua un nouveau morceau, cette fois, une ballade. Une femme mince aux cheveux balayés de violet chantait une chanson où il était question d'amour dans une petite ville, tout en s'accompagnant à la guitare.

Aislinn se pencha vers lui.

— C'est Ingrid, la mère de Keely, la propriétaire. C'est elle qui a écrit cette chanson.

— Elle est propriétaire de ce bar et rock star, c'est ça ?

— Impressionnant, n'est-ce pas ? Mais le groupe appartient au passé. Ingrid est revenue à Valentine Bay pour rester.

La joue d'Aislinn était si proche… qu'il y laissa tomber un baiser sans qu'elle se formalise. Cela ressemblait à un rêve. Le meilleur des rêves : celui qui se concrétise.

Il but sa première gorgée de bière et, avec Aislinn à son côté, se prépara à savourer la soirée.

Jerry semblait connaître tout le monde, les femmes, surtout. Elles défilaient à la table, une par une ou bien par groupes de deux ou trois pour flirter avec lui et essayer d'attirer l'attention de Matthias. Mais ce dernier leur portait un intérêt très limité. Il se montrait amical, mais quelque chose dans l'expression de son regard disait qu'il ne fallait pas compter que ça aille plus loin.

Dans le patio, les gens poussèrent tables et chaises sur le pourtour et se mirent à danser.

Piètre danseur, Jaxon n'avait jamais beaucoup pratiqué. Mais ce soir, avec Aislinn près de lui, il ressentit l'appel de la piste. Un slow serait un excellent prétexte pour la prendre dans ses bras.

— On danse ? lui proposa-t-il.

Elle lui adressa ce sourire qui le remuait tant.

— Volontiers.

Se frayant un passage au milieu des tables, ils se dirigèrent vers la piste. L'air du soir, humide et frais, sentait le sel et la mer. Les nuages cachaient les étoiles mais, de temps à autre, la lune montrait sa superbe face argentée puis disparaissait au gré de leur course.

Jaxon prit Aislinn dans ses bras, sans trop la serrer malgré son envie. Elle y semblait parfaitement à sa place, comme si elle y avait trouvé refuge depuis toujours. Il aurait dansé éternellement avec elle, sur le rythme lent de la musique, avec le bruit des vagues roulant sur la plage et la lune jouant à cache-cache derrière les nuages…

Mais ils quittèrent le Sea Breeze peu après minuit.

Aislinn ayant laissé sa voiture au cottage, il essaya de la persuader de rentrer avec lui.

— Je te ramènerai demain pour que tu récupères ta voiture. dit-il en ouvrant la porte du passager de son pick-up.

— L'aller et retour prendra une heure, une heure de nos vies perdue à jamais.

Elle sauta sur le siège, et il referma la portière.

— Dépose-moi au cottage, dit-elle quand il s'installa au volant. Je prends ma voiture et je te suis.

Quarante minutes plus tard, ils se garaient à leurs places respectives dans le garage de Wild River. Elle descendit avant qu'il ait eu le temps de faire le tour de sa voiture pour lui ouvrir la portière.

Mais, quand ils empruntèrent le passage couvert, elle s'arrêta et, se tournant vers lui, posa une main sur son torse à l'endroit où son cœur battait.

— J'ai passé une soirée merveilleuse.

— Moi aussi, dit-il en la prenant par la taille.

— Tu m'as tellement manqué ces derniers jours, Jaxon.

Il glissa un doigt sous son menton et l'embrassa. Ses lèvres fermes et parfumées étaient parfaites, leur goût divin.

— Reviens, murmura-t-il.

Elle se contenta de le contempler de son regard noir et profond.

— Est-ce que cela signifie oui ? demanda-t-il avec un sourire un peu crispé.

Elle rit, puis reprit son sérieux.

— Ce soir, je veux dormir avec toi, dit-elle.

Son cœur dansa une petite gigue dans sa poitrine.

— Considéreras-tu que je suis un homme facile si j'accepte ?

Comme elle le regardait sans un mot, des questions plein les yeux, il se hâta d'ajouter :

— Vas-y. Je t'écoute.

Elle se mâchonna la lèvre, hésitante, mais finalement se jeta à l'eau.

— Si j'ai besoin de retourner dans ma chambre à un moment de la nuit, je dois être sûre que tu seras d'accord.

Il ne serait évidemment pas d'accord, mais il avait l'intention de lui accorder tout ce qu'elle voudrait.

— Bien sûr. Quand tu te retireras dans ta chambre, je n'essaierai pas de te retenir.

Elle se rembrunit.

— J'ai dit si.

— Pourquoi ai-je l'impression que nous allons nous disputer ? demanda-t-il en reculant d'un pas.

À présent, les lèvres d'Aislinn tremblaient.

— Tu ferais mieux de rester à distance, murmura-t-elle. Je suis un vrai désastre émotionnel, ces derniers temps.

Il la reprit dans ses bras, et elle s'y blottit. Il se contenta de la serrer un instant, la laissant retrouver son calme, puis il traça le contour de son oreille de l'index et repoussa ses cheveux. Il aimait leur chaleur, leur épaisseur, la façon dont ils s'enroulaient autour de ses doigts.

— Je te désire, Aislinn. Ce que tu m'as fait remarquer est vrai. C'est simple pour moi, et j'essaie constamment de me rappeler que ça ne l'est pas pour toi.

Elle ferma les yeux et embrassa la paume de sa main. Au contact de ses lèvres douces et de la chaleur de son souffle sur sa peau, son corps tressaillit.

Enfin, elle leva les yeux vers lui.

— Montons, dit-elle doucement.

Ils passèrent de nouveau par sa chambre où elle

déverrouilla la porte de communication et la laissa grande ouverte.

Pour sa future fuite, songea-t-il avec un brin d'agacement.

Il la regarda se diriger vers le lit et s'y allonger. Il se hâta de la rejoindre.

Ils s'embrassèrent longuement. Ensuite, tout naturellement, ils se déshabillèrent rapidement.

La première nuit avait été magique.

Celle-ci serait encore meilleure.

Plus simple, plus vraie.

Il la caressa. Elle était prête pour lui et s'ouvrit comme une fleur au soleil.

Il prit son temps, l'excitant avec les doigts, les lèvres. Et elle vint, adorable dans la jouissance.

Quand elle referma ses doigts sur son sexe, il sut qu'il ne tiedrait pas longtemps, et lorsqu'elle le prit dans sa bouche, il crut que c'en était fini de lui.

Pourtant, il tint bon malgré le désir brûlant qui pulsait dans ses veines. Il lui promit des merveilles, les doigts dans ses cheveux, mais à la fin la nature reprit ses droits.

Ils retombèrent ensemble, haletants, sur les oreillers. Il remonta le drap sur eux et la serra bien fort dans ses bras.

Après quelques instants, ils se mirent à discuter.

Elle lui raconta qu'à sa demande Keely l'avait renvoyée.

— Je veux me consacrer à la création de bijoux, expliqua-t-elle. Dernièrement, plein d'idées me sont venues et j'ai envie de les explorer toutes.

Il dit qu'il recevrait des acheteurs le jeudi suivant.

— Ils resteront dîner ? demanda-t-elle.

— Oui. Ils ont un petit garçon de cinq ans.

— Je lui présenterai Luna et Bunbun. Oh ! Dimanche prochain je dois dîner chez Daniel et Keely, et ensuite nous tiendrons un conseil de famille. L'idée me rend nerveuse. J'ignore comment ils vont prendre la nouvelle.

— Tu vas leur parler de Madison Delaney ?

— Oui.

Elle essaya de prendre un ton léger et poursuivit :

— Devinez quoi, vous tous ! Vous avez une sœur inconnue ! Enfin, tu vois le genre. Mon grand-oncle Percy sera présent, et probablement que je le laisserai parler. C'est lui qui s'est chargé de joindre Madison Delaney et de lui apprendre qu'elle avait une famille à Valentine Bay.

Il lui caressa les cheveux et l'embrassa sur le front.

— Je t'accompagnerai, dit-il.

Elle le repoussa.

— Quoi ?

À l'expression mécontente de son regard, elle prenait mal sa proposition.

— S'il te plaît, Aislinn, permets-moi d'assister avec toi à cette réunion.

Son expression s'adoucit légèrement.

— Ce serait bizarre, non ? Tu n'as aucune raison d'être là.

— Je tiens à être là.

Elle se laissa retomber sur les oreillers et fixa le plafond.

— La perspective de cette réunion me rend si nerveuse. Je ne sais même pas ce que je vais leur raconter. Et le fait que je ne leur ai pas dit la vérité plus tôt me contrarie. Tu te rends compte, aujourd'hui j'ai passé toute la journée avec mes sœurs en dissimulant cette histoire. Elles seront certainement furieuses de l'apprendre.

— Elles t'aiment. Elles ne t'en voudront pas pour ça.

— Comment être sûr de la façon dont elles prendront la chose ?

— Raison de plus pour que je sois là.

— C'est une mauvaise idée, déclara-t-elle d'un ton ferme.

Il refusa néanmoins de capituler.

— C'est un dîner familial, n'est-ce pas ? Et il me semble qu'être ton mari me hisse au rang de membre de la famille. Et puis, c'est une réunion importante. Que penseraient-ils de moi si je n'étais pas là pour te soutenir ?

L'argument fit mouche.

— Tu as raison, dit-elle à contrecœur. Il faut en tenir compte.

— Donc tu es d'accord pour que je t'accompagne.

Roulant sur le côté, elle se nicha contre lui.

— Je me rends, laissa-t-elle échapper dans un soupir. Sur ce point, en tout cas.

Quelque chose dans le ton de sa voix l'alerta.

— Quoi d'autre ?

— Tu ne vas pas aimer, murmura-t-elle.

— Laisse-moi en juger par moi-même.

— Eh bien, dès que les autres sauront, pour Martin Durand et l'échange de bébés, ils se demanderont pourquoi nous nous sommes subitement mariés alors que je n'avais pas mentionné ton existence auparavant.

— Ils ignorent que tu as autrefois travaillé au ranch ?

— Non, mais Keely est la seule à qui j'ai confié ma passion déplacée pour toi. Alors, même s'ils se souviennent de ce job d'été, ils n'établiront pas de rapport entre il y a cinq ans et aujourd'hui. En revanche, ils vont se douter qu'il existe une corrélation entre notre brusque mariage et le testament de Martin.

Elle posa une main sur sa joue.

— Je te sens mécontent.

Il s'efforça de ne pas paraître trop amer.

— C'est vrai, avoua-t-il. Le tour que prend cette histoire ne me plaît pas. Tout le monde n'a pas à savoir la vérité sur tout.

— Mais il s'agit de ma famille, et je les aime, j'ai confiance en eux ! Et puis, ils seront terriblement blessés d'apprendre que je leur cache des choses aussi importantes pour nous tous. Tu te rends compte ? Ils ont une sœur dont ils n'ont jamais entendu parler. Ils vont vouloir savoir toute la vérité à ce sujet. Et nous sommes déjà tombés d'accord sur le fait que notre mariage est réel, même s'il comporte une date d'expiration. Je n'ai pas l'intention de clamer sur les toits les agissements de Martin, mais ma famille n'est pas tout le monde. Ma famille a le droit de savoir.

— Je ne suis pas d'accord.

— Si ! Ils en ont le droit ! Quand nous leur expliquerons, ils comprendront. Ce n'est pas notre faute si Martin Durand a décidé de nous manipuler depuis sa tombe. Ce ranch est tout pour toi, et il est normal que tu fasses le nécessaire pour le sauver. De mon côté, je tiens à t'aider et je gagne de l'argent au passage. C'est une transaction honnête. Et il se trouve que nous nous apprécions. Au lit, et en dehors du lit. Tu conviendras que ça pourrait être pire.

— Tu ne penses quand même pas leur raconter tout ça ?

— Ces derniers jours, en réfléchissant, j'ai conclu que l'honnêteté était la meilleure politique dans cette affaire.

— Ça ne me plaît pas du tout.

— Je te comprends. Cette situation est franchement bizarre. Mais, au moins, nous faisons du mieux que nous pouvons.

— J'espérais m'entendre avec tes frères. C'est fichu.

— Que veux-tu dire ?

Il posa une main sur la peau nacrée de son bras.

— Je n'ai pas de sœur. Mais si j'en avais une, je réglerais son compte à l'individu qui l'aurait mise dans une telle situation.

— Oh ! Jaxon.

Elle riait comme s'il avait dit quelque chose de très drôle.

— Tu ne m'as pas mise dans cette situation. Je m'y suis fourrée volontairement.

— Je voulais être ton héros dimanche prochain, te soutenir contre ta famille. Maintenant, je ne suis qu'un pauvre type qui profite de ton tendre cœur.

— Tu n'es pas un pauvre type.

— Bien sûr que si !

— Tu es un héros.

Elle nicha son visage dans le cou de Jaxon.

— Mon héros.

— Il ne suffit pas que tu décrètes que je le suis aux yeux des tiens. Et tu ne me laisses pas le choix.

Elle piqua ses lèvres de baisers et dessina du bout de la langue le creux à la base de la gorge.

— Tu sais quoi, Jaxon ?

— Non.

Elle lui mordilla le menton.

— Je ne voudrais être dans cette situation avec personne d'autre que toi.

— Méfie-toi. Je vais te prendre au mot, et tu resteras ma prisonnière, disons, pour le reste de nos vies.

L'espace d'un instant, son expression se fit très douce, puis son regard devint joueur.

— Je ne sais pas..., murmura-t-elle en faisant la moue. C'est un peu tôt pour les grands engagements.

— Nous sommes mariés. Si, ça, ce n'est pas un grand engagement.

— Tu sais ce que je veux dire.

Il en avait assez de discuter.

— Viens...

Il l'attira à lui, plongea son regard dans le sien pour bien lui prouver ses intentions, et prit ses lèvres.

Et la magie fit son effet.

Quand il ouvrit le tiroir de la table de nuit pour en sortir un préservatif, elle murmura d'un ton pressant :

— Dépêche-toi, Jaxon, s'il te plaît...

Lorsqu'il se fut protégé, elle l'attira à lui et il s'immergea dans sa chaleur.

Cette relation était la meilleure chose qui lui soit jamais arrivée.

D'une façon ou d'une autre, il ferait comprendre à Aislinn que c'était également vrai pour elle.

Plus tard, ils s'endormirent, enlacés. Cette nuit-là, du moins, il était certain qu'elle resterait avec lui.

Pourtant, peu après 4 heures, il s'éveilla brusquement pour découvrir que sa place était vide.

*
* *

Aislinn eut la sensation que la semaine suivante passait à la vitesse de l'éclair.

Elle rendit visite à Daffy et Percy, et ils l'encouragèrent dans sa décision de raconter toute l'histoire à ses frères et sœurs.

À part cette visite à Valentine House, elle resta au ranch, passant de longues heures dans son atelier à travailler sur sa nouvelle collection et à satisfaire l'avalanche de commandes qui lui parvenaient par l'intermédiaire de son site.

Ses nuits appartenaient à Jaxon, jusqu'à un certain point. Le soir, ils montaient ensemble à l'étage. Ils faisaient l'amour dans la chambre de Jaxon et elle s'endormait heureuse et comblée dans ses bras.

Mais ces instants bénis ne duraient jamais. Elle s'éveillait régulièrement avant l'aube, prise de panique, les yeux grands ouverts, le cœur battant. Et il fallait qu'elle regagne sa chambre.

Plus d'une fois, au rythme de la respiration de Jaxon, elle devina qu'il était réveillé. Mais il s'en tenait à leur accord et n'essayait pas de la retenir.

Vint le samedi et avec lui une anxiété grandissante à l'idée du lendemain. Elle allait affronter ses proches, leur dire toute la vérité sans omettre un seul détail. Et cette seule pensée la terrifiait.

Ce n'était pourtant pas sa faute si elle avait pris la place de leur vraie sœur !

Alors pourquoi se sentait-elle si perdue, si coupable, si seule ?

Elle avait sans doute besoin d'être psychologiquement prise en charge, mais elle n'avait pas la tête à commencer une thérapie.

Après ce conseil de famille, quand tout le monde saurait de quoi il retournait, elle se sentirait sans doute mieux.

David Hanes, l'acheteur du jeudi, revint au Wild River

le samedi après-midi, sans sa femme et leur petit garçon restés dans leur ferme.

Ils avaient décidé d'acheter l'autre pouliche qui leur avait tant plu. L'affaire conclue, David se joignit à eux pour le dîner. Il parla de sa ferme et annonça fièrement que sa femme et lui attendaient leur deuxième enfant.

Tous levèrent leur verre à Louella et au futur bébé.

Aislinn appréciait David, et elle était heureuse pour sa femme et lui. De plus, la diversion que sa présence apportait fut pour elle une bénédiction. Pendant quelques instants, elle en oublia presque son appréhension de la réunion familiale du lendemain !

À 19 heures, après avoir chargé la pouliche dans le van, David reprenait la route de son ranch.

Jaxon se tourna vers elle avec un grand sourire.

— Les affaires marchent bien cet été, dit-il. Bon ! Et si on regardait un film ? C'est toi qui choisis.

— Volontiers.

Il alla prendre une douche à l'étage. Pendant ce temps, elle alluma le grand écran de la salle de séjour et commença à éplucher les choix offerts par Netflix tout en pensant au lendemain.

— Aislinn ?

Elle se tourna vers Jaxon et se rendit compte qu'elle fixait d'un œil vide le menu sur l'écran.

— Désolée, marmonna-t-elle.

Il lui prit la télécommande des mains, éteignit la télévision et s'assit près d'elle.

— J'ai l'impression que tu n'es pas d'humeur à regarder un film. Je me trompe ?

Elle posa la tête sur son épaule et soupira.

— Pas vraiment, non. Tu sais, je ne suis pas certaine que Martin soit mon père biologique. Il faudrait que je demande à Daniel que nous passions des tests pour comparer nos ADN, juste pour prouver que nous ne sommes effectivement pas frère et sœur. Mais, avec les informations dont je dispose, je peux me convaincre que

Martin et Paula sont mes vrais parents et que Madison Delaney est bien la fille biologique de Marie et George Bravo.

Il effleura ses cheveux d'un baiser et passa un bras autour de ses épaules.

— Tu redoutes la réunion de demain ?

— Quelle perspicacité ! répliqua-t-elle en lui donnant un coup de coude dans les côtes.

Il enroula une mèche de ses cheveux autour de son index.

— Tu ressembles à Martin, dit-il. Tes yeux surtout, un peu la bouche. La couleur de tes cheveux, ton teint aussi. Et parfois, la façon dont tu penches la tête quand tu écoutes. Je crois alors voir Martin.

— Ça ne prouve rien.

— Peut-être pas. Mais c'est un indice.

— Peut-être.

— Un indice convaincant.

— Malgré tout, je ne serai jamais certaine, à moins que je ne fasse exhumer les restes de Martin pour procéder à un test génétique.

Elle renversa la tête en arrière et fixa le plafond.

— Exhumer Martin, répéta-t-elle en grimaçant. Quelle idée réjouissante…

— Tu redoutes vraiment la réunion de demain.

Il l'attira doucement à lui.

— Tout va bien se passer, je te le promets, chuchota-t-il en pressant ses lèvres sur sa joue.

— Merci de te montrer aussi patient. Mais tu ne peux pas savoir comment ça se passera demain.

— Tu es sérieuse quand tu dis que tu voudrais la preuve que Martin est réellement ton père ?

— Bien sûr. Tout le monde veut savoir qui est son père, non ?

— Eh bien, tout le monde ne le sait pas. Et certains d'entre nous ne le sauront jamais.

— Que je suis bête ! s'exclama-t-elle avec un cri désolé.

Elle prit son visage dans ses mains et l'embrassa.

— Je suis navrée, je n'ai pas réfléchi. Je suis une sale égoïste.

Il lui sourit.

— Voyons, calme-toi. J'ai dépassé tout ça. Quand j'étais gamin, c'était vraiment difficile. Je voulais connaître mon père. Au moins savoir qui il était. Mais il ne figurait pas sur mon acte de naissance. Et quand j'ai été assez grand pour insister auprès de ma mère pour en savoir plus, elle était morte.

— Ainsi, tu considères Martin comme ton père.

— Oui, affirma-t-il avec force et fierté.

Elle sentit ses yeux la picoter.

— Alors il ne pouvait être entièrement mauvais, puisque tu l'aimais, murmura-t-elle.

Il lui prit la main et enlaça ses doigts aux siens. Puis il porta leurs mains jointes à ses lèvres et embrassa chaque doigt, un par un.

— Reste là, ordonna-t-il en se levant. Je reviens.

Il revint avec un album photo et l'ouvrit sur la table basse devant elle.

Sur la première page, il y avait quatre photographies fanées d'une jeune femme d'une trentaine d'années, vêtue avec soin, très brune, de grands yeux noirs. Elle prenait des poses de star de cinéma pleines de sensualité, posant sur l'une d'elles en dévoilant un sourire aguichant par-dessus son épaule, une main sur la taille sur une autre photo.

— La mère de Martin, la chanteuse de cabaret ? demanda-t-elle.

— Oui. Colette Durand, ta grand-mère. Ne me dis pas que tu ne remarques rien. La ressemblance est frappante.

Il tourna la page, découvrant d'autres photographies de Colette, dont deux avec un bébé dans les bras.

Aislinn se mit à tourner lentement les pages, saisie d'un sentiment étrange.

Martin commençant à marcher, à environ cinq ans, puis

peut-être sept. D'autres photographies de sa mère. Sur certaines, Colette portait des robes du soir à paillettes, les cheveux attachés en chignon, des pendants en strass aux oreilles. Encore des photographies de Martin adolescent en chaussures de cuir noir à bouts pointus, jean moulant, ses cheveux noirs enduits de gel.

À la dernière page, dans sa quarantaine, ou peut-être cinquantaine, Colette était allongée sur un lit d'hôpital, frêle, les cheveux devenus blancs. On y voyait aussi Martin jeune adulte, un bel homme ayant adopté le style mafieux new-yorkais.

Elle referma l'album.

— Tu as raison, dit-elle. Je leur ressemble à tous deux. Je vais laisser Martin en paix dans son cercueil.

Il l'attira à lui, et elle se blottit contre son torse ferme et rassurant.

— Tu te sens mieux ? demanda-t-il.

— Étrangement, oui. Enfin, un peu mieux. Ce n'est pas tout à fait ça quand même.

— Marie et George Bravo sont toujours tes parents, de toutes les façons qui comptent vraiment. Tes parents de cœur. Je sais que tu les as perdus trop tôt, mais tu les aimais. Et ils t'aimaient. Tu as eu une enfance heureuse.

Elle hocha la tête, heureuse de sentir sa force l'envelopper, les battements de son cœur contre son oreille la réconforter.

— Madison a également eu cette chance, dit-elle. Tous les tabloïds le disent.

— Tu as effectué des recherches en ligne ?

— Bien sûr. Nos vies sont liées, malgré tout. Elle a donné une interview à *Vanity Fair*, où elle parle de son enfance dans des ranchs du Nord-Ouest. À quel point son père était son héros et comment, après son décès consécutif à une chute de cheval, elle a supplié sa mère de partir pour Hollywood afin qu'elle tente de faire carrière dans le cinéma. Et Paula a déménagé à Los Angeles et accumulé les emplois mal payés pour les faire vivre toutes les deux jusqu'à ce que Madison décroche son premier grand rôle dans *Memorial Hospital.* C'est peut-être un ramassis de sottises mais, sur le moment, j'y ai cru.

Il lui caressa les cheveux et enroula une mèche autour de son doigt comme il aimait le faire.

— Y a-t-il des photos de Paula ?

— Quelques-unes. Une m'a frappée. On y voit Madison à environ cinq ans, le portrait de Harper et Hailey avec une touche de Grace, les cheveux nattés, montée sur un palomino. Paula d'un côté, Lloyd de l'autre, tous deux souriant largement comme s'ils considéraient avoir la plus merveilleuse petite fille de la terre. Paula mince, les cheveux bruns. Lloyd massif et blond. Je peux comprendre qu'il ne se soit jamais posé la question de savoir si Madison était de lui.

Elle renversa la tête en arrière pour le regarder.

— Laissons tomber le film et allons nous coucher, décréta-t-elle. J'ai besoin de me distraire avant mon épreuve de demain.

— Quel genre de distraction ?

— Je ne sais pas… Peut-être ces choses que tu fais si bien ?

— Quelles choses ?

— Toutes !

Il lui adressa ce sensuel sourire qu'elle aimait tant.

— Il y en a beaucoup, maintenant que j'y pense.

Il se leva d'un bond en la tirant par la main.

— Viens ! Nous ferions mieux de nous y mettre tout de suite !

Durant deux heures, Aislinn oublia ses inquiétudes pour le lendemain. Mais quand elle se réveilla, à 2 h 30 du matin, elles revinrent en force. Elle regagna alors sa chambre et passa les dernières heures de la nuit dans le noir, fixant le réveil sur sa table de chevet, cherchant un sommeil qui ne vint pas.

- 9 -

Ils étaient douze, au dîner du dimanche organisé à Rhinehart Hill, la maison familiale des Bravo. Aislinn, ses sept frères et sœurs, auxquels s'ajoutaient Daffy, Percy, Keely et Jaxon.

Le repas se déroula dans une ambiance détendue, au milieu des rires et des conversations, et Aislinn, émue, ne pouvait s'empêcher de se dire qu'elle les aimait tous très fort et ne désirait être nulle part ailleurs qu'ici.

Tous aidèrent à débarrasser et à ranger, après quoi, Keely servit le café dans la salle de séjour, avec son haut plafond à caissons, ses belles bibliothèques vitrées et l'immense cheminée près de laquelle ils se rassemblaient les matins de Noël pour ouvrir leurs cadeaux.

Ce soir-là, ils s'installèrent sur les confortables canapés et fauteuils de cuir disposés devant la fenêtre en saillie surplombant le porche avant.

— Bien ! Nous sommes donc tous réunis dans un but précis, annonça Percy. Aislinn, as-tu quelque chose à dire d'abord ?

Elle secoua la tête, le cœur battant soudain un peu plus vite, et chercha la main de Jaxon. Il la lui prit et la serra dans un geste de réconfort.

Ses frères et sœurs la dévisageaient, surpris et inquiets.

— Merci, oncle Percy, dit-elle, retrouvant sa voix. Mais je préfère que ce soit toi qui expliques la situation.

— Très bien.

Percy s'empara d'une pile de chemises posées sur une

table près de lui et en distribua une à chacun. Aislinn ouvrit la sienne. Elle contenait une copie de la dernière lettre de Martin.

Percy alla droit au but.

— Il semble que vous ayez une autre sœur.

Il laissa le temps à ses auditeurs de digérer la nouvelle avant de reprendre :

— Dans vos chemises se trouve une copie de la lettre qui accompagnait le testament d'un certain Martin Durand.

Il expliqua rapidement qui était Martin et ce qu'il disait dans sa lettre, puis il énuméra les raisons pour lesquelles on pouvait supposer que ses affirmations étaient vraies.

Il garda le nom de la sœur manquante pour la fin.

— Il se trouve que votre sœur est Madison Delaney.

Grace poussa un cri.

— Madison Delaney, l'actrice ?

— Oui.

Avant que Percy ajoute un mot, Harper se tourna vers Hailey.

— Alors ? Qu'est-ce que je t'ai toujours dit ?

Les yeux agrandis par la surprise, Hailey hocha la tête.

— Que nous aurions pu être sœurs…

— Un instant, intervint Connor. Comment serait-ce possible puisque Aislinn est née au Montedoro ?

Liam effleura le bras d'Aislinn.

— C'est pour ça que l'autre soir, au Beach Street Brews, tu nous as demandé si nous nous souvenions du jour de ta naissance ?

— Oui.

Elle regarda Connor, puis Matthias.

— Je suis désolée. Je n'arrivais pas à croire l'histoire de Martin, mais oncle Percy et tante Daffy ont rétabli la vérité.

— Vous connaissez votre mère, dit Daffy. Elle aimait rendre la vie drôle et excitante. Elle a inventé cette histoire de naissance dans une villa du Montedoro pour faire plaisir à Aislinn quand elle était petite. Par la suite, il n'a jamais semblé urgent à personne de rectifier.

— Jusqu'à présent, conclut Aislinn.

Matthias l'observait, l'air inquiet.

— Comment te sens-tu ? s'enquit-il.

— Bien. Enfin, le choc passé.

Mais personne ne la crut.

— Oh ! Aislinn ! s'écria Grace en bondissant de son fauteuil.

Jaxon dut bouger pour laisser la place aux sœurs d'Aislinn, à Keely et à Daffy qui se pressaient autour d'elle. C'était à qui l'étreindrait, l'embrasserait, l'assurerait de son amour.

Cependant, elle n'arrivait pas à surmonter son désarroi.

— Je me sens horrible, murmura-t-elle. J'ai volé la place d'une autre au sein d'une famille merveilleuse.

— Absolument pas ! s'exclama Grace.

— Ne dis pas de bêtises ! renchérit Hailey.

Elle en faisait sûrement trop. Tout à coup, elle se reprocha de jouer les reines de tragédie en attirant tous les regards sur elle.

— Tu aurais quand même dû nous en parler plus tôt, fit remarquer Harper d'un ton de reproche.

— C'est vrai, renchérit Hailey. Nous t'en voulons d'avoir gardé le secret si longtemps.

— Désolée. Je ne savais pas par où commencer. Mais ça va, je vous assure.

Tous les regards étaient fixés sur elle, incrédules. Pas étonnant. Elle-même n'y croyait toujours pas. Mais elle ne les avait pas convoqués pour leur faire part de ses problèmes existentiels.

— Ce n'est pas fini, annonça-t-elle. Laissons Percy terminer.

À contrecœur, ses sœurs reprirent leur place.

Elle chercha Jaxon du regard. Il se tenait à quelques pas de là sous l'œil soupçonneux de Connor et de Liam.

— Laissez Jaxon tranquille ! ordonna-t-elle à ses frères.

Il se conduit en héros dans cette histoire, s'occupant de moi, s'assurant que j'aie tout pour être heureuse au Wild River. Nous sommes vraiment mariés, quelle que soit la bizarre façon dont ça s'est fait. Je l'aime et il m'aime.

Sa déclaration sembla calmer Connor et Liam. Ils inclinèrent la tête à l'intention de Jaxon comme pour sceller un accord. Aislinn lui tendit la main, et il vint se rasseoir près d'elle.

Oncle Percy se trouva pris sous une salve de questions posées par Harper.

— Alors, as-tu parlé à Madison ? Sait-elle pour nous ? Quand la rencontrerons-nous ?

— Doucement, dit Daniel. Laisse Percy parler.

— Pas de problème, le rassura leur grand-oncle. Je suis sûr que tout le monde a un million de questions à poser. Malheureusement, je ne pourrai pas vous fournir de réponses satisfaisantes.

— Pourquoi ? s'écria Hailey.

— Tu ne t'es pas entretenu avec Madison ? ajouta Harper. Elle ne veut pas nous rencontrer ?

— Du calme, vous deux ! s'exclama Daniel, faisant preuve de l'autorité du père qu'il représentait pour la fratrie. Réfléchissez. Une célébrité comme Madison a des avocats qui servent d'intermédiaires par lesquels il faut passer pour lui faire parvenir un message.

Harper et Hailey s'affaissèrent dans leur fauteuil en soupirant.

— Mais tu as essayé de la joindre, n'est-ce pas ? s'enquit Grace.

— Bien sûr. Et j'ai aussi pris contact avec le détective privé engagé par Martin Durand pour retrouver votre sœur. Nous avons tous deux laissé des messages sans obtenir de réponse.

— Je crois avoir lu dans *People*, à moins que ce ne soit dans *In Touch* qu'elle se trouve à Madagascar, annonça Harper.

Hailey hocha la tête.

— C'est exact. Et elle va de nouveau tourner avec Bolt Marcovik. Avant son départ pour Madagascar, Bolt et elle l'ont annoncé. Mais, dans la plupart des interviews, ils démentent avoir une liaison.

— « Il n'y a rien entre nous », dit Harper en singeant l'actrice. « Nous sommes juste amis. » Comme si on allait les croire !

Percy toussota.

— Je vais continuer, si vous voulez bien.

— Oh ! Désolée, oncle Percy, s'excusa Harper.

— Oui, s'il te plaît oncle Percy, intervint Grace, raconte-nous la suite.

— Très bien. Le détective s'est entretenu avec un membre de l'agence artistique de Madison. Personnellement, je suis allé jusqu'à sa gouvernante et son assistant personnel. J'ai recommandé au détective d'agir avec circonspection, ce qu'il a fait. Il a dit à l'agence artistique qu'il devait s'entretenir avec Madison pour une question d'ordre privé.

Harper laissa échapper un reniflement de mépris.

— Je parie que ça ne l'a mené nulle part.

— Tu as raison. Ils lui ont sorti le discours classique. Il réessaiera toutefois, jusqu'à ce qu'il parvienne à franchir ses barrières de protection.

— Et la gouvernante et l'assistant personnel ? demanda Grace.

— La gouvernante a pris mon numéro mais n'a pas rappelé. Son assistant personnel a réclamé plus d'informations. J'ai expliqué que nous avions des preuves que George et Marie Bravo de Valentine Bay, Oregon, sont les parents biologiques de Madison Delaney. L'assistant m'a donné une adresse mail où envoyer les preuves de ce que j'avançais en assurant qu'elle me répondrait. J'ai envoyé une copie de la lettre de Martin Durand relatant l'échange des bébés la nuit de la naissance de Madison. J'ai aussi envoyé des liens avec vos comptes Instagram.

— Lesquels ? demanda encore Grace.

— Le tien ainsi que ceux de Harper et Hailey, en

espérant que l'évidente ressemblance physique entre vous trois et elle puisse l'aider à regarder la vérité en face. Et j'ai proposé de faire faire une série de tests génétiques avec toute la fratrie. Je suppose qu'aucun d'entre vous n'y verra d'objection.

— Je suis d'accord, dit Liam.

Les six autres acquiescèrent.

— C'était il y a quinzaine de jours, précisa Percy, ses sourcils blancs froncés. J'ai rappelé la semaine dernière sans réussir à joindre l'assistant. Mais une femme que j'ai eue au téléphone m'a annoncé que Madison était à Madagascar et m'a conseillé de laisser un message. Ce que j'ai fait.

— Et ? demanda Grace.

— Rien jusqu'à présent. Il y a d'autres pistes à explorer et nous le ferons. Mais il faudra vous montrer patients.

— Patients ? répéta Hailey. Mais il y a urgence, là, non ?

— Et si elle a reçu ton message ? demanda Harper d'une voix mélancolique. Et qu'elle a décidé de nous oublier ?

— Non ! s'exclamèrent Grace et Hailey.

— Pourquoi ferait-elle ça ? ajouta Hailey.

— Il y a beaucoup de raisons, répondit Percy.

— Réfléchis, intervint Connor. Elle reçoit certainement beaucoup de lettres d'hurluberlus prétendant être un vieil ami perdu de vue ou un parent, ou je ne sais quoi.

Aislinn, elle, n'était pas le moins du monde surprise que Madison ne réponde pas à leurs sollicitations.

— Dis-leur, chuchota Jaxon, se penchant vers elle. Cela les aidera à comprendre.

— Comprendre quoi ? s'enquit Hailey, la mine désappointée.

Aislinn haussa les épaules.

— Ce n'est pas forcément facile de découvrir que les gens qui vous aiment et vous ont élevée ne sont pas vos vrais parents. C'est même très perturbant, je peux vous l'assurer. Et puis vous vous posez des questions sur qui vous êtes vraiment, et sur tout ce que vous savez à votre sujet. J'aimais maman et papa, et j'ai détesté découvrir que mes parents biologiques n'étaient pas eux. D'après ce que j'ai lu sur Madison Delaney, elle aussi aimait ses parents. Alors, ce n'est pas seulement le problème des avocats qui protègent sa vie privée, il est très possible qu'elle élude la vérité, dans un premier temps tout au moins. Pour se protéger.

Percy hocha la tête.

— C'est une réaction classique quand on découvre une vérité que l'on aurait préféré ignorer, renchérit-il.

— Mais, d'après ma propre expérience, reprit Aislinn, je pense que Madison ne pourra pas ignorer définitivement ce qu'elle a appris. Les Delaney lui ont probablement raconté qu'elle était née en Oregon, à Wild River Ranch. Elle finira par se demander si ses parents lui ont dit toute la vérité. Et je parie que le jour viendra où elle voudra en avoir le cœur net. Et alors…

— Nous l'accueillerons à bras ouverts dans notre famille ! s'exclama Grace.

Percy se tourna vers Aislinn.

— Nous pourrons procéder aux tests dès que tu seras prête, ma chérie. Les ADN de frères et sœurs sont très fiables. Ils peuvent prouver qu'il existe des correspondances biologiques entre vous, ou que Martin Durand a menti ou avait beaucoup d'imagination et qu'il n'y a jamais eu d'échange de bébés.

Aislinn réfléchit à la proposition de Percy et ne ressentit pas un grand enthousiasme à cette idée, alors que, la veille, elle avait parlé d'exhumer les restes de Martin pour preuve de ce qu'il avançait.

Tout au fond d'elle, elle savait que ces tests prouveraient qu'elle n'était pas une Bravo.

Or… elle n'était pas prête à ne plus être une Bravo.

Pas encore.

— Je vais attendre, répondit-elle. Quand Madison Delaney prendra contact avec nous, nous le ferons ensemble.

*
* *

— Ça ne s'est pas si mal passé, dit Jaxon, un peu plus tard ce soir-là, alors qu'ils s'occupaient des lapins sous le porche. Ta famille t'aime toujours et tes frères ne m'ont pas assassiné. Les choses auraient pu plus mal tourner.

Aislinn s'assit par terre avec Bunbun pour lui faire des câlins. Son poil avait déjà repoussé depuis la dernière tonte.

— Je suis contente que ce soit terminé, avoua-t-elle. Je déteste les secrets et, maintenant, tous sont au courant.

Luna se dressa pour poser ses pattes sur les jambes de Jaxon. Il la souleva et l'installa sur ses genoux. D'habitude, elle n'aimait pas ça mais, apparemment, Jaxon savait chuchoter à l'oreille des lapins.

— Au fait, tu as bien dit que tu m'aimais ou j'ai rêvé ? demanda-t-il avec un charmant sourire.

Elle n'irait certainement pas dans cette direction.

— Il le fallait, pour ta sécurité, répondit-elle. Tu as vu les regards que te lançaient Liam et Connor ?

— Et moi qui croyais que tu le pensais…

Elle le fixa.

— Je t'aime beaucoup, d'accord ?

— Tu étais amoureuse de moi autrefois. Qui sait si une flamme ne peut pas se rallumer ?

— Ce n'était pas de l'amour mais un engouement obsessionnel d'adolescente. Crois-moi, aucun de nous deux ne peut souhaiter revivre cette histoire.

— Je ne sais pas. Je ne détesterais pas un peu de folie chez toi maintenant.

— Pourquoi aborder ce sujet ?

— Parce que c'est drôle.

Sur ses genoux, Luna poussait de petits cris de contentement tandis qu'il lui chatouillait les oreilles, ce qu'elle détestait d'ordinaire. Décidément, Jaxon pouvait faire tout ce qu'il voulait d'elle.

— J'aime quand tu rougis, ajouta-t-il.

— Que t'arrive-t-il ? Tu es de bonne humeur comme

dans ces films des années 1940 où les gens dansent sous la pluie.

— Tu me préfères sombre et sérieux ?

— Non. Enfin, j'aime bien quand tu es sérieux. Je t'aime bien dans tous les cas, en fait.

— Si je suis gai, c'est grâce à toi, précisa-t-il en soutenant son regard.

Elle adorait quand leurs regards se croisaient ; elle aurait voulu que ce moment béni ne finisse jamais.

Tout de même, se laisser entraîner à parler d'amour paraissait un peu dangereux. Le lendemain, ils fêteraient leurs trois semaines de mariage. Ils étaient encore loin de la date butoir, et ils faisaient déjà l'amour comme des dieux. N'étaient-ils pas suffisamment intimes pour le moment ?

La prudence était de mise pour gérer cette étrange relation qui leur avait été imposée.

Mieux valait changer de sujet.

— C'est curieux, fit-elle remarquer. Il me semble que quelqu'un a nettoyé les cages de mes lapins et leur a donné de la nourriture et de l'eau fraîche pendant que nous étions à Valentine Bay.

— Ça te contrarie ?

— Non. C'est juste que… cela ne peut pas être Burt. Demain, je dirai à Erma qu'elle n'a pas à en prendre soin. Elle a bien assez à faire comme ça.

— J'aime bien tes lapins. Peut-être qu'Erma aussi.

— Même. Elle n'est pas obligée de s'occuper d'eux.

Il reposa doucement Luna à terre. Elle partit en sautillant vers les cages et se mit à grignoter des granulés.

— Écoute, personne ne lui a demandé ce service, dit-il. Alors, si elle en a envie, pourquoi ne pas la remercier et la laisser faire ?

Il se leva, frotta son jean où des poils s'étaient collés et lui tendit la main pour l'aider à se relever.

— On y va ?

Elle remit en place le col de la chemise de Jaxon — geste très conjugal. Elle se sentait pleine d'affection, de reconnaissance, et aussi d'un certain nombre d'autres émotions bien plus dangereuses.

— Tu sais, ta présence m'a vraiment aidée, cet après-midi.

— Je tenais à être là, dit-il en l'embrassant.

Refermant ses bras autour de son cou, elle lui rendit son baiser avec fougue.

Quelques minutes plus tard, il l'emportait à l'étage.

Le lendemain matin, après le petit déjeuner, quand elle se retrouva seule avec Erma, Aislinn la remercia de s'être occupée de ses lapins.

— Mais vous savez, ajouta-t-elle, ce n'est pas nécessaire. Vous avez déjà bien assez à faire.

Erma plaça la dernière assiette dans le lave-vaisselle et le referma.

— Pas moi, dit-elle de son filet de voix.

Cette réaction laissa Aislinn dubitative.

— Mais Jaxon était avec moi. Ça ne peut donc pas être lui.

Elle tressaillit tandis qu'une drôle d'idée lui passait par la tête.

— Ça ne peut tout de même pas être Burt…, ajouta-t-elle.

Erma haussa les épaules.

— Pas moi, répéta-t-elle.

Et elle disparut dans la buanderie.

Aislinn demeura quelques instants plongée dans ses réflexions.

Ça ne pouvait être que Burt.

Il est vrai qu'il ne l'avait pas appelée « Judy » depuis une quinzaine de jours. À présent, il l'appelait « princesse », ce qui ne la dérangeait pas outre mesure. Une sorte de trêve était intervenue dans la guerre qu'il menait contre elle depuis son mariage avec Jaxon. Mais de là à s'occuper de ses lapins, ces « fichues bestioles uniquement bonnes pour la casserole », comme il disait…

Elle décida de rendre visite à ses protégés. Ils semblaient

parfaitement en forme, sautant de-ci, de-là avec entrain, grignotant leur foin, bref, agissant comme des lapins en bonne santé. Burt n'avait donc fait que changer l'eau et les granulés.

De toute façon, tout bourru soit-il et malgré sa haine avérée des femmes et des lapins, elle ne le voyait pas faire du mal à des créatures innocentes.

Eh bien, si le grincheux contremaître voulait se lier d'amitié avec ses lapins, il avait la voie libre !

Sur ces bonnes pensées, elle se rendit dans son atelier.

Le mardi suivant, Kip Anders se présenta de nouveau au ranch. Aislinn l'accueillit aimablement. L'avocat pouvait grimper à l'étage inspecter les chambres, s'il le souhaitait. Son mariage avec Jaxon était désormais bien réel dans toutes les acceptions du terme.

Enfin, presque : elle n'arrivait toujours pas à passer une nuit entière dans ses bras.

Elle avait aussi la vague impression que rien de tout ceci n'était réel. Parce que *elle* ne l'était pas.

Jaxon et elle étaient pourtant heureux ensemble. Elle tenait vraiment à lui et elle adorait passer la nuit dans son lit, même si elle n'y restait pas jusqu'au petit matin.

Anders ne demanda pas à visiter les chambres. Il prit un verre, dîna avec eux et repartit avant 20 heures.

— Il paraît évident qu'il s'agissait d'une visite de pure forme, remarqua Jaxon en regardant sa voiture s'éloigner. Il a dû recevoir des consignes de Martin.

Les semaines passèrent à la vitesse de l'éclair.

Oncle Percy demanda une réunion de famille pour le dernier dimanche de septembre. Mauvaise nouvelle, Madison restait injoignable. Toutes les tentatives pour établir un contact se soldaient par la même réponse polie : Madison rappellerait dès que possible.

Voyant cela, Grace, Harper et Hailey imaginèrent plusieurs moyens pour inciter Madison à répondre aux appels de Percy. Percy et Aislinn durent leur rappeler que, désormais, la balle était dans son camp, et que tout le monde devait respecter sa décision. Elle avait tout à fait le droit de refuser de faire leur connaissance.

Le lundi, en début d'après-midi, Kip Anders se présenta de nouveau au ranch. Jaxon et Burt s'étaient déjà remis au travail, et Aislinn s'était proposée pour remettre en ordre la salle à manger et la cuisine afin qu'Erma puisse vaquer à ses tâches de l'après-midi.

Après avoir fait entrer l'avocat, elle lui proposa un café.

Ce qu'il accepta avec plaisir.

Elle le conduisit dans la cuisine, lui offrit un siège et prépara une tasse de café.

— Jaxon est aux écuries, dit-elle. La plupart du temps, il oublie son portable, mais je vais quand même essayer de l'appeler.

— Inutile de le déranger. Je bois mon café et j'y vais.

Soudain inquiète, elle réussit néanmoins à formuler son accord sans que sa voix tremble. Il allait souvent venir passer un moment au ranch sans s'annoncer ? Juste pour un café ou un dîner ? Sa présence la rendait nerveuse.

Elle lui apporta sa tasse, prit le verre à demi plein de thé glacé qu'elle s'était servi au déjeuner et s'assit en face de lui.

— Comment cela se passe-t-il ? demanda-t-il.

Comment ? Eh bien, elle détestait être mise sous le feu des projecteurs pour que Jaxon puisse garder la terre qui lui revenait de droit. À part ça…

— Très bien, merci, répondit-elle poliment.

Toutefois, la rage qui bouillonnait en elle n'échappa pas à Anders.

— Vous êtes en colère, fit-il remarquer. Je ne saurais vous en blâmer, cela dit. J'ai essayé de dissuader Martin de poser ces conditions, mais impossible de le faire changer d'avis. Il disait que Jaxon et vous étiez faits l'un pour l'autre, mais que vous n'auriez probablement jamais l'occasion de vous en apercevoir. Alors, il allait s'arranger pour vous donner cette chance.

— Quelle générosité ! Faire de force le bonheur des gens, vous trouvez cela correct, vous ?

— Je ne suis que son avocat. C'est mon métier d'accéder aux désirs de mes clients, dans les limites de la loi, bien sûr.

— Bien sûr.

Elle rougit, un peu honteuse. Anders n'était pour rien dans cette histoire, évidemment.

— Veuillez excuser mon hostilité, reprit-elle. Disons que je ne suis pas en paix avec la mémoire de Martin.

— Je comprends parfaitement.

Non, vous ne comprenez pas ! Personne ne peut comprendre !

Sauf, peut-être, Madison Delaney, si elle avait reçu les informations que Percy s'efforçait de lui faire parvenir.

— Mais il est évident que vous aimez Jaxon, et qu'il vous aime, fit remarquer Anders. Sur ce point, Martin avait raison.

Que répondre à cela ?

— Oui. Sur ce point il avait raison, reconnut-elle. L'amour est au rendez-vous.

Quelques minutes plus tard, Anders prenait congé.

Aislinn retourna alors à ses travaux dans son atelier. Quand elle s'assit à son établi, un long soupir lui échappa. Elle fit rouler ses épaules douloureuses — les visites d'Anders la stressaient toujours — et resta un instant le regard dans le vague.

Depuis que sa vie avait basculé, la plupart du temps elle se sentait irréelle comme la brume qui montait au matin de la plage à Valentine Bay et s'évanouissait à la chaleur du soleil.

Il n'existait que deux endroits où elle se sentait réelle :

quand elle travaillait dans son atelier, et dans les bras de Jaxon.

Le lendemain, Keely vint déjeuner au ranch. Aislinn lui fit visiter son atelier et lui présenta son grand projet : toute une ligne de bijoux allant des bagues aux bracelets en passant par colliers et piercings. Elle avait principalement utilisé des motifs en forme de cœur en céramique, montés dans du métal. Et elle avait appelé sa collection *Autour du cœur*.

Keely la félicita chaudement. D'après elle, ces pièces étaient belles, originales et romantiques. Elles auraient un succès fou.

Elles tombèrent d'accord pour une exposition de sa collection à la galerie.

— L'inauguration aura lieu le dernier vendredi de janvier et s'étendra sur tout le mois de février, déclara Keely.

— C'est parfait. *Autour du cœur* fera un tabac pour la Saint-Valentin !

Cependant, malgré l'enthousiasme dont elle faisait preuve, Keely vit clair en elle.

— Qu'est-ce qui ne va pas, Aislinn ?

Elle tenta de rassurer son amie. Tout se passait très bien, au contraire. Mais elle voyait bien que Keely ne la croyait pas. Toutefois, son amie n'insista pas.

— Qu'est-ce qui te chiffonne ? demanda Jaxon, alors qu'après le dîner ils se retrouvaient seuls dans la salle de séjour.

Il prit la télécommande et coupa le thriller qu'ils étaient en train de regarder.

— Tu fixes l'écran, mais tu n'as rien suivi du film.

Elle se tourna vers lui.

— Je crois que c'est Burt qui a nourri mes lapins.

— Et alors ? Tu veux que je lui demande d'arrêter ?

— Non.

Il jeta la télécommande sur la table basse où elle atterrit avec un bruit sourd.

— Un de ces jours, tu vas la casser, lui fit-elle remarquer.

— Oublie la télécommande. Qu'est-ce qui te tracasse ?

— Tout.

Elle s'enfonça dans les coussins du canapé et regarda droit devant elle.

— Pourrais-tu te montrer un peu plus précise ?

Elle fit rouler sa tête sur le côté et croisa son regard. Il était si beau. Et il faisait tout pour qu'elle se sente bien.

Elle devait se montrer honnête avec lui.

Elle se redressa.

— Tout quoi ? insista-t-il.

— Je pensais dernièrement que les seuls moments où je me sens réelle, c'est quand nous sommes ensemble, que tu me caresses, que tu m'embrasses.

Son regard se fit tendre.

— Tu ne peux pas t'imaginer comme tu me rends heureux. Viens ici, ajouta-t-il en s'apprêtant à la prendre dans ses bras.

— Attends !

Elle posa une main sur son torse pour l'arrêter. Elle sentait sous sa paume les battements de son cœur, forts et réguliers, un peu plus rapides que d'habitude.

— Je me sens également réelle dans mon atelier, poursuivit-elle. Voilà les deux seuls moments où je me sens réelle : quand nous faisons l'amour et quand je travaille.

Il posa une main sur la sienne et l'emprisonna dans sa chaude étreinte.

— Dans ce cas, que dirais-tu d'une petite séance de réalité ? suggéra-t-il

Avec un gémissement de frustration, elle dégagea sa main.

— Ne prends pas ça à la légère, s'il te plaît, Jaxon. C'est grave pour moi.

Il se rembrunit.

— Dis-moi exactement ce qui ne va pas.

— Je suis en train de te le dire ! Quand je ne travaille pas ou que je ne suis pas dans tes bras, j'ai l'impression d'être dans un film de zombies.

— Et tu as peur ?

— Non. Je n'ai pas peur puisque je suis un de ces morts-vivants.

— Tu éprouves un sentiment de torpeur ?

— Oui… On peut voir ça comme ça.

— À cause du bouleversement créé par Martin ?

— Oui. Le bon côté des choses, c'est que le choc d'apprendre que je ne suis pas qui je croyais être m'a poussée à me concentrer sur mon travail. Et il était grand temps. Mais toi et moi…

Elle se tut.

Jaxon attendit la fin de sa phrase, patiemment, mais après quelques secondes de silence, l'impatience le saisit.

— Eh bien parle ! Toi et moi quoi ?

— Je t'aime, Jaxon.

Son visage s'illumina.

— C'est vrai ?

— Oh ! Jaxon. Tu ne comprends pas ? Toi et moi, ça ne va pas du tout.

— Mais bien sûr que si, voyons ! Puisque tu m'aimes et que moi aussi je t'aime.

Elle s'écarta de lui.

— Je savais que tu dirais ça, marmonna-t-elle.

Il la regarda comme si elle avait perdu l'esprit — et il n'avait peut-être pas tort.

— Bien sûr, puisque c'est la vérité !

— Jaxon. Je ne peux pas… te faire confiance.

Là, il ne se rembrunit pas : il se transforma littéralement sous ses yeux. Elle ne l'avait encore jamais vu aussi choqué.

— Peut-on savoir pourquoi ? demanda-t-il sèchement.

— Tu le sais très bien.

— Non ! Je ne le sais pas !

— Parce que, quand nous faisons l'amour, c'est tout à

fait réel, immédiat, beau et vrai. Mais, quand je m'éveille au milieu de la nuit, je dois fuir ta chambre et m'enfermer dans la mienne parce que je t'aime alors que, pour toi, je suis juste quelqu'un que tu as sous la main. Je n'ai rien de spécial à tes yeux.

— Comment peux-tu dire une chose pareille ! s'exclama-t-il, horrifié.

— C'est vrai ! Tu ne m'as même pas reconnue pour l'ouverture du testament chez Kircher and Anders.

— Nous en avons déjà parlé, et tu disais que tu comprenais. Pourquoi ramènes-tu ça sur le tapis ?

— Parce que je dois être réaliste. Je dois me rappeler que je suis juste une épouse pratique pour la vie que tu aimes. Je suis celle qui aime les chevaux et la vie à la campagne. Et je suis raisonnablement attirante tant que je remplis les cases.

Il se leva et se dressa au-dessus d'elle, le regard noir.

— Tu sais que tu commences vraiment à m'agacer !

— Tu sais très bien que je dis la vérité ! Que tu te fâches après moi ne rend pas ce que je dis moins vrai.

— Aislinn !

Au prix d'un effort considérable, il parvint à se calmer pour poursuivre :

— Je viens de te dire que je t'aime et tu m'affirmes que non. Tu prétends n'être qu'une épouse pratique pour moi. Bien sûr que je suis en colère ! Je t'aime et j'ai envie de prendre cette télécommande dont le sort t'importe tant et de la balancer contre le mur !

Comme il continuait de la fusiller du regard, elle lui jeta à son tour des regards assassins. L'affrontement parut durer une éternité.

— J'en ai assez pour ce soir, dit-il finalement. Je vais me coucher.

— Très bien. Bonne nuit.

- 10 -

— Que se passe-t-il entre la princesse et vous ? demanda Burt tout en brossant la pouliche qu'il venait de faire travailler.

— Je ne vois pas de quoi vous voulez parler, rétorqua Jaxon sans cesser de curer les sabots de sa monture.

La pouliche renâclait et happait le bras de Burt. Juste du bout des lèvres, mais Burt lui rappela les bonnes manières en lui donnant une tape sur la croupe.

— Tiens-toi bien, Aphrodite.

La pouliche renâcla de nouveau.

— C'est comme ça ? Eh bien, débrouille-toi toute seule.

D'une claque sur la croupe, il la fit sortir.

Jaxon expédia sa monture derrière elle et referma la porte.

— Il faut que j'entraîne Pop-corn, dit-il.

— Le yearling peut attendre.

Burt glissa ses pouces dans les passants de son jean et lui jeta un regard qu'il connaissait bien.

— Allons boire de l'eau, proposa le contremaître.

Ils gardaient des bouteilles au frais dans une glacière de la sellerie.

— Je n'ai pas envie d'en parler, Burt.

— Est-ce que je vous ai demandé d'en parler ?

Dans des moments comme celui-ci, Jaxon se sentait redevenu petit garçon. Et petit garçon plutôt mécontent.

— Aislinn et moi sommes en désaccord, c'est tout. Ça va s'arranger.

Six jours s'étaient écoulés depuis qu'ils s'étaient avoué leur amour. Après quoi, elle l'avait informé qu'il ne l'aimait pas. Comme s'il ne connaissait pas son propre cœur ! Ou, pire, comme s'il mentait délibérément pour garder une épouse qu'il jugeait pratique !

Six jours où ils s'évitaient, ne se parlaient que lorsque c'était absolument nécessaire, et encore, en employant le minimum de mots — la méthode Erma avait fait des émules !

Il souffrait terriblement de l'avoir perdue. Elle lui manquait. Au lit, certes, mais également dans toutes les circonstances de la vie. Son doux corps pelotonné contre le sien pendant qu'ils regardaient un film, installés sur le canapé, tous deux sous le porche arrière, s'occupant des lapins tout en bavardant de choses sans importance, le son de son rire éclairant les endroits les plus sombres de son âme…

— Venez, dit Burt, se dirigeant vers la sellerie, Ace sur les talons.

Il se sentait assez misérable pour suivre le vieux contremaître. Il sortit une bouteille de la glacière et s'adossa au mur.

Une bouteille à la main, Burt s'assit sur une vieille chaise à dossier droit.

— Bon. Que se passe-t-il ? lança-t-il.

— Je n'arrive pas à croire que je parle de ma vie amoureuse avec vous.

— C'est pourtant le cas. Allez-y.

— Comme vous voudrez. Aislinn pense que je suis avec elle parce qu'elle est une épouse « pratique ».

Burt éclata d'un rire moqueur.

— Et vous avez essayé d'expliquer que, non, vous n'étiez pas avec elle parce que vous y étiez obligé sous peine de perdre Wild River ? Je vois ça d'ici !

— Burt, vos sarcasmes n'arrangent rien. Bien sûr que je l'ai épousée à cause du testament de Martin. Mais je l'appréciais déjà. Maintenant, ce que je ressens est incomparable. Mes sentiments ont évolué et elle est tout pour moi. Seulement, elle ne me croit pas quand je le lui dis.

Burt buvait son eau en silence tout en caressant son chien. Et Jaxon finissait par penser que le vieil empêcheur de tourner en rond n'avait plus rien à dire. Franchement, ce n'était pas plus mal.

— Ne lui racontez pas ce que je vais vous dire, reprit Burt. Ma réputation est en jeu. Mais, au cours des dernières semaines, je me suis trouvé confronté à cette dure réalité : je l'avais mal jugée. C'est une femme formidable. Elle a du cœur, elle est intelligente et elle n'y regarde pas à deux fois quand il s'agit de donner un coup de main. Je comprends que vous ne vouliez pas la perdre. Mais l'intervention posthume de Martin brouille les cartes entre vous.

— C'est sûr !

— Il va falloir chevaucher délicatement la ligne entre être là pour elle et lui laisser tout l'espace dont elle a besoin pour retomber sur ses pieds après l'épreuve que Martin lui fait subir.

— Comment réussir cet exploit ?

Burt renifla.

— Question à un million de dollars, fiston ! Elle dépasse mes compétences.

Ce soir-là, après qu'Erma se fut retirée, Jaxon s'approcha d'Aislinn qui rinçait une éponge dans l'évier.

— S'il te plaît. Je voudrais te parler.

Elle ferma le robinet et rangea l'éponge.

— Je dois m'occuper de Luna et Bunbun.

Il haussa les épaules.

— Laisse Burt s'en charger. Il est parvenu à la conclusion que tu es une femme formidable. Tu as du cœur, tu es intelligente et tu participes à la vie du ranch. Ce sont ses propres paroles.

Elle se tourna vers lui tout en évitant son regard.

— Eh bien… Si je me doutais…

— Ne lui raconte pas que je t'en ai parlé. Il ne voudrait pas que tu t'imagines qu'il est quelqu'un de sympathique.

— Voilà qui lui ressemble plus !

— Il vous aime bien, toi et tes lapins. Tu avais raison, c'est lui qui s'est occupé d'eux l'autre jour.

— Incroyable ! Burt aime bien mes lapins…

Il aurait aimé l'attirer à lui et l'embrasser. Mais ce n'était pas de baisers dont elle avait besoin.

— Je lui ai demandé de s'en occuper ce soir pour que nous puissions discuter, dit-il.

Comme elle ne réagissait pas, il posa une main sur son bras.

— Aislinn…

Mais elle refusait toujours de le regarder.

— Je suis navré. Je sais que rien n'est facile pour toi, que Martin a très mal agi et qu'il s'est trompé sur bien des points. Il a commis un crime impardonnable le jour de ta naissance, et il a aggravé ses fautes en te mettant sur la sellette avec son testament. Moi, j'ai passé des années avec lui. De bonnes années. Je l'aimais et lui ai été reconnaissant de m'avoir servi de père. Toi, tout ce que tu connais de lui est négatif. Il a bouleversé ta vie et te laisse ramasser les morceaux pour essayer de reconstituer le puzzle.

Elle détournait toujours le regard.

Il fixa sa tête brune, obstinément penchée, et craignit que son discours ne le mène nulle part. Il éprouvait cependant le besoin de s'expliquer.

— C'est vrai que je suis heureux que tu aimes les chevaux et que la vie au ranch te convienne autant qu'à moi. Mais le fait que tu te plaises au Wild River ne fait en aucun cas de toi une épouse « pratique ». À mes yeux, tu es irremplaçable. Tu es tout ce que dit Burt et encore davantage. Tu es courageuse et forte, bonne et gentille. Et si belle. Tu es tout pour moi.

Il l'entendit émettre un petit bruit et attendit qu'elle relève la tête et lui parle.

Mais comme elle restait silencieuse, fixant obstinément le sol, il ne vit d'autre choix que de continuer à parler.

— Dans ta situation, je peux comprendre que tu sois perdue entre ce qui est réel ou non, mais je t'aime. Et mon amour pour toi est bien réel et profond. Et je souffre quand tu dénigres mes sentiments. J'ai agi comme un imbécile, et je le redis : je suis sincèrement désolé et j'espère que…

Elle releva enfin la tête.

— Jaxon…

Son regard désespéré et les traces de larmes sur ses joues lui brisèrent le cœur.

— Aislinn, je t'en prie…

Il tendit la main vers elle.

— Ne pleure pas. Je sais que je suis maladroit et je…

— Tu n'es pas maladroit, Jaxon…

— Mais je…

Elle posa deux doigts sur ses lèvres.

— Chut. Ce que tu dis est parfait. Ne t'avise pas d'en retirer un mot.

Il en resta sans voix.

Ce qui s'avéra plutôt bénéfique puisqu'elle jeta ses bras à son cou.

— Embrasse-moi, ordonna-t-elle.

Enfin !

Il lui semblait qu'il y avait une éternité qu'il ne l'avait serrée dans ses bras.

Sans se faire prier, il prit ses lèvres, si douces et salées de ses larmes. Son parfum d'épices et de miel flotta autour de lui.

Il reprit confiance en lui. Ils surmonteraient les difficultés, il en était certain à présent. Au terme des trois mois, Aislinn ne le quitterait pas.

Il mordilla sa lèvre, sema des baisers sur sa joue, sur

son cou. Elle emmêla ses doigts à ses cheveux, gémissant, cambrée contre lui.

— Montons, dit-il d'une voix rauque de désir.

— Je t'aime, Jaxon. Je t'aime vraiment.

— Je t'aime. Et maintenant que c'est établi…

En riant, elle lui prit la main.

— Montons ! C'est une excellente idée.

À cet instant, Aislinn se sentait réconciliée avec le monde entier. Elle aimait Jaxon et était enfin sûre de son amour.

Ils commencèrent à ôter leurs vêtements en grimpant en hâte l'escalier et ils les jetèrent par terre dès qu'ils franchirent le seuil de la chambre.

Elle poussa un cri de surprise quand il la souleva, la jeta sur son épaule et l'emporta jusqu'à son lit où, prestement, ils se débarrassèrent des quelques vêtements qui leur restaient.

Et puis, il l'embrassa. Elle l'étreignit avec fougue, et ses doutes, ses craintes et ses souffrances s'évanouirent comme par miracle.

Une seule chose existait : Jaxon et elle, ensemble, comme c'était écrit de toute éternité.

Quand il s'installa entre ses jambes et la pénétra, elle comprit qu'elle avait trouvé ce qu'elle avait toujours cherché. Elle était à présent certaine qu'ils viendraient à bout de leurs difficultés et que leur histoire connaîtrait une fin heureuse.

Quelques heures plus tard, elle s'éveilla dans les bras de Jaxon.

Elle s'attendit à être submergée par la vague habituelle de panique, mais rien ne vint. Elle était allongée dans l'obscurité, écoutant le souffle régulier de Jaxon, savourant sa chaleur, la façon possessive dont il l'étreignait, même dans son sommeil. Il lui donnait la sensation d'être sa femme, dans les meilleurs sens du terme, et passer sa vie avec lui semblait être le seul chemin possible.

Pourtant, peu à peu, ses idées noires reprirent le dessus.

Tout doucement, elle quitta le refuge de ses bras et se glissa hors du lit. Sur la pointe des pieds, elle traversa la chambre plongée dans l'obscurité, se faufila par la porte de communication qu'elle referma à clé derrière elle comme chaque fois qu'elle le fuyait.

Son lit vide l'attendait. Avec un soupir de regret, elle se glissa sous les couvertures et ferma les yeux.

Elle s'endormit rapidement, mais se réveilla brusquement. On frappait à sa porte. Pas la porte de communication entre sa chambre et celle de Jaxon, qu'elle venait de fermer, celle qui donnait sur le couloir.

— Aislinn ?

Jaxon…

Elle s'assit et alluma la lampe de chevet.

— C'est ouvert ! cria-t-elle en plaquant les couvertures sur ses seins.

La porte s'ouvrit. Jaxon se tenait dans le couloir, sa nudité soulignée par la lumière de la lampe, grand, fort, le torse large, les hanches minces, les cuisses musclées parsemées de duvet noir.

Le fait qu'il ait choisi de frapper à la porte donnant sur le couloir plutôt qu'à celle de communication la touchait. Ce choix disait qu'il ne tenait rien pour acquis.

— Je peux entrer ?

— Oui, bien sûr.

Il s'approcha, les yeux ensommeillés, les cheveux ébouriffés. Le plus bel homme de la terre. Son homme. Son amour. Il s'arrêta à côté du lit.

— Tu vas bien ? s'enquit-il.

— Je… Je ne pouvais pas rester.

— Mais ça va ?

— Oui, oui, ça va.

Il l'étudia attentivement, cherchant sur son visage les réponses qu'elle ne lui donnait pas.

— Tant mieux, dit-il enfin.

Il s'apprêta à se retirer quand elle lança :

— Jaxon, attends !

Il se retourna.

Elle souleva les couvertures, l'invitant à la rejoindre.

Il arqua un sourcil interrogatif.

Comme elle hochait la tête, il revint vers elle et se glissa dans le lit.

— La lampe, dit-elle.

Il l'éteignit et s'allongea sur le côté. Elle lui offrit son dos, se blottissant contre son ventre et ses cuisses, puis elle lui prit la main pour la poser sur sa taille. Il la serra contre elle et murmura à son oreille :

— Tu es sûre que je peux rester ?

— Oui.

Et elle ferma les yeux.

Quand elle les rouvrit, la lumière matinale filtrait par les interstices du store, et Jaxon était toujours là, solide, rassurant.

Et bien réel.

La nuit suivante se déroula selon le même schéma. Ils firent l'amour dans le lit de Jaxon et terminèrent la nuit dans le sien.

Et ainsi pendant une semaine et demie.

Puis vint la nuit où elle s'endormit dans le lit de Jaxon et ne se réveilla qu'au matin. Là elle comprit qu'elle venait de franchir un grand pas.

Ensuite, cela pouvait être soit l'un soit l'autre. Ils pouvaient dormir toute la nuit dans la chambre de Jaxon ou bien déménager dans la sienne.

Un mardi soir de la fin octobre, après qu'ils se furent installés dans sa chambre, elle se blottit contre Jaxon, dos contre son ventre, sa position favorite pour dormir.

Cependant, ayant quelque chose de très important à lui avouer, elle se retourna pour lui faire face.

— Je voulais te dire…

— Quoi ? demanda-t-il en lui caressant les cheveux.

— L'été où j'ai travaillé ici…

— Oui ?

— J'ai souhaité de toutes mes forces l'échec de ton mariage avec Judy.

— Tu me l'as déjà dit.

Il l'attira à lui et déposa un baiser sur le bout de son nez.

— Et puis, les souhaits n'ont jamais eu de résultats concrets, ajouta-t-il.

— Quand Martin m'a téléphoné pour me dire que tu avais divorcé un an auparavant, j'ai été assaillie par la culpabilité. Souhaiter la fin d'une union entre deux êtres est méprisable.

— L'échec de mon mariage n'est dû qu'à Judy et moi. Ce que tu as pu souhaiter n'a rien à voir là-dedans.

— D'accord, mais je t'ai fait des avances.

— À ce moment-là, tu as compris que tu agissais mal et tu es partie. Parfois, on désire ce que l'on ne peut avoir, c'est humain. Mais désirer n'est pas un péché. C'est tricher et intriguer pour obtenir ce qui ne vous appartient pas qui est vraiment mal.

Elle croisa son regard un instant et reprit :

— Je ne me suis jamais sentie aussi mal à l'aise de ma vie que le jour de l'ouverture du testament de Martin, chez Kircher and Anders. J'avais l'impression que Martin avait percé les noirceurs de mon âme et qu'il exposait mon honteux secret aux yeux de tous.

Il lui caressa doucement la tempe.

— Crois-tu que tu puisses te débarrasser un jour de cette culpabilité ?

— J'y travaille.

Il se souleva sur un coude pour l'embrasser.

— Quoi d'autre ?

Elle sourit contre ses lèvres. Il la connaissait si bien. Puis elle soupira.

— Dans quinze jours à partir de demain, nous aurons satisfait aux conditions de Martin.

Il s'écarta.

— Quelque chose dans le ton de ta voix me dit que je ne vais pas apprécier la suite.

Il fallait qu'elle la lui dise, vite, comme quand on doit arracher un pansement.

— Quand tout sera réglé avec Kircher and Anders, je veux rentrer à Valentine Bay.

Jaxon laissa écouler un peu de temps avant de demander :

— Pourquoi ?

— Il le faut.

— Parce que ?

— J'ai besoin de m'affranchir de ce que nous vivons en ce moment, toi et moi réunis par la seule volonté de Martin. Je veux que nous fassions notre propre choix, que nous construisions la vie que nous choisirons ensemble.

— Tu veux divorcer ?

— Pas du tout. J'ai la ferme intention de revenir vivre au ranch, avec toi. J'ai juste besoin de m'installer ici parce que je l'aurai décidé.

Même s'il se taisait, tout en lui exprimait le reproche. Le silence s'étira.

— Quand seras-tu capable de revenir à moi ? demanda-t-il enfin.

— Désolée. Je n'ai pas la réponse à cette question.

Il y eut un nouveau silence. Beaucoup plus long.

— Ton idée ne me plaît pas du tout, finit-il par dire.

— Je m'en doutais.

Il repoussa les couvertures et se leva.

— Je vais dormir dans ma chambre, déclara-t-il.

— Comme tu voudras. Rappelle-toi juste que je t'aime et que tout va s'arranger.

Jaxon s'efforça de s'accrocher à sa colère jusqu'au lendemain. Et puis il se rendit compte qu'il avait gâché toute une journée qu'il aurait pu passer avec Aislinn.

Il lui restait quatorze jours, et c'était stupide de sa part d'en gâcher un seul. Ce n'était pas en refusant de lui adresser la parole qu'il la convaincrait de rester.

Après le dîner, il sortit avec Burt sous une pluie battante

pour examiner une jument malade. L'animal semblait aller mieux, mais ils trouvèrent une clôture défoncée. Deux pouliches et un hongre s'étaient échappés. Burt et lui les ramenèrent et réparèrent la clôture.

Il était 21 heures passées et il pleuvait toujours quand il rentra à la maison. Il entendit la télévision dans la salle de séjour. Aislinn n'était donc pas allée se coucher et n'avait pas encore fermé la porte de communication.

Il laissa ses bottes près de la porte de la cuisine, se lava les mains au lavabo de la buanderie et sécha tant bien que mal sa chemise et son jean avec une serviette de toilette. Après quoi, il alla retrouver Aislinn dans l'intention de lui présenter des excuses.

Elle éteignit la télévision quand il entra dans la pièce.

— Quel sale temps ! s'exclama-t-elle. Tu es trempé.

Il vint s'asseoir près d'elle sur le canapé.

— Ton idée me déplaît toujours autant, dit-il, ne voulant pas perdre son temps en futilités.

Elle posa sur lui ses grands yeux qu'il voyait en rêve.

— Je comprends, mais c'est nécessaire, répondit-elle.

— Aurais-je le droit d'aller te voir au cottage ?

— Bien sûr.

— Tu veux dire que ce serait comme si nous étions juste amants ?

— Oui. Nous ferions de longues promenades ensemble, parfois, je t'inviterais à dîner, ou je viendrais te rendre visite ici.

— Et nous serions toujours mariés ?

— Oui.

— Nous aurions juste deux maisons.

— C'est ça.

Il fixa ses chaussettes.

— Je me suis encore conduit comme un imbécile, n'est-ce pas ?

— Plutôt, oui.

Il lui tendit la main.

— Viendrais-tu au lit avec un imbécile comme moi ?

Elle se leva et mit sa main dans la sienne. Ce fut toute la permission qu'il lui fallut pour l'attirer à lui et l'embrasser avec passion.

Les quatorze jours suivants passèrent à la vitesse de l'éclair.

Soudain, ce fut le premier mardi de novembre. Ils se rendirent au cabinet Kircher and Anders. Quand ils le quittèrent, Aislinn avait cinquante mille dollars sur son compte en banque. Jaxon, lui, était désormais propriétaire en bonne et due forme du Wild River Ranch, des bêtes et du matériel, ainsi que des actions et investissements de Martin et de la clé d'un coffre situé dans une banque proche.

Elle proposa de l'accompagner s'il souhaitait en examiner son contenu.

— Inutile. Je crois savoir, répondit-il.

— Donc, tu laisses tomber ?

Il la considéra d'un air sombre.

— Je me moque pas mal de ce que contient ce maudit coffre, grommela-t-il. Quand déménages-tu ?

— Je pensais commencer à transporter quelques affaires aujourd'hui.

Il paraissait furieux, nota-t-elle. Non, plutôt triste, avec peut-être une pointe d'amertume. Pourtant, quand elle lui avait expliqué pourquoi elle voulait rentrer chez elle, il avait semblé comprendre et accepter sa décision. D'autant plus qu'elle lui avait assuré qu'ils allaient continuer à se voir et qu'elle voulait rester mariée.

— Où vas-tu dormir ce soir ? demanda-t-il.

Était-elle tentée par une nuit supplémentaire dans son lit ? Indéniablement… oui. Mais elle devait s'en tenir à sa décision.

— Chez moi, répondit-elle.

Les larges épaules de Jaxon s'affaissèrent.

— Très bien, dit-il. Mettons-nous au travail.

Burt et Erma furent conviés à les aider à charger les affaires d'Aislinn dans sa Honda et deux pick-up attelés de vans. Ils y transférèrent le contenu de son atelier, ses lapins ainsi que leurs cages, et ses affaires personnelles.

À 17 heures, après avoir embrassé Erma qui en demeura toute penaude, Aislinn grimpa dans sa voiture, et ils prirent en caravane la route de Valentine Bay.

Harper et Hailey les attendaient avec des en-cas. Après s'être rapidement restaurés, ils se mirent au travail. À 21 heures, tout était déchargé, et les lapins réinstallés dans leur ancien abri du porche de devant.

Voyant que Burt était pressé de partir, Aislinn lui tendit la main.

— Merci Burt.

L'air sombre, il la lui serra.

— C'est une mauvaise idée, princesse. Vous n'avez qu'un mot à dire et nous rechargeons tout et rentrons à la maison.

Pour toute réponse, elle l'étreignit et éclata en sanglots.

Les yeux de Burt s'écarquillèrent. Il fit demi-tour et gagna son pick-up en marmonnant assez haut pour qu'elle entende :

— Les bonnes femmes ! Même les meilleures se conduisent bizarrement la moitié du temps !

Harper et Hailey saluèrent Jaxon et rentrèrent à l'intérieur.

Aislinn était maintenant en tête à tête avec un mari mécontent. Pour couronner le tout, il se mit à pleuvoir.

Elle remonta la capuche de sa veste et sortit une clé de sa poche. Prenant la main de Jaxon, elle l'y déposa et referma ses doigts dessus.

— Pour les fois où tu auras envie de venir, expliqua-t-elle.

— Tes sœurs sont d'accord ?

— Bien sûr. Tu es mon homme.

L'expression de Jaxon s'éclaira un peu.

— Très bien. Je pense que je vais profiter de l'invitation dès ce soir.

Elle lut du défi dans ses yeux.

Il s'attendait sans doute qu'elle le repousse.

— Et tes chevaux ? s'enquit-elle.

— Je me lèverai tôt. Burt ne se rendra même pas compte que je ne suis pas rentré.

Elle glissa les bras autour de sa taille et renversa la tête en arrière.

— Très bien.

De grosses gouttes de pluie froide s'écrasèrent sur ses joues et son front.

— Dans ce cas, je serai très heureuse que tu restes cette nuit.

— Aislinn…

Il prononça son prénom d'une voix enrouée tout en prenant possession de ses lèvres de la plus délicieuse façon.

Quand il releva la tête, elle le prit par la main et l'entraîna à l'intérieur.

Il pleuvait toujours quand elle s'éveilla le lendemain matin. Jaxon était parti et il lui manquait déjà.

Dans la cuisine, ses sœurs lui adressèrent de drôles de regards.

Harper lui versa du café dans une tasse qu'elle lui tendit.

— Que se passe-t-il ?

— Oui, renchérit Hailey. On aimerait bien savoir ! Tu es mariée, tu aimes ton mari et il est évident qu'il t'aime. Mais tu es de retour.

— Et il a passé la nuit ici, précisa Harper, visiblement déroutée.

— Ça n'a pas de sens, conclut Hailey. Vous êtes séparés ?

— Pas du tout ! s'exclama Aislinn. Je l'aime.

— C'est l'évidence même ! C'est pour ça que tu es ici et lui là-bas.

— On fait une petite pause.

— Aislinn, tu fais vraiment n'importe quoi, lui fit remarquer Harper.

Aislinn s'appuya contre le plan de travail et examina le contenu de sa tasse comme si la réponse à son comportement pouvait s'y trouver.

— Je ne sais pas vraiment pourquoi j'agis ainsi, avoua-t-elle. Il faut juste que je le fasse.

Harper s'approcha d'elle et passa un bras autour de ses épaules. Geste de réconfort qu'elle apprécia.

— Est-ce à cause de cet échange à la naissance ? lui demanda sa sœur.

— Oui. Il faut que je me reprenne en main, vous comprenez ? Et que j'envisage un nouveau départ avec Jaxon, d'une façon qui me convient, que j'aurai choisie. Je ne veux pas rester avec lui parce qu'un vieux fou l'a exigé dans son testament.

— Vous allez donc continuer à vous voir ? demanda Hailey.

— Oui, et rectifier le tir. Nous avons tout fait à l'envers en plongeant d'un coup dans la vie conjugale. J'ai besoin de repartir de zéro.

— As-tu pensé à une psychothérapie ? demanda Harper avec circonspection.

Elle haussa les épaules.

— Peut-être. J'attends de voir comment ça va se passer.

— Je n'aime pas dire du mal des morts, intervint Hailey, mais je déteste Martin Durand. Ce qu'il a fait est impardonnable.

Harper resserra son étreinte sur les épaules d'Aislinn.

— Mais réfléchis. S'il n'avait pas agi ainsi, Aislinn ne serait pas notre sœur.

— C'est vrai, reconnut Hailey en poussant un gros soupir. Il y a du bon dans ce qu'il a fait. Mais seulement parce que Dieu ou le destin lui a donné un coup de pouce.

Aislinn passa la plupart de cette journée pluvieuse dans son atelier. Quand elle s'était mise au travail, elle s'était sentie à l'étroit dans le petit abri et elle n'arrêtait pas de s'interrompre pour chercher ses outils. Son grand atelier si bien aménagé de Wild River lui manquait.

En réalité, tout Wild River lui manquait.

Jaxon aussi, même si elle passait toutes les nuits dans ses bras. Et puis la présence tranquille d'Erma. Burt lui-même lui manquait, ce qu'à une époque elle n'aurait jamais cru possible.

Vers 10 heures, elle envoya un texto à Jaxon.

Es-tu bien rentré ?

Et dans l'après-midi.

Juste pour que tu saches, je t'aime.

Il ne répondit ni à l'un ni à l'autre. Elle n'en étonna pas. Son portable traînait probablement sur la commode de sa chambre, déchargé comme d'habitude.

Quand elle fit une pause pour chercher de quoi dîner, la maison était vide. Elle garda son portable sur la table près d'elle au cas où Jaxon voudrait la joindre.

Il n'y eut ni appel ni SMS.

Elle s'occupa de Luna et Bunbun, travailla un moment à ses bijoux puis alla se coucher. Elle s'éveilla d'un sommeil agité en sentant le matelas bouger. Puis un air froid la fit frissonner quand les couvertures se soulevèrent.

— Jaxon ?

— Tu attendais quelqu'un d'autre ?

Il était magnifiquement nu… et gelé !

Elle se colla contre lui pour le réchauffer. Elle frissonna mais cela lui fut égal. C'était le seul endroit où elle souhaitait être.

— Quelle heure est-il ? demanda-t-elle.

Il lui caressa l'épaule, posa un baiser sur ses cheveux.

— Tard.

— Tu dois te lever tôt ?
— Dans environ trois heures.
— Tu dois être épuisé.
En soupirant, elle embrassa son torse.
— Je ne voulais pas venir, dit-il, ses lèvres contre son oreille. J'ai résisté mais, à minuit, je n'y tenais plus.
— Je sais que c'est égoïste de ma part, mais j'en suis heureuse.
— Je t'aime.
— Je t'aime aussi. Je t'ai même envoyé un texto pour te le dire.
— Et un autre pour me demander si j'étais bien rentré. Ce qui était le cas. J'ai eu ces messages quand j'ai rechargé mon téléphone après le dîner.
— Mais tu n'as pas répondu.
— Je suis là, dit-il comme si cela expliquait tout.
En effet, c'était une explication largement suffisante.
— Dors, ordonna-t-il tendrement en la serrant dans ses bras.
Il était fatigué, il n'allait dormir que quelques heures pour pouvoir retourner à temps au ranch, et tout cela à cause d'elle et de ses exigences. Elle se sentait coupable de les placer dans cette situation absurde ; elle qui ne souhaitait que retourner vivre avec lui à Wild River, lui faisant tous ces kilomètres de nuit parce qu'il n'arrivait pas à rester loin d'elle.
S'imposer une pareille épreuve n'était vraiment pas nécessaire.
Elle regrettait sa vie au ranch. Au cours des trois mois où elle avait obéi aux exigences de Martin, Wild River était devenu son foyer.
Alors qu'attendait-elle pour y retourner ?
Elle n'en avait aucune idée.
Elle savait seulement que d'ici quelques jours un déclic se produirait et qu'elle serait prête à remballer toutes ses affaires pour reprendre le chemin du ranch, l'endroit auquel elle se sentait appartenir.

- 11 -

Le déclic qu'elle attendait ne se produisit pas.

En tout cas, pas au cours de cette semaine-là. Ni de la suivante.

Elle travailla de longues heures dans son atelier, ne s'arrêtant qu'à l'arrivée de Jaxon qui la rejoignait presque tous les soirs pour repartir à l'aube le lendemain matin.

Il faisait son possible pour répondre à ses attentes. Ils sortaient même ensemble, parfois. Il l'avait emmenée dîner au restaurant un samedi soir, et à un spectacle, le suivant.

Un soir au lit, quelques jours avant Thanksgiving, elle lui demanda s'il accepterait de se rendre chez Daniel et Keely pour le repas de fête. Il accepta.

— Invite également Burt et Erma, proposa-t-elle.

— Pour les fêtes, Erma se rend toujours chez sa sœur, à Tacoma. Mais j'en parlerai à Burt.

Après quoi, il demeura silencieux. Trop silencieux.

— Reviendras-tu un jour à la maison, Aislinn ? demanda-t-il enfin.

— Bien sûr.

Il alluma la lampe et s'assit.

— Et tu sais à peu près quand ?

— Bientôt, j'en suis sûre.

Il lui jeta un regard noir.

— Je ferais n'importe quoi pour toi, Aislinn. Mais je ne comprends pas pourquoi il faut en passer par cette épreuve. Tu cherches à te venger de Martin ?

— Non ! Bien sûr que non !

— Tant mieux. Parce qu'il est parfaitement vain de se venger d'un mort, au cas où tu l'ignorerais.

— Je sais, marmonna-t-elle.

— Tu veux que je vende Wild River et vienne m'installer ici avec toi ?

Elle n'en crut pas ses oreilles. Il n'était pas question qu'il vende ce qu'il aimait le plus au monde ! Et ce qu'elle avait appris à aimer, elle aussi.

— Grands dieux non ! s'exclama-t-elle.

— Je le ferais pour toi. Ce que nous vivons, ou plutôt ce que nous vivrons quand tu auras réglé ce qui te ronge, est plus important que des terres. Tu es ce qui compte le plus pour moi.

— Mais Erma et Burt ? Que deviendraient-ils si tu vendais le ranch ?

— Je leur proposerais de travailler avec moi, quelle que soit la branche dans laquelle je me reconvertirais. Si je vends Wild River, je disposerai de fonds suffisants pour remonter une affaire. Je possède un diplôme de vétérinaire qui pourrait me servir. Tout est possible. Quelle que soit la direction que tu prendras, je te suivrai.

Elle l'observa un instant en silence. Il était on ne peut plus sérieux. Il était prêt à vendre son ranch en échange de son bonheur à elle… Ce fut plus fort qu'elle, elle éclata en sanglots. Se ressaisissant rapidement, elle s'essuya les yeux.

— Ne parle pas comme ça, Jaxon. Tu adores Wild River, et moi aussi.

— Tu en es sûre ?

— Je considère le ranch comme mon foyer.

— Alors pourquoi passons-nous nos nuits ici ?

— Je…

Elle ferma les yeux, attendant que se profile une réponse dans son esprit. Mais rien ne vint.

— Je ne sais pas, avoua-t-elle.

— Je patiente depuis deux semaines. Quand sauras-tu ? Peux-tu me donner une piste ? Je ne sais pas, moi, parler de deux semaines et demie ? Ou du jour de l'an ?

Comme elle se taisait, il rejeta les couvertures et commença à s'habiller.

— Jaxon. Il est presque minuit. Où vas-tu ?

— À la maison. Je rentre chez moi et je vais m'efforcer d'y rester ! Je veux être un bon mari qui soutient sa femme, mais je commence à avoir l'impression de simplement t'aider à gâcher tout ce qu'il y a de bon entre nous. Parce que, vois-tu Aislinn, nous sommes mariés. Il n'est donc pas possible imaginer repartir de zéro. Notre vie est telle qu'elle est, et je l'aime indépendamment de ce que Martin nous a imposé. Je n'en ai pas honte. Je n'en veux à personne. Je suis fier de ce que nous construisons ensemble et je t'aime.

Il termina de s'habiller, prit sa veste posée dans un fauteuil et se dirigea vers la porte.

— Jaxon, attends…

Il se retourna.

— Je t'aime ! cria-t-elle. Je t'aime tellement.

— Alors, fais en sorte qu'une vie commune soit possible. Dès que tu seras prête, s'il te plaît, rejoins-moi à la maison.

Il ne revint pas. Il ne téléphona pas, ni n'envoya de texto.

Ni plus tard cette nuit-là. Ni le mercredi. Ni le jeudi.

Elle traversa ces journées dans un étrange brouillard. Elle repensait à ce qu'il lui avait dit avant de partir. Il avait raison, bien sûr.

Mais elle était incapable de faire quoi que ce soit pour réparer ce qu'elle avait brisé.

En fin d'après-midi, le jeudi, elle sentit qu'elle devait réagir, appeler une amie, voir un psychothérapeute. Penser au nombre de gens qu'elle pouvait appeler et qui seraient là en un instant lui réchauffa un peu le cœur.

Harper et Hailey, toutes proches. Keely ou Daniel. Ou bien Matthias, Connor, Liam ou Grace.

Mais, au lieu de se tourner vers eux, elle se rendit à Valentine House avec une pizza extra-large et des anchois.

Daffy vint lui ouvrir la porte.

— Aislinn ! s'exclama sa grand-tante, visiblement ravie. Et avec une pizza, en plus !

— Entre ! Entre ! dit Percy, apparu juste derrière sa sœur.

Daffy l'embrassa et lui prit la pizza des mains. Percy l'enveloppa dans son étreinte.

Comme d'habitude, ils mangèrent la pizza dans la salle de séjour.

L'idée de ce qu'elle avait à leur dire la rendait nerveuse, et elle se mit à compter les lis du tapis.

— Parle, dit soudain Percy. Quoi que tu aies à dire, cela ne peut être un drame.

Ces paroles eurent le don d'ouvrir les vannes de son cœur. Elle se mit à parler et ne s'arrêta pas avant d'avoir expliqué qu'elle aimait Jaxon plus que tout mais qu'il lui était impossible de retourner au Wild River, qu'elle se sentait prisonnière du cottage, qu'elle se languissait de la vie qui pourrait être la sienne avec Jaxon au ranch et qu'elle s'obstinait à la rejeter.

Quand elle eut terminé, elle s'effondra en pleurs sur l'épaule de Daffy.

Les mains dans le dos, Percy arpentait la pièce.

— En somme, résuma-t-il avec son esprit synthétique, tu te retrouves dans l'impossibilité d'accepter la vie que tu t'es mise à aimer. La question est de savoir pourquoi ? Qu'est-ce qui te bloque ?

— Martin, répondit-elle en reniflant.

— Ah, oui. Martin.

— Il a gâché ma vie. Il prétend être mon père et, en même temps, il n'a pas voulu de moi. D'accord, je n'avais pas besoin d'un père comme lui. Mais il n'a pas pu en rester là. Il a fallu qu'il m'échange à la naissance avec une enfant innocente ! Et, en plus, qu'il vienne me harceler du fond de sa tombe !

Percy s'immobilisa et se tourna vers elle, un sourcil arqué.

— Tu le considères comme un homme diabolique, dis-moi.

— Oui ! s'écria-t-elle avec force.

— Reconnais pourtant que certaines de ses manipulations s'avèrent bénéfiques pour toi.

— Avec l'aide du doigt de Dieu ou du destin, c'est tout.

— Bien sûr. Qui peut dire quelle est la part d'un pouvoir supérieur, dans ce qui nous arrive ? Il est juste cependant de reconnaître que Martin Durand, ton père biologique, a pris à ton sujet des décisions qui ont eu des répercussions fortes et durables sur ta vie.

— Oui. Et je le déteste !

— Parce que ta vie est un désastre.

Quelques secondes s'écoulèrent dans un silence lourd puis, relevant la tête, elle jeta un regard sombre à son grand-oncle.

— Je n'ai pas dit ça, reconnut-elle

— Non, bien sûr. Comment le pourrais-tu ? Tu as assumé le poids que Durand a mis sur tes épaules et tu as su tirer parti de la situation. Enfin, jusqu'à la dépression qui s'est abattue sur toi récemment et dans laquelle tu te complais.

— Je me complais ? se récria-t-elle. Oncle Percy, tu es injuste !

— Chérie, intervint Daffy. Nous t'aimons beaucoup, et c'est pourquoi, quand tu viens à nous, nous faisons de notre mieux pour t'aider à réfléchir.

— Et ce soir, poursuivit Percy, tu viens à nous pour que nous te disions la vérité, et la vérité c'est que ton mari a raison. Je déteste te le dire, mais tu dois cesser d'être obsédée par les agissements de Martin. C'est le travail des vivants de laisser partir les morts. Il faut apprendre à être reconnaissants de ce qui nous est donné et à pardonner les erreurs qui ne peuvent plus être réparées.

— Pardonner…, murmura-t-elle. Je dois pardonner à Martin ?

Elle prit le mouchoir que sa tante Daffy lui tendait et se moucha.

— Te reste-t-il une chance de lui dire en face ce que tu as à lui dire ? demanda Percy.

— Pas dans ce monde, en tout cas !

— Exactement. Alors laisse donc Martin au royaume des cieux et autorise-toi à être heureuse avec l'homme que tu aimes.

Quand elle quitta Valentine House, elle faillit prendre la sortie pour Wild River.

Mais il y avait Luna et Bunbun. Elle devait renouveler leur nourriture et leur eau. Et peut-être prendre une brosse à dents et des vêtements de rechange.

Lorsqu'elle arriva au cottage, les voitures de ses sœurs n'étaient pas là, mais son cœur s'arrêta de battre quand elle reconnut la familière Silverado garée devant les marches.

Il faisait nuit, mais la lumière du porche était allumée, de même que celle l'enclos des lapins. Et elle aperçut Jaxon assis à l'intérieur avec Luna sur les genoux.

Elle baissa les yeux sur ses mains qui cramponnaient le volant.

Était-il venu lui dire qu'il en avait assez de ses hésitations ? Qu'il demandait le divorce ?

Respire, bon sang ! s'ordonna-t-elle.

Elle se força à prendre deux profondes inspirations et à lâcher le volant.

Jaxon l'aimait, il le lui avait amplement prouvé. Un homme qui ne l'aurait pas aimée n'aurait pas fait preuve d'autant de patience devant son comportement puéril. Elle l'exaspérait sans qu'il cesse de l'aimer.

Jaxon reposa Luna à terre, épousseta son jean et se leva.

Il regarda dans sa direction même s'il ne pouvait pas la voir dans l'obscurité. Il avait dû entendre un véhicule arriver.

Elle descendit de voiture et, se forçant à mettre un pied devant l'autre, se dirigea vers les marches et ouvrit la porte de l'enclos aux lapins.

— Aislinn, dit-il. Tu es là.

Durant ce qui sembla une éternité, ils se regardèrent. Enfin, Jaxon fronça les sourcils.

— Tu as pleuré ? demanda-t-il tendrement.

— Un peu. Oh ! Jaxon…

Elle se jeta à son cou. Il la rattrapa, la serra contre son cœur et enfouit son visage dans son cou.

— Pourquoi as-tu pleuré ?

— Je suis juste heureuse que tu sois là.

— Aislinn…

Il prononça son prénom avec tant de désir, d'espoir et de tendresse, qu'elle sentit ses yeux se brouiller de larmes. Et puis il l'embrassa et elle lui rendit son baiser.

Ils avaient besoin de s'embrasser, encore et encore. Rattraper tous les baisers qu'ils n'avaient pas échangés depuis qu'il était parti, deux interminables jours plus tôt.

— Je ne pouvais plus rester loin de toi, dit-il quand leur frénésie s'apaisa. J'ai besoin de te voir de t'enlacer, de t'étreindre.

— Vous êtes un homme courageux, Jaxon Winter. Mais, vois-tu, je venais nourrir mes lapins, prendre ma brosse à dents et quelques vêtements avant de rentrer à la maison.

Il s'immobilisa et la contempla, le regard brillant.

— Tu t'apprêtais à rentrer au Wild River ?

— Oui, ce soir.

— Que s'est-il passé ? Qu'est-ce qui t'a fait prendre cette décision ?

— Tout. Et rien.

Il lui adressa un sourire en coin.

— Eh bien, je suppose que je vais me contenter de cette réponse.

Elle se mit à rire.

— Je suis allée parler à oncle Percy et à tante Daffy. Ils m'ont fait entendre raison. Je tournais en rond avec ma colère contre Martin. Ils m'ont dit la même chose que toi, que je devais arrêter de ruminer le passé et regarder vers l'avenir. Je suppose qu'à force de me l'entendre répéter j'ai fini par imprimer. De plus, je t'aime et je veux ton bonheur. Je n'ai pas été une très bonne épouse, ces dernières semaines. Je nous ai fait souffrir à cause des fautes d'un mort.

— J'ai été trop dur avec toi.

— Non. Tu as été extraordinaire de patience et de compréhension. Quand tu m'as supportée, et quand tu as mis les choses au point.

Il posa une main sur sa joue.

— J'ai quelque chose pour toi, dit-il.

Il sortit une enveloppe de sa poche arrière et la lui tendit.

— J'ai finalement rendu visite au coffre de Martin, précisa-t-il.

Elle examina l'enveloppe sur laquelle était inscrit son prénom en grandes lettres. Malgré ses mains qui tremblaient, elle réussit à l'ouvrir. Elle contenait une lettre, une pochette à bijoux en soie et un chèque de banque rédigé à son nom.

Elle regarda Jaxon, incrédule.

— Cent mille dollars ?

Jaxon haussa les épaules.

— Martin avait beaucoup investi. Il savait faire fructifier l'argent. Pourquoi as-tu l'air aussi choquée ? demanda-t-il en souriant.

— Eh bien…

Elle mit l'enveloppe avec le chèque dans la poche de son jean.

— Tu ne l'es pas, toi ? s'enquit-elle.

— Pas du tout. Martin voulait qu'il te revienne quelque chose, quoi qu'il advienne. Tu es sa fille. Mais, comme il tenait à faire pression sur toi pour que tu m'épouses, il a fait croire qu'il fallait en passer par là pour toucher son argent. C'était pervers. Certes, il a souvent mal agi, mais il n'était pas dénué de cœur. Tu sais, je crois qu'il pensait sincèrement que nous serions heureux ensemble. Il pensait se racheter en nous rapprochant.

Elle déplia la lettre et commença à la lire.

Aislinn,

Je n'ai en aucune façon été un père pour toi. Je t'ai abandonnée et t'ai spoliée de ta place légitime dans le monde et de ta véritable identité. Mais au cours des dernières années, depuis que le destin t'a ramenée au Wild River, j'ai cherché à en apprendre le maximum sur toi. Ce que j'ai découvert, c'est que la Providence t'a traitée beaucoup mieux que moi. Tu aimes la famille que tu as trouvée et ils t'aiment inconditionnellement. Tu es bonne envers les autres et généreuse. Je persiste aussi à penser que tu n'as pas oublié mon fils adoptif.

Alors oui, je t'offre la chance de vivre ton rêve d'adolescente. Et, quoi qu'il arrive, je te souhaite amour et bonheur.

Je prends aussi conscience que tu voudrais être certaine de ce que j'ai su dès que je t'ai vue, l'été de tes vingt et un ans. J'ai donc fait procéder à un prélèvement ADN et l'ai confié à un laboratoire réputé pour une éventuelle comparaison avec le tien. Si tu le souhaites, tu auras les résultats en une semaine. Je t'ai noté les coordonnées du laboratoire ci-dessous.

Le médaillon appartenait à ma mère. À sa mort, elle m'a demandé de le remettre à sa première petite-fille.

Mène une vie heureuse, Aislinn. Et fais de meilleurs choix que moi.

Avec tout l'amour que je ne t'ai jamais donné,

Martin Durand.

Tremblante, elle tendit la lettre à Jaxon en lui demandant de la lire.

— C'est du Martin tout craché, dit-il tristement quand il eut terminé sa lecture. Au moment où tu penses le pire de lui, il agit correctement.

Elle ouvrit la pochette. Un médaillon en argent en forme de cœur suspendu à une délicate chaîne d'argent tomba dans sa paume. À l'intérieur se trouvaient deux photographies. L'une d'une jeune Colette Durand, les cheveux relevés en chignon et arborant un sourire sensuel. Et l'autre de Martin dans sa période pseudo-maffieuse fixant l'appareil d'un air renfrogné.

Autour du cœur...

— Oh ! Martin...

Elle refoula ses larmes. Refermant le médaillon, elle le tendit à Jaxon.

— Veux-tu m'aider à le mettre ? demanda-t-elle en soulevant la masse de ses cheveux.

Il attacha le fermoir et la fit pivoter.

— Il est beau, dit-il.

Elle pressa sa main dessus.

— Il est à sa place.

— Je vous aime Aislinn Winter, dit-il tendrement.

Elle lui sourit.

— Je vous aime Jaxon Winter. Maintenant, je vais m'occuper de mes lapins, prendre quelques affaires et nous rentrerons chez nous.

— Ça peut attendre demain.

— Tu es sûr ?

— La maison, c'est là où tu es, murmura-t-il en reprenant ses lèvres.

*
* *

Son premier geste, le lendemain matin, fut de prendre contact avec le laboratoire de Portland. Jaxon l'y conduisit le jour même pour qu'ils effectuent le prélèvement. Ils la prévinrent qu'elle n'aurait sans doute pas les résultats avant Thanksgiving.

Elle eut toutefois de la chance, car les résultats lui parvinrent le mercredi suivant sur un site en ligne sécurisé. Ils prouvaient ce qu'elle savait déjà : Martin Durand était bien son père biologique.

Quand Jaxon revint des écuries pour déjeuner, elle lui apprit la nouvelle.

Il la serra contre lui et lui demanda comment elle prenait la chose.

Elle lui sourit.

— Je me sens en paix. Je veux dire, je le savais déjà au fond de mon cœur, mais c'est bien d'en avoir la preuve.

Il l'embrassa amoureusement.

— Je t'aime, murmura-t-elle.

— Je t'aime aussi, plus que je ne saurais le dire…

Le lendemain, ils se rendirent chez Daniel et Keely pour le repas de Thanksgiving. Burt les accompagna et, fait extraordinaire, il se laissa attendrir par les enfants au point de jouer avec eux, assis par terre dans la cuisine. Jake lui tendit son lapin en peluche tout déguenillé à embrasser et, sans la moindre hésitation, Burt lui donna un baiser sonore. Ensuite, il fit mine de passer des appels sur le jouet en forme de téléphone portable de Frannie.

Tous les Bravo étaient présents ainsi qu'oncle Percy, tante Daffy, Gretchen. Il y avait aussi Ingrid, qui arborait des cheveux d'un bleu vert si vif qu'ils semblaient radioactifs.

Ils se serrèrent autour de la table.

Gretchen dit le bénédicité, et Ingrid porta un toast à la vie, à l'amour, au bonheur et au rock and roll.

— Et aux bébés, ajouta-t-elle en souriant à Keely qui était dans son troisième trimestre de grossesse.

Keely tapota son ventre en souriant à Daniel qui n'avait jamais paru plus heureux.

Jaxon prit la main d'Aislinn. Elle se pencha vers lui, et ils échangèrent un rapide baiser.

Soudain, elle fut envahie d'une immense gratitude. La vie lui avait réservé bien des surprises, dont certaines assez désagréables, mais elle s'était frayé un chemin à travers confusion et doute pour trouver l'essentiel. Elle portait au cou le médaillon de sa grand-mère, sa famille était réunie autour d'elle et le grand amour de sa vie lui tenait la main.

À cet instant-là, sa vie était parfaite.

Retrouvez en septembre 2019,
dans votre collection

Passions

Une relation sous tension, de Catherine Mann - N°815

Soigner le mal par le mal. Felicity ne voit que cette solution pour chasser le séducteur Conrad Steele de ses pensées. Aussi décide-t-elle de céder aux avances du millionnaire avec qui elle doit organiser un gala de charité au nom du Anchorage General Hospital. Le temps d'une escapade nocturne, sans lendemain…

Pour un baiser de plus, de Stacy Connelly

Sacrilège. Zeke vient de trahir la mémoire de son plus proche ami, aujourd'hui disparu, en embrassant Mollie McFadden, sa petite sœur. Lui qui devait veiller sur Mollie et la protéger n'a pas pu résister à la tentation. Tout ça pour un baiser. Doux. Passionné. Exquis. Un baiser qu'il rêve de lui donner de nouveau alors que cet amour est impossible entre eux…

Au creux du bonheur, de Maureen Child - N°816

Adam Quinn – regard de braise, sexy en diable – vient d'entrer dans son studio photo. Sienna peine à croire que le frère de son défunt compagnon se trouve face à elle, pour lui demander de veiller sur un nourrisson. Est-ce la seule femme susceptible de lui venir en aide dans son entourage ? Même si elle a tiré un trait sur la famille Quinn, Sienna ne se sent pas de refuser son soutien à un adorable bambin…

Seconde chance pour une idylle, de Melissa Senate

Lorsque la porte du refuge animalier où elle travaille s'ouvre sur Matt Fielding, Claire perd toute contenance. *Matt*, son amour de jeunesse, l'homme qui l'a abandonnée sans une explication après le bal de fin d'études il y a dix-huit ans de cela, est de retour à Spring Forest. Et il semble chercher bien davantage qu'un animal à adopter pour sa petite nièce, si l'on en croit les regards brûlants qu'il pose sur Claire…

Une porte sur le paradis, de Joss Wood - N°817

SÉRIE : AMOUR, GLOIRE ET POUVOIR 2/3

DJ déteste Noël. Cette année plus que toute autre. Pour elle qui a grandi sans famille, veiller à n'avoir aucune attache est essentiel. Pourtant, son corps vient de la trahir. Elle attend l'enfant de Matt Edwards, le seul homme qu'elle s'autorise à fréquenter de loin, sans engagement. Sa décision est prise, elle taira ce secret au père de son enfant, pour ne pas risquer d'être rejetée une fois de plus...

La famille qu'elle n'attendait plus, de Stella Bagwell

Josselyn est terriblement troublée. Le petit Dillon, l'un des élèves de l'école où elle est bibliothécaire, n'a de cesse de lui faire rencontrer son père, Drew Strickland, sous des prétextes farfelus. Une situation qui, en plus d'être interdite par le règlement, la place dans une situation inconfortable puisque le mystérieux veuf souffle le chaud et le froid avec elle depuis leur premier échange, quelques semaines plus tôt...

Le secret des amants, de Jessica Lemmon - N°818

SÉRIE : LE SERMENT IMPOSSIBLE 1/4

Ne pas alimenter les ragots et préserver la réputation de Flynn. Sabrina commence à connaître le refrain du nouveau directeur de Monarch Consulting. Mais la vraie raison qui pousse Flynn Parker à maintenir leur relation secrète ne serait-elle pas autre ? Aurait-il honte d'avoir trahi le serment de célibat qu'il a conclu ou, pire encore, honte d'avoir succombé entre ses bras à elle, son amie de toujours ?

Un irrésistible marché, de Jessica Lemmon

SÉRIE : LE SERMENT IMPOSSIBLE 2/4

Disparaître. Se cacher. Vite. Avant que Gage Fleming, le directeur commercial de l'entreprise qui vient de la recruter ne l'aperçoive. Andrea se sent pitoyable ce matin, en découvrant que son nouveau patron n'est autre que l'inconnu, à qui elle a proposé la veille 2 000 dollars et une chambre d'hôtel de luxe pour jouer le rôle de son fiancé le temps du mariage de sa sœur. Comment fuir cet homme sans renoncer pour autant à cette opportunité professionnelle ?.

Le bonheur à tes côtés, de Tara Taylor Quinn - N°819

Tabitha est perdue. En acceptant que Johnny, ancien avocat de profession, lui vienne en aide pour retrouver son fils porté disparu depuis un an, elle pensait uniquement au bonheur de revoir son enfant. Coûte que coûte. Et la voilà désormais en pleine errance sentimentale, à la merci d'un sourire de cet homme, avec qui elle passe chaque seconde après les journées harassantes à la clinique pédiatrique où elle exerce...

Passion au cœur des glaces, de Catherine Mann

Que vient-elle de faire ? Prise de panique entre les bras du trop séduisant Royce Miller, Naomi hésite à fuir l'igloo qui a accueilli leur étreinte torride. Elle qui devait nouer un partenariat durable entre l'entreprise pétrolière de sa famille et cet homme, écologiste internationalement reconnu, se retrouve prise à son propre piège. Car, si Royce venait à apprendre qu'elle lui a menti sur son identité, il ne pourrait jamais lui pardonner...

L'inoubliable étreinte, de Lisa Jackson - N°820

SÉRIE : LA FIERTÉ DES MCCAFFERTY 1/4

Jamais Nicole n'aurait cru que, bien longtemps après sa rupture avec Thorne McCafferty, elle lui céderait de nouveau. Pourtant, c'est précisément ce qui vient d'arriver... Cependant, même si elle a succombé malgré elle à la magie des retrouvailles et si Thorne la trouble plus encore qu'autrefois, pas question de retomber amoureuse !

Amants ou ennemis ?, de Lisa Jackson

SÉRIE : LA FIERTÉ DES MCCAFFERTY 2/4

Depuis toujours, les Dillinger et les McCafferty se détestent. Mais Kelly Dillinger n'a pas le choix, les ordres sont formels : c'est elle qui doit enquêter sur l'accident qui a failli coûter la vie à Randi McCafferty, et elle obéira. En revanche, elle n'est pas près d'accepter que Matt, le frère de Randi, s'immisce dans ses investigations. Et, s'il s'imagine que ses manœuvres de charme auront de l'effet sur elle – comme sur tant d'autres –, il se trompe !

Composé et édité par HarperCollins France.

Achevé d'imprimer en juillet 2019.

CPI
BLACK PRINT

Barcelone

Dépôt légal : août 2019.

FSC
www.fsc.org
MIXTE
Papier issu de sources responsables
FSC® C108412

Pour limiter l'empreinte environnementale de ses livres, HarperCollins France s'engage à n'utiliser que du papier fabriqué à partir de bois provenant de forêts gérées durablement et de manière responsable.

Imprimé en Espagne.

0